# 连环罪③

## ——人格裂变——

墨绿青苔 / 著

群言出版社
QUNYAN PRESS

·北京·

目

录

　　青石小城，是距离林城不远处的一个古镇。

　　小镇的历史很悠久，在宋代以前就有了。整个小镇的道路都是青石板铺就的，有不少文人墨客在文章中提到过它，后来它就有了名气，成了林城近郊出名的景点。

　　小镇上有个崔寡妇，人长得很漂亮。不过真正让她名噪一方的不是她的美貌，而是她做的玫瑰糖。玫瑰糖是小镇的特产，而"崔寡妇"牌玫瑰糖则是玫瑰糖里的名牌。

　　崔寡妇的年纪并不大，三十三岁，本名也不姓崔，姓柳。她有个很动听的名字叫柳依云。她家是乡下的，两年前嫁给了小镇上做玫瑰糖营生的崔老八，才过门没几天，崔老八就醉酒跌下河里淹死了。崔老八家是独户，虽然名叫老八，可是在镇上却没有其他的亲人，只留下一个七十岁的老娘。老妇人的腿脚已经不利索了，走哪儿都拄着根拐杖，慢慢挪动；她的眼睛也不灵光，略微灰白的眼球看上去有些恐怖，看人的时候常常眯着眼；她经常叫错人的名字，估计脑子也不太好使了。但她的那张嘴却很是厉害，经常坐在门槛上骂崔寡妇。在她看来崔寡妇就是个扫把星，是崔寡妇把她的儿子给克死的。她还怀疑崔寡妇与镇上的两个小伙子不清不楚，因为他们经常会帮着崔寡妇做些力气活儿。

　　奇怪的是崔寡妇并没有因为她的嘴碎而不管她。相反，在镇上人的眼里，崔寡妇是个很孝顺的媳妇儿，总会给婆婆添置些新衣服，而且婆婆爱吃的东西她总会隔三岔五地买上一些。镇上的人一提起崔寡妇都忍不住摇头叹息。可惜了，一个好女人，偏偏摊上了这样的一户人家。

　　小镇现如今已经是旅游景点了，每天的游客都络绎不绝，而崔老太婆每天坐在门槛上骂媳妇儿也成了青石小镇上著名的一景。可这并不影响"崔寡妇"玫瑰糖的生意，那些游客听当地人说了崔寡妇的故事以后，也对崔寡妇有了好感。

"来两斤玫瑰糖。"一个冰冷的声音传来，崔寡妇这才发现眼前不知道从哪儿冒出来一个二十七八岁的年轻男子。他的脸上没有一点儿血色，眼神有些呆滞，一双眼睛正紧紧地盯在她的脸上。

"好嘞！"崔寡妇也不理会他的目光，低头称起了糖。

"魔鬼！魔鬼！"原本坐在门槛上不知道在嘀咕什么的崔老太婆望着年轻人，伸出手，直勾勾地指过来："他是魔鬼！"说着站起来，拄着拐杖就往屋里跑。

崔寡妇忙叫了声："妈，您小心些！"

然后才望向那年轻人："真是不好意思，我妈她年纪大了，有时候脑子有些不好使。"

年轻人的脸上没有一点儿表情："她好像骂了你一天了。"

崔寡妇愣了一下，望着年轻人。年轻人没有多说，掏出钱来递给崔寡妇，转身就走了。

崔寡妇收了摊子回到屋里，崔老太正蜷缩在墙角，微微有些发抖："魔鬼！他是魔鬼，他的身上有杀气，阴森的杀气。"

"妈，您这是怎么了？"她想把崔老太扶起来，可崔老太站起来之后一下子甩开她的手，向着里屋方向跑去，跑到了里屋后的小储物间。也不知道是哪里来的力气，她推开了一副棺材的棺盖，整个人便躺了进去。

"盖上！"她用命令的口吻对崔寡妇说道。

这棺材是老太太给自己准备的，当地的老人都有这样的习惯，人还没死就先给自己选好墓地，那叫"生基"，事先准备好的棺材，那叫"寿木"。

崔老太的身体在发抖："魔鬼来了！你快给我盖上！我不能让他找到我！"

看到老太太这个样子，崔寡妇也感觉到后背发凉。老太太的眼睛直直地望着崔寡妇，脸上满是惊恐。

小镇派出所第二天一早接到报案，崔寡妇和她的婆婆在家中被人杀死。崔寡妇是被打晕后用猪笼装着，沉在了后院的水井里淹死的。而崔老太则是被钝器敲击头部致死，她的嘴被凶手用线缝住了，她的双手双脚被棺材钉死死钉住，就在她躺着的那副棺材里。

派出所所长张少俊看完现场后皱起了眉头。

"张所，已经通知市局刑警队了，估计一个小时后他们就能到。"所里的小于轻声说道。

"王队，死者一共两人，是婆媳关系。老太太叫胡守花，七十一岁。镇上的人都叫她崔老太。也许是年纪大了的关系，她整天都神神道道的。特别是她儿子崔老八死了以后，她那脑子就更不好使了，整天没事就坐在门槛上骂她的儿媳妇。"一个小时后，张少俊向刚到的市刑警队副队长王小虎介绍道。

"她有几个儿子？"王小虎问道。

张少俊笑了："就一个，也不知道他们是怎么想的。给儿子起了这么一个名字，这崔老八是他儿子的大名。"

王小虎无奈地笑了笑："那她媳妇是个什么情况，你给我说说。"

"她那媳妇叫柳依云，是黄泥村小柳湾的。三十出头，这女人也是命苦，二十四岁那年她嫁给了本村村长家的儿子赵锁柱。她过门才三个月，赵锁柱在坝上施工的时候不小心给炸死了。没多久，赵村长也摔断了腿，于是村里人都说她是扫把星。这恶名一下子就在村里乡里传开了，她也被原先的婆家撵了回去。黄泥村的人背地里叫她'黑寡妇'，虽然人长得漂亮，可是再也没有人敢打她的主意。直到三年前，她到青石镇赶集的时候认识了崔老八。这个崔老八就铁了心的要娶她，他都四十好几了还没有娶过媳妇儿。

"这个崔老八是个好人，也勤快。在青石镇做玫瑰糖卖给过往的游客混营生。不过这个崔老八有个嗜好——好酒贪杯。逢酒必喝，一喝就喝到烂醉如泥。柳依云嫁过来才几天，他就喝醉了酒失足掉到河里给淹死了。这下崔老太更加认定柳依云是个扫把星，怪她克死了自己的儿子，整天就哭啊、闹啊、骂啊，把崔老八的死怪到了柳依云的身上。不过柳依云却不和她置气，接过了崔老八的生意，继续做玫瑰糖营生。不管老太婆再怎么骂、怎么闹，她总是笑眯眯的。老婆子喜欢吃什么、喝什么，她也不会亏待。每天她在家门口做着生意，那老婆子就坐在门槛上指着她骂。"

王小虎说道："看来这个柳依云不简单啊！"

"曾经有人劝她，趁着年轻再嫁户好人家，她却说要是再嫁，她那婆婆怎么办？就算是自己再嫁，要么带着婆婆嫁，要么就等到给婆婆养老送终以后再说。"

张少俊说到这儿，王小虎对这个柳依云也有些肃然起敬了。这份孝心还真不多见。王小虎皱起了眉头："崔家在镇上就没有其他的亲人了吗？"

"没有，崔家原本就是外来户，崔老八的父亲之前是修湘黔铁路的工人。后来也不知道什么缘故就在青石镇安了家。"

"青石镇现在可是林城最火的旅游景点，每天都有很多来自全国各地的游客到镇上游玩。崔家的那份家业要按现在的市场价值来算，也是不菲啊。你说这个柳依云会不会是冲着崔家的这份家业啊？"

张少俊愣了一下："不管怎么说，老太太死了以后这份家业自然也就是她的了，但她能够这么对老太太已经算是仁至义尽了。"

"崔老八死的时候你们做过调查吗？"

张少俊说当时他们调查过，还是他亲自做的调查，他敢保证那只是个意外，跟柳依云没有任何关系。

张少俊叹了口气："也不知道这娘俩得罪了什么人，会被人这样残忍地杀害了。柳依云在镇上人缘儿向来不错。我想杀害她们的人一定是外来的，说不定是碰上流窜作案的歹徒，谋财害命吧。"

"我觉得不会是谋财害命那么简单：首先两人的死法就很有问题。老太太几乎是因为受到惊吓而死的。她被折磨成那样，活生生地被缝上了嘴，双手的手掌被棺材钉给钉上，犯得着这样吗？另外，柳依云是被装在猪笼里沉了井，法医说她是被淹死的。你要是那个凶手你会弄得这么复杂吗？"

说罢王小虎看了王冲一眼："欧阳呢？"

王冲说道："队长正在里面和新来的周法医聊着呢。"

正说着，市刑警大队队长欧阳双杰从屋里走了出来，王小虎把张少俊介绍的情况大致说了一遍，然后说了自己的看法："我觉得这并不是一起简单的谋杀案。从凶手作案的手段来看，一定是有着特殊的意义。"

欧阳双杰微微点了点头："我们仔细查过了，家里的现金没有被动过，包括昨天的营业款一共四千多块钱，都在崔寡妇平常用的那个腰包里；屋里也没有翻腾的迹象，说明凶手杀人不是为了钱或者其他的什么东西；凶手的作案手法确实很特别。先说崔寡妇吧，她是被装在猪笼里沉入井里淹死的，这是一个仪式。在旧时候是对不守贞洁的女人的一种残酷的处置方式。我想凶手用这样的手法杀死崔寡妇，会不会与这个习俗有关。至于崔老太太的死，多半是吓死的，但凶手为什么要把她的嘴缝上？很显然，凶手是对她的那张嘴不满。老太太整天都喜欢坐在门槛上数落自己的儿媳妇。"

"那棺材钉呢？为什么要用棺材钉钉住她的双手？"张少俊显然也被欧阳双杰的话所吸引了。

欧阳双杰说道："用棺材钉钉住老太太的双手是不想让她挣扎。另外，或许这样能够让凶手有一种安全感，就如同他绑上崔寡妇的双手一样。相反，对两人的双脚，根本就没有一点儿束缚。也就是说，凶手的潜意识里认为只要束缚住了她们的双手，他就会很安全。"

张少俊骂道："简直就是个变态，他到底是图什么？"

欧阳双杰淡淡地说道："他什么都不图，我想他应该是把自己放在了一个裁决者的位置上，他觉得自己就像是一个法官，对有罪的人进行判决，他觉得崔寡妇不忠，不守妇道，应该受到'沉塘'的处罚。他又觉得老太太那张嘴不应该说一些违背他的内心尺度的话，所以他用这样的方式来对老太太进行惩罚。"

"这个人是个疯子！"

"可以这么认为，至少他偏激、固执、自我。这样的人多半都会有一定的心理问题。"

王小虎问道："那我们应该从哪里着手查呢？"

欧阳双杰说道："我仔细看过了，崔家并没有养猪，我也问过了那些凑热闹的邻居们，都说崔家从来就没有在家里养过猪，那猪笼从哪来的？我想应该是凶手带来的，还有棺材钉。虽然崔老太太的寿木是存放在家里的，可是按照习俗谁都不会把棺材钉也备在家里，寿木不见铁，否则是大忌。凶手一定事先来踩过点，他知道崔家天井里有一口深井，还知道老太太的寿木就放在家中。"

王小虎明白了："嗯，我马上去查猪笼和棺材钉都是哪儿来的。"

欧阳双杰望向张少俊："听说老太太经常骂儿媳妇，说她与镇子上的两个年轻人有染，这是怎么一回事你知道吗？"

张少俊说道："根本没有这么一回事，老太太所说的那两个年轻人是镇北秦家的两兄弟。秦家为整个镇上提供玫瑰糖的原料，他们只是经常给崔寡妇送材料罢了。昨天最后和崔寡妇照过面的是隔壁的徐老爹，徐老爹收摊的时候和她搭过话。徐老爹说，当时天就要下雨了，他收了摊进屋没半小时就下起了雨，还打着雷扯着闪的，也就没有留意到隔壁崔家的动静。"

欧阳双杰说道："凶手作案的时间应该是下大雨之前，他是大雨下来的时候离开的，凶手的反侦查能力很强，现场没有留下一点儿蛛丝马迹。"

回去的路上，王小虎问欧阳双杰："欧阳，你能够为这个凶手做个侧写吗？"

"凶手应该在 25 到 35 岁之间，男性，身高约一米七到一米七五之间；身形偏瘦，生理上有着一定的缺陷；文化程度应该不是太高，但却具备一定的文化素质；自卑，缺乏安全感，但在杀人的时候他却能够找到极度的自信。在他看来，那个时候他就是整个世界的主宰，他能够决定别人的生死，裁判别人的对错。还有最重要的一点，这个人很谨小慎微，平日里应该是个毫不起眼儿的小人物。"

欧阳双杰敲了敲门，市公安局局长冯开林和副局长肖远山正陪着两个人坐在沙发上聊着，听到敲门声，冯开林抬起头来，看到是欧阳双杰，微笑着冲他招了招手："欧阳啊，快进来！"

欧阳双杰走了进去，冯开林给他介绍那两个人：一个三十出头，戴着一副黑框眼镜，穿了一套浅灰色的西装；另一个二十七八的样子，人长得倒也英俊，只是一张脸没有什么血色，笑容却很阳光。

"欧阳，这两位是省报的记者。这位是秦大川记者，这位是罗素，罗记者。"

欧阳双杰分别同秦大川和罗素握了握手。冯开林说道："欧阳啊，他们可是冲着你来的！"

"我们省报准备对法制战线上的一些优秀人物进行宣传，而欧阳队长则是我们主编钦点的，是我们第一个要采访的对象。欧阳队长，还希望你能够配合我们的工作。"

欧阳双杰一脸为难。

冯开林说道："欧阳，这事局里已经同意了，你就配合一下人家的工作嘛，再说为我们警队做正面的宣传，这可是大好事。政治处那边我已经打过招呼了，必须得为专访开绿灯。"听冯开林这么说，欧阳双杰知道自己是不好再拒绝了。

"其实你像平常一样就行了，我们会深入你们平常的工作中去，跟着你们一起办案。当然，我们不会影响你们的工作。"

欧阳双杰点了点头："既然局领导都同意了，我服从领导的安排。"

冯开林笑道："那好，办案的事情，你自己看着办。专访的事情，你得听记者同志的。"

离开冯开林的办公室，欧阳双杰把两个记者领到了刑警队的办公室，把青石镇的案子向二人做了简单的介绍。

秦大川听了后轻声说道："看来凶手还真够变态的，杀人都要搞这么多花样。听说你是心理学专家，你觉得凶手有没有可能脑子有问题？"

欧阳双杰摇了摇头："这个不好说，但可能性确实很大。"

罗素说道："我现在更感兴趣的是这个变态杀人狂会不会再作案。欧阳队长不是说他很可能认为自己是'裁决者'吗？以他的视角来看，这个世界上的'不平'事可就多了，他能够杀了崔家婆媳，一样也可能会杀害其他的他认为'有罪'的人。"

欧阳双杰叹了口气："不怕二位笑话，接到报案整整一天了，我们都没有找到任何线索。"

罗素轻声说道："欧阳队长，相信你们一定能早日破案，抓住凶手。"

秦大川和罗素没有在队里耽搁多久就离开了，等欧阳双杰这边有消息了再过来。

晚上，肖远山拉着欧阳双杰一起去了茶馆。

"青石镇的案子你就真没有一点儿想法？"

欧阳双杰掏出烟来点了一支："从凶手的作案手段来看，他把自己摆在了一个'裁决者'的角度。他杀死崔寡妇的原因是因为崔老太说的崔寡妇不守妇道，在外面和男人有染。至于他杀崔老太时，用针线缝合了崔老太的那张嘴，这是对崔老太太口无遮拦的一种惩罚，家丑不可外扬，把家丑宣扬出去在旧制里也是女人不守妇道的罪责之一。"

肖远山皱起了眉头："都什么时代了，哪里就冒出来这样一个古董啊？再说了，崔寡妇是不是和男人有染还两说呢，就算有染，他有什么权力杀人？"

欧阳双杰指了指自己的脑子："他很可能是一个精神病患者。"

肖远山惊讶地说道："疯子啊？"

欧阳双杰白了他一眼："精神病和疯子根本就不是一码子事。疯子是人们对于思维与行为异于常人的人的总称；精神病人多在感知、思维、意志、情感和行为等方面出现障碍。他们或者精神活动不协调，又或者会脱离现实，但他们的意识是清醒的，智商以及行为能力几乎也是良好的，只是某些认知的功能受到了损害。因为他们的认知出现了问题，他们以自己的思维模式来感知这个世界，运用他们自己的评判标准。这起案子的凶手就是这样的人，在我们看来他杀人的理由和动机无比荒唐，可是在他自己看来却再正常不过了。"

"这么说来我们这次的对手是一个精神病？"

欧阳双杰苦笑道："不能用常人的思维来衡量和判断他们的思想与行为。在这个案子里，凶手事先准备好了猪笼与棺材钉，这说明他早就对犯罪做了预备，他甚至还知道了崔家的一些情况——天井的水井、老太太的寿木。作案后他在现场没有留下一点蛛丝马迹，说明他又具备了极强的反侦查能力。这个凶手是一个心思缜密、行事谨慎，却又果敢干练的人。不能小看了精神病人，他们的智商没有问题，甚至很多时候比常人的智商还要高出许多。

"我现在就想弄清楚，凶手作案到底是随机选择的受害人，还是早已经有了一个例如计划表什么的东西。但无论他是随机的，还是有计划、有步骤地实施作案，以我们目前对凶手的了解，都没有能力事先阻止。如果是随机的，那么下一个受害者很可能会在任何的地方。如果是有计划的，那更说明了凶手做事的严谨性，甚至很可能他的杀人计划会有好几套方案以及应急的预案。不过有一点儿我应该可以肯定，那就是凶手只有一个人，至少在青石镇的案子里，凶手是没有同伙的。"

肖远山问他为什么这么肯定，欧阳双杰说道："凶手先是打晕了崔寡妇，然后折磨死了崔老太，最后才把昏迷中的崔寡妇关进猪笼沉入了水井，更主要的原因是精神病人很难与人沟通，他们不会冒险暴露自己。"


离林城一个小时车程的云都市。

夜幕降临了，云都市南洲花园小区门口，一辆黑色的斯柯达缓缓地停了下来，车窗摇下，响起了两声喇叭。

门卫值班室外面两个保安正在抽着烟，聊着天儿。听到车喇叭声，一个保安低头看了一眼车里的人："小叶老师，又有一阵子没见了。"

开车的是个二十七八岁的年轻人，戴着一副墨镜，身上穿的是一套立领的黑色中山装，他微微地点了下头，轻声说道："华子，值班呢？"

保安笑道："等等，我马上给你开闸。"道闸打开，车子开进了小区。

"华哥，这人谁啊？我怎么没见过。"旁边那保安轻声问道。

华子摇了摇头："我也不是很熟，听说是个老师。虽说住在这儿，可是一个月也难得见着几回。"

"华哥，你说他家里是不是有很多值钱的东西啊？"

华子吓了一跳："二黑，你可别乱来啊！"

二黑说道："华哥，你想想，我们整天辛辛苦苦地在这儿杵着，一个月挣多少？要是能够捞上一票，你想想得是我们几个月的工资啊。运气好的话，可以抵上好几年哪。"

华子皱起了眉头，他觉得二黑说的也有些道理，可是他心里却仍旧有些忐忑。

二黑说道："华哥，你好好想想吧，假如你愿意，咱兄弟俩联手，捞他一笔。如果你不愿意，那兄弟来，你只要别挡了兄弟的财路就好。"

夜里十一点多，那辆斯柯达驶离了小区，华子和二黑看着车子走远了，二黑说道："他这一走不知道会不会马上回来。"

华子说道："应该不会吧。他经常这样，我就觉得奇了怪了，他每次来要么待几个小时就离开，要么第二天一早准走。"

二黑看了看墙壁上的挂钟，时针指向了十二点。

"华哥，你在这儿盯着，见到他回来你赶紧给我来个电话，我一个人去就行了。"二黑脱掉了保安制服，换了一身黑衣，连头套都准备好了。

华子有些紧张："你可小心一点儿。"

二黑很快就找到了华子说的那个住处，他尽可能地避开了监控探头，掏出开锁工具，打开了门。

这是高档住宅小区，在这儿住的都是些有钱人。二黑打开了客厅的灯，这装修可算是富丽堂皇，二黑倒吸了一口凉气，看来自己真是来对了。他轻轻地关上了门，向里面走去，才走了几步，他愣住了。他的目光落到了客厅的一面墙上，那墙上挂着一幅婚纱照。照片上的那个男人绝对不是小叶老师。这张照片上的男人是个胖子，那身材和长相与小叶老师有天壤之别。

莫非那个小叶老师并不是这屋的主人？他向着卧室的方向走去。二黑推开了主卧室的门，然后伸手摸到了卧室灯的开关，卧室的灯亮了。二黑蹑手蹑脚地走了进去，走到大床边的时候他再一次呆住了。他看到床上竟然躺着一个女人。女人的头歪向窗户。二黑只能够看到她后面的长发，他心里有些害怕，慢慢地向前走了两步，他很小心，生怕惊动了床上的女人。不过那女人仿佛睡得很沉，根本没有一点儿反应。

二黑走到梳妆台前，想要打开抽屉，但他想了想，停止了动作，决定先把女人的嘴给堵上。他可不想在翻东西的时候这个女人醒过来大吼大叫。他把准备好的黑头套罩上，然后走到床边，一下跳到了床上，伸手拉过了女人的肩膀。

"妈呀！鬼！鬼啊！"二黑大叫了一声，然后跳下床扭头就往外跑，不一会儿，整个小区里都响着二黑的嘶喊。

云都市刑警队队长叫李浩强，接到报警第一时间就赶到了现场。

"是小区保安报的案，死者叫颜素云，是这家的女主人。二十六岁，市一中的英语老师，死亡时间应该是半年前。尸体没有腐烂，形成了干尸。"

技术科的马小芸向李浩强说道："经过我们的初步分析，凶手在杀人以后封闭了门窗，使屋里的空气无法流通，然后打开空调，将温度调到最高，这样很快卧室里的空气就会耗尽。另外我们检查过，床单底下铺了厚厚的一层木炭、干石灰，从而使整个房间形成了一个高温，似真空的状态。在这样的一个环境下，极不利于细菌的生长，再加上木炭与干石灰，对尸体也起到了极好的脱水作用。死者的腹腔以及颅内、乳突小房都被灌注了松香。另外腹腔没有脏器，应该是被摘除了的。这手法有些像木乃伊的制作。"

李浩强的脑子里也是一团糨糊："也就是说这空调就这样开了大半年，这大半年就没有人来过吗？"

马小芸说道："空调并没有开那么长时间，但至少前三个月里这个房间没有被人打开过，经过我们的勘察，这半年里是有人来过的。保安也证实，曾经有个男人每个月都会来，自称是这儿的住客。保安叫那人小叶老师，就在昨晚那人还来过一趟，每次来的时候都开着一辆黑色的斯柯达。但从保安的描述来看，那个男人并不是这家的男主人。"

李浩强的目光落到了那张结婚照上："车牌号保安记得吗？还有那个小叶老师长什么样，保安应该有印象吧？"

马小芸苦笑道："车牌号倒是有，可是人长什么样子保安却说不上来。他们没有好好地和这个小叶老师打过照面，只知道大约二十五岁到三十岁之间。三个曾经和那个叶老师接触的保安说出来的样子都不太一样，但有一个共同点，三人都说这个姓叶的老师每一次来都在晚上，而且还戴着一副墨镜。"

李浩强冷笑道："姓叶的说是这儿的住户他们就相信了？难道这儿的男主人就从来没有露过面？"

身后的一个年轻警察解释道："这也很正常，这家人打搬进来就很少和物业保安有什么瓜葛。我们查过，水电费、物管费都是从一个银行账户里代扣的。一般只要他们不找物业，物业也不会上门给自己找事。那保安是想到这家来偷盗，谁知道那个来偷盗的保安差点儿没让这干尸吓死。"

"这家的男主人联系上了吗？"

那年轻警察摇了摇头："没有，我们找到了他在物业登记的电话，电话已经关机了。物业那儿倒是有这男主人的资料，男主人在林城开了一家公司，叫'四海公司'，说是卖装修装饰材料的。我已经和林城那边联系了，请他们帮忙找到男主人。"

李浩强说道："为什么凶手要把尸体弄成干尸？刚子，你马上去查一下那辆大众斯柯达。小芸，报告出来马上给我送来。另外，最好能够想办法把那个小叶老师给找到。我觉得这个小叶老师应该是这个案子的关键。"

林城市警察局，刑警大队。

一大早，许霖就走进了欧阳双杰的办公室："欧阳老师，我刚接到云都方面的一个求助，让我们帮忙找个人——'四海修饰公司'的老板邓新荣。"

欧阳双杰皱起了眉头："这事儿你不就可以处理了吗？"

许霖笑道："我来就是想和你聊聊云都发生的那个案子。那边负责这案子的是我一同学的哥哥，我想看看你这儿能不能有什么好的建议和想法，找人的事情我已经让派出所帮着去查了。"

欧阳双杰"哦"了一声："看来这个案子应该有些意思？"许霖点了点头，然后把案子的具体情况大抵说了一遍，欧阳双杰一句话都没有说，只是静静地听着。

许霖说完，望着欧阳双杰："这个案子你怎么看？"

欧阳双杰叹了口气："你多留心一下吧，我想想再说。"

许霖离开了以后，欧阳双杰站了起来，走到窗边，像是在自言自语："干尸？为什么杀了人要制成干尸呢？凶手和这女人应该是有关系的，他是想让这个女人永远留在他的身边，一定是这样的。"

欧阳双杰有一种预感，云都市的这起谋杀案的凶手应该也有精神问题。不过在他看来与青石镇的那起案子的凶手不会是同一个人。青石镇案子的凶手给自己了一个定位——"裁决者"，而云都市的这个凶手则不是，至少从云都警方提供的线索来看，其中并不具备任何的裁判成分。当然，或许是云都警方忽略了。欧阳双杰觉得有必要去一趟云都。

云都市警察局刑警队，李浩强正皱着眉头看着马小芸送来的验尸报告，报告和马小芸当初的判断是一致的。

徐刚走了进来："那辆车查到了，是近水县环保局的车。去年近水县环保局搬进新办公楼，欠了装修公司一笔装修款。再加上公车改革，所以他们就把那车抵给了那家公司。你猜这家装修公司叫什么？"

李浩强脑子一转："不会是那个'四海公司'吧？"

"对，就是那个公司，也就是死者丈夫的公司。车子没有办理过户手续。据近水县环保局的人说，去年刚把车抵过去的时候那个邓新荣还去催过两次，让他们办理过户，然后他好把车给处理掉，反正他也不用这车。但当时近水环保局因为一些特殊原因，没能及时办理过户的手续。今年初环保局主动打电话给邓新荣，让他把手续给办了，却联系不上他的人，打电话到公司去，公司的副总也说邓新荣有阵子没到公司去了。"

李浩强轻声说道："林城那边有邓新荣的消息了吗？"

"还没来信呢，估计是快了。"

李浩强说道："你亲自去一趟林城，就找我弟弟的那个同学。第一，查找邓新荣的下落，以及看看能不能查到他的父母兄弟等社会关系；第二，到'四海公司'去看看，他们的停车场应该有监控记录，争取能够找到关于那辆车的出入记录。"

徐刚应了一声："我到一中问过，颜素云是两年前到市一中的，平时和学校同事的交流也不多，上班就上班，下班就下班。不过人倒是低调，学校的同事甚至都不知道她家住的是豪宅，更不知道她老公还是一大款。对了，我问过学校为什么老师失踪不报案，他们说他们也不知道颜素云是失踪了，因为颜素云曾打电话给学校说辞职，还说有时间再去补办手续。我查了一下，派出所里也没有这两口子的户籍记录，他们应该只是在本市买了房，但没有把户口给迁过来。"

李浩强问道："在学校里就没查到她的资料吗？上面应该有她的履历与身份证记录？"

徐刚说道："有，我复印了一份，正准备和你说呢，就冲这份履历与身份证信息，我也准备跑一趟林城。"

李浩强看了一眼，颜素云履历上的大多数时间都是在林城度过的，他说道："嗯，那你快去吧。我想凶手一定是她的仰慕者，得不到她，就杀了她，以这样一个方式把她留下来！"

欧阳双杰接到了许霖的电话，邓新荣早在半年前就失踪了，公司一直都是副总在管着。欧阳双杰问道："老板失踪这么大的事情他们都没报警？邓新荣的家人呢？"

电话里许霖回答道："说是失踪。邓新荣却留下了一张字条，说是有些私事要处理，需要离开很长一段时间。他不在公司的这段时间，由副总代替他行使总经理的职责。另外还留下了一个银行卡号，让公司按月往卡里打五万块钱。经公司的人确认，那的确是邓新荣的笔迹。邓新荣还说他把那辆黑色斯柯达开走了。邓新荣是独生子，父母早在十几年前相继去世了，他在林城也没有别的亲人。而他的妻子颜素云是个孤儿，三岁的时候就进了东风孤儿院，是在孤儿院长大的，学习倒是很努力，毕业于黔州省师范学院外语系。毕业以后先是在东风镇中学当英语老师，后来嫁给了邓新荣，夫妇俩怎么就定居到云都去了就不得而知了。"

欧阳双杰听完，点上支烟："准备一下，我们去一趟云都。"

许霖说道："我刚接到云都的电话，他们的人可能已经在来林城的路上了。"

欧阳双杰说道："打电话给他们，让他们不用来了。大致的情况你不是已经了解了吗？我们过去吧，或许能够给他们一点儿建议。"

许霖说道："可是我们自己手上的案子怎么办？"

欧阳双杰说道："先放放，耽误不了多少时间。而且我觉得这两个案子有相似的地方，说不定云都的案子能够给我们一点儿启发。"

半小时后，欧阳双杰和许霖上了高速，前往云都。

李浩强没想到欧阳双杰会亲自过来。

"李队，我们调查邓新荣的情况目前已经有了初步的结果，先让小许大致介绍一下情况吧。"欧阳双杰简单说了来意，然后许霖把他对邓新荣的调查情况大致说了一下。

李浩强听完道："这么说来邓新荣和颜素云在失踪前都曾经向自己的单位打过招呼，所以单位才没有把他们的失踪当一回事。"

马小芸说道："他们有可能是被逼的，凶手逼着他们这么做，这样他作案以后就不会有人对二人的失踪起疑心。"

欧阳双杰点了点头："有这样的可能。这个案子看起来很像我手里正在侦办的一起凶杀案。在我看来这两起案子的凶手应该是同一类人。"

李浩强接过了话茬儿："精神病人！"

欧阳双杰望向李浩强，他没想到李浩强会想到这一点，他笑了："哦？说说你的理由。"

李浩强轻声说道："我是这样想的。凶手对死者一定有着某种特殊的感情，而这种感情很畸形。杀人后又把尸体用这样复杂的方式保存起来，所以我觉得这个凶手一定是个精神病。邓新荣估计也遇害了，凶手杀害他的动机相对就简单多了，只能是为了颜素云。至于刚才说到了邓新荣和颜素云出事前都给自己的单位留下了伏笔，让人对他们的失踪不会放在心上，这样至少很长一段时间内这个案子都不会被人察觉。由此，我认为这个凶手同时还是一个高智商、博学的人，胆大，心细，同时他具备了很强的侦查与反侦查能力。"

"分析得很到位，看来李队对心理学也很有研究。"

李浩强说道："我想凶手应该是和死者熟悉的人，对死者夫妇的情况十分了解。"

"这倒不一定，凶手确实对死者夫妇的情况十分了解，可不一定死者夫妇就一定跟他很熟悉。凶手是个精神有问题的人，他有着不为人知的内心世界。他的感知、行为等在某些方面异于常人，甚至因为一个暗恋他都有可能会做出这样的事情。凶手作案的动机，对于正常人来说基本上是不可能成立的。这样的对手比一个正常人更难对付，因为他不按常理出牌。不过这类人的行为有一定的规律，这规律就是他给自己拟订的行为准则，而他们比常人更在乎自己的行为准则。一般而言，他们不会轻易地打破这个准则，所以只要我们摸清楚它的规律，就能够把他给抓住。"

李浩强望向欧阳双杰："规律？"

"就是他的行为准则，他一定会再次作案。如果说一次作案有它的偶然性与随机性，那么两次作案其中就必然有内在的联系。"

欧阳双杰并没有在云都耽误多久就赶回了林城。

回到林城没多久，许霖就接到了消息，说是云都案的那辆车找到了。车竟然就停在邓新荣在林城的小区里。只是什么时候停进去的，是什么人把车停进去的却没有人知道。

许霖把这事儿告诉了欧阳双杰，欧阳双杰没有说什么，让他把消息转告给云都市警方。

王小虎亲自对那猪笼的来历做了调查，猪笼是凶手从离青石镇不远的玉田村偷来的。在玉田村有一个养猪场，也只有那儿有这样的大猪笼，只是这东西根本就不值什么钱，养猪场的人也没想到竟然还有人会偷它，所以也就没人看到凶手是什么时候、如何把猪笼偷走的。至于棺材钉，那就更不好查了，在乡间的很多铁器铺里都可能会有卖的。

欧阳双杰站了起来，走到白板前，在上面写下：猪笼、棺材钉。然后又用一个红圈把它们圈了起来，拉了一条线：谋杀。

凶手是有预谋的，凶手已经掌握了崔家婆媳的情况，至少他觉得自己已经掌握了她们的罪行，然后他才准备了相应的作案工具，实施犯罪。

欧阳双杰看了一眼旁边墙壁上的林城市交通图，从玉田村到青石镇大概五里路，路途不远，走得快的话也就是二十多分钟，开车的话就几分钟的事情。欧阳双杰断定凶手一定是开着车去的，他偷了猪笼然后把猪笼藏在了后备厢里前往青石镇。到青石镇以后，他趁着柳依云在屋外卖玫瑰糖，崔老太在门槛上骂儿媳妇的机会，从后墙翻进了院里。事先把猪笼放好，躲在屋里。等到柳依云收了摊子，和婆婆进了家，他便开始了他的"裁决"。

可是欧阳双杰还是有些疑惑，玉田村不是交通要道，车子要到玉田村只有青石镇这一条路，如果凶手是开着车从青石镇去的玉田村，那么要到养猪场是要经过几户人家的，为什么王小虎他们调查的时候玉田村的住户都说没有见到有车去过呢？甚至是案发前几天都没有发现有车子到过村里。

凶手到底是怎么拿到猪笼的呢？如果说凶手是走路去的玉田村，然后提着个猪笼再走回青石镇的话，这种可能性就更小了。任谁提着这样一个大猪笼在路上行走都会引起旁人的好奇。就在欧阳双杰想破脑袋的时候，王小虎推门进了他的办公室。

"欧阳，估计我们搞错了，那猪笼应该不是玉田村的那家场子丢的，因为他们的笼子找到了，就被扔在距离养猪场不远的一个小溪里，也不知道是谁家的小孩子干的。"

欧阳双杰皱起了眉头："哦？玉田村养猪场的人当时不是说那个笼子是他们丢的吗？到底沉了柳依云的笼子是不是他们的？"

"原本他们很肯定地说是他们的，可是现在他们的笼子找到了，他们又有些不确定了。因为他们的笼子也没有什么特别的标志，青石镇附近的几个村子我们都查过了，没有谁家丢过猪笼。"

"凶手在青石镇作案，从很远的地方带个猪笼来，这很让人费解啊。他的精神是有问题，但他的智商却没有问题。他只能从林城带着猪笼去了，在城里想要找那样的东西更不容易。"欧阳双杰的面色一正，"你再去一趟玉田村的那家养猪场，看看案发前几天有没有人向他们购买过生猪，买家是谁！"

很快王小虎就打电话回来："案发头一天有人向场里买了一头生猪，说只要把猪送到距离青石镇半里路的那个岔路口就行了，买家会开车在那儿接货。养猪场的人说买猪的人是通过电话和他们联系的，是一个三十上下的中年男子。他们把猪送到了岔路口，一辆车子等在那儿，是一辆破旧的长安面包车。开车的人戴着口罩和墨镜。他根本就没有下车，坐在车里示意养猪场的人帮他把猪放到了后面，然后就痛快地付了钱离开了。可惜的是养猪场的人并没有记下那车牌号。"

挂了电话，欧阳双杰出了口气，现在要做的事情就是找到那头猪，或许找到后就能知道那个神秘的买家是谁了。他留下的线索还有那辆破旧的面包车。在青石镇以及附近的农家少说也有十几辆这种面包车，不过一辆辆地查总能够查出些什么的。

邢娜没有敲门就冲了进来："110中心刚接到报警，在红边门菜场的公厕里发生了一起命案。派出所已经赶去了现场。"

欧阳双杰问道："嗯，技术部门通知了吗？"邢娜点了点头。

红边门菜场的公厕里，一个男子被反缚着双手，跪在小便池边，他的头靠在墙壁上，早已经断了气。人并没有倒下，只是头上、墙壁上都是鲜血，男子背后的衣服上写着三个血红的大字：我有罪。

"初步认定，凶器是钢珠枪，射出的是5毫米的钢珠，近距离击杀。打了两枪，分别射在两边的太阳穴上，死者当场毙命。"法医周小娅一边检查着尸体，一边说道。

派出所的一个老警察上前说道："死者我们认识，是菜场的商户，卖猪肉的，叫庄大柱。一年前因为被指控强奸我们逮过他，可是不知道为什么第二天被害人就来销案了，说是一场误会。这小子一直没有结婚，可是却和很多女人都有扯不清的关系。"

周小娅递过来一个小本，欧阳双杰接过来看了一眼，愣住了。这小本里面竟然是庄大柱做过的一些坏事的记录。按照小本上的记录，这个庄大柱至少应该蹲七到十年的大牢。

欧阳双杰把小本递给了老警察，老警察看后也吃了一惊。他翻开一页，然后对欧阳双杰说道："对，就是这个案子。当年就是因为这个陈桦报案，说庄大柱强奸了她，所以我们就把他给抓了。可是没想到大晚上报的警，第二天早上陈桦就在她父母的陪同下来销案，说她和庄大柱是要朋友，因为怄气了，所以才到派出所报了假案。没有确切的证据，我们就只能把他给放了。"

老警察想了想："对了，这个陈桦好像在那件事情过后不到两个月就出车祸死了。"

"那还真是巧了。"

老警察望向欧阳双杰："欧阳队长是怀疑陈桦的死和庄大柱有关系？"

欧阳双杰苦笑了一下："你看看这儿。"

欧阳双杰翻开老警察刚才翻到那页的下一页，一行红色的小字：强奸、恐吓、故意杀人。证据确凿，判处死刑，立即执行。

邢娜也看到了："看来还真是'裁决者'！"

欧阳双杰却说道："不，他们应该不是一个人，杀人的手法不一样。青石镇的凶手是依照自己的标准，直接对死者进行了评判，杀人的手段也不会这么直接。他的裁决是片面的，甚至是无凭无据的。但这个不同，凶手留下这么一个小本子，里面记载了死者的罪行，这些罪行应该是经过凶手查证核实了的。最后凶手还引用了现行的法律条款，对凶手进行了相对客观的量刑，然后亲自执行了他的死刑。选择在这个地方执行死者的死刑也是有讲究的，本子里虽然列举了死者的几个罪状，但真正致死的是强奸与故意杀人，死者犯的罪与性有关，所以凶手把地点选在厕所里。这两起案子看似相似，可是却有所差异，这种差异当然也有可能是故意造成的，但我的直觉告诉我，可能性不大。"

"经调查，小本上的字迹是死者庄大柱的，我们和他摊子上的那本用来做销售记录的本子上的字迹进行了比对，得出的结果。"案情分析会上，谢欣说道。

王小虎轻咳了一声："红边门菜市场是个大菜场。从死者的死亡时间来看，虽然不是菜场的人流高峰期，但也并不是人流量最少的时候。凶手是怎么把庄大柱从摊子上诓走的？又是怎么逼着他写下他的罪证的？他把死者弄到厕所里就没有人看到吗？在这样的环境下，他怎么敢这样淡定从容地行凶？"

肖远山说道："能够确定公厕就是第一案发现场吗？"法医周小娅说能够确定，

凶手就是在公厕里杀害了庄大柱。

许霖说道："有没有这样的可能，凶手是在守株待兔，庄大柱是市场里的经营户。红边门菜场就那么一个公厕，凶手一直在等待着这个机会，等他去上厕所的时候跟上了他，然后逼着他写下了自己的罪状，再杀了他。"

一直静静听着大家发言的冯开林说道："红边门菜场光是商户就有六百多，还不算那些临时来的菜农散商，再加上买菜的人，整个市场的人流量就算是最少也得有一千到两千人。在座的各位，假如你们是凶手，你们敢赌吗？敢赌这一两千号人不会在这个时候上厕所吗？刚才小许也说了，整个红边门菜场就只有这一个厕所，甚至有时候周边的一些路人也会来这边上厕所，因为附近的两条街面上都没有公厕。"

王小虎苦笑了一下："那这个案子又该怎么解释呢？"

欧阳双杰说道："只有一种可能，凶手在作案之前一定动了什么手脚，让大家误以为厕所不能用。"

冯开林点了点头："我也是这样想的，查查。"

王小虎"嗯"了一声。

冯开林望向欧阳双杰："这两个案子你的心里有没有初步的想法？"

欧阳双杰轻声说道："有，不过不成熟。"

欧阳双杰说在他看来，这两起案子之间应该是没有什么关联性的。青石镇的那起案子，他个人觉得凶手应该是个精神病患者。无论是从他的作案动机还是作案的手段来说，都不具备正常人的思维逻辑性。但不可否认，凶手有着异于常人的智商，同时具有极强的侦查与反侦查能力。现场没有留下一点儿的痕迹，还有他还设了一个局对警方进行误导，就是那个被盗的猪笼。如果不是因为后来养猪场找到了那个猪笼，警方根本不会知道凶手竟然为了弄一个猪笼而买了一头活猪。凶手是给自己上了双保险。

面包车的主人已经找到了，就是青石镇近郊的一户人家，那车是失车，车子丢失的时间就是凶手买猪的头一天。而第二天晚上那车子又自己停在了他家外面的公路旁，车上还有一头猪，被麻袋装着的，猪的嘴也被绳子紧紧地捆住。车子丢失以后这家人曾经到派出所报失，车子自己回来了，还白捡了一头大肥猪，这家人赶紧去派出所销了案，但猪的事情他们却没有向任何人说起。

"在我看来，那猪笼应该是在凶手还车的当天夜里悄悄地放进崔家的，第二天他就开始了对崔家婆媳的谋杀，他作案的时候天还没黑，那个时候他要拿着个猪笼就太扎眼了。"

欧阳双杰说到这儿，肖远山说道："凶手在作案之前就做了充分的准备，他甚至计算了每一个细节，而且把自己的痕迹抹得干干净净。因为杀人动机不符合常理，所以我们无法锁定凶手。他有可能是路过青石镇的一个游客，无意中看到了崔家的这一幕，激起了杀机，于是就开始了他的犯罪预备。可是欧阳，如果凶手真是个精神病患者，那么他作案应该是受到了某种刺激，你想他会不会曾经有过类似的情感经历？"

欧阳双杰摇了摇头："这类人都有着极强的代入感，你提到的类似的情感经历可以是他自己的，也可以是他曾经见过的其他人的，但他却仿佛感同身受。"

肖远山苦笑道："照你这么说，这种人行事还真没有个谱儿。"

欧阳双杰却说道："这类人行事还是有谱的，只是这谱不好找，因为我们的思维和他们的思维有着很大的差异。我们的思维方式与逻辑局限了我们，所以要摸清他们的行事规律，跟上他们的思路，才能阻止他们继续作案。"

欧阳双杰刚进办公室不一会儿，那个年轻的省报记者罗素就推门进来。

"欧阳队长，没影响你们工作吧？"罗素微笑着说道。

欧阳双杰说道："不影响，请坐。"

大家在沙发上坐下，邢娜给客人倒了水后也坐到一旁。

邢娜说道："案子没破之前，记者是不能介入的。"

罗素笑道："我知道，放心吧，我会遵守纪律的，不会影响你们的工作。"

欧阳双杰说道："我们的工作很辛苦的，有时候根本就是几天几夜的连轴转。当然，你也不必一直跟着，有什么重要行动的时候我会通知你。"

罗素忙点了点头："行，那就这么说定了。"


经过调查发现凶手在杀害庄大柱的时候对厕所做了手脚，菜市场里有好几个人都说曾经看到厕所外面立了一个用纸壳做的牌子：厕所维修中，暂停使用。

"凶手很会选时间，那个时候市场管理办公室的人都回家吃午饭去了，除了管理办的人，谁会去对厕所维修起疑？"王冲把具体调查的结果说了一遍。

"这么说凶手选择在菜市场的厕所里杀人并不是随机的，而是早就对菜场的厕所的情况有所了解了。"许霖指着他绘制的红边门菜市场的平面图说道。

王小虎点了点头，他也是这么看的。

欧阳双杰咳了一声："凶手确实是对菜市场进行过一定的了解。他无论选择在哪里杀人都要比在菜市场的公厕里杀人安全得多。在他看来这应该可以对社会起到一定的震慑作用。他在模仿，模仿我们的公审公判，以及公开的行刑。在这样的闹市区里,他能够寻找到那样的感觉,至少在他的心里,他觉得他已经做到了。"

邢娜说道:"他们的内心世界怎么会这样的复杂?"

欧阳双杰摇了摇头:"你错了,他们的内心世界并不复杂,相反比起很多正常人,他们的内心世界要简单许多。就拿这个案子来说吧,凶手的思维模式就相对固化,他认定某人有罪,他会用尽一切的手段去寻找他犯罪的证据,一旦证据收集齐了,他会根据他所掌握的法律知识进行量刑,然后用自己的方式对他认定的罪犯实施刑罚。"

谢欣问道:"庄大柱是被他处以极刑的,可是如果他认定的罪犯够不上极刑,只够得上三年或是五年的徒刑,他会怎么办?"

欧阳双杰被谢欣的问题给问住了,邢娜说道:"或许他只针对犯了死罪的人吧?"

欧阳双杰摆了摆手:"不,这个案子的凶手并不是把自己定位在一个'裁决者'的位置上,而是一个'执法者'。而且他的所谓'执法'的手段也很严谨。王冲,那个小本上列举的关于庄大柱所犯的罪行都核实了吧?"

王冲点了点头:"嗯,都核实了。他给庄大柱定的罪竟然没有一点儿错漏。三项罪状,每一项该判什么罪,量什么刑都写得很明确。他在最后有一句,数罪并罚,判处庄大柱死刑,立即执行。"

欧阳双杰点头说道:"凶手有着很强的侦查手段和丰富的法律知识,同样也有着极强的策划与执行力。小虎,你带人查查,最近有没有什么失踪的人,特别是曾经有过不良记录的人,又或者像庄大柱那种情况,原本已经立了案,可是后来因为某种特殊情况又放了的人。我怀疑凶手还会对他认为有罪的人实施刑罚,特别是那种有期徒刑,他会不会有自己的办法来达到对犯罪嫌疑人的处罚。"

"天哪,那就太恐怖了,不可能吧?"许霖说道。

欧阳双杰苦笑了一下:"没有什么不可能的,只有我们想不到的,没有他们做不到的。"

王小虎站了起来:"好,我马上去办。"

王小虎又把庄大柱所犯的事儿的苦主都调查了一遍。他主要是想看看凶手是不是与这些受害人有关系,会不会是同情受害人而对庄大柱进行的报复性谋杀。王小虎的调查有了一点儿眉目,是那个小本子里重点提及的陈桦的堂哥陈林。

陈林是个律师,体格十分健硕魁梧。他还有另一个身份——林城市最大的"康力"健身中心健身教练。陈林也是一个颇有知名度的律师，收入不菲，健身教练只是他的兴趣，而且他也是"康力"健身中心的合伙人之一。

陈林对王小虎和王冲的到来并不感到意外。他擦了擦身上的汗水，淡淡地说道："你们是为了庄大柱的案子来的吧？"

王小虎点了点头："陈律师，我们来是想了解些情况,还希望你能够给予配合。"

"我当然会配合。我是律师，知道配合警方查案是每个公民都应尽的义务。不过你们的询问最好能够在法律法规允许的范围之内。"

王小虎望向陈林："陈律师说得对，我们也有我们的纪律。放心吧，我们走的是正规程序。"

"庄大柱的事情我听说了，我倒是很佩服那个凶手，调查取证比你们警方给力多了。当然，这样的手段不值得提倡。"陈林的开场白简洁明快，直入主题。

王小虎叹了口气："是啊，如果他换一种方式来解决问题，那么结果就会好很多。"

陈林拿着饮料瓶，拧开盖子喝了两口："你们一定是发现了我和陈桦的关系，觉得我很可能为了替陈桦报仇而做出这样的事情，对吧？"

王冲说道："这可是你说的！"

陈林笑了："确实是我说的，但却是你们所想：第一，我是律师,对于调查取证、定罪量刑什么的我轻车熟路；第二，我应该具备一定的侦查与反侦查能力；第三，我的体格健壮，符合你们心里的凶手形象；第四，我和陈桦是表兄妹，在你们看来我有足够的作案动机，动机成立。"

王小虎尴尬地笑了笑："警方有怀疑一切值得怀疑的人的权利，而不应该因为你有大律师的光环就不能对你产生怀疑。"

陈林点了点头："你说得对。我来说说我的看法吧。我和陈桦确实是堂兄妹，而且我们之间的关系一直都很好。她父亲是我的三叔，她家的条件应该算是我们这家子里最差的。平时我大伯家没少给他们照顾，陈桦的工作是我帮着解决的。被庄大柱侵犯以后，她第一时间打电话给我，是我让她报警的，而且我还告诉她，剩下的事情就由我来处理，她刚开始也照着做了。可是不知道为什么第二天一大早，我三叔给我来了个电话，说是这事儿让我别再管了，他们已经和庄大柱谈好了，愿意私了。我听了很气愤，我问三叔，庄大柱到底答应了他多少钱，让他连自己女儿的尊严都不顾了。三叔半天也不愿意说出到底是怎么回事，只是反复说这事情不让我管了。

"后来我又打电话问陈桦，不管我怎么问，她除了哭就是让我别再问了，让我听三叔的。我很生气，既然他们自己都不把这事儿当一回事，我还管他们做什么。我把这事情给我爸和大伯说了，他们也去找过我三叔，结果三叔还是坚持，这事情也就不了了之了。没多久，我听到了陈桦出车祸的噩耗，不过我并没有把陈桦的死和庄大柱的事情联系到一起。从那以后，我三叔一下子就老了许多。我们都去安慰他，他对谁都是爱理不理，对什么事都不再上心。或许是因为陈桦的死对他的打击太大了吧。如果他早一点儿把其中的缘由和我们说，无论如何也不会发生这样的事情。"

王小虎问道："之后有没有去见过你三叔。"

陈林摇了摇头："没有，我三叔在陈桦死后不到两个月就疯了，现在人还在精神病院呢。三婶在三叔进医院后，一病不起，也走了。"


王小虎把见陈林的经过以及和陈林的谈话向欧阳双杰说了一遍。

欧阳双杰说道："这个陈林原本就是这德行。"

王小虎点了支烟："欧阳，你说下一步我们应该怎么办？"

欧阳双杰说道："等，等等看能够不能找到失踪的、曾经犯过事而逃脱惩罚的人。"

王冲疑惑地问道："真会有这样的人吗？"

"或许有吧，至少我觉得应该有。"

王小虎端起茶杯喝了一口："你那边呢，青石镇的案子有进展吗？"

欧阳双杰摇了摇头："和你一样，我也走进了死胡同。之前一直在为那个猪笼纠结，现在发现不管那猪笼是怎么来的，凶手都没有再给我们留下任何更有用的线索。"

王小虎问道："欧阳，你觉得我有必要去一趟精神病院吗？去找找陈桦的父亲。"

欧阳双杰沉默了一下："去一趟也无妨，不过别太刺激他。"

王小虎和王冲离开了，欧阳双杰关上了办公室的门，走到了白板前，抱着双臂，眉头攒到了一块。白板上写着的是庄大柱和青石镇崔家的两个案子。突然他的表情凝重起来，喃喃自语："不是两个，是三个！"他拿起白板笔，在旁边又写下了一行字：云都干尸案！

云都干尸案的凶手是第三个精神病人，当欧阳双杰写下"3"的时候，脸上的表情僵住了，这是巧合吗？太多的巧合就说明这一切根本就不是巧合。

"许霖，到我办公室来一趟！"欧阳双杰拿起桌子上的内线打到了许霖的办公室。不一会儿，许霖就来了。

"云都那边的调查有什么进展没有？"欧阳双杰问道。

许霖摇了摇头："没有，我和他们一直有联系，他们的案子好像陷入了一个僵局。对了，他们还派徐刚到了林城。这个案子涉及了很多林城方面的问题，徐刚和云都的另一个同志昨晚就到了林城。只是知道我们遇到了新的案子，所以才没有来打扰你。"

欧阳双杰皱起了眉头："这样，你把云都案的卷宗拿一套给我。"

欧阳双杰在办公室里踱来踱去，他有一种感觉，这个案子应该并不复杂，可是也没自己想得那么简单。三个人并不是团伙作案，而是各自作战，应该说他们相互之间没什么联系。可是从作案的时间来看，他们又好像是同时冒出来的，必须要把三个案子、三个凶手之间的内在联系找到。欧阳双杰相信，既然不是巧合，那么其中一定是有联系的。

许霖和谢欣被欧阳双杰叫到了办公室里。

欧阳双杰轻咳了一声："我和王队要分两路对案子进行调查，因为或许我之前的判断有错，或许这两个案子都不是精神病人所为。假如真是这样的话，我的推测很可能带着大家走入一个误区，但我们又不能够完全肯定这两个案子不是精神病人所为，哪怕只有一点儿可能，我们都不应该放过。最好的办法就是分成两个组，各自按不同的方式来破案。

"谢欣，你去调查一下林城所有的心理诊所，看看能不能找到这样一个病人：年纪在二十五到三十岁之间，有良好的教育背景，特别是法学、刑侦专家的背景。他的职业有可能曾经是警察或者其他的司法人员，受过挫折，并因此而被迫离开他喜欢的职业。这个人有着坚定的原则与立场，甚至嫉恶如仇。"

谢欣说道："这是庄大柱案凶手的心理画像吗？"

欧阳双杰点了点头："是的，我之所以说他可能会去心理诊所就诊是因为他有一定的知识层面，知道自己的精神出现了问题，这样的人是能够接受心理疏导等心理治疗的。"

谢欣说道："明白了，这件事情交给我就是了。"

许霖说道："我听说你也曾经为王队就青石镇命案的凶手做过测定，这两个人之间有共同点吗？"

欧阳双杰想了想："暂时还找不出共同点来，似乎只有年纪相当，又都是精神病人。你马上和云都来的人联系一下，配合云都的同志们在林城的调查，有什么发现马上和我联系！"

谢欣已经走了五家心理诊所了，这是第六家。

陪着谢欣一道的是个管片的民警，叫谢梅。"姐，这家诊所的医生是我的一个长辈，我父亲的老朋友，叫卫扬帆，原本是市精神病医院的主任医师。后来他辞掉工作，自己出来开了这家诊所，听我爸爸说他的生意蛮好的：一来是他的名气大；二来他有着一定的社会关系；三来，他这儿严格为病人保密，不会轻易将客户的资料外泄！"

卫扬帆四十五六岁的样子，人很精神，戴着副金丝边的眼镜。

"这位是谢欣，市局刑警队的。"谢梅微笑着介绍道。

谢欣笑道："今天来是想向卫医生了解些情况。"

"不知道谢警官找我有什么事？"卫扬帆问道。卫扬帆把谢欣请到了办公室坐下，亲自给她们泡了茶。

"我们正在办的案子凶手很可能是一个精神病人，我们欧阳队长对凶手进行了一个心理画像，希望能够依据这个心理画像试着找到这个凶手。"

卫扬帆说道："对不起，这事儿我还真帮不了你。你应该对我的诊所有所耳闻，我的诊所对客户的资料绝对保密，就连我的亲戚朋友我都不会对他们随便透露一个字！"

很快卫扬帆就下了逐客令。

谢欣回到局里，直接去了欧阳双杰的办公室，她把自己走过的那五家心理诊所的情况说了一遍，然后她又把在卫扬帆那儿碰了软钉子的事情说了，欧阳双杰听完脸上露出了笑容："嗯，我亲自去会会这个卫扬帆吧！"

谢欣愣了一下："原来你们认识啊？"

欧阳双杰耸了耸肩膀："我和卫扬帆是老交情了。几年前在沪市开一个关于应用心理学的研讨会，我们俩作为林城的代表出席了这次会议。"

欧阳双杰来到了卫扬帆的心理诊所，是谢欣陪着他一起来的。

卫扬帆看到欧阳双杰的时候皱起了眉头，并没有给欧阳双杰一个好脸色："你来做什么？该说的我都已经和谢警官说了，就算是你来，我也不能够把我的客户资料透露给你。"

欧阳双杰笑了："怎么说我们也算是故人吧，有故人来叙旧也是人生一大幸事。"

"我已经和谢警官说得很清楚，各行有各行的规矩，你也算是业内人士，替客户保密是我们这一行最首要的职业操守！"

欧阳双杰说道："这样吧，给我十分钟的时间，听我把话说完。"

卫扬帆没有再说话，端起茶杯，埋着头。欧阳双杰一口气把林城发生的这两桩案子说了出来。卫扬帆起初并不太认真，但慢慢地，谢欣发现他的眉头也攒到了一起，接着他的目光也凝聚了。

欧阳双杰说得很详细，连犯罪现场的情形也说得很具体。最后，欧阳双杰说出了自己对两个案子的犯罪嫌疑人的推断。

说完之后，欧阳双杰轻声问道："卫医生，你觉得我的分析在理吗？"

卫扬帆望着欧阳双杰："所以你怀疑这个人很可能是我的病人？"

"我并不认为他一定是你的病人，也有可能是其他医生的病人，所以我们采取的是大范围的排查，而你的诊所只是我们调查的对象之一。"

谢欣轻声说道："卫医生，我们希望能够得到你的配合，毕竟这是人命关天的大事。也希望卫医生能够给我们提出一些建议。"

卫扬帆望向欧阳双杰："从你们的描述来看，我也觉得凶手有严重的心理问题。你对两个案子的凶手进行的心理分析有一定的道理。"说着，卫扬帆站了起来，走到了办公桌后边的文件柜前，打开文件柜，拿出了几个档案盒。

"这些是近几年的客户资料。当然，都是一些有代表性的，还有一些我没有放在这儿。你也知道，对于有代表性的病例我们都会经常拿出来反复研究的。"

卫扬帆把档案盒放在了桌子上："你们慢慢看吧，有什么问题可以问我，不过你们必须保证这些资料中的东西不被外泄。"

欧阳双杰和谢欣看得很仔细。到卫扬帆这儿来接受心理治疗或者心理疏导的人还真是不少，其中还有一些是在林城颇有名望的人。有官员，有商人，还有一些是文学界或文艺圈的。

"我的妈呀，竟然这么多人都有心理问题！"

欧阳双杰微微一笑："现在的社会，生活节奏很快，各行各业的竞争压力也很大，还有很多事情不尽人意。这样一来，大家的心理多多少少都会受一些负面的东西影响，时间长了就会让一个正常人的心理发生变化。"

卫扬帆点了点头："在我们看来，来得猛烈的反而好对付，一般也就是突然遭遇一种痛苦的经历，一时间心理上造成巨大的阴影，例如经历了地震、水灾等自然灾害。死里逃生，然后又痛失亲人，这样的打击往往就会让一个人的心理发生很大的改变。这种改变的来源更多的是一种恐惧，和由这种恐惧而产生的一种自我的心理保护。对于这样的人，只要及时进行心理疏导，就能够打消他们的恐惧与顾虑，从根上解决他们的心理问题，让他们重新回到正常的生活轨道上。

"但那种长期受到负面影响而造成的心理问题却很难处理。长期形成的心理问题，往往是根深蒂固的。它会表现在病人的某些方面，比如形成固有的思维模式，这种模式受他个人的感知、意识等所支配，而在这个时候，他的感知也好，意识也好，还是其他的什么都背离了正常人的判断，形成了他自己的一个畸形的评判标准。"

谢欣听完后说道："也就是说，我们面对的两个凶手应该不是突发性的心理问题，而是长期以来负面的影响所造成的，那么想要抓住他们，只能是在摸清了他们的病因，找到他们所谓的行为准则之后。"

卫扬帆苦笑道："如果欧阳双杰的判断是对的，那么你们这次真是遇到了一块难啃的骨头。"

欧阳双杰的眼睛突然定住了，他的目光落在了一份资料上。

"罗素！"欧阳双杰的声音带着一丝惊讶。

谢欣的脸上也露出了震惊："那个年轻的省报记者？"

"你们认识他？"

欧阳双杰和谢欣都点了点头，欧阳双杰告诉卫扬帆，罗素最近正在给自己做专访，还要求跟进他们的案子呢。

"严格来说罗素不能算是我的病人，因为在我看来他是没有任何问题的。他给我的感觉更多的是想通过在我这儿就诊而刺探一些关于我的病人的一些信息。"

欧阳双杰轻声问道："为什么这么说呢？"

"说不清是什么感觉。"

欧阳双杰说道："我见过这个人，我说说我的感觉吧。这个人看上去有些病态。但他的性格给我的感觉很阳光，人很聪明，也有心机，却都是在别人能够接受的限度内。为人处世很圆滑，说话做事有分寸。知进退，积极乐观。另外，他很有才气，他的很多文章我都读过，字里行间透着灵秀之气，却不乏犀利，是个人才！"

卫扬帆说道："作为一个记者，他有些急功近利了，功利心重了些。他想刺探我的客户资料，他知道我的客户里有很多有名气的人，只要随便逮出一个，他都能够做出一篇大文章。"

欧阳双杰说道："我的看法与卫医生的一致。"

他们一起吃过晚饭，欧阳双杰就带着那几盒资料回家了。欧阳双杰只是和父母打了声招呼就一头钻进了自己的房间，一看就到了黎明破晓。站在阳台上，看到太阳跃出地平线，欧阳双杰伸了个懒腰，揉了揉布满了血丝的眼睛，做了几次深呼吸，然后回到屋里收拾好资料出门了。

卫扬帆没想到欧阳双杰来得这么快。

"看样子你昨晚一宿没睡，有必要这么拼命吗？"卫扬帆轻轻叹了口气，给欧阳双杰泡了一杯浓茶。

"我答应过你，今天一早就把东西给送回来的。"

"这些资料对你有帮助吗？"

"你的这六十四个病案我都仔细地研究了一下，其中有两个我觉得与我侧写的凶手有几分相像。"

卫扬帆"哦"了一声，欧阳双杰继续说道："一个是高云龙，另一个是赵代红。"

卫扬帆皱着眉头想了想："高云龙是××政法大学刑法专业的高才生，大学毕业后分到市法院工作，是见习法官。就在他工作的第一年，因为在一个案子里同情弱势的原告，帮原告赢得了这场官司，其中也包括教原告采取了一些非常手段。那被告心里不服，最后竟然打听到是高云龙从中作梗，还查出了高云龙教原告的法子里竟然有伪造证据这一节，这就成了高云龙的致命伤。"

谢欣说道："看来这个高云龙蛮有正义感的，只是做法欠妥。"

欧阳双杰却说道："我却不这么看，他的手段根本就已经是在亵渎法律了，做伪证，妨碍司法公正。如果那个原告真有道理，用得着这样吗？"

卫扬帆点了点头："高云龙因为妨碍司法公平而受到了处分，不过法院怜惜他是个人才，那个案子原本也不是什么大案要案，对他的处罚也就没那么重。法院当时只给了他一个行政记大过处分，工作岗位也从法官调整成了法警。他想不通，慢慢心理上就蒙上了一层阴影。"

欧阳双杰听着卫扬帆的话，然后在高云龙的名字后边画了一个星号。

不过他又问起了第二个人——赵代红。

赵代红这个人其实欧阳双杰曾经有过一两次接触，他是黔州大学法律系的副教授，不到三十岁。欧阳双杰和他的接触是在黔大与省警察学校的两次交流活动中，一次是在座谈会上，另一次是欧阳双杰听了他的一场公开课。

欧阳双杰对这个人的印象还是蛮深的：年轻，充满了朝气，有才华，可是却高傲与自负，给人一种眼高于顶、目空一切的感觉。他的很多法律论文对法学界有很大的影响。

"赵代红是个很矛盾的人，在人前表现得高高在上，对于很多人或事都不屑一顾，可是他自己独处的时候却很无助、茫然、自卑。"卫扬帆这话才说出口，欧阳双杰就瞪大了眼睛，他没想到赵代红还有这样的一面。

"这与他不幸的童年有关。"

赵代红生于黔州省西部的一个小县城，他的父亲是县中学的一个普通教员，母亲没有工作，就在学校门口做点儿小生意。父母亲对他的教育很严厉，这养成了他严谨治学与勤勉自觉的好习惯。

在赵代红刚进初一那年，他的父亲竟然摊上了一起人命官司，父亲是老师，他们班上一个女学生自杀了，留下了书信说是被老师侵犯，没脸见人。赵代红的父亲是个老实人，断然是不会做出这种事情来的，可是不知道为什么，最后竟然种种证据都把矛头指向了他，就这样，赵代红的父亲被关了起来，最后还被判处了十三年的有期徒刑。

父亲出事了，母亲接受不了这个现实，疯了，就像祥林嫂一般，逢人便拉住，说自己的丈夫不会是那样的人。母亲被关进了精神病院，赵代红被姑姑领回了家。他回到了学校，决心以后要做一个公正的法官，不再让父亲这样的案子发生。

一直到赵代红读到高二的时候，他父亲的案子才平反了。是学校里的另一个老师干的，那个老师为了逃脱刑罚，便有意把脏水泼到了赵代红父亲的身上，还为此伪造了很多所谓的证据。

几年的牢狱，虽然让他们获得了一笔赔偿，可是他的父亲却不再像从前，看着衰老了许多，整个人的性格也发生了巨大的变化。出狱后他没有再回学校，天天躲在家里，不愿意见人。他父亲接回了他母亲，一家人就靠着那笔赔偿过日子。

欧阳双杰和谢欣都没有说话，他们没有想到外表光鲜的赵代红竟然还有这样一段身世。

"赵代红高中毕业，如愿地考上了黔州大学法律系，后来因为成绩突出被留校任教，这并不是他的意愿，他原本是想要做一名法官的。可是他的父亲却坚持让他留校。赵代红很听父亲的话。可是他的心里却仍旧有着一份法官的情结。他的这个情结，正是他的病因。还有一件事情，赵代红有时候会一个人大半夜地溜到教室里，打开灯，一个人站在讲台上，就像法官一样，把空荡荡的教室当作他的法庭。把一些他认为判决有误的重点案例拿出来重新审理，这样的情况虽然不多，但也有好几次。他自己知道这样是有问题的，可就是控制不住自己。"

　　谢欣说道："这么看来他的嫌疑要比那个高云龙大得多。"

　　欧阳双杰问卫扬帆，如果自己去见他这两个病人的话，会不会不方便。

　　卫扬帆说道："当然不方便，这样一来他们就会知道是我把他们的情况透露给了警方，于他们而言我是失信的！不过我想你应该有自己的办法与他们进行接触的。有一点我得提醒你，他们两个人都很聪明，而且同样也都很敏感，所以你在和他们打交道的时候一定要多费些心思。"

　　欧阳双杰和谢欣从卫扬帆那离开的时候已经十点多钟了。

　　上了车，谢欣问欧阳双杰："还要继续把其他诊所都跑一遍吗？"

　　欧阳双杰点了点头："嗯，剩下的几家你就按着我给你的那个心理画像去调查，那儿的医生只要看到这个心理画像应该会有印象的。"

　　欧阳双杰的电话响了，是许霖打来的，许霖说他查到了一个失踪者，曾经被起诉故意杀人，可是后来因为证据不足又给无罪释放了。

　　欧阳双杰问许霖，这个人失踪的具体时间能够确定吗？许霖说这个人是两年前无罪释放的，可就在一个月前在自己家楼下的小区里失踪了。这人叫杜仲平，三十二岁，无业人员，未婚。是个老混混了。

　　五年前，也就是杜仲平二十七岁那年，因为涉嫌谋杀坐台小姐而被收容审查，他被收审了三年，警方也调查了三年，却找不到有力的证据。死者的尸体没找到，凶器没找到，他甚至还有证人证明案发时并不在现场。根据一个所谓的目击者和死者当天才从银行取出三万块钱这两点，警方暂时先将他收审了，之后陆陆续续也找到一些证据，但终归都无法证实就是他杀了那个坐台小姐。两年前，警方以证据不足将他无罪释放。许霖告诉欧阳双杰，当时负责调查这个案子的人正是肖局。

　　挂了电话，欧阳双杰便问谢欣。谢欣是老刑警了，欧阳双杰问他还记不记得这个案子。

"这个案子我当然知道，当时是老肖主抓的，我和小虎都是这个案子的成员。在我看来这个杜仲平肯定就是凶手，他刚被抓进来的时候虽然嘴很严，但还算老实。可是当我们提审了他十几次以后，他突然变得嚣张起来，不管我们怎么问，他都不承认自己杀人。只说一句话，'有本事你们就拿出证据来'。"

欧阳双杰说道："看来你们的这十几次提审，几乎把自己的底牌全都亮给他了，他知道你们手里根本没掌握任何有利的证据，他有底气了。"

肖远山也还记得这个案子："那小子就像四季豆米一般，根本就不进油盐，不管我们怎么审，他就是低头一句话都不说。"

欧阳双杰正在翻阅着谢欣给他找来的当年杜仲平案的卷宗。

"老肖，当时报案的人就是那个目击者对吧？"欧阳双杰轻声问道。

肖远山点了点头："报案人是那个坐台小姐的同屋，叫姜丽华，也是干那行的。她说亲眼所见杜仲平杀死了那女人，她甚至把细节都叙述得很清晰。那女人被杀死的时候她就躲在床底下的，要不是她忍住没有发出一点儿响动，估计也就活不了了。我仔细地看过她的口供，也亲自钻到那床底下去看过，她所表述的确实在她的能见范围之内，而且她还说亲眼看到了杜仲平从那女人的包里拿走了一沓钱。"

谢欣补充道："姜丽华报案后我们第一时间赶到了案发地点。姜丽华当时吓得全身直哆嗦，我们到了十几分钟后她的情绪才稍稍缓了过来。"

欧阳双杰"嗯"了一声，这些与卷宗上的记录是一致的。

"姜丽华说杜仲平把尸体给弄走了，走之前还把现场清理了一遍，直到确定自己没有任何遗漏以后才离开，之后他应该是找什么地方去抛尸了。可是在另一份口供里记录了那个时段，他正在东兴路的一个小酒吧里和一个混混喝酒，而且还有几个人都可以为他做证。老肖，这一点儿你怎么看？"

肖远山皱起了眉头："当时我就有想过，会不会是杜仲平作案以后就跑去了小酒吧，他当然不是去喝酒的，他是去找时间证人的，所以我就考虑了时间差，从案发地点到小酒吧，走路最快得二十分钟，开车的话，四五分钟的车程，可是就是不知道当时会不会很堵。"

谢欣说这事情是她和邢娜去查的，那天并没有堵车，也就是说杜仲平在作案之后有个四五分钟就完全可以赶到小酒吧，所以这也成为后来警方收审杜仲平的一个理由。

"他本来就是个混混，那些小混混自然都听他的，他们的口供在我看来做不得数的。"肖远山有些不满地说道。

欧阳双杰说："这个杜仲平还是有些本事的，至少比起很多小混混来，他的心理素质要好很多，而且他很聪明，能够从警方对他的审讯中捕捉到一些信息。这些信息让他很轻易就能够判断出警方是不是已经掌握了他的犯罪证据。当然，这一切都基于他确实就是杀人凶手来假定的。"欧阳双杰补充了一句。

肖远山瞪大了眼睛："他肯定就是凶手，这一点没错！不然他已经逃脱了刑罚怎么还会出事？依我看，一定又是那个'法官'干的！"

欧阳双杰说道："那我们假设一下，如果真是那个自认是'法官'的人干的，而且杜仲平也就是五年前那桩杀人案的凶手，那么以我们看来，杜仲平应该受到什么样的刑罚？"

谢欣抢先回答道："抢劫杀人，毁尸灭迹，情节特别恶劣，应该判处的是死刑。"

欧阳双杰淡淡地说道："如果按罪量刑的话判他死刑并不为过，但如果他的认罪态度较为诚恳，能够主动坦白、交代自己的问题，甚至能够揭发其他人的犯罪行为，他是可以争取到宽大处理的，那样对他的量刑应该就是你说的无期或者最高期限的有期徒刑。"

"也就是说，他向这个'法官'认罪了，甚至有可能还揭发了其他人的罪行？"

欧阳双杰苦笑道："从庄大柱的案子我们可以看出，这个所谓的'法官'虽然自己在实施犯罪，可是他却俨然以一个真正的法官来严格要求自己。在定罪、量刑及刑罚上也力求做到客观、公正，所以他一定会给罪犯一个争取宽大处理的机会。我们别忘记了杜仲平的身份，他是个混混，掌握了很多不为人知的道上的秘密，对哪些人做过些什么坏事，知道得不少。所以他完全有可能换取'法官'对他的宽大政策。"

"看来这个法官挺能耐的，可是他怎么来执行这个监禁的刑罚呢？他总不能自己也弄个监狱吧？还有就算他真弄了个监狱，但他又怎么保证他的犯人不会逃跑呢？莫非他还有一帮子人？"

欧阳双杰摇了摇头："他这类人是不可能轻易相信任何人的，就算有他自己的监狱，也不会请看守，他会独立去完成这些在我们看来很是艰难的任务。"

"这些人的脑子里都在想些什么？真是不可思议。"

欧阳双杰说道："其实他们的思维模式相对简单，只是我们没有找到一个好的切入点，无法与他们进行思维上的对接而已。就拿这个'法官'来说吧，他所做的事情并不复杂，锁定目标，寻找目标的犯罪证据，然后用他的方式将目标绳之以法，严格地按照现行的法律法规对目标定罪量刑。"

肖远山说如果只是一两个人的话，"法官"要拘禁他们确定不是什么难事，可是真要搞一个监狱，把他知道的曾经犯罪却又漏网的人都关起来的话，想想都不靠谱。

欧阳双杰说道："老肖的问题提得很好，根据我的侧写，'法官'是公平、公正的，那么他对犯人们的刑罚也应该是公平、公正的，公正的定罪、量刑、处罚，可是对于非死刑他又怎么能够做到这一点？做不到，绝对做不到，就算他能够做到，犯人服刑满了之后呢，放了吗？他就不怕这些被他折磨过的人报案吗？他能让自己的行为暴露吗？"

谢欣说道："我们之前说的他会客观公正地量刑与处罚是有问题的。"

"不，那一点并没有什么问题，他必须是客观、公平、公正的，这是他的病态所局限了的。我们唯一搞错了的是他的目标并不存在普遍性。他只针对一种人，应该被判处死刑的人，这样看来，他是不会给杜仲平机会的。"

"如果是这样，我们应该早就看到了杜仲平的尸体。"

欧阳双杰抱起了双手："或许他遭遇了和你们一样的瓶颈！他把杜仲平掳了去，并没有马上处以死刑，那是因为他掌握的证据也并不完全充分，就比如你们最想知道的，受害者的尸体到底被杜仲平弄到哪儿去了，凶器他又扔到了什么地方，这一定也是'法官'想要知道的。"

肖远山一下子来了精神："照你这么说，杜仲平很可能还没有死，'法官'是用自己的法子来对杜仲平进行他的'收容审查'？"

欧阳双杰点了点头。

谢欣也有些欣喜地说道："只要我们找到杜仲平，就能够抓到这个'法官'了！"

欧阳双杰苦笑道："要找到杜仲平并不容易，我们能够想得到的，'法官'一定已经早就想到了。他还具备了很强的侦查与反侦查的能力。"

谢欣问道："那下一步我们该怎么办？"

欧阳双杰说道："下一步我想我们应该双管齐下：一方面我们先接触一下我们所列出的那几个嫌疑人；另一方面，让各派出所做好排查，不只是那些旅店、民房、网吧、桑拿；还包括一些废弃的建筑物都别放过，看看能不能找到杜仲平。"

离开了局里，欧阳双杰准备去见一个人——赵代红。他和赵代红虽然不熟悉，可是彼此之间也算认识。

欧阳双杰的运气很好，赵代红在办公室。

见到欧阳双杰，赵代红有一些惊讶，虽然他们曾经有过接触，可是并不熟。

"欧阳队长，不知是什么风把你吹过来的？"赵代红热情地和欧阳双杰握了握手。

"我无事不登三宝殿，是专程来拜会赵教授的，有件事情想请你帮忙！"

赵代红望着欧阳双杰："我能帮你什么忙呢？我就是一个教书匠。"

"赵教授太谦虚了，您是黔州省最年轻的副教授，在法学方面也有着独特的见解。想必你也听说了，警局遇到了棘手的案子。"

赵代红点了点头："我确实听说了，凶手具备了警察与法官的素质。从调查、取证、定罪、量刑一直到行刑他都做得一丝不苟。我们几个教授在谈起这个案子的时候都说，如果我们的警察与法官都能够像他一样做得这么完美，那么就能够大大减少冤假错案发生了。"

"可是一个这样精研法学的人为什么会做出知法犯法的事情呢。一方面他让我们看到了司法公正的一面；可另一方面，他又用极端的手段对受害者实施暴力伤害，真是一个复杂的人啊！"

"这个凶手可能是在用他自己的方式报复社会，只是他的报复有局限性，而且在他看来，他的报复并没有错，他甚至还认为他的行为同样是在捍卫法律的尊严，替天行道。"

"替天行道？"

赵代红说道："至少我认为是这样的。"

"你也认为这个凶手的心理有问题？"

赵代红笑了："可以这么说吧，至少他的行为同样对社会构成了一定的危害性。从犯罪心理学的角度来看，他应该是一个极端主义者。如果说红边门菜市场发生的案子还有一定的逻辑性，那么青石镇的崔家灭门案就毫无逻辑可言。我个人更倾向认为凶手的脑子有问题，仅仅凭着莫须有的罪名就杀人，用的手段还是古老传说中的那一套。"

欧阳双杰望着赵代红："那么依赵教授的看法，这两个案子的凶手应该不是同一个人了？"

"肯定不是同一个人。一个人的思维模式与行为模式一旦定型就不太容易轻易改变。红边门的案子，凶手的思维严谨，做事有很强的原则性。从他取证到定罪、量刑以及行刑这一系列的过程来看，他偏重于证据，试图以自己的方式来标榜自己所做的这一切在法律允许的范畴。他唯一忽略的是他自身并不具备执法的权力。"

欧阳双杰苦笑了一下："在我们看来他或许不具备执法的权力，可是他自己却认定他有权力这么做。因为在他的心里，他就是法官！"

赵代红愣了一下："我明白了，你已经认定了他有心理上的问题！"

欧阳双杰没有否认。

赵代红继续说道："青石镇的案子，凶手杀人根本就毫无道理可言的。只是偏听便偏信了，不过从他作案的手段来看，能够把细节考虑得那么周详，不留一丝痕迹，这很难得。"

欧阳双杰的心里很惊讶，他没想到赵代红已经把这两个案子分析得这么透彻。他今天来就是想要试探一下赵代红，毕竟他们也怀疑赵代红有可能是凶手。

如果赵代红对最近发生的案子闭口不谈，又或是两案择其一，有意回避其中一个的话，那都能够说明问题，至少赵代红的心里有鬼，可是他却把两个案子都分析得头头是道，说明他并不避讳谈及这两个案子。当然也可能是他的心理足够强大。赵代红的从容应对对于欧阳双杰来说是一个很清晰的评判标准，赵代红的表现是正常的，在长达一个半小时的谈话中，欧阳双杰已经从心底排除了赵代红是嫌疑人的想法。

回到局里没多久，谢欣就来到了他的办公室。

谢欣终于把市里的大小医院的精神科和心理诊所跑遍了，她按着欧阳双杰的心理画像没有筛出有嫌疑的人。


林城发现了杜仲平的尸体。

杜仲平的尸体是在公墓发现的，他就死在那个被他杀死的坐台小姐的坟前，被钢珠子弹打烂了头部，血溅到了墓碑上。杜仲平的双手是被反剪着缚住的，他蹲在墓前，上半截身体倚靠在了墓碑上，他的鲜血也污了自己一脸。

在他的口袋里也找到了一个小本子，上面是他自己的悔过书，他对自己犯过的罪行供认不讳，而最后的两行小字便是对杜仲平犯下的罪行的一个裁决，最后红色的笔写着判处杜仲平死刑，立即执行。

"死亡时间大概是凌晨四点到五点之间，这儿就是第一案发现场。之前凶手是用东西把他的嘴给堵上的，估计是怕他乱喊乱叫，一直到行刑之后才把他嘴里的东西给取了下来。"

许霖说道："这儿距离市区有二十七公里，平时都很少有人来，更别说大半夜了。"

"凶手绑架并拘禁了杜仲平，等拿到确凿的证据以后对他施以极刑，这个凶手应该就是红边门谋杀庄大柱的凶手。既然是凌晨四点多钟死的，那么为什么现在才接到报案？这整整一个上午过去了，就没有人发现尸体的存在吗？"欧阳双杰感到不解。

许霖说道："其实也有人发现了的，可是他们并没有在意罢了，他们以为是谁对着坟头难过呢。"

在欧阳双杰看来，凶手处死杜仲平也该是在白天干的，之所以选择在当年被杜仲平害死的那个女人的坟头不难理解，可是大半夜地跑来行刑就有些说不过去了。按说凶手是不应该轻易改变自己的行事作风的。

谢欣说道："会不会是他碰到什么紧急的情况，不得不仓促地这么做？"

欧阳双杰摇了摇头："不会。"

回到局里，罗素已经等在他的办公室了。

坐下以后罗素就央着欧阳双杰把新的案情说了一遍，罗素听完说道："看来应该是红边门案的凶手做的了。欧阳队长，凶手两度作案都没有留下任何有用的线索，看来要破这个案子难度很大啊！"

欧阳双杰点了点头。原本在欧阳双杰看来，再次发案，或许会对警方的破案有一定的帮助，可是现在看来不但不是这样，甚至还与之前自己的某些推断相背离。

罗素又说道："我从肖局那儿了解到，目前欧阳队长把发生的两起，不，现在应该说是三起案子的凶手都定位在有精神问题的人身上，还针对凶手的一些特性进行了一个心理画像。我很想知道，心理画像的依据是什么，另外你们对林城心理诊所与精神专科的排查有锁定嫌疑人了吧？"

"心理画像全称应该是犯罪心理画像，最早是源于美国 FBI 的犯罪现场分析法，新行为主义学派心理学家托尔曼提出了三大变量系统，他认为犯罪环境、犯罪心理和犯罪行为之间既有着因果关系，又能够相互作用，比如一个人在受到外界不良环境的刺激后，他的心理品德就会随之发生变化。心理画像依据的是犯罪行为与犯罪心理的一致性、互动性原理，依据犯罪人的行为特征分析出他的心理特征，从而得出他的性别、年龄、职业、文化、性格、生活习惯等等行为的、心理的、生理的、社会的特征，它改变了过去研究犯罪原因的侧重点，也就是我们所说的作案动机，而用倒置的犯罪心理的原因论来从犯罪的行为性推出他的心理特征以及他所处的环境特征。"

罗素问道："那你们的排查有什么结果吗？"

欧阳双杰摇了摇头说道："暂时还没有，心理画像有它一定的依据，可是它也存在着很大的局限性。有可能我们的画像有很大的偏差。"

罗素微微点了下头，表示他听明白了："那么接下来欧阳队长是怎么想的呢？"

欧阳双杰说他还没有想好，毕竟这样的案子并不常见，由于杜仲平案的发生，所以他必须重新把两个案子的异同之处重新好好捋捋，然后再对之前的画像做出适当的更改，力图能够更加精准，早日抓住凶手。

罗素只待了一个小时就离开了。

两个案子看起来是很相似的，可为什么"法官"会选择在大半夜对杜仲平"行刑"呢？这与他主张的震慑原则相背，到底是什么原因？是不是自己什么地方判断错了，出了问题？欧阳双杰站了起来，走到了自己的白板面前，在上面写下了杜仲平的名字，然后又圈注了几个小细节，便盯着白板发起呆来。


王小虎查到杜仲平失踪前曾经有人见到他和一个年轻人见过面，就在他家不远处的一个街心花园，大概是下午四点多钟的时候。

提供这一情况的是街心花园入口处的书报亭的摊主，他说当时他还和杜仲平打过招呼。可是杜仲平看上去慌慌张张的，正在和那年轻人解释着什么，那年轻人仿佛脾气不小，也不怎么搭理杜仲平，自顾往花园里走去。

摊主姓潘，是个四十多岁的女人，微微有点儿胖，带着口吃，说话的时候还常常眨巴眼睛，那神情模样很是滑稽。可王小虎却笑不出来，因为这女人根本就说不出那年轻人长什么样子，一会儿说没看清，一会儿又说忘记了。

"大姐，你再仔细地回忆一下，那年轻人有没有什么明显的特征，让你记忆比较深刻的。"邢娜轻声问道。

女人眯着眼睛仔细地想了想，然后有些不确定地说道："我好像记得那个年轻人走路的时候好像有个习惯，他的右手喜欢不停地抓握着，不知道这算不算一个特征。"邢娜听了后苦笑着看了王小虎一眼。

上了车，邢娜对王小虎说道："现在看来那个年轻人很可能就是凶手，杜仲平一定是被他掳走的，那个街心花园四通八达的，他们至少能够从三个以上的口子出去而不被人发现。"

王小虎皱着眉头："别急着下结论吧。不过这个年轻人也有嫌疑，先找到他再说吧。"

"怎么找？到现在为止我们只知道是个年轻男子，身高一米七到一米七五之间，还有就是右手抓握着什么。除此之外，连长什么样，是胖是瘦都不知道，这和大海捞针有什么区别？"

邢娜有些气馁，王小虎却说道："之前我们不是对杜仲平失踪前两天的通话记录做过调查吗？其中有两个电话号码是没有存入联系人的，会不会其中一个号码就是这个年轻人的？"

邢娜摇了摇头："两个号码都不是实名制登记，其中一个已经找到了机主，是个收废品的，他是给一朋友打电话，误拨到了杜仲平的机子上，我们也核实了他的话，他朋友的号码与杜仲平的就两个数字的差别。另一个一直都没有查出什么来，杜仲平失踪的当天就停用了，现在看来那个号码确实有可能就是那年轻人的。"

王小虎说道："就算不是实名登记的，卡从哪儿办的这个我们应该能够查到吧。我想，办卡的地方，应该是那个人经常出现的地方。"

邢娜说道："那又怎么样，就算知道他经常会出现在什么地方，可是你知道他到底是谁？"

王小虎笑了："杜仲平为什么会跟着他去街心花园。那是因为他们认识，潘大姐不是说了两人去花园的时候，杜仲平一直在向年轻人解释什么，而年轻人仿佛不怎么愿意听他的解释。"

"那又怎么样？"

王小虎淡淡地说道："他们是认识的，而且那个年轻人有些来头，杜仲平对那年轻人的恭敬态度就很能够说明问题。"

邢娜笑道："杜仲平可是混子出身，身上还有命案，谁能让他这么顺从呢？"

王小虎没有说话，他也在思考着这个问题。

王小虎推门走进了欧阳双杰的办公室，发现欧阳双杰歪在沙发上睡着了，他准备退出去的时候欧阳双杰醒了，揉了揉眼睛："小虎来了？快坐吧。"

"看我来得不是时候，你该是刚睡着吧？"

欧阳双杰搓了搓脸："怎么样？查到了什么？"

王小虎把情况大致说了一下，欧阳双杰点了支烟："你也怀疑那个年轻人就是凶手？是他把杜仲平弄去了然后杀害了杜仲平？"

王小虎点了点头："嗯，只是我有想不明白的地方，那就是杜仲平可是混混出身，又杀过人，怎么可能会那么顺从地任那年轻男子摆布？我想是不是年轻人握着他什么把柄，又或者有什么足够威胁到他的东西。"

欧阳双杰微微点了点头："有道理，如果能够想办法找到这个年轻男子就好了。"

王小虎却说道："难啊，那女人根本就没有真正说出那个年轻男子什么有用的特征。"

"那年轻男子应该是一个伏案工作者，患有严重的肩周炎。"

王小虎愣了一下："你凭什么这么说。"

"手的抓握本来就是肩周炎的一个自我物理疗法。"

王小虎说道："也可能是他的习惯动作呢，一个人总会有些习惯动作的，有时候人在紧张的时候也会用一些行为动作来缓解。"

"不一样，习惯动作和舒缓紧张情绪的动作幅度都不会太大，紧张的时候确实也会抓握，可是绝对不会一直不停地抓握，不停地抓握反而证明了他并不紧张。这个年轻人非但不紧张，而且还很放松，紧张的人在那个时候是不会去顾及他的肩周那点儿疼痛的。"

"我明白了，我这就设法再好好调查一下杜仲平的社会关系，特别是他失踪前的那段时间都接触过哪些人。"王小虎倒是一点就破。

他望着欧阳双杰："有什么新的想法吗？"

"我怕告诉你了会对你造成影响。"欧阳双杰笑道。

王小虎白了他一眼："说吧，万一我也能帮你出出主意呢！"

欧阳双杰这才说道："其实我一直在纠结一个问题，为什么杜仲平会在大晚上被'行刑'，这有悖于凶手的行事作风。这类人的思维与行为在很大程度是模式化的，模式化的东西你觉得那么容易发生改变吗？"

王小虎想了想："或许他发现最近警方盯得太紧，再想白天杀人不安全，所以……"

欧阳双杰摆了摆手："他们不会因为外因的改变而改变自己的行事风格及处事原则。只有心理上的原因才会使得他有这样的改变。"

王小虎抠了抠头，在他看来这个问题还真是很复杂："你说的心理原因是指什么？"

欧阳双杰不说话了，他知道再说下去也是白搭，他和王小虎解释不了。

王小虎没坐多久便走了，欧阳双杰仍旧在想着杜仲平的事情。

他一定要弄清楚凶手为什么突然改变了手法，就算是心理上的原因他也必须找出其中的症结所在。


云都市，李浩强满心的郁闷，王局的意思他当然明白，可是他的心里却倾向于欧阳双杰的判断，这使得他犯了和王小虎一样的难。徐刚去了林城，可是徐刚那边一样没有找到任何有用的线索，他知道徐刚已经尽力了。

李浩强再一次来到了案发的那个小区。正好是华子当班，二黑也在。虽然二黑那晚是入室盗窃，可是因为发现了颜素云的尸体，并及时报案，而且也没有偷盗到什么东西，所以就免于对他的处罚。

李浩强和一个警校毕业刚分来的学警一道来的，那小子叫鲁挺。长得五大三粗的，但心却挺细。

华子和二黑见李浩强来到了值班室，赶紧站了起来，华子尴尬地笑了笑："李队，坐！"二黑忙去接了两杯纯净水摆到了李浩强和鲁挺的面前。

李浩强说道："华子，你比二黑来这儿的时间长，你竟然不知道那一户人家的男主人是谁？"

华子摇了摇头："我来的时间也不长，也就半年多一点儿。这家人应该是在我来之前就搬过来的。上次做笔录的时候我也说了，不过以前在这儿干过的那个柳叔应该知道得多一些，要不你去问问柳叔吧！"

李浩强皱起了眉头，他知道华子说的这个柳叔，叫柳向权，是小区第一批保安，那时候的住户不多，保安也不多，是后来慢慢搬进来的人多了，保安队伍才慢慢壮大的。

他们去找过柳向权，柳向权告诉他们，他从来就没有听说过什么小叶老师，估计是他走了以后才出现的，至于颜素云和邓新荣他倒是有点儿印象，只是也没有多少接触，邓新荣很少回来，倒是经常见颜素云在小区出没，大多时候都是一个人。

李浩强觉得这个所谓的小叶老师肯定是柳向权他们那批保安离开后，新保安还没有熟悉环境突然在小区出现的，所以他才可能给了华子一个错觉。而柳向权他们离开的前后也正是案发前后没多久。

"你怎么知道那个男人是老师，他自己说的吗？"李浩强问道。

华子点了点头："嗯，不过倒不是和我说的，我是听他打电话的时候电话里的人这么称呼他的。"

李浩强愣了一下："他打电话能让你听见？"

"车载电话，免提的。我想想，好像是对方说想请他帮忙做什么，对方对他很是恭敬，左一个小叶老师，右一个小叶老师地叫他。"华子的话让李浩强的眼睛一亮，他让华子好好回忆一下，对方到底是找他帮什么忙。

华子想了老半天才说道："我想起来了，对方说他入手了个什么罐子，想让他帮着看看什么的。其他的我真的记不得了。还有小叶老师说看看没问题，他收费很贵的，就只有这些了。"

那个人应该是让这个小叶老师给他鉴定个什么古董吧，李浩强坐不住了："华子，谢谢你了，再想起什么记得给我来电话。"说罢，他拉着鲁挺就离开了。

上车后李浩强说道："这个小叶老师应该懂得古董鉴定，这条线就交给你去查吧，把云都所有干这个的都查个遍！不过你也别把视野局限在云都，可以放宽一点儿。"


严小英静静地坐在河边的长廊上，她拿起手机再一次打了过去，才响了两声铃声，电话又被挂断了。

严小英伤心地抽泣着，对于她这个年龄的少女来说，失恋是一种很大的打击。因为这个年龄，她不用去为一日三餐操心，也不用去想明天会怎样。这就是花季的好，无忧无虑，所以她们就把那种根本称不上爱的爱情看得很重。

她很倔强，又重新拨打了一遍。终于，电话那边传来了那个熟悉的声音，那个从前对自己轻言细语、满是蜜味，如今却冰冷、淡漠，充满了厌恶色彩的声音。

"我说严小英，还要我说多少遍，我们完了，彻底完了，游戏已经结束了，你明白吗？"

"贺兵，你是不是真要那么狠心？我现在就在风雨廊，我给你半小时的时间，你如果不来我就死给你看！"严小英没有再苦苦哀求贺兵，她知道哀求已经没有一点儿用，她给贺兵下了最后通牒。

谁知道贺兵却说道："好啊，那你快跳啊，赶紧地，要死死快一点儿，别他妈的再来烦我。"接着严小英听到电话里响起了另一个女孩的声音："兵兵，谁啊？"贺兵竟然回答道："一个疯子，别理她，我们继续。"

严小英彻底绝望了，她站了起来，把手机用力地扔向远处，手机在半空中划了一道弧线，然后掉进了河里。

严小英木然地站了起来，就准备往河里跳去。

一个男人的声音从身后传来："就这么死了，值得吗？"严小英吓了一跳，准备转过身去。

"别回头！"那声音冷冷地说道。严小英愣住了，她没有再转身，而是怯怯地问道："你是谁，你到底想干什么？"

那男人笑了："我？我要说我是个职业杀手你相信吗？"

严小英不知道为什么竟然点了点头："我信！"

男人问严小英："你恨他吗？"

严小英下意识地反问道："谁？"

男人又笑了："那个你叫他贺兵的人，你不是为了他哭吗？你甚至还准备为了他去死。"

严小英咬着牙齿："恨！我甚至恨不得亲手杀死他！"

男人的声音变得冰冷："那你就去做啊，去杀了他，亲手杀死他！"不知道为什么，男人的话让严小英的心里一凛。

"怎么？不敢还是舍不得？"男人问道。

严小英摇了摇头："我没杀过人，况且其实他还是给过我很多快乐的。"

男人淡淡地说道："这么说，你宁愿自杀，也不愿意伤害他？"严小英没有说话。

男人说道："你身上有钱吗？"

严小英从口袋里掏出一张五十元钱："就只有五十。"

男人说道："给我，记住，别回头。"严小英没有回头，只是把钱递到了后边，男人接过了钱："现在我收了你的钱，我会帮你杀了他。"

严小英吃了一惊，她叫道："这钱不是让你杀他的，我不许你伤害他！"说罢她猛地一转身，身后哪里有什么人？

严小英吓坏了，她甚至怀疑刚才的那些到底是真的还是自己的幻觉。她摸了摸自己的口袋，五十块钱确实没有了，地上也没有。严小英慌忙地往桥边跑去，她要设法通知贺兵，有人要杀他。

她来到了贺兵租的屋子，死命地敲了很久的门，门终于开了。贺兵冷冷地望着她，她发现贺兵身上只穿了一条内裤，而他的肩膀上还有一排隐约可见的牙印。

"你到底想怎么样，我们已经分手了，拜托，你能不能别再来纠缠我？"贺兵一脸的不耐烦，屋里一个女人的声音："兵兵，谁啊？"

贺兵应了一声："没事，一个要饭的。"说罢扔给严小英一个白眼，"砰——"地关上了门。

严小英甚至还没来得及说明自己的来意就被贺兵给关在了屋外，严小英轻轻地叹了口气，苦笑着喃喃自语："命，这都是命，你自己找死，怨不得我。"

第二天上午十点多钟，林城市刑警队就接到了报案，在青山小区一个出租屋里发生了命案，死者是一男一女，都是林城第二职业高中的学生，男的叫贺兵，女的叫蒋琪。

两人都是被人一刀割断气管而死的，双双死在床上，全身赤裸，用被子盖着，死后应该是被人摆了造型的，看上去就像是相拥熟睡了一般。

凶手在现场没有留下什么痕迹，只是在墙壁上用受害人的血写下了四个字，买一送一！

"凶手的手法十分熟练，一刀毙命。"王冲查看了一下死者的伤口，法医周小娅点了点头："是的，受害者应该没有感觉到多少痛苦，可以说杀手很专业！"

王小虎皱起了眉头："杀手？"

周小娅笑了："我想应该是吧，墙上的买一送一在我看来应该是有人买凶杀人，而目标应该是二者之一，可是凶手却两个都杀了，所以才叫买一送一，除此之外，我还真不知道该怎么解释这四个字呢！"

王小虎问技术部门的人，凶手是怎么进来的。技术部的小张说道："凶手应该是用某种工具自己开门进来的，趁着屋里的人都熟睡的时候行凶杀人。现场经过了技术处理，也就是说凶手在作案之后应该对现场进行了细致的清扫，把他可能留下的痕迹都清理了一遍。现在唯一的希望就是墙壁上的这几个字，运气好可以有机会进行笔迹比对。"

王小虎明白小张的意思，笔迹鉴定也得有对比物、参照物的，这几个字只能够暂时收集起来，以后遇到嫌疑人可以进行笔迹对比，只是现在却根本一点儿用都没有。

王冲说道："我问过街坊邻居了，说昨晚十一点多钟曾经有个女孩来拍过门，邻居说还听到两人有争吵，好像是这个贺兵的前女友吧，他把那女朋友给甩了。听房东说，贺兵的前女友是市三中补习班的学生，叫严小英。去年就是因为贺兵，高考没考上，才又复读一年，可还是常常和贺兵鬼混在一起。房东说他很后悔把屋子租给贺兵，可是也没办法，这个贺兵，书不好好读，却和道上的混混走得很近。"

当警察找上门来的时候严小英的心沉了下去。

她已经猜到一定是贺兵出事了。她有些后悔，只是当时她自己都怀疑那个所谓的职业杀手到底是真的还是假的。

"你们找我有什么事吗？"严小英轻声问道。

王小虎微微一笑："你就是严小英？"

严小英点了点头："是的。"

王小虎问道："昨晚十一点半左右你在什么地方？"

严小英想也没想："我去找贺兵了。"

"哦？能告诉我你为什么要去找贺兵吗？"王小虎没想到严小英竟然一点儿都不隐瞒。

王冲问她去找贺兵做什么，严小英一五一十地将昨晚的事情大致说了一遍，重点则是她在河边长廊里的遭遇。

"我知道，一定是他干的。可是警官，你们要相信我，真和我没有关系，我并没有让他杀人。虽然贺兵变了心，和那个蒋琪搅到了一起，我恨蒋琪。但再恨我也不可能雇这样的杀手，那钱，那钱真是他向我要的。"

王小虎这下又想到了周小娅说的话，买一送一，原来这买凶杀人是这么个情况。

一个自诩职业杀手的人，为了区区五十元钱就杀人，还买一送一，这让王小虎的脑子都大了："疯子，简直就是疯子。"

"可惜了，严小英根本就没有看到那个人的样子，只是听了他的声音。"王冲说道。

王小虎眯缝着眼睛说："正常人谁会为了五十块钱杀人，而且还一口气杀了俩！有一点儿周小娅说得也没错，这个杀手很专业，从他进屋，到行凶杀人，之后清理现场来看，这又是一个反侦查的高手！不行，我得马上回局里一趟。"

　　欧阳双杰没有在局里，他去了红边门，然后又去了发现杜仲平尸体的那所公墓。他要到现场亲自察看一下，为什么凶手在"行刑"时间上会发生那么大的改变。

　　王小虎是找到公墓来的。谢欣见王小虎来，忙竖起食指到唇边，然后"嘘"了一声，王小虎看到此刻欧阳双杰竟然就像杜仲平一样跪在坟前，头抵在墓碑上，双手反剪着背在后面。

　　王小虎皱了下眉头："他在搞什么鬼？"

　　谢欣轻声说道："不知道，可能是角色体验吧！"

　　欧阳双杰听到二人说话，站了起来，拍了拍身上的泥土："我是想判断一下，杜仲平是摆好了造型之后才被弹珠枪射杀的还是先杀死了再给他摆上的造型。"

　　王小虎问道："有答案了吗？"

　　欧阳双杰点了点头："有，周小娅的报告上说了，是先摆好了造型才射杀的。不过有一点儿我觉得很奇怪，那姿势并不舒服。作为杜仲平而言，他也没有理由让他摆什么造型他就摆什么造型等死吧？怎么着也该挣扎一下的。"

　　谢欣说道："或许他害怕凶手手里的枪，你也知道，现在这些仿真枪真能够以假乱真的。"欧阳双杰微微点了点头，这倒也说得通。

　　不过他马上就回过神儿来了："小虎，你大老远撵到这儿来是不是又出了什么案子了？"王小虎把刚出警的事情大抵说了一遍。

　　欧阳双杰听完以后并没有说话，只是望向远方。

　　过了一段时间欧阳双杰说道："他和贺兵、蒋琪无冤无仇的，为什么非得置他们于死地？另外他告诉严小英说他是职业杀手，那是一种什么心理，无所畏地炫耀，那五十块钱根本就不是事儿。其实不管严小英给不给他五十元，他都已经生了杀心，只是有了那五十块钱，他杀人也能够杀得更名正言顺，钱只是个象征！"

"这么说你也认为凶手是个精神病人？"

欧阳双杰说道："我们的侦查方向与侦查的手段都不一样，所以你得自己去大胆地假设，小心地求证。"

欧阳双杰对于心理学是很有研究的，他相信这几起案子的凶手应该都是精神病人，可又都不是同一个人，这是精神病人的思维与行为的规律决定的。但关键问题是这些精神病人都是从哪儿冒出来的？

贺兵的案子在他看来，凶手杀人看似随机，只是与严小英攀谈了几句凶手便起了杀心。为什么凶手正好出现在严小英万念俱灰想要自杀的时候？而凶手并没有问严小英任何关于贺兵的信息，却能够在与严小英分开后不到两个小时的时间里找到贺兵并杀害了他？只有一种可能，那就是凶手早就已经留意了贺兵和严小英，他早已经知道了严小英与贺兵的事情，他是一路尾随严小英到的河边，在严小英准备做傻事的时候他便出现了，然后才上演了严小英"买凶杀人"的那一幕。所以在欧阳双杰看来这个案子并不是偶然的、随机的，而是一起蓄谋已久的谋杀。

凶手杀人的手段确实很专业，来无踪，去无影，一刀毙命，现场没有留下任何的痕迹，根本不给警方一点儿线索。这是林城发生的第四起凶杀案了，第一起欧阳双杰把凶手定位为"裁决者"，制造了青石镇的惨案；第二起和第三起，庄大柱的死、杜仲平的死，凶手是"法官"，他自认为是正义的化身，法律的代言人，所以他杀的都是他认为该死的人，他掌握并罗列了确凿的证据。现在是第四起，凶手突然就变了，不是"裁决者"也不是"法官"，而是个"职业杀手"。

欧阳双杰在白板上写下了"裁决者"、"法官"和"职业杀手"，这四起谋杀案凶手的代号。欧阳双杰还是坚信这三个凶手的心理都有着严重的问题，是精神病患者，可是怎么就突然一下子都冒出来了？而且他们为什么会有着这么强烈的暴力倾向？

三个凶手所表现出来的外在特征都是高智商，良好的文化背景，具备极强的侦查与反侦查能力。以他们这些特性来说，彼此之间是不可能建立良好的沟通的。他们的内心世界是相对封闭的，有着强烈的自我保护意识才对。

就在欧阳双杰很是零乱的时候，冯开林的电话来了，他让欧阳双杰到他的办公室去一趟。欧阳双杰马上就想到了王小虎，这个王小虎一定先去了冯开林那儿，把"职业杀手"有可能是精神病人的事情告诉了冯开林。

推开冯开林办公室的门，老肖和王小虎都在。

王小虎的脸上带着尴尬："欧阳，是冯局逼着我说的。你也知道，除了这一点，我根本就没有任何的线索。"

冯开林说："我听王小虎说你认为又是精神病人在作案？"

欧阳双杰点了点头，冯开林叹了口气："首先我并不怀疑你的判断，可是这让我怎么向上面汇报？接连四起凶杀案，三个凶手都是精神病人，这些精神病人从哪儿来的？最可气的是他们都具备很强的反侦查意识，难不成他们都接受过专业的培训，是有组织的犯罪？"

欧阳双杰没有说话。

肖远山接着说道："你看有没有这样的可能，那就是有人故意利用了这些精神病人，教会了他们反侦查的手段，然后引导他们杀人以达到某种不可告人的目的。"

欧阳双杰摇了摇头："这种可能性几乎为零，但凡对心理学有些研究的人都清楚，精神病人有一个最大的特征，那就是他们的内心都是独立的，相对封闭的。所谓的独立，就是对一些特定的人或事或物，他们有着异于常人的看法和认识，而这个特定，针对不同的精神问题也是不一样的，这样一来，虽然同为精神病患者，他们却不可能在一些问题上形成共识。其次，他们的内心世界是相对封闭的，举个例子，很多有着心理问题的人，都不会把自己的问题暴露于他人的面前，这也是为什么心理医生必须要为患者保密，而他们所出现的心理问题就是他们封闭的所在，就算同为病患者也是不可能拿出来分享，进行对等沟通的。"

冯开林听明白了："你还是坚持这三个凶手彼此没有关联，而他们在同一时段突然都一起出现了，还各自犯下了命案也只是一个偶然，对吗？"欧阳双杰点了点头，从理论上讲确实是这样的。

肖远山笑了："可是欧阳，这个判断估计你自己听了都不一定会相信，这样的偶然是不是有些太不可思议了。"

欧阳双杰苦笑了一下："是的，所以我现在也很纠结，我也在努力地寻找答案。"

其实在发生"职业杀手"案之前，欧阳双杰存在着再等等的心理，虽然这种想法有些残忍，再有凶杀案发生就会付出无辜生命的代价，可是他需要新的案子，只有那样他才能够从这些案子里找到异同，从而更加准确地锁定犯罪嫌疑人。可是新的案子出来了，却又扯出了一个新的杀人手法以及新的凶手，假如这些凶手都还会作案，那么自己面对的将是三个连环杀人案！这个基数是很恐怖也很可怕的。

想到这儿，欧阳双杰的后背吓出一身的冷汗。

"欧阳，难道就真没可能这些案子都是同一个人干的吗？"谢欣突然提出了这样一个问题，欧阳双杰回答道："可能性不大，几乎为零，除非……"他说到这儿突然停了下来，眼睛瞪得大大的。

"除非什么？"

欧阳双杰苦笑了一下："除非这个人是人格分裂者，而且还分裂成了三个以上的人格，但这种情况在现实生活中我还从来没有遇到过。"

所有人都大吃一惊。

"当一个人承受巨大的压力，受到巨大的刺激，突破了他能够承受的限度时，就会导致他的思想混乱。为了逃避现实，他会'创造'出一个或者多个'自己'，这些'自己'相对独特，脱离他的主人格而存在。而这些被分裂出来的人格是不为他的主人格所自知的。在心理学上我们称之为分裂型人格障碍。对于这类病人，在心理学领域也是有很大的争议的：一是诊断标准的疑义，也就是说很多专家对这类病人的确诊的标准是不一样的；二是主、副人格之间的关系判定以及副人格之间的内在联系等。"

"主、副人格之间的关系？"

"主人格与副人格其实都是相对独立的，根据研究表明，副人格与副人格之间或者还会有一定的交流与沟通，可是他们与主人格之间是泾渭分明的。也就是说，一个有着人格分裂的人，他是不知道自己有人格分裂的问题的，另外国外的很多实验还证明了一点，那就是副人格不仅仅是虚拟的一个人格化，而且它还存在着现实的意义。假如一个人格分裂者分裂出的一个副人格是个知识渊博的人，那么当副人格出现的时候，他就会付出比常人千百倍的艰辛，让自己真正成为一个知识型的学者。因为专注与专一，所以副人格在这个学习的过程中是事半功倍的，不会为外界一切的因素所影响。"

谢欣张大了嘴："可他为什么要分裂出这样一个人格呢？"

"刚才也说了，副人格的出现其实是他逃避现实的一种手段，分裂出来的人格是他臆想出来的，他在臆想的时候就会给人格进行一种定位，成为自己最想成为的人。这种人一般都不善于交际，更多的时间都喜欢离群独处，有着很多奇怪的想法，以及顽强的信念，情感淡漠，对人或事没有激情，不易于沟通。"

"太夸张了，也太不可思议了！"

"如果真是这样，这案子还真就没法破了。就拿我们的案子来说吧，裁决者、法官和职业杀手，这已经是三个不同的人格了。他们之间唯一的共同点就是高智商，极强的反侦查能力。如果再多几个不同的人格，然后不同的人格又再进行作案，我除了善后，真就没有别的办法了。"

所有人听完后都沉默了！

办公室的白板擦得干干净净，欧阳双杰拿起蓝色的水笔在上面写下了：分裂型人格障碍者。然后打了三根竖线，写下"裁决者"、"法官"和"职业杀手"。放下笔，他抱起手靠在办公桌边，望着白板。

"老师，云都那边的案子陷入了僵局，他们李队想请你再到云都去一趟，帮他出出主意。"

欧阳双杰苦笑道："我们这边的案子也相当棘手，这个时候怎么可能再去帮他们出什么主意。"

"我说了，可是李队说他真的已经快疯掉了，那个案子他们根本就找不到一点儿线索。虽然知道有个小叶老师，也查到这个小叶老师很可能精通古董鉴定，可是查来查去仍旧找不到这个人，就像是根本不存在似的。"

"古董鉴定？又是怎么回事？"许霖把李浩强他们从保安那儿得到的线索说了一遍，欧阳双杰没有说话，像在思考着什么。

半天，欧阳双杰才抬起头来说道："省内与古董沾边的行当他们都做过调查了吧？"

许霖点了点头："所以他们李队觉得要么是那个保安在说谎，要么那个小叶老师所谓的和人通话是在演戏，故意演给保安看的。"

欧阳双杰摆了摆手："不，他没必要演戏给保安看。你想想，他就算不误导我们也同样查不出这个人，又何必要这样多此一举呢？"

"但他说保安应该不会说谎，保安明明知道这个案子的严重性，绝不会傻到还要再对警方说谎。"

欧阳双杰把两种可能都否定了，但却不是完全的否定。

"也就是说，老师你还是认为这个小叶老师是存在的，而且他确实对古董鉴定很在行？"许霖问道。

欧阳双杰笑了笑："可以这么说吧，只是我也弄不懂为什么会查不到一星半点儿他的消息。"

许霖想了想问道："或许这个小叶老师根本就不在黔州，而在省外。"

欧阳双杰说确实有这样的可能，可以把调查的范围扩大到周边的几个省份。

"老师，我们要不要往云都走一趟。"许霖问道。

"去了也起不到多少作用，先让他们按自己的思路走吧。"

以他对云都案的了解，觉得凶手就如他推测的一样，暗恋颜素云，所以他才会把颜素云的尸体保留下来。那个小叶老师是云都案的嫌疑人，而且对古董鉴定很在行，颜素云尸体的处理方式很像埃及木乃伊。

欧阳双杰突然又想到了一点，既然云都案也很可能是精神病人作的案，会不会就是自己正在查的这个人所分裂出来的另一种人格呢？从概率上来说，同时出现精神病人作案的可能性并不大，所以欧阳双杰不得不冒出这样的想法。

欧阳双杰在白板上又加了两个字，他暂时将这个凶手称呼为"情痴"。如此一来，原本的三个副人格一下子就变成了四个。

"这样吧，我们还是跑一趟云都吧。"

欧阳双杰坐在副驾驶上，许霖开着车。欧阳双杰几乎不怎么说话，许霖说一句他答一句，他的心思显然不在这上面。他在追捕一个影子，一个神秘的、无法捉摸的影子。

云都市警察局刑警队。李浩强已经领着徐刚在门口等着了。

"欧阳队长，你终于来了。"李浩强很激动。

欧阳双杰握住他伸过来的手，笑道："李队，你也知道。我那边的案子也很棘手，所以我们不可能在这边耽误太久。"

李浩强说道："能来就好，我就是希望能够和欧阳队长多聊聊，想听听欧阳队长有没有什么建议。"

来到办公室坐下，徐刚给大家泡上茶，欧阳双杰开门见山地说："李队，今天我来其实并不完全是因为你们的案子，也是因为我们手上的案子。"

欧阳双杰这么一说，李浩强给愣住了："欧阳队长，听你这意思，我们的案子还有所关联？”

欧阳双杰说道："作案者很可能是精神病人，我们遇到的案子也做出了同样的推断。"

李浩强点了下头："嗯，我也听说了，林城发生的几个案子很可能都是精神病人做的。我还就奇怪了，哪来这么多的精神病人，加上我们这个案子，那得有几个，四个了吧？"

欧阳双杰微微点了点头，没错，四个。

欧阳双杰轻声说道："一直到现在我都还坚持我的判断，这几个案子的凶手确实都是精神病人。不过后来我提出了一个大胆的假设，所有的案子都是一个人做的。而这个人很可能是个患有分裂型人格障碍的精神病患者。"

李浩强轻声问道："你说的所有的案子难道也包括我们云都的这起案子吗？"

"嗯，这也是为什么我要跑这趟云都的原因，云都的案子看似与林城发生的几起案子没有任何的联系，可是仔细分析，却有着很多的相似之处。"

欧阳双杰说道："从林城的几起案子和云都的这起诡案来看，凶手无疑应该是有着严重心理问题的精神病患。但问题也来了，怎么一下子就钻出来那么多精神病人？凶手应该是同一个人，只有这样才能够解释为什么会突然冒出这许多的精神病人，但如果是这样，又该怎么解释凶手的作案手段以及作案动机各不相同，那可能性只有一种，就是凶手应该是一个分裂型人格障碍患者。"

"欧阳队长，刚才你也说了，如果凶手真是分裂型人格障碍患者的话，也不太可能每个副人格都带了暴力的倾向，这么一来假设成立吗？"

欧阳双杰肯定地点了点头："成立，不过我们首先得假定有一个强势的副人格主导了他们，使得他们都必须对这个居于领导地位的副人格唯命是从，而这个副人格有着严重的暴力倾向。"

"可是林城的案子与我们的案子又有什么关系呢？在我看来应该都是风马牛不相及的。"

"云都的这个案子与林城的案子还有很多的相似之处，首先凶手都是精神病患者。其次他们都是高智商犯罪，如果除开他们的犯罪动机来说，犯罪的手法和反侦查的能力都是一流的，甚至可以说是无可挑剔的。第三，凶手都具备了很丰富的知识，只是他们所涉及的知识领域不一样罢了。林城青石镇的案子，凶手具备了民俗学的知识；'法官'的那两个案子，凶手简直可以称得上是法学的专家，甚至对于警方的调查取证这些业务技能都十分的熟练；'杀手'案，凶手则有着极强的心理分析能力、追踪技巧以及熟练的解剖手法，他杀的两个人都是一刀毙命，而且对于入刀的深浅以及切割的部位都掌握得十分到位，说他职业确实不为过；云都的这起案子，凶手同样具备了考古学的相关知识，他对于制作木乃伊的技术可以说是非常熟练。另外，李队的调查也证实了，那个所谓的小叶老师还是个古董鉴定的行家。"

"一个副人格竟然有么多专业的知识，简直不可思议！"

欧阳双杰笑了："其实这也很正常，一般有着分裂型人格障碍的人都喜欢独处，大多时间都是一个人待着。当副人格出现的时候，他会朝着最初设定的人格特征去努力，他的学习就很专一，根本不会受到外界因素的打扰，当一个人集中了百分之百的精力去做一件事情的时候，往往是事半功倍的，甚至是十倍，几十倍。当他的副人格交替变换的时候，他的学习态度是不会变的，而且他们之间如果有着联系与沟通，那么他们还可能共享彼此所拥有的知识，当然，这样的共享是有限的，不过起主导地位的副人格却会把他所掌握的知识向其他副人格传授，然后整合所有副人格的优势资源，所以这些副人格才会成为高智商的知识型罪犯。"

徐刚说道："这么一来，我们对付的已经不是一个单独的罪犯，而是一个犯罪团伙！而且他们会以若干种形式出现在我们的面前。而我们根本就不知道自己的对手是谁。"

欧阳双杰叹了口气："嗯，你说的确实是事实，所以想要彻查这个案子，不仅要靠我们的不懈努力，还要有一定的破案契机。"

"这么说来，如果我们再以常规的方式查案，根本就是在浪费时间，浪费人力？"

欧阳双杰咬了咬嘴唇："可以这么说，可是我也知道，就算我的推断是真的，无论是林城还是云都的警方都不可能什么也不做，总得有些作为的。"

李浩强说道："既然是这样，我倒觉得走常规调查的好，其他的就交给欧阳队长吧！"

欧阳双杰没有在云都耽搁多久就离开了，走的时候他带走了云都案的全部案卷的复印件。他会尽力去寻找出其中的关联。

车子才进林城，欧阳双杰就接到了邢娜的电话，邢娜约他晚上一起吃饭。

晚上，欧阳双杰在不远处的一张桌子旁，看到了一个张熟悉的面孔，省报的那个记者——罗素。

　　此刻罗素也看到了他，罗素的脸上露出笑容，他向欧阳双杰挥了挥手，然后和朋友打了个招呼就冲着欧阳双杰这边走来。

　　"罗大记者，真没想到会在这儿遇见你。"欧阳双杰微笑着说道。

　　"一个人？"罗素有些好奇，欧阳双杰摇了摇头："还有一个朋友。"

　　罗素笑道："女朋友吧？"欧阳双杰淡淡一笑，也不否认。

　　"对了，你们那个案子查得怎么样了？"罗素很随意地问了一句。

　　欧阳双杰耸了耸肩膀："还是那样，没有多少进展。"

　　罗素叹了口气："原本希望能够参与到你们办案的过程中来的，可是没想到总是有这样或那样的事情。"

　　他望着欧阳双杰："欧阳，你上次说作案的应该都是精神病人，我先不说你这思路是不是正确的。我就想知道，打哪儿一下子冒出这么多精神病人啊？就这点我个人觉得可能性不大。"

　　欧阳双杰无奈地笑了笑："这一点儿我自己也想了很久，所以现在我们有了新的想法，不过暂时还没能够找到任何的证据证实我的想法是对是错。"

　　"哦？说来听听？在没有真正破案之前我不会作任何有可能对警方造成影响的报道。再说了，说不定我还能够给你们出出主意。"

　　欧阳双杰也不瞒他，自己藏着掖着反而显得矫情，他就把新的推断向罗素说了。

　　罗素听了以后皱起了眉头："你这么一说我觉得倒是有可能，我记得美国作家丹尼尔凯斯写过一本关于严重人格分裂的纪实小说，叫什么来着？"

　　欧阳双杰轻声回答道："《二十四个比利》。"

　　"对，一个人分裂出二十四种人格，不同的智商、年龄、性格与国籍。他虽然犯下了重罪，可是最后却逃脱了法律的制裁，就因为他是一个严重的精神病患者。假如你遇到的真是这样的一个对手那就太恐怖了，不过也是一件好事，至少我的报道会更加的精彩。"罗素的脸上露出难以掩饰的兴奋。

　　欧阳双杰的内心却是无比的苦涩，他怎么会不知道二十四个比利的故事。在二十四个比利的故事里，如果不是比利密里根在作案时遭到警方逮捕的话，天知道什么时候他才会被发现？

别说是二十四种人格，现在的三种人格就已经令自己吃不消了，当然，应该还不止三种，加上那个处于领导与支配地位的副人格，估计至少也得有四五种之多。而且自己面对的这个案子与二十四个比利的却又不相同，至少比利的二十四个人格并不是都带着严重的暴力倾向，其中有几个还是压力的承受者，是副人格中的受害者。

"欧阳队长，这段时间我手里的工作也多，你那边有什么进展记得一定要随时和我联系。我真是越来越感兴趣了。我真想看看我们的神探是怎么将我们的比利抓获归案的，无比期待啊！"罗素考虑的并不是这个案子可能给社会带来的负面影响，他更在乎的是给他那篇专访或是报道添上浓墨重彩的一笔。

吃完饭，欧阳双杰和邢娜两人就回家了。

欧阳双杰的目光一直死死地盯着墙壁上的那块白板，白板上只有几个字：二十四个比利。

其实他并不是没想过二十四个比利的故事，他早在做出凶手可能是分裂型人格障碍患者的推断时就已经想到了二十四个比利。他还记得二十四个人格中那个起主导地位的人格是"老师"，那这个"老师"便是所有副人格的首领，他在领导与支配着这些副人格的思维与行为。

欧阳双杰从躺椅上站了起来，在白板上写下了"老师"这两个字，然后又在下面写下了：知识渊博、心思缜密、具备极强的领导力与执行力以及侦查与反侦查能力。

无论是比利还是自己面对的这个精神病患者，他们都有一个共同点，那就是所有的人格中必然有一个"老师"，而这个"老师"则是最难应付的人。

这个"老师"大多时候都会躲在暗处，不会轻易走到台前。但他的思想、他的指令却能够传达给其他的那些人格，驱使这些人格按着他的意愿行事。

当然，或许也有人格会抵制、会拒绝他的思想与指令，这类人格就会受到其他人格的压制，他们就成了痛苦的承受者。

想到这儿，欧阳双杰的眼睛一亮，如果他的人格中确实有这样的承受者，那么他们的良知并没有泯灭，他们或许会把其中的一些内幕抖搂出来吧？

欧阳双杰在屋里走来走去，他的心里很是焦急，他急于找到一个切入点，一个突破口。

欧阳双杰走到了阳台上，望着外面的万家灯火，他的脑子里总是浮现出一个影子，一个衣冠楚楚、看上去温文尔雅的男人，脸上是不屑的嘲笑，仿佛在嘲笑自己的无能。

"死者叫戚伟民，云中大厦地下停车场的保安。死亡时间大约是凌晨两点到四点之间，是被勒死的，上身赤裸，双臂均被刺了两个字，窃盗。"周小娅语气平淡地叙述着。

王小虎蹲下身子，仔细看了看死者的两条胳膊，确实都刺了"窃盗"的字样。他望向欧阳双杰："死者的身上没有发现小本，看来应该不是你说的那个'法官'做的，估计是'裁决者'！"

欧阳双杰点了点头："嗯，是'裁决者'，《大明律》贼盗篇中有记载，对于盗贼，初犯会在右臂刺字，再犯就在左臂刺字，也就是我们看到的'窃盗'二字，如果第三次犯的话，就会被处以绞刑。根据史料记载，明成化十九年，南京就有过'三犯窃盗，计赃满百贯'被处以绞刑的案例。"

王小虎说："这么说这个戚伟民是因为偷盗才会招致这样的灾祸？"

欧阳双杰点了点头："我想应该是的，小虎，你好好查查。"

这时邢娜走了过来："这里原本是科委的宿舍，可是后来他们全都搬到了新楼，这儿的房卖的卖，租的租，人住得很杂，谁都不认识谁。没有小区环境，更没有保安与监控，案子发生在凌晨，没有找到一个目击者。"

欧阳双杰和王小虎对望一眼，这早就是他们预料之中的事。

周小娅也说道："凶手没有留下任何的痕迹，现场清理得很干净。"

"这屋子是戚伟民和另一个保安合租的，那个保安正好昨晚是夜班，他一早回来发现之后报的警。房东正在赶过来，要不要见见？"王小虎问欧阳双杰。

欧阳双杰摇了摇头："不用了，这儿的事情你处理吧。"

欧阳双杰知道自己再留下来也没有任何的作用，既然已经断定了是"裁决者"做的，他能做的只有努力找到突破口，此刻所有的调查对于他来说意义都不大，他必须要和那个"老师"斗智。

和许霖上了车，许霖说道："老师，你说这个案子是'裁决者'做的，从青石镇的案子来看，这个'裁决者'杀人根本就只是凭着莫须有的罪名，你说戚伟民会不会是枉死的，或许他根本就没有犯过偷窃罪。"

欧阳双杰觉得许霖这个问题还真是问到了点子上，他想了想："戚伟民是不是有过偷窃的行为，这个我们得等王队那边的调查结果，不过在我看来这次戚伟民的死应该不是莫须有的事，初犯，再犯，三犯，三种不同的刑罚他全用上了，他能够那么肯定戚伟民犯了三次偷窃，那么至少有一次是真的。另外，按《大明律》，犯三次以上盗窃罪，要处死还有一个限制条件，那就是百贯以上，旧时的百贯钱如果按现在的钱来折算的话，估计有七八万吧。"

许霖笑了："如果这个案子不是莫须有，那么是不是可以看作凶手的作案风格有所改变？之前他作案只是凭着捕风捉影，现在也开始讲求证据了？"

欧阳双杰愣了一下，许霖说的不是没有道理。

许霖又说道："这个案子的手法更像是'法官'干的，只是他引用的法典不一样，这一次他引用的不是现行的法律法规，而是《大明律》。"

欧阳双杰有些凌乱了，莫非自己的推断有问题？

他觉得这一点很重要，必须要区分出是"裁决者"还是"法官"作案，只有这样他才能够准确地对个体人格进行分析。

"还有一个问题我一直都想问，可总是忘记。"许霖没注意到欧阳双杰正在沉思，轻声说道。欧阳双杰扭过头来："你说。"

许霖说道："法官也好，裁决者也好，杀手也好，他们好像对于受害者的一切都很清楚，了如指掌，也就是说在作案之前，他们是做过功课的。老师，按你的说法，他们都是独立的人格，你觉得他们作案前的调查工作是各自在做还是专门有个人替他们在做呢，也就是说会不会还有一个人格是专门负责对这些情况或者说情报进行收集的。"

欧阳双杰说道："嗯，问得好，那么你觉得呢？"

许霖嘿嘿一笑："我倒是觉得应该是专门有一个人格负责这些情报的收集，行动需要的时间并不多，可是收集这些情报却要耗费太多的时间，能够长时间出来晃悠，完成情报收集的，更像是他的主人格。"

欧阳双杰淡淡地说道："主人格？应该不太可能，主人格应当是不知道副人格的存在的。"

"如果是这样的话，那么这个副人格能够做出如此详细的调查也很不简单了，说不定他就是起主导作用的那个人格吧。"

欧阳双杰淡淡地笑了笑，他也在想，那个收集情报的如果真是主人格呢？那只有一种可能，那个人根本就没有什么人格分裂，这一切都是假的。如果凶手真是这么一个人，那就太可怕了，他再一次否定了自己的这个想法，不可能，一个正常人怎么可能把自己置身于一个人格分裂症患者的位置上去做出这么多不可思议的事情呢？


马志超是戚伟民的合租者，就是他最先发现戚伟民的死并报警的。

马志超今年二十四岁，是林城商业大厦的保安，而戚伟民是在云中大厦的地下停车场当保安，两人不在一个地方工作。马志超是在租房网站上看到戚伟民发的合租广告才找上门的。那是个小两居室，一人一间卧房，公共区域共用。

由于两个人的工作都是三班倒，真正聚在一块的时间不多。

此刻马志超正在市局刑警队录口供，王冲和邢娜负责询问笔录，王小虎坐在旁边抱着茶杯静静地听着。

"戚伟民有个女朋友你知道吗？"王冲问道。

马志超点了点头："这个我知道。在国贸上班，做导购的，叫什么来着？我记不住了，不过戚伟民总是叫她点点，也不知道是她的小名还是他们之间的昵称。"

邢娜问马志超："戚伟民平时的朋友多吗？"马志超摇了摇头："不多，除了他那个女朋友，我几乎没见过他往屋里带朋友呢，相反我的朋友就要多些。"

"其实我觉得他的性格还是很不错的，不然我也不会和他投缘，一起合租了，平日里他抽烟，不怎么喝酒，话也不多。人特别爱干净，屋子大都是他在打扫，不过……"

听马志超说到这儿顿住了，王冲问道："不过什么？"

马志超说："不过他给我的感觉好像对我总是防着，很怕我会进他的房间，一般他不在家的时候屋子总是锁得好好的。他在家的时候只要我在，他都会在客厅里，不在自己的房间，房门也一直关着。我就纳闷儿了，我的房间他是可以自由出入了，可为什么他就不愿意让我进他的房间呢？我想或许他的房间里有什么不想被我看到的秘密吧。"

警方已经对戚伟民的房间进行了仔细地搜查，却没有发现什么所谓的"秘密"。

邢娜问道："他这么做你就没有一点儿的好奇心？他值班的时候或是不在家的时候你没想过进他的房间看个究竟吗？"

马志超苦笑道："我还真没这兴趣，怎么说我也是高中毕业，虽然不敢说是文化人，但尊重个人隐私的道理还是懂的。所以一直合租了近两年，我还没进过他的房间。除了这一点儿，其他方面他都蛮好的，就连花钱也是很慷慨的。"

"哦？"王小虎来了兴趣，"据我所知，做保安一个月的工资也就是一千五到一千八左右，还得是不缺勤的情况下，是吧？"

马志超点了点头："拿我来说吧，一千六，加上一些补助确实能够拿到一千八九。"

王小虎又问道："你们那房子的租金六百，一个人平摊三百吧？还有水电、煤气这些费用，你一个月的工资得花多少在租房上？"

"大概四百左右吧，我一个月的花销大概是一千块钱左右，每个月还能够攒个六七百块钱。"

王小虎"嗯"了一声："戚伟民的收入和你差不多吧？"

"他要多些吧，他守停车场，一个月一千七八，不过他们有自己的办法，能够从临时停车费里卡一些进自己的口袋，一次喝酒之后他告诉我，他一个月大概也能够卡出至少小一千，更何况他还有其他来钱的路子。"

王小虎眯缝着眼睛："什么来钱的路子？"

"这个他就没说了，他既然不说，我也就没有多问，不过我想应该也不是什么正途，是野路子。听他说到城里短短六年的时间，他就存了十好几万了，我算了算，我一年也就能存下六七千块钱，十好几万那我至少得二十年呢！"

王小虎望向王冲："屋里有没有找到他的银行卡或是存折？"

王冲说没有，不过他已经让小李去了几个大银行，看看能不能查到这个戚伟民有没有存款。

可问题又来了，他这钱应该是存在银行的，若是放这么多现金在家，一来不安全，二来警察也早该找到了。可是警察没发现钱，也没有发现银行卡或是存折，莫非是凶手顺走了？

王小虎又望向了马志超："戚伟民有十好几万是他亲口告诉你的？"

王小虎觉得有些不合情理，戚伟民不让马志超进他的房间，这说明戚伟民的自我保护意识是很强的，他不愿意让马志超发现自己的秘密，又怎么会主动告诉马志超自己有十好几万呢？作为一个小保安来说，十好几万无疑是个天文数字。这种事情戚伟民就更不可能告诉别人了，可他为什么要告诉马志超呢？

马志超听到王小虎的询问，脸色有些不自然，脸上虽然带着笑，可是那笑容有些生涩："确实是他亲口告诉我的，不然我怎么会知道呢？"

王小虎微微点了点头："嗯，那到底是十几万呢？十四万，还是十五万？"

"十六万！"马志超脱口而出，但马上他的脸色就更加难看了。

王小虎冷笑一声："戚伟民之所以不让你进他的屋应该是他的钱都藏在屋里吧？而且全是现金？"马志超不说话了，王冲和邢娜此刻都明白了，为什么王小虎一直在钱的问题上纠缠。

王冲沉声说道："马志超，你老实交代，戚伟民的钱是不是被你给拿了？"

"没有！我没拿，你们不能冤枉我啊，我怎么可能拿他的钱呢，一发现他出事我就马上报了警，根本没有进过他的屋子。"


王小虎很是兴奋地冲进了欧阳双杰的办公室。

"欧阳，戚伟民的案子有眉目了。"王小虎一边说着，一边抓起了茶几上的香烟点上一支。

欧阳双杰正站在白板面前思考着什么，听到王小虎说这话，扭头看了王小虎一眼："是吗？"

王小虎用力地点了点头："还记得和戚伟民住一块的那个保安吗？他叫马志超，是他拿走了戚伟民的十六万。而且我们也调查过了，案发的那天凌晨一点多钟他就离开了工作岗位，说是肚子疼得厉害，得去趟医院，一直到凌晨三点多钟才回到工作岗位上，他离开的那段时间正好与戚伟民死亡的时间相吻合，我们问他去了哪个医院，他不说，后来没办法他就胡乱说了一家医院。我们查过，根本就没有那回事。我们再问他，他就什么都不说了。"

欧阳双杰没有说话，只是静静地听着，不过他的眉头微微挑了起来。

"根据我们的调查发现，马志超正在自学法律，我们在他的房间里找到了很多法律课本，其中有一本中国法制史的课外辅导读物，叫《明清律法通读》，其中就提到了《大明律》中的窃盗处极刑的内容，就在'治乱世用重典'那个章节里。我推断，马志超应该是知道这些天来林城发生的这几起案子，于是他就起了浑水摸鱼的心思，谋杀戚伟民，掠夺他的钱财，然后用这样的手段来让我们误以为这起案子和前几起案子是同一个凶手所为，从而分散我们的视线，他也就置身事外了。"

一直到王小虎把自己的观点说完，欧阳双杰才淡淡地问道："这些他都认了吗？"

王小虎摇了摇头："他除了承认自己拿了那笔钱，其余的一概不承认，他咬死自己没有杀人。但我觉得他是在抵赖，你想想，戚伟民死的时候现场根本就没有打斗的痕迹，那应该是熟人作案才对。周小娅那边的报告也出来了，戚伟民是在毫无戒备的情况下被人用乙醚麻痹了神经，然后下的手，我想不出除了马志超，还有谁有这样的机会。另外还有一点，马志超是知道戚伟民的钱来路不正的。"

"这么说你几乎已经认定了马志超就是杀害戚伟民的凶手了？"欧阳双杰微笑着问道。

王小虎"嗯"了一声："我想应该八九不离十吧。"

欧阳双杰轻轻叹了口气："如果你是马志超，如果是你杀害了戚伟民，你会主动报警吗？你会主动和警方说起戚伟民手里有十六万吗？"

欧阳双杰在沙发上坐了下来，抱起了自己的茶杯喝了口茶："我们假设马志超真如你说的那么精明，策划实施了这个谋财害命的案子，那么向警方透露那十六万，然后在警方的问询中承认是他拿走了这笔钱，他之前的聪明与之后的愚钝明显就有很大的矛盾。还有，你觉得这个马志超的心理素质如何？"

王小虎想了想："应该不错吧，否则杀了人不可能还这么淡定从容地报警，等警察找上他。"

欧阳双杰点了点头："可要是他的心理素质真的不错，那么他怎么会那么轻易就承认了那十六万是他拿的？要知道，他杀人的真正目的就是为了这笔钱，为了这笔钱连杀人他都敢，他还怕什么？"

"可是他确实有作案的动机与时间啊。既然不是他杀的人，为什么他要骗我们说昨晚他真是肚子疼去了医院？去了哪家医院他也不说，就算他没去医院，那么他也该坦白告诉我们他的行踪吧？"

欧阳双杰笑了："他不愿意说实话一定是有他的苦衷的，又或者他去做了其他见不得人的事情。因为戚伟民一直不让他进自己的房间，他也知道戚伟民有其他见不得光的来钱手段，所以他怀疑戚伟民的钱很可能就藏在屋里。当他一大早回家的时候看到戚伟民已经死了，第一时间想到的先是找到戚伟民的钱，第二时间才想到报警。钱对于他来说确实有着极大的诱惑，可是常识告诉他，这种事情他又必须要报警。"

"那他屋里发现的那些法律书又怎么解释？巧合？"王小虎还是有些不甘心。

欧阳双杰说道："那又有什么奇怪的，纯属巧合，碰巧他正在自考法律，而碰巧书里又正好有这一内容。"

"那你的看法呢？你还是坚信这个案子与前几个案子是同一个凶手吗？"王小虎反问欧阳双杰。

欧阳双杰没有正面回答："我在想，这个案子里，凶手的角色到底是什么，是'裁决者'还是'法官'，无论是哪一个，他的思维模式都已经发生了改变。"

欧阳双杰说道："如果是'裁决者'干的，那么他这次并不是凭着莫须有而杀人，而是真正掌握了充分的证据，这与之前他的行为心理有所出入，如果是'法官'，此次他引用的却是《大明律》，而非现行的法律法规，这也与他之前的行为心理不同。为什么会发生这样的变化，我还没有想明白，但我觉得这一点在这个案子里相当的重要，凶手的任何一点行为心理的变化对我们破案来说都是很有帮助的。"

王小虎长长地叹了口气，他决定再审审马志超。

来到羁押室，马志超只是抬头看了他一眼，又把头低下了。

"马志超，你想清楚没有。昨晚一点到四点之间你到底去了什么地方？"王小虎坐下后的第一句话就直接问道。

马志超不说话，那样子很是抗拒这个问题。

王小虎淡淡地说道："马志超，你最好想明白了。戚伟民就是在那个时间死的，你拿了戚伟民的钱，又没有不在案发现场的时间证人。马志超，你要是不能说出你那段时间到底在哪里、在干什么的话，很可能就会成为杀害戚伟民的嫌疑人，这是给你一个自辩的机会。"

马志超的脸上有一丝惊恐："你们不会真把我当成杀人凶手吧？"

王小虎冷笑一声："你说呢？"

马志超低下了头："不，你们不能这样。你们就算是要定我的罪也得拿出证据来，我正在学法律，你唬不了我。"王小虎皱起了眉头，这小子还真是嘴硬，无论自己怎么劝他都不开口。

最让他头痛的是这小子还懂些法律，只要他咬死不说，自己也不能随便将他定罪吧。有一点这小子说得没错，就算自己要证明这小子是凶手那也得有足够的证据的。

王小虎望着眼前的马志超："马志超，你这样咬死不开口是不是想维护什么人啊？"马志超一惊，又抬起头来，愣愣地望着王小虎。

果然是这样，又让欧阳双杰说对了。

王小虎咳了两声："这个人对你来说应该很重要吧？不过再重要能够比得上你的生命吗？要是你真被定了罪，那很可能就是死刑，到时候这个世界的一切对你来说就全无意义了，就算不被判处死刑，那也得是无期，就得在高墙大院里过后半辈子了。值得吗？你有动机，有时间，有作案该具备的一切条件，你觉得这还不够吗？"马志超的面色惨白。

王小虎又说道："其实你应该没有任何顾虑的，就算你把你的秘密告诉我们，我们也会替你保密，所以你根本就不必担心会给你想维护的人造成什么伤害。"

"你们真能替我保密吗？"马志超看来还真让王小虎给说服了。

王小虎用力地点了点头："当然，我们说话算数，涉及你的个人隐私，我们是一定会替你保密的。"

马志超叹了口气："昨晚我去了程燕家。"

王冲问道："程燕是谁？"

马志超还没回答，王小虎便说道："程燕是国贸大厦的老板俞平周的妻子，我说得没错吧？"

马志超微微点头："是的。"王冲和王小虎都没想到，马志超竟然和程燕有关系，王小虎问道："你和程燕是什么关系？"

马志超苦笑了一下："我们是情人关系。"

"如果我记得没错，程燕应该四十出头了吧，比你大十好几岁呢。"王小虎把烟头摁灭。

马志超挑眉说道："那又怎么样，我们彼此相爱，与年龄有关系吗？"王小虎自然不会回答他的这个问题，他可没兴趣和马志超探讨爱情。

"你昨晚是去了程燕家，俞平周呢，他没在家？"王小虎又问道。

马志超说俞平周去了北京，参加什么商贸洽谈会去了。王小虎向王冲使了个眼色，王冲就出去了。王冲找到了邢娜，让邢娜带人去找程燕了解下情况。

王小虎则继续审问马志超："你和程燕在一起，按说以她的身家应该可以给你不少好处的，你怎么还会对戚伟民那十几万动心？"

马志超冷眼看了看王小虎："你以为我是什么人，和程燕在一起是为了钱吗？我们是真爱！"

王小虎确实不懂，在他看来两人无论哪一方面都不在一个层次上，钱姑且不说，见识也不一样。

程燕今年四十一岁，不过保养得很好，看起来也就三十出头的样子。她穿了一条月白色的长裙，头发很随意地挽着。

"你们找谁？"程燕打开门，望着门外的邢娜和小李，她愣了一下。

邢娜掏出证件："刑警队的，想向你了解些情况。"

程燕更是一头的雾水，她不知道警察怎么就找上她了。

"请进！"她还是面带微笑，很客气地把二人迎进了屋，热情地招呼他们坐下。邢娜看了看屋里，这是一套复式楼："家里就你一个人吗？"

程燕点了点头："我丈夫去北京出差了。不知道二位找我到底有什么事？"程燕轻声问道。

邢娜并没有着急进入正题："以你们的条件，家里怎么也不请个保姆呢？这么大的屋子就是打扫都要些时间。"

程燕笑了："原本是有一个的，不过我不太习惯家里总有个陌生人晃来晃去的，所以就辞了。打扫卫生可以请钟点工的，花不了几个钱，而且打扫得也干净。"

邢娜这才说道："程女士，今天我们来是有一件很私隐的事情想向你证实，不过请你放心，我们会替你保密的。"

程燕皱起了眉头："什么事？"

小李拿出了马志超的照片："这个人你认识吗？"

程燕接过照片只是瞟了一眼，便点了点头："认识，他怎么了？是不是出了什么事？"程燕一点儿都不掩饰她对马志超的关切。

邢娜叹了口气："他可能牵扯到一桩谋杀案，目前已经被我们控制起来了。"

程燕一下子站了起来："谋杀案？他很善良的，人也很上进，怎么可能杀人？警官，你们一定是弄错了。"

小李和邢娜对望了一眼，邢娜这才说道："程女士，能告诉我你们之间是什么关系吗？"

程燕的脸微微一红："我们，我们……"

邢娜说道："程女士，你的话对于我们侦办这个案子很重要，所以我希望你能够和我们说实话，否则马志超很可能就会被当作杀人嫌疑犯移交检察院。"

程燕叹了口气："我们之间的关系应该算是情人吧。"

小李说道："恕我直言，程女士，你们的年龄悬殊这么大，你们真是因为感情而走到一起的吗？"

程燕看了他一眼："那你觉得呢？你是不是认为我和他在一起，他图的是我的钱，而我呢，不过是一个寂寞的少妇在找乐子？找玩伴？"

小李一时语塞，邢娜说道："程女士，你别误会，我们也是好奇。你们的事情知道的人多吗？我是说除了你们自己还有没有别的人知道？"邢娜这么问也是有她自己的想法，凶手选择那样一个作案的时间，很可能就是知道马志超当晚的行踪，故意制造了这样一个空当儿。

程燕想了半天，然后说道："应该没有人知道，我们一直都很小心的。你快说说，志超到底怎么了？怎么就牵扯进谋杀案了？"

邢娜这才把案情大抵和程燕说了一遍，只是她并没有说出案发的具体时间。当听说马志超为了维护自己，而甘愿让警方误会的时候，程燕的脸上流露出感动："这傻子，有什么能够比自己的生命更重要，为了我而背上杀人的罪名？"

邢娜淡淡地说道："他觉得值得。"

程燕叹了口气："昨晚他确实是到我这儿来了，是我约他来的。他到的时候正好是一点十五分，走的时候是三点半过一点儿。"程燕说的确实与马志超脱岗的时间相吻合，邢娜问道："你说的这些有什么能够证明？"

程燕一脸的为难："还真没法子证明，我为了不让他来的事情被发现，他来之前我就把监控给设置成循环画面了。"

虽然程燕可以作为马志超不在案发现场的时间证人，可是以她和马志超的关系，仅有她的证词还不足够，可她偏偏又拿不出有力的证据来。

"我说的是真的，我用人格担保。"程燕急了，这事关系马志超的性命，她是真在乎马志超的，能不急吗？

"程女士，你别着急，再好好想想。"邢娜安慰她。

"我想起来了，他是打车来的，也是打车离开的，只要找到他来回的出租车司机，应该能够为他做证的。"程燕带着惊喜说道。

邢娜点了点头："行，我们会找到出租车司机问清楚的。好了，程女士，那我们就不打扰了，如果还有什么需要你帮助的地方，再联系。放心，我们会替你保密的，不会让任何人知道这件事情。"

程燕摇了摇头，无奈地笑了："没什么可保密的，其实我和俞平周早已貌合神离，对我，他早就已经没有兴趣了。"

邢娜对程燕笑了笑："那行，我们就先告辞了。"

程燕叫住了她："他什么时候能够放出来？"

邢娜叹了口气："这个还不好说，主要是他拿了戚伟民的那十六万。"

程燕说道："邢警官，那钱退了不就完了吗？如果需要交什么罚款，我们也认罚。"

警方很快就找到了送马志超去程燕家的那两个出租车司机，他们都证实了程燕并没有说谎，马志超确实是在她说的那个时间段里到她家和离开她家的。

"王队，这个马志超怎么处理？"王冲轻声问道。

王小虎皱起了眉头："这样吧，他已经把钱交出来了，批评教育一下就行了。"

王冲说道："可是他的行为已经构成了盗窃罪呢！"

王小虎看了王冲一眼："他的本质并不坏，人也年轻，还挺有上进心，如果这样就留下了案底，那么他就有了一个人生的污点。他拿了那笔钱也是有原因的，毕竟他的家里还有卧病在床的老人，还是从轻处罚吧。"

王冲想了想，点了点头。

"王队，马志超不是凶手，那么这个案子又陷入僵局了！"王冲郁闷地说道。

王小虎望向邢娜："你说你还有其他的想法，说来听听吧。"

邢娜说道："我觉得凶手选择这样的时机作案，应该有可能是认识马志超的，而且对马志超还有所了解，至少他知道马志超和戚伟民合租，还知道马志超正在读法律，甚至还可能看过马志超屋里的那本有关《大明律》的书，然后他就一直盯着马志超，等待一个马志超无法为自己证明不是凶手的机会，就对戚伟民下了杀手。凶手还算到了马志超一定会拿走戚伟民的那笔钱，他还知道戚伟民这钱来路不正，一旦马志超拿了那笔钱，那么马志超就具备了杀人的动机，再加上马志超不愿意连累程燕，那马志超就不会说出昨晚的去向，这样马志超就坐实了杀人的罪名。"

虽然邢娜的表述不是很清楚，可是王小虎和王冲还是大概听明白了。

王小虎回味着邢娜的话，邢娜的话也有几分道理，王冲说道："这里面有说不通的地方，虽然马志超和戚伟民是合租的关系，可是他们之间的关系并不是十分的亲密，至少戚伟民不让马志超进他的房间，说明他对马志超是防着的，那么他们之间的交集应该也不是很深，凶手要对二人都十分了解的话，那么应该同时与两人的关系都很好，我们排查过二人的社会关系，却没有找到这样的一个人。"

邢娜望向王小虎："王队，马志超怎么会知道戚伟民的房间里有十六万，是他自己猜的还是谁告诉他的？"

王小虎回答道："他说是戚伟民一次酒后失言告诉他的，戚伟民说自己到林城这几年攒了笔钱，有十好几万，所以他便记在了心上。"

邢娜又说道："就算是这样，戚伟民也不可能告诉他钱就藏在屋里吧，换谁都会以为那钱存在银行，偏偏马志超却在发现了戚伟民的尸体时第一时间想到去他的屋里搜出这笔钱！一般人在发现尸体之后的正常反应应该是恐惧、害怕，逃离现场，然后报警！"

王小虎笑了："邢娜，你不会还是觉得马志超就是凶手吧？照你这么说，马志超的表现就很有问题啊！"

邢娜耸了耸肩膀："我没有说马志超是凶手，我也没有说马志超的表现有什么大问题，我只是有一个猜测，那就是马志超应该是听谁说过戚伟民的钱就放在屋里，甚至还说了准确的放钱的位置，所以马志超才会那么容易就拿到钱，有那笔钱的诱惑，他的反应超乎常人些也很正常。"

王小虎摇了摇头："你说的这点我觉得可能性不大，其实马志超能够猜到戚伟民的钱放在屋里并不难，他曾经说过，戚伟民从来不让马志超进他的房间，换作是我也会怀疑戚伟民的屋里藏着什么，就算不是钱，或许也是什么值钱的玩意儿。"

王冲用力地点了点头："嗯，我倒是觉得王队说的靠谱。"

邢娜说道："得，当我没说，我去看看欧阳去！"说完她就离开了。

王冲轻声问道："王队，其实邢娜说的也有一定的道理。"

王小虎看了王冲一眼："嗯，她的思路是正确的，只是后面关于马志超拿那钱的看法有些偏颇。这样吧，照着她的思路，你再好好查查，是不是真有这么一个对戚伟民和马志超都十分了解的人物存在。至少有一点我可以肯定，凶手对于马志超和戚伟民是否在家的情况很是熟悉。"

王冲应了一声就去了。

　　"欧阳队长，晚上有时间吗？一起吃个饭怎么样？"罗素来电话约欧阳双杰吃饭，欧阳双杰本来是不想去的。在他看来罗素不过是想询问一下案情的进展，为他的那个专访添些笔墨罢了。

　　"罗大记者，你也知道最近的案子很棘手，时间对于我们来说很宝贵，吃饭就免了吧，若是你想了解案情，明天上班的时候到局里来吧。"说罢，欧阳双杰就想挂断电话。

　　罗素在电话里说道："欧阳队长，我知道你这些日子很忙也很累，可是饭你总要吃的吧，放心了，我耽误不了你多少时间。说实话，这个案子到现在我还真来了兴趣，赏个脸吧？"

　　罗素把话说到这份儿上，自己要是再推辞就显得有些矫情了。

　　欧阳双杰问了地点，这才挂了电话。

　　罗素约的地方是"鹅肉宫"，在普陀路上。

　　欧阳双杰到的时候已经是六点四十几分了，罗素早就已经等在那儿，就他一个人。见欧阳双杰进门，他站起来冲欧阳双杰招手："欧阳，这儿！"欧阳双杰走了过去，坐下后罗素便叫服务员点菜。

　　罗素点好菜，等服务员下去以后才说道："听说又发生了命案？"

　　欧阳双杰点头说道："嗯。"接着他把案子大概说了一遍，罗素听了说道："会不会还是那个人格分裂者干的？"

　　"手法很像，只是这次对具体的身份认定却有些困难。"欧阳双杰说这次凶手的作案手法介于"裁决者"与"法官"之间，所以他又有些怀疑和前几个案子是不是同一个人。

罗素说道："最近我也有在恶补一些变态心理学的知识。按说呢，精神病人的行为习惯和思维模式是不会轻易改变的，这会儿怎么就有些模棱两可了？"

欧阳双杰望着他笑道："还真看不出来，你竟然还恶补心理学？太出乎我的意料了。"

"别忘了，我是记者，不把很多事情弄明白我怎么下笔啊？"

"说说吧，你既然恶补了心理学，对于目前的这个案子你有什么看法？"欧阳双杰抱着手，靠在椅背上。

罗素笑了："首先我觉得你们对凶手的推断是正确的，凶手确实是精神病人，我也仔细想了想这几个案子，根本就不是正常思维的人干的活。其次，还记得我给你说的吗？这个凶手弄不好就像《二十四个比利》中的那个主角一样，是分裂型人格障碍患者。"

欧阳双杰微微点了点头。

罗素继续说道："我们都不希望凶手真是一个有着严重人格分裂的人，这会给破案增加很大的难度。就算是查清了案子，抓住了凶手又能怎么样，只能把他送到精神病院里去，因为法律对于这样的人来说太宽容。"

"你说的这些与破案好像并没有太多的关系，这些情况我们也都是掌握了的。"

"我看书上说，一般这种严重人格分裂的人大多是童年的阴影所造成的。儿时太多的痛苦记忆，让他们对这个世界产生了畏惧与憎恶，他们企图逃离这个现实社会，可他们又知道逃避不是办法，所以只能面对。可如何面对的，靠着他们自己要面对这一切就太难了，于是他们就虚幻出了另一个'我'，那个'我'则是他们自己臆想出来的理想化的人物，又或者是悲剧型的，替他们来分担痛苦的。"

欧阳双杰笑着点了下头："嗯，可以这么理解。"

罗素诡异地笑了："那事情应该就简单了。我相信到目前，你应该已经有了怀疑的对象，可是你却吃不准，因为你接触到的都是真实的人格，而不是虚幻出来的，所以对于你的嫌疑人，你根本就不知道应该从哪里着手。"

欧阳双杰终于明白了罗素的意思："你是在给我支着儿，让我对嫌疑人中有童年痛苦经历、有心理阴影的人入手，去研究他童年的那些可能导致他的心理发生巨大变化的事件，对吗？"

罗素并不否认。

欧阳双杰说道："我知道你的意思，我会试着从这方面入手的，只是这法子也不是绝对的。这些精神病人的心理是很脆弱的，一旦我出了错，很可能就会对他们的内心造成无法弥补的创伤。"

罗素叹了口气："凡事都不能两全其美的，不是吗？"

罗素给欧阳双杰倒了杯酒，也给自己满上："来，我们走一个吧。"

"好，走一个。"欧阳双杰和他碰了碰杯，然后一口气就喝了下去。

"我还想到了另外一种可能性，不过我相信你一定不会赞同。"两杯酒下肚，罗素又说话了。

欧阳双杰说："你都还没说，怎么知道我不会赞同？"

罗素尴尬地笑了笑："因为我说的这种可能性是基于你的最初判断是错误的前提下。"

"你是说凶手或许根本就不是精神病人，而是个正常人，而他所做的这一切，就是想让我误以为是精神病人作的案，这样我的目光全都在精神病人身上，而让那凶手逍遥法外！"

罗素说道："是的，不过我知道这样的可能性几乎为零，所以就没有说。"

欧阳双杰却很认真地说道："不，也确实是有这样的可能，只要有百分之一的可能，我们都要尽一切的努力去求证，我会去好好查的。"

欧阳双杰没有把罗素的话放在心里，他相信自己的判断，这是他的专业。如果真像罗素说的，那么这个凶手就太变态了，不仅智商高，而且自律性也很强，伪装成精神分裂者杀人，牢记各种作案的思路与手段。

罗素看出欧阳双杰并没有把他的话听进去，说要好好查也不过是在应付他罢了。罗素自嘲地笑了，欧阳双杰说道："看得出你已经很用功了，不管怎么样，还是谢谢你！"

吃过饭，欧阳双杰就和罗素分开了。


夜里，一个没有一点儿光亮的房间里。

一个声音颤抖："不，我没有杀人，不是我杀的！"

接着那声音又变了："就是你，就因为你以前的不幸遭遇，你憎恨这个社会，憎恨比你幸福、比你快乐的人，更憎恨那些曾经逼得你走投无路的人，于是你用你自己的方式复仇，只是你找不到你的仇家，你就只能够找那些有罪的人下手！"

说完，一声冷笑。

"杀吧，那些人都该死！"声音一下又变得低沉。

"你们不要吵了行吗？左明说他没杀人，就一定不是他杀的，他从不说谎。"这声音嗲嗲的，像女人，可还是刚才那个声音变化来的。

突然，一声雷鸣，闪电划过，房间里也瞬间一亮，只见一个男人蜷缩在墙角，很是害怕的样子。房间里又漆黑一片，窗外传来了雨声，下起大雨来。

"柳莺莺，你为什么总是帮左明说话，莫非你看上这小子了？"声音有些滑稽。

"瞎说什么呢？潘老四，你再胡说，小心我把你的底抖出来！"又是那嗲嗲的声音。

"我有什么底？你倒是说啊！"是"潘老四"。

"柳莺莺"说道："上次你偷看小寡妇洗澡，别以为我不知道。"

"潘老四"好像很是气愤："你胡说，我潘老四可是读书人，怎么可能干那样的事情。"

"够了！"一个苍老的声音吼道，"你们还让不让人睡觉。"

"老孟，你整天就知道睡，发生大事了你知道吗？"那低沉的声音问道。

"老孟"冷冷地说："不就是杀人的事吗？关你们什么事？别听到人格分裂就净往自己的身上扯，小心让那人听到，到时候我们就没好日子过了。"

"老孟"的话说完，大家都安静了下来……


卫扬帆望着赵代红："你昨晚好像没有睡好？"

赵代红愣了一下："没有啊，我很早就上床了。"

卫扬帆感觉赵代红确实没有说谎，可是赵代红那浓浓的黑眼圈又是怎么一回事儿？

"也不知道为什么，这些天哪怕我睡得再早，早上起来也觉得好困。就好像昨晚一直在做着一个怪梦，可是醒来以后梦的是什么我竟然一点儿都想不起来了。卫医生，你说这晚上做梦也会累吗？"赵代红的双手揉了揉自己的眼睛。

卫扬帆点了点头："嗯，多梦确实很伤神儿的，因为你的大脑还在工作，并没有休息。"

赵代红叹了口气："卫医生，要不你给我开些安眠药吧，再这样下去我都快崩溃了。"

"一味靠药物是不行的，你应该知道，安眠药对神经系统是有一定的损伤的，再说了，一旦你有了赖药性或者是抗药性的话后果会很严重。"

赵代红苦笑道："可是还有更好的办法吗？"

卫扬帆半天才问道："你相信我吗？"

"我当然相信你了，你是我的心理医生。我若不相信你也就不会来找你了。"赵代红说道。

卫扬帆也叹了口气："其实那件事情我应该向你道歉的，只是事关重大，我不得不那么做！"赵代红是聪明人，卫扬帆这话一说他马上就想到了是什么事情："哦，你是说你把我的事情告诉警方的那件事吧。欧阳双杰已经和我说过了，他也承诺了，一定会为我保密的，这事情我不怪你，你有你的难处。我是学法律的，配合警方查案原本就是公民应尽的义务。"

"既然你还相信我，听我说，靠药物不是长久之计，我想我们应该真切地找出你的病根儿，再做出一个完善的治疗方案，进行针对性治疗。"

赵代红点了点头："我明白了，你还是想劝我接受催眠，对吧？"

"嗯，一直以来你都很排斥催眠。我想你应该有你自己的想法，可是现在看来你的问题远比我们想象的要复杂得多，所以我还是希望你能够接受催眠，只有这样我们才能够尽快找到病因，对症下药。"

赵代红的表情很复杂，他考虑了很久才说道："好，我答应接受催眠，但我也希望你能够答应我，催眠的结果一定要如实告诉我。另外，必须严格保密，假如一定要告诉警方的话，我也希望能够先征得我的同意。"

卫扬帆自然没有问题，赵代红却坚持要他写个承诺。

卫扬帆写了承诺书，赵代红才松了口气："现在开始吗？"

卫扬帆说道："等等！"他站起来，先检查了一下治疗室的门是不是关好了，然后把窗户也关上，拉上窗帘，又走到了立柜前，放上一段舒缓的音乐。

他回到赵代红坐的躺椅前轻声说道："躺下吧，然后闭上眼睛，慢慢地放松，调整好你的呼吸，什么都别想。"

赵代红躺好后闭上了眼睛。

"现在你正漫步在阳光海岸，走在软软的沙滩上……你看到了一扇门，那是通往记忆的门，推开这扇门，你会看到……"

卫扬帆的话还没说完，就听到一声冷笑："看到什么？看到自己内心深处的记忆吗？"

卫扬帆一惊，他才发现赵代红正睁着眼睛望着他，只是赵代红的声音变了，变得既熟悉又陌生。

"陆昆，你别吓坏了人家！"声音变得哆哆的。

卫扬帆恢复了平静，淡淡地问道："你们是谁？"

一个声音颤抖着回答道："我叫左明，最先说话的是陆昆，后来说话的叫柳莺莺。"

卫扬帆的心里"咯噔"一下，他瞬间便明白发生了什么事，赵代红在他这就诊的时间也不短了，此刻他才知道赵代红竟然是个人格分裂者！此刻和自己对话的便是赵代红分裂出来的几个人格。

卫扬帆的心里升起了恐惧，他想到了欧阳双杰侦办的那个案子，就在昨天他还和欧阳双杰通过电话。而赵代红原本就是警方怀疑的对象之一，莫非？

卫扬帆倒吸了一口凉气："你们好，我是心理医生，我叫卫扬帆，你们可以叫我卫医生。"卫扬帆也算是见多识广了，他并不是第一次真正面对分裂型人格障碍患者，可是他却是第一次一下子见到几个人格同时出现。

他记得欧阳双杰说过，那个凶手分裂出的人格都带着严重的暴力倾向，所以他必须沉着应对，不能激怒他们，更不能够让他们起疑心。

"卫医生嘛，我知道你！"赵代红的声音又变得苍老："你给他做心理治疗的时间也不算短了，可是你却根本不知道他的病根儿在哪儿，别人以为你是名医，可在我眼里，你就只是个庸医！"

卫扬帆的脸色微微一变，如果他面对的不是这样一个分裂人格，或许他还真不服气。

"赵代红"继续说道："卫医生，我要说我也是心理医生你信吗？"

卫扬帆愣了一下，不过他马上就点了点头："我信！"

"哈哈。老孟，就你那点儿本事就别在人家名医的面前丢人现眼了吧？"滑稽的声音阴阳怪气地说。

"老孟"像是有些愤怒："潘老四，我说话的时候你小子给我闭嘴！"

"行，你是老大，我闭嘴，我闭嘴！"

卫扬帆的心里很苦涩，自己应该怎么办才能够把这些不是人的"人"给打发走呢？

他想把赵代红唤醒，可是他又不敢，这个叫"老孟"的人既然敢跟自己叫板，说明他对于心理学也很有研究。假如自己轻举妄动的话，会很容易激怒他们，到时候自己的小命可就不保了。

他只是个医生，不是个战士，他不会拿自己的性命开玩笑。

"你此刻一定很希望让我们赶紧离开吧？"

"老孟"竟然读懂了他的心思，卫扬帆心里很吃惊，但脸上却依旧淡定："能够与孟医生探讨对于我来说可是一大幸事，求之不得呢！"

"老孟"冷笑道："是吗？"

那嗲嗲的声音说道："老孟，人家这是在拍你的马屁呢，很受用吧？"

"柳莺莺，你总是不服气我，不就是自以为是个万众瞩目的大明星吗？什么明星，戏子罢了。没你的事，你还是滚一边去吧。"

"陆昆"笑了："老孟，你也太不懂得怜香惜玉了吧，怎么说莺莺也是美女呢，你要对人家好一点儿，说不定晚上她还会对你投怀送抱。"

"陆昆，你和她之间那点破事别以为我不知道。行了，你们哪儿凉快哪儿待着吧，别惹怒了我，你们是知道我的手段的。"

"潘老四"咳了两声："行了，都听老大的，不然以后大家都没得玩儿了。"

果然其他的声音全都消失了。

卫扬帆明白了，这个"老孟"是他们的这些副人格的主导者，能够占据主导地位，说明"老孟"有他自己的一套。

"卫医生，说老实话，就你那水平，我不认为你具备和我探讨的资格。我希望你别把这事情给抖出去，那样对谁都不好，明白吗？"

卫扬帆应了一声："放心吧，我不会告诉任何人的。"

说罢他等着"老孟"再说点什么，可是一下子竟然安静了，没有谁再说话。

卫扬帆又耐心地等了十几分钟，期间他唤了几声"老孟"，仍旧没有回应，他想或许那些"人"已经离开了，他忙唤醒了赵代红。

赵代红醒过来，望着卫扬帆："完了？"

卫扬帆点了点头，赵代红抓住了他的胳膊："告诉我，你是不是已经找到了我的病因所在？"卫扬帆叹了口气："没有，你依旧很排斥催眠，根本就不接受我的暗示。失败了！"

赵代红望着卫扬帆："卫医生，你说的是真的吗？"

卫扬帆用力地点了下头："当然是真的。这样吧，我还是给你开些安眠药吧，先暂时控制一下，我们再想想别的办法。"

赵代红这才失望地放开了卫扬帆的手臂："卫医生，我有时候觉得人活得真累。"

卫扬帆警惕地看了他一眼，赵代红笑了："你别误会，我并不是想要结束自己的生命，只是有感而发罢了。"

卫扬帆说道："人这一辈子原本就不容易的，但再不容易我们也得坚持住！"他给赵代红开了药，赵代红道谢以后离开了。

望着赵代红远去的背影，卫扬帆还心有余悸，他在犹豫，要不要把今天的事情告诉欧阳双杰。他的耳边又响起了"老孟"说的话，很显然，"老孟"在威胁他，不许他把今天的事情告诉任何人。但卫扬帆最后还是决定把这件事情告诉欧阳双杰，假如赵代红真是那个凶手的话，自己隐瞒着不说，反倒会害了更多的人。

卫扬帆拿起了电话，找到了欧阳双杰的号码。

"欧阳队长，你有时间吗？我想和你谈谈。嗯，这样吧，半小时后我们在永乐路上岛咖啡见。"

卫扬帆的脸色很难看，惨白得没有一丝血色。

欧阳双杰皱起了眉头，距离上一次见他的时间并不远，他怎么就变成了这个样子。

见到欧阳双杰，卫扬帆才松了口气。他心里清楚，一旦把这事情告诉欧阳双杰，那赵代红就真成了杀人的嫌犯了，自己是不是判断错了？

"卫医生，你的脸色很难看，是不是这些天都没有休息好啊？"欧阳双杰坐下以后轻声问道。

卫扬帆一脸的苦涩，还是决定把事情告诉欧阳双杰，不说的话他的心里老不踏实。至于警方怎么去做判断，那就是警方的事情了。

"上午赵代红来找过我，最初他是因为夜里休息得不好，所以想找我些安眠的药剂，于是我就说服他接受催眠治疗，他答应了……"接着卫扬帆把上午的事情全都说了出来，欧阳双杰脸上的表情短短的时间内几度变化。

直到卫扬帆说完，欧阳双杰都还在发愣。

"欧阳！"卫扬帆轻声叫道。

欧阳双杰这才回过神儿来："也就是说你至少见到了他的四到五个副人格，那你觉得他们是不是真有暴力倾向。"

卫扬帆摇了摇头："不好说，我倒是觉得他们都挺凶的，而且全不好对付。"

他拿起了桌子上的一张纸片："这是我凭着记忆记下的应该算是完整的对话吧。分裂型人格障碍者我曾经也接触过，可是还从来没有见过这样恐怖的。"

卫扬帆把纸片递给欧阳双杰，欧阳双杰看得很认真，每一段对话下面都还用括弧注明了卫扬帆对那"人"的性格的一个描述。

"我的描述仅供参考，因为当时我的心里也很恐惧，观察得不仔细。所以你也别太把我的描述当一回事，最好还是你们自己去调查吧。"

欧阳双杰点了点头："卫医生，谢谢你能够告诉我这些。"

卫扬帆苦笑："其实这多少还是违反了我的职业操守。"欧阳双杰正想安慰他什么，卫扬帆说道："你不必劝我，那些大道理我也清楚。可是你我毕竟不一样，你虽然是心理专家，可你并不是医生，所以立场不一样。"

欧阳双杰的话被他这话生生压了回去，只得无奈地笑了。

卫扬帆又说道："对了，赵代红本人并不坏，他之所以会变成这样，我想多半是与他童年的那些经历有关系。现在看来想要治好他是很困难的，你也是心理专家，应该知道再厉害的心理医生都很难治得了他这样的人格分裂症。"

"我明白你的意思，就算赵代红真是凶手，我们也会按法律规定办的，这一点你放心。赵代红这种情况属于无刑事责任能力的精神病人，只要能够确定他在犯罪的时候不能辨认或者控制不住自己的行为，会按精神病人来处理案件的。"

"欧阳，一定要好好查清楚，或许赵代红并不是凶手。而他只是碰巧患上了这样的心理疾病。"卫扬帆还是有些担心。

欧阳双杰说道："我会的，我们不会因为这样就认定赵代红是凶手。不过卫医生，有一点我也要提醒你，你已经和他们撞过面了，而且他们还威胁你不能将这事情告诉任何人，可是现在你把它告诉我了，我就怕他们会对你不利。先由我自己进行细查吧，我建议你最近最好别再见赵代红。"

卫扬帆却说道："他是我的病人，我没有理由躲着他的，而且见他没问题，他不会对我怎么样的。如果是他的那些'朋友'想对付我的话，根本就用不着他出面。"

"这段时间你自己小心，遇事赶紧给我打电话，我不希望你出事。"

卫扬帆轻叹道："不过我觉得他们应该不会把我怎么样的，否则昨天他们就不可能放过我。"

欧阳双杰站了起来，走到卫扬帆的面前，伸出手去："谢谢你，老卫，但我还是要提醒你，注意安全！"

卫扬帆和他紧紧地握了握手："我会的，希望警方能够早日破案。"

欧阳双杰决定对这件事情守口如瓶，在没有弄清楚事情的真相前，他不会对任何人说起赵代红的事情。假如赵代红真不是凶手，欧阳双杰甚至想过把这件事彻底隐瞒下去。

他会让卫扬帆把一切都告诉赵代红，让赵代红自己决定是不是放弃他自己的那些光环，去进行治疗。只要赵代红的那些副人格与人无伤，不会对社会和他人造成什么危险的话，何去何从就看他自己怎么选择了。

电话响了，是谢欣打来的。谢欣说许霖查到了一些关于邓新荣的线索，去深挖去了。

"邓新荣？"欧阳双杰知道邓新荣是云都案里那女死者的丈夫，而自己当时的初步判断，邓新荣应该也已经遇害了，只是没能够找到他的尸体。

"听他公司的那个副总说，前些天接到了邓新荣打来的电话，让他打钱过去，电话是邓新荣的手机，声音也是邓新荣的，只是他说的账号是个新账号，副总还没来得及说点儿别的，邓新荣就挂断了电话。许霖查了那个账号，开户行在西北的都安市。"

欧阳双杰没想到突然就来了这么一出，邓新荣打电话到公司来，真是邓新荣打的这个电话吗？欧阳双杰还是不太相信邓新荣活着。一个大男人不顾家，不顾公司，一个人跑西北风流快活去了，就算他真是有什么正事也应该让自己的老婆知道吧？

"嗯，知道了，你先忙吧！"欧阳双杰说完挂断了电话，接着给许霖打了过去。许霖正在去往云都的路上。

"还用得着你亲自跑一趟吗？去个电话不就得了？"

许霖说："其实我还有些私事，另外我手上还有些资料也一并转给他们。"

欧阳双杰"嗯"了一声："那早去早回，这边还有一大堆事呢。对了，你说还有些资料，我怎么不知道。"

"邓新荣公司上下流的供货商与客户的一些资料，我想或许这些应该能够对他们有些帮助。"

赵代红上完课就回到自己的房间里，看了会儿书便沉沉入睡了。

喷水池是林城的一个地名，原本是林城的一个标志性建筑，就坐落在林城主城区的十字交叉口。这是林城的繁华地带，商铺大多云集于此。

欧阳双杰开车路过这儿，无意中发现赵代红站在路边，像在等什么人。欧阳双杰悄悄在不远处停下了车，静静地看着他。

欧阳双杰感觉到赵代红有一些变化。他是个骄傲而严谨的人，从来都是一身正装，可是现在他却穿着一条牛仔裤，一件黑色的背心，露出了身上的肌肉。特别是他的脖子上还戴着一条金链子。

很快他就想到了卫扬帆说起的那件事情，他在想，自己见到的到底是赵代红的哪一面。

一个十一二岁的小男孩跑到了赵代红的面前，那男孩看上去很像是一个乞丐。只见他把什么东西交到了赵代红的手里，而赵代红给了小男孩一张绿色的钞票，脸上显得有些兴奋。

欧阳双杰很好奇，男孩到底给了赵代红什么，能够让赵代红如此激动。可是令他想不到的事情却发生了，赵代红像是发现了他一般，径直往他这边走来。

欧阳双杰心里很忐忑。赵代红走到了他的车边，轻轻敲了下车窗。欧阳双杰还没有摇下车窗玻璃，赵代红就示意他把门打开。

"你好像已经注意我很久了。"

"你今天很特别！"

欧阳双杰确定面前的这个人是赵代红，也不是赵代红。他应该是赵代红的另一面，只是他不知道这个人到底是卫扬帆给他列出的哪一个人格。

"我们认识吗？"欧阳双杰试探着问道。

赵代红身子向后靠了靠，很自然地拿起了欧阳双杰放在扶手上的烟点了一支。

"欧阳双杰，市局刑警队的队长，之前在省警校任教，教授的是犯罪心理学。是黔州省心理学界的一颗新星。"

欧阳双杰觉得这个人应该是个侦探。这个身份并没有在卫扬帆提供的那份单子里出现过。

"怎么称呼？"欧阳双杰轻声问道。

"彪子！我知道你认识小哥，可我不是他！"

欧阳双杰又问道："你说的小哥是赵代红吗？"

"你这不是明知故问吗？"

"其实我很不习惯和你交流，因为在我的眼里看到的是他。"

"彪子"叹了口气："姓卫的已经把小哥的秘密告诉你了吧？"

欧阳双杰没有否认，他算是默认了。

"其实这也没什么，我可以肯定地告诉你。小哥不是凶手，如果真是小哥做的，姓卫的还能够活到现在吗？"

欧阳双杰笑了："那你知道谁是凶手吗？"

"不知道，不过我相信我能够把他给揪出来。""彪子"耸了耸肩膀。

"你在利用那个小乞丐查案？"欧阳双杰问道。

"彪子"笑了："我确实让他们帮着我做点儿小事，你没看过《福尔摩斯探案》吗？他就是用了一帮小乞丐帮他，这些小孩不容易引人注目。"

"那你查到了什么？"

"我来就是想告诉你，别把时间浪费在我们身上。"说完他就打开车门下了车，在路边拦了一部出租离开了。

欧阳双杰愣在那儿，心里像是打翻了五味瓶。

欧阳双杰开着车也离开了，他没有想到自己竟然与赵代红臆想出来的"大侦探"对上了，他的心情还是有些激动的。

他赶回了局里，回到自己的办公室，泡了杯茶，静静地坐到沙发上，他要好好消化一下与这个"彪子"见面的情形。

赵代红有很严重的分裂型人格障碍，而他的那些副人格中确实有符合自己对凶手的侧写。只是欧阳双杰没想到"彪子"会这么嚣张，明明知道自己已经盯上他了还敢走到自己的面前来。"彪子"说凶手不是他们，可是他的话能信吗？

欧阳双杰站了起来，在白板上写下："彪子"，侦探，机警、敏感、自负。接着他又拿出了卫扬帆给他的那张纸条，对着写下了另外几行字。

"老孟"，主导者，心理医生。自信、高傲、冷酷、控制欲；"潘老四"，教授，学科不详。猥琐、冷漠、自卑；"左明"，承受者，小职员。胆小、懦弱、悲观；"柳莺莺"，演员，贪婪。有同情心，投机者；"陆昆"，身份不详，冷酷、无情，具有反社会性，应有暴力倾向。

欧阳双杰放下了笔，然后轻轻叹了口气："还有没有了？"

卫扬帆在书房里看书，这是他每天的生活习惯。吃过晚饭，和妻子到楼下的小花园里散一会儿步，然后回家看会儿电视。大概八点半钟就钻进了书房，十一点儿半出来洗漱以后上床休息。

家里只有他和妻子温岚。他们有个儿子，儿子在实验三中读书，那是省重点高中，封闭式教学。一般只有周六才会回来住一晚，平时都住校。

儿子的成绩很好，一直把卫扬帆视作自己的偶像，说是以后也要学心理学，做一个像父亲一样有名的心理医生。

温岚是个老师，从事幼儿教育工作，她的脾气和性格都很好，和卫扬帆结婚这么多年了，夫妻俩相敬如宾。

卫扬帆今晚根本看不进书，自从知道赵代红的事情以后，他总是心神不宁，有些恍惚。想了想，他给欧阳双杰拨了个电话。

欧阳双杰正和邢娜在街上散步。

"卫医生！"欧阳双杰叫了一声。

"有时间吗？我想和你聊聊。"

欧阳双杰笑道："这样吧，半小时后，我们在'红树林'见。"

"红树林"是林城一个有名的茶艺馆。

和邢娜分手，欧阳双杰就直接赶去了"红树林"，卫扬帆已经等在那儿了。

"这儿离我家很近。"卫扬帆微笑着说道。

"嗯，我知道。"

卫扬帆轻轻叹了口气："不知道怎么搞的，这两天我总是觉得心绪不宁，连书都看不进去。"

"因为赵代红的事吗？"欧阳双杰喝了口茶才淡淡地问道。

"是的，就连晚上睡觉，闭上眼睛都是他的样子。没想到，做了半辈子的心理医生，却把自己弄出了心魔。"

欧阳双杰告诉卫扬帆，自己今天也见到了赵代红，他把事情的经过大致说了一遍。

卫扬帆听得脸色大变："这么说来，赵代红还不止我给你写的那几种人格。"

"至少现在还知道一个'侦探'，至于还有没有别的我就不知道了。"

卫扬帆咬着嘴唇："他难道就是那个凶手吗？"欧阳双杰说现在还不能肯定。

"你说，他会不会来找我？"

欧阳双杰问道："你害怕吗？"

卫扬帆说道："要知道，我有家，有妻子，还有个儿子，我必须要为他们想。赵代红一周要到我那儿去一次。我都不知道自己还有没有勇气面对他了。"

欧阳双杰说道："你是他的心理医生，这是你的职责。再说，你要是真避而不见的话，说明你心虚。你的心里有鬼，他就更有可能针对你了。"

欧阳双杰不是吓唬他的，欧阳双杰说的是大实话。一个医生躲避着自己的病人也不是那么一回事。欧阳双杰的话让卫扬帆也冷静了下来，卫扬帆静静地品着茶，不再说什么。

欧阳双杰咳了两声："其实就我个人而言，我觉得赵代红应该不会对你下手，否则那天他也不会放过你的。"

卫扬帆说道："可能是他觉得那天不是时机吧。"

欧阳双杰却不这么认为："如果他真要对你下手，既然那天不是时机，为什么他们还要蹦出来让你知道？再说了，你要面对的是赵代红，而不是他们。上次是因为你对赵代红用了催眠的手段，他们才出来的，只要你不再对赵代红催眠，他们就没有机会出现在你的面前了。"

卫扬帆总觉得有一双眼睛在暗中盯着他，他回头看了好几回却没有发现什么。

从"红树林"到卫扬帆家的距离并不远，大约也就是步行十五分钟的样子，不过却要穿过春雷广场的街心花园，那儿晚上几乎没有什么人，花园里的那一排大树正好把从花园到公路的视线给遮住。

"卫医生！"一个声音从身后传来。

卫扬帆吓了一跳，他想转身，可是那声音却说道："千万别回头，否则……"

"你……你是谁？想干什么？"卫扬帆的手伸进了裤子的口袋，那里面装着手机，他想要偷偷拨打电话。

"我劝你最好别乱动，就算你报警，警察也一定不会那么快赶到。"

卫扬帆刚摸到手机的手又缩了回来："你到底想做什么？"

"卫医生，你是不是把我的事情告诉了警察？"

卫扬帆马上想到了赵代红，可是他确定这声音他是第一次听到，莫非是欧阳双杰刚刚提到过的赵代红的另一个人格。

卫扬帆咳了两声："我不认识你，更不知道你有什么事，又怎么可能把你的事情告诉警察呢？"

"既然你不愿意说，那我只能对不住你了。"

卫扬帆很害怕，可是他还是横下心来，伸手到了裤子口袋里，在手机上摁下了重拨键，他最后一次通话是和欧阳双杰的。

"还没想起我是谁吗？"

卫扬帆说道："你是赵代红？"

没有回答，四下里一片死寂。

欧阳双杰正开着车在回家的路上，电话响了。

"卫医生，怎么了？"电话才通，欧阳双杰就急切地问道，却只听到电话里一声惨叫，是卫扬帆的声音。

欧阳双杰一个急刹车，卫扬帆出事了？

"卫医生！卫医生！"欧阳双杰对着电话叫了两声，可却没听到卫扬帆的回答。

欧阳双杰赶忙掉转了车头，往回开。

车子在春雷广场边停了下来，欧阳双杰拿着电话跳下了车，向着广场跑去。和卫扬帆分手的时候，原本欧阳双杰说送他一程的，可他却婉谢了，说他家离这儿并不远。从春雷广场这边过去，然后穿过街心花园再走没多久就到了。

从时间推算，卫扬帆应该是在街心花园那儿出事的！

欧阳双杰打开手机上的手电筒，小跑着冲进了街心花园。没多久，他就看到了卫扬帆，卫扬帆就躺在前面的地上。

欧阳双杰警惕地看了看四周，然后上前抱起了卫扬帆，还有气息，他的身上没有看到有什么外伤，欧阳双杰这才松了口气。

他掐了下卫扬帆的人中，轻声叫着卫扬帆。

卫扬帆缓缓地苏醒过来，他看到了欧阳双杰，先是吓了一跳，然后惊恐地四下里看看："是他，一定是他！"

欧阳双杰问道："是谁？"

卫扬帆说道："赵代红！"

"你看见他了？"欧阳双杰也下意识地四下里扫了一遍。

卫扬帆摇了摇头："没有，我没看到。"接着卫扬帆把事情的经过大致说了一下。

欧阳双杰听完后说道："你是说，当你叫出他的名字的时候，他没有再说什么，直接就把你打晕了？"

卫扬帆"嗯"了一声："你怎么来了？"他有些好奇地问欧阳双杰。

欧阳双杰说道："我是接了你的电话赶来的，电话通了，你却没说一句话。"

卫扬帆这才想起，是自己最后摁下了重拨键，这才把欧阳双杰给招了回来。

卫扬帆叹了口气："早知道该听你的，走大路。"

欧阳双杰扶着他："走吧，我的车在路边，我送你回去。"

卫扬帆这次没有再推却，他摸了摸后脑勺："这小子下手还真狠，到现在都还疼呢！"

一路上欧阳双杰都在思考着一个问题，那就是打晕卫扬帆的人到底是不是赵代红，可是卫扬帆却咬定是赵代红。

"问题是他这么做的目的是什么？"欧阳双杰还是很不解。

"泄愤呗！"卫扬帆愤愤地说道。

欧阳双杰却不以为然："假如赵代红真是那个凶手，假如袭击你的真是赵代红，那么他的这个行为就有些说不过去了，他所做的所有的案子都带着严重的暴力倾向。仅仅是把你打晕，这说不过去。"

"你是觉得我应该被他弄死才好吗？"

"我只是就事论事。"

欧阳双杰把卫扬帆送到他家楼下，看着他进了电梯才转身离开。路上欧阳双杰想着两个问题：首先袭击卫扬帆的人到底是不是赵代红？目的是什么？其次，假如不是赵代红又会是谁？

欧阳双杰没有回家，而是开车去了黔州大学，他要去找赵代红。

欧阳双杰敲了半天的门，没有一点儿反应。

欧阳双杰掏出手机，找到了赵代红的电话号码打了过去，他隐约听到了从屋里传出来手机的铃声。赵代红的手机在屋里，可他人呢？

欧阳双杰用力地拍了拍门，没有人来开门。

欧阳双杰悻悻地离开了，没能找到赵代红，那么到底是谁袭击了卫扬帆一时半会儿还真难弄清楚。他准备第二天一大早再来趟黔大。

第二天早上十点多钟，欧阳双杰开着车去了黔大。赵代红刚上完两节课，正在办公室里看书。

对于欧阳双杰的到来，他一点儿也没觉得奇怪。

赵代红放下书，望着欧阳双杰："你找我？"

欧阳双杰"嗯"了声说道："我想和你好好聊聊！"

赵代红像是想了想才说道："好吧，反正我今天也没什么课了。"

赵代红和欧阳双杰来到学校旁边的一家咖啡屋，他指着店的招牌说道。

"你昨天晚上在什么地方？大约十点到十一点之间。"

赵代红愣了一下："昨晚？我在家啊，一般晚上我很少出门的。"

欧阳双杰告诉他，自己昨晚去过他家，可是无论怎么敲门都没有反应。

赵代红说道："我平时睡得挺早的，所以就算有人敲门，我也听不见。"

"也就是说你整个晚上都一个人待在家里？"

赵代红很肯定地说他确实一直待在家里看球呢，昨晚正好是皇马队和犹文图斯的一场比赛。他是皇马的球迷，怎么会错过这样的赛事？

"欧阳警官，你能不能告诉我，你昨晚找我到底是什么事？"

欧阳双杰把卫扬帆遇到袭击的事情说了一遍。

赵代红发出一声冷笑："卫扬帆遇袭关我什么事？"

欧阳双杰没想到他会这么淡漠，看来他一定是知道些什么。他从赵代红的眼睛里读到了这一点。接着赵代红警惕地问道："你该不会怀疑是我干的吧？"

欧阳双杰没有说话，这让赵代红的心里更加不踏实："我怎么可能做这样的事情？我知道你在查那个案子。我是法学教授，最基本的公民义务还是懂的，他并没有错。"

"你昨晚一直在家里，谁能够证明？"

欧阳双杰还是要问个究竟。

赵代红的脸色很难看："没有人能够证明。你应该很了解我，我不太和其他人打交道的。是不是没有人能够证明我在家，我就是警察眼里的嫌疑人了？"

"你别误会，我不是这个意思。我只是想弄清楚，昨晚你在什么地方。另外，你一点儿不担心卫医生的安危吗？"

赵代红很随意地问道："他没事吧？"

欧阳双杰告诉赵代红，卫扬帆没事，只是脑袋上挨了一下。被打晕了，没多久就醒过来了。

"你觉得我像那样的人吗？"

欧阳双杰的嘴动了动，赵代红见欧阳双杰说不出话来，他又冷冷一笑："他打交道的都是些心理有问题的人，那些人才是真正有可能对他下手的人。卫扬帆也是在这个社会中生存，一样有自己的仇人。"

欧阳双杰早就知道，赵代红不是容易对付的，在不告诉他真实情形的情况下，自己要从他这儿打探到些什么还真不是件容易的事情。

赵代红站了起来："不好意思，我还有事，得先走了。"

欧阳双杰还静静地坐在咖啡吧里，他的目光望向玻璃窗外。

此刻的赵代红就只是赵代红，他并不知道自己有分裂型的人格障碍，偏偏自己又不能够把实情告诉他。

电话响了，欧阳双杰看了一眼，是罗素。

"我说大侦探，你在哪儿呢？"罗素问道。

欧阳双杰告诉他自己在外面查案，罗素说他现在就在欧阳双杰的办公室。

欧阳双杰皱起了眉头，他明明记得自己离开的时候是关上门的，他怎么能够在自己的办公室呢？

"欧阳，你白板上写的这几个人是谁啊？"罗素在电话里问道。

欧阳双杰说道："不是什么具体的人，只是对凶手的几个性格概括罢了。"

欧阳双杰很快就赶回了局里。

"我是让小许给我开的门，你不会介意吧？"

欧阳双杰其实很介意，他是很不希望罗素看到他的白板的，还好他并没有在白板上写下赵代红的名字。

"不介意。"欧阳双杰微微一笑。

坐下来后，罗素指了指白板："能说来听听吗？"

"暂时还不行，这涉及一些个人隐私的东西。所以暂时还不能说，除非我们能够确定。"

罗素笑了："没事，恕我直言。我刚才仔细研究了一下，你这上面的这些应该是同一个人所分裂出来的人格所饰演的不同角色吧？看来《二十四个比利》对你还是有启发的！"

欧阳双杰没有否认。

"这人也是病得不轻啊，竟然有这么多的副人格。但我看了，觉得好像真正有暴力倾向的并不多，另外要对应你最初列出的三个具体角色也有些对不上。"

欧阳双杰明白他指的是什么，赵代红的那几个人格，从性格上来看确实很难符合"裁决者"、"法官"和"杀手"，有的或许勉强能够对上，却也不明朗。

"没想到几天没见你对心理学的认识又上了个新台阶。"欧阳双杰戏谑道。

"我知道在你面前说这些不过是关公面前要大刀，不过我对这个案子确实很有兴趣。看来你们真是找到了有精神分裂的嫌疑人了？"

欧阳双杰轻轻叹息道："算是有了吧，只是我们却找不出一点儿证据来证实我的判断是正确的。你刚才不是也说了，目前我们掌握的人格特性是与那三个特定角色不相符的，这也是我一直不能确定的原因。"

罗素点了点头，沉思了一会儿，然后说报社还有事就离开了。


王小虎让凌芸和邢娜负责调查戚伟民的案子。凌芸比邢娜小三岁，她是两年前才从基层派出所调到刑警队来的。王小虎认为重点的线索是戚伟民那笔钱的来历，以及戚伟民曾经有过的偷盗的劣迹以及他的偷盗行为是不是酿成了其他的什么恶果。此刻二人正在王小虎的办公室里汇报着她们的调查结果。

"王队，我们查过了，戚伟民是六年前来到林城的。之前他曾经在江浙进过厂打过工，因为在工厂里有些小偷小摸的行为，被厂里开除了才回来的。他老家在黔北的一个小县城，回来之后他并没有回黔北，而是留在了林城，先是在福通工业园干保安，没多久云中大厦落成，他就从福通工业园跳到了云中大厦，在停车场一干就是六年。"

邢娜接着说道："我们向云中大厦的保安部做了了解，他们否认戚伟民那笔钱是私自截留停车费所得。他们说他们所用的是电子计费系统，戚伟民根本没有可能做任何的手脚。不过我觉得他们的话也不完全对，那套电子计费系统确实先进，可是如果人为地对系统做一些手脚还是很难查出来的。"

"照你们的意思，到底戚伟民这笔钱是不是从停车费里截留的？"

邢娜说道："就算是也不完全是，十六万，六年。一年大概三万左右，一个月也差不多两千左右，短时间内看不出来，可是时间一长还是容易让人发现的。当然，除非其他人也钻了这个空子而大厦管理方却一无所知。"

"那么说，这笔钱应该是戚伟民从江浙那边带回来的？"

邢娜说道："也不太可能，我们联系过戚伟民之前打工所在地的警方，戚伟民当时盗窃厂里的东西出卖，还差点儿惹了官司，后来还是家里给他出了一万块钱认了罚才脱了罪的。假如当时他的手里有这笔钱也不可能让家里替他出那一万块了。所以我觉得这笔钱应该是他来到林城以后捞的，至于他是怎么捞的还得进一步调查。"

王小虎想了想说道："我们要调查戚伟民这笔钱的来历都这么费事儿，你们说凶手又是怎么知道的？"

邢娜和凌芸面面相觑。王小虎走到他自己的白板边上："这所有的案子，凶手或多或少都对被害者的情况有所了解，有的甚至可以说是了如指掌，你们就不觉得奇怪吗？你们说，凶手会不会和我们一样，占据着某种职业优势，能够为他的调查提供便利？"

"可是除了警察，还有什么职业能够具备这样的优势呢？"

"那就多了去了，社区服务人员，能够挨家挨户上门服务的，还有就是电信啊，电力啊，供水啊，金融保险什么的，他们都掌握了大量的客户资料与信息。"

凌芸说道："还有记者，在很大程度上他们调查的灵活性比我们还要强得多。"

王小虎重复了一句："记者？"他的脑子里出现了罗素的样子。

王小虎说道："这是一个思路，可以顺着查查，把与戚伟民相关的这类人都排查一遍。我马上就通知各个小组，让他们都照着这个想法走一遍。"

欧阳双杰从办公室离开时，电话响了。是卫扬帆打来的，卫扬帆告诉欧阳双杰，赵代红又到他的诊所去了，可今天不是赵代红就诊的日子。

"他坐了一刻钟了，什么都没说，只是紧紧地盯着我。看得我心里发毛，我找了个借口来给你打电话，我该怎么办？"卫扬帆的声音有些颤抖。

"我马上就过来，你觉得他到底是不是赵代红？"欧阳双杰轻声问道。

卫扬帆说他不确定，赵代红一直没有开口。

"那好吧，你尽量别刺激他，保护好自己。"

挂了电话，欧阳双杰开着车赶往卫扬帆的诊所。他的心里也很疑惑，赵代红这是唱的哪一出？

欧阳双杰很快就赶到了，当他推门进入卫扬帆的办公室时，看到卫扬帆和赵代红面对面地坐在会客区的沙发上。

见欧阳双杰进来，卫扬帆长长地松了口气，而赵代红却开口了："你终于来了，我就算定你一定会来，刚才卫医生出去应该是给你打电话去了。"欧阳双杰已经听出了他话音里的玩世不恭，果然是那个侦探。

欧阳双杰笑了："原来你想见的是我？"

"不过我很不喜欢你们警察局的气氛，所以只能让卫医生帮忙把你给请来。"

"你找我有什么事？"

赵代红看了卫扬帆一眼，卫扬帆尴尬地说道："你们聊，我出去透透气！"说罢卫扬帆起身走了出去，轻轻带上了门。

赵代红端起桌子上的茶水喝了一口："你是不是认为卫扬帆的遇袭是小哥干的？"

欧阳双杰已经习惯了他的说话方式，知道他嘴里的小哥就是赵代红，这几个副人格应该都这么称赵代红。

欧阳双杰冷笑一声："我并没有认为是他做的，倒是你们几个很有嫌疑。"

赵代红耸了耸肩膀，摊开两手："你错了，我以人格担保不可能是我们。"

欧阳双杰大笑起来："你的人格？你应该知道吧，你们原本根本就不存在的，是赵代红臆想出来的，你还真拿自己当一回事。"

赵代红的脸上微微一红："就算你说的是事实，但此刻我是真真实实存在的，存在即为合理，这个道理你应该明白吧？"欧阳双杰没想到这小子还蛮有意思的。

"既然你说不是你们干的，那你说说是谁干的？"欧阳双杰问他。

他皱起眉头想了想："当知道卫医生遇袭后我也想了很久，这是一个阴谋。你仔细想想，小哥有必要这么做吗？要是真是记恨卫医生把这事情告诉了警察的话，不疼不痒地敲打他这么一下有意义吗？"

"可'老孟'之前确实恐吓过卫医生，这又作何解释？"欧阳双杰问道。

"'老孟'那人就是这样，喜欢装老大，故弄玄虚，他之所以恐吓卫医生也只是想装装威严罢了，真要让他干伤人的事情他还没那胆呢！你别看他们那帮人平日里阴阳怪气的，其实心地都不坏。小哥不知道我们的存在，也不知道我们的所思所想，可是我们却能够知道他脑子里在想什么。"

"你来就是为了告诉我这事吗？"

"我有一件东西想给你看。"说罢，他从口袋里掏出一张照片，"这个人你应该认识吧？"欧阳双杰接过照片看了一眼，照片上的人竟然是罗素。

赵代红说道："省报的记者罗素。最近你们俩走得很近。不过我可以很负责任地告诉你，他这儿也有问题！而且据我所知他曾经对杜仲平的案子很感兴趣，碰巧他也和我一样，找小乞丐帮他做过一些调查，有兴趣的话你可以好好查查他！"

欧阳双杰这下不由得一惊，赵代红竟然知道罗素，也知道罗素和自己有交往。

"好了，小哥下午还有课呢。我得回去了。"说完他拍了拍手就离开了。

卫扬帆重新回到了自己的办公室，他既紧张又兴奋地问道："他都说了什么？"当他看到欧阳双杰手里的照片时瞪大了眼睛，"罗素？"

欧阳双杰没有说话，目光盯着罗素的照片。

卫扬帆着急地拉住了欧阳双杰的胳膊："欧阳，你倒是说话啊！"

欧阳双杰苦笑了一下："他是'侦探'，应该是赵代红分裂出来的几个人格中最为活跃的一个。他告诉我，罗素也有问题，很可能是个精神病患者。他让我好好查查。"

"怎么可能？罗素不可能精神有问题的，当时他来我这儿骗诊，目的性很强，就是想要我的客户资料。"

欧阳双杰说道："我和罗素接触过好多次，假如说他有精神病，那我也成了精神病。"

"他之所以会咬上罗素，我估计是想转移我们的视线。他这是贼喊捉贼！"

欧阳双杰没有说话，把照片收了起来："好了，我也得回去了。"

从卫扬帆那儿离开，欧阳双杰的心里满是问号，"侦探"的出现让他再次对赵代红的怀疑产生了动摇。罗素是省报的记者，他确实拥有职业上的便利，记者与警察不同，他们的调查很多时候可以很灵活。而罗素是一个悟性极高的人，他若是自学法律的话也一样能够达到一定的水平。从他恶补心理学知识的表现就不难看出来。只是罗素却有一点不符合自己对凶手的假设，罗素并不魁梧健硕，没有好的体质，怎么可能在杀人的时候有那么强的行动力？

王冲领着小李来到了快递公司，他们查到了一条重要的线索，快递公司的快递员毛秋实曾经与庄大柱和杜仲平都有过接触。毛秋实与庄大柱是朋友，而他负责杜仲平所住区域的快递投送。杜仲平经常在网上买东西，他的包裹都是毛秋实负责送的。

"你们找小毛啊，他前两天就辞职了。"快递公司的负责人在得知王冲他们的来历后说道。

小李问道："那你们有他的联系方式吗？"

"你们等等，我查查。"

不一会儿，负责人拿着一份人事资料过来："你们需要的信息这上面都有，不过电话我们打过，欠费停机了。"

"停机？"小李疑惑地问道。

王冲拿过资料看了看，便和小李按照资料上的家庭住址，找到了毛秋实。

"两位警官，我想你们可能是弄错了，我是叫毛秋实，可是我从来没有干过什么快递员。"毛秋实听了王冲他们的来意，怯怯地说道。

王冲拿出福通快递给他的那份人事资料，对比了一下照片，确实不是一个人。他把资料递给毛秋实："照片上的人你认识吗？"

毛秋实仔细地看了看，摇了摇头："不认识。"

王冲说道："你再仔细地想想。"

毛秋实苦着脸："我从来就没有去过什么快递公司，你们一定是搞错了。"

毛秋实的家人和街坊邻居也都证明了毛秋实没有说谎。王冲和小李悻悻地离开了。

回到局里，小李就去了户籍科，王冲则去了王小虎的办公室。

他端起王小虎的茶杯喝了一大口，王小虎见他脸色不悦，问道："没找到那个毛秋实吗？"

王冲摇了摇头："那是个假身份，这家伙两天前辞职了，也不知道去了哪里。"

接着王冲把事情的经过说了一遍，王小虎扔给他一支烟："这个假毛秋实在快递公司干了多久？"

王冲说道："四个月，而他与庄大柱也是在进入快递公司后不久认识的。"

王小虎站了起来，走到了窗边，过了半天他才重新坐下："他到快递公司以后，有没有丢件少件的情况发生？"

"我问过他们的经理了，他工作很踏实，从来没有发生过这样的事情，而且也没有一个客户投诉。这小子冒名进快递公司工作难道真的只是为了找一份工作吗？"

王小虎摆了摆手："当然不会那么简单，同事们对他怎么看？"

王冲耸了耸肩膀："他很少和同事啰唆，上班就去送件，下班就回家，公司里没有谁和他的关系要好，甚至连话都没说过几句。他们经理说，要不是他提出辞职的时候为了退保证金的事情闹了一场的话，他都不知道公司有这么一号人。"

王小虎说道："先是进快递公司，接着和庄大柱搭上线成为朋友，有很多的机会接近杜仲平，看来他并不是为了想找一份工作，而是想借工作的便利来对庄大柱和杜仲平进行调查。不知道他是自己要这样做还是替什么人干活。不管怎么说，一定要把这个人给找出来。我想庄大柱与杜仲平的死应该和他有些关系。"


"什么？没查到？"王冲瞪大了眼睛，小李点了点头："搜索了整个数据库，可是却找不到符合的。"

王冲说道："邪了门了，这小子难道是从石头缝里蹦出来的？再去一趟快递公司，看看能不能从他留下的物品里提取到他的指纹。"

小李苦着脸："已经让人去了，不过那小子的同事说，他无论什么时候都喜欢戴着一双白手套，就连吃饭也不取下来。平时又很少到处走动，不和人扎堆。"

王冲愣住了，看来这小子从一开始就做了准备，他这么细心，怎么会留下蛛丝马迹呢？

王小虎说道："我不相信一个人会平白无故地蹦出来，然后又莫名其妙地消失。他在快递公司待了近四个月的时间，这四个月，他不可能不留下一点儿痕迹，说他不合群，不与人扎堆，可是他却和庄大柱成了朋友，他是怎么和庄大柱成朋友的？他送过那么多的快递，也总得有熟识他的人吧？"

"我现在就去查！"王冲离开了。

王小虎坐在他的大椅子上，双手揉着头。

这几个案子确实让他的头都疼了，作案动机简单，作案手段却很是高明，现场没有留下一点儿有用的线索。所以当毛秋实出现的时候，王小虎满心以为只要找到了这个毛秋实，整个案子就很可能得到推进了，可偏偏这个毛秋实是假货，而且还不知所踪，查无可查！

"这个毛秋实与凶手是什么关系，他就是凶手本人，还是凶手的雇用，只是用来收集情报的眼线呢？"王小虎想不明白这一点儿。

现在至少已经能够肯定这个假毛秋实有问题，而他的存在应该就是收集受害者的相关情报。庄大柱与杜仲平的罪证应该就是出自他的手，这么看来这个假毛秋实也是个有本事的厉害角色。若没有足够的筹码，怎么可能买通他？


欧阳双杰来到了王小虎的办公室，跟他一道的还是谢欣。

王小虎招呼欧阳双杰他们坐下："说吧，有什么指示？"

欧阳双杰问起了毛秋实的事情，王小虎大致说了一遍："这个毛秋实到底是个什么样的角色，他就是凶手吗？还是他只是个帮凶？"

欧阳双杰笑道："如果凶手有帮手，那么我的判断或许还真是错了，原本我推测凶手很可能是一个患有分裂型人格障碍的精神病患者。那样的话，凶手不可能有同伙，哪怕就是他的几个人格有着分工、合作，都不可能找一个外人！"

"为什么？"

欧阳双杰说道："患有这样精神疾病的人都是很孤僻离群的，他们大都会把自己封闭起来，一个人独来独往他们才会感觉到安全。他们不相信任何人，除了他们自己。"

王小虎瞪大了眼睛："这么说来你的推断可能是错的？"

"假如那个毛秋实真是帮凶，那么我的推断就错了，所以我很希望你们能够查清楚，这个毛秋实到底是不是凶手的同伙。这个毛秋实如果是凶手分裂出的某个人格的话，他不可能像正常人一样在快递公司一待就是四个月之久。因为作为副人格，他不可能长时间出现，除非他已经成了主体人格。虽然这身份也是假的，可是在他看来却是自己唯一的标志性身份。"

王小虎说道："难道就不会有例外吗？"

欧阳双杰也不知道，人心似海，哪怕心理学的专家也不敢百分百肯定的说能够读懂人心。书本上的并不一定就是真理，那些所谓的定理与概念都是建立在普遍的基础上，而每一个个体都是独立的，他们的心理也不会完全相同，个体的差异往往就是别人无法触及的地方。

"照片上这个人你见过吗？"王小虎拿出放大了的那个假毛秋实的照片递了过去。

"没见过，一点儿印象都没有。"

王小虎说道："你仔细想一想。"

那人还是摇了摇头，王小虎皱起了眉头："你是叫李焕吧？"

那人说道："我叫李焕没错，可是我真的没见过这个人。"

王小虎说道："他是快递公司的快递员。据我们调查，你的快递大多都是福通快递公司送的，最多的一个月，你大概要收到七八个包裹，而负责你这一片的快递员就是他！"

李焕摸了摸自己的后脑勺儿："警官，我想你们弄错了吧？"

王小虎瞪大了眼睛："什么意思？"

李焕说道："我记得那个快递员，他不叫毛秋实，而且也不是这个样子。"

王冲问道："那个快递员叫什么？"

"叫赵良，有点儿胖，说话的时候还带些口吃。"

王小虎和王冲马上就赶往福通快递公司，看来这家快递公司有问题。快递公司的负责人叫曾仁义，大家都叫他曾经理，那天就是他接待的王冲。

曾仁义脸上带着笑："警官，找到那个毛秋实了？"

王小虎的目光落在曾仁义的脸上："曾经理，我想请问一下你们公司有没有一个叫赵良的快递员？"

曾仁义愣了一下，摇了摇头："没有。"

"是吗？你最好想好了再回答。"

曾仁义苦笑道："公司就十几二十号人，我怎么会不知道呢？确实没有这个人。"

王小虎说道："胖胖的，说话有些口吃！"

曾仁义像是努力地想了想，然后还是摇了摇头："没有，绝对没有！"

王冲说道："我们问过毛秋实那个片区的几个收件人，他们都说从来就没有见过这个毛秋实，而负责他们那片送件的人叫赵良，胖胖的，有些口吃。"

曾仁义脸上很是震惊："怎么可能？你们等等！"他找出了派件单以及收件的回单。

"你们看看，派件单上的签字都是毛秋实，还有这回单上……"正说着，他突然顿住了。

他的脸色微微一变："这，这是怎么回事？"王小虎伸头看了看，在客户签收的回单上赫然出现了"赵良"的名字！从曾仁义的神情看来，他好像也是第一次看到"赵良"这个名字。

王小虎接过了那些单子，好些张上写的名字都是赵良，而且还占了多数。

突然，王小虎停止了翻阅，愣愣地盯住了手上的单子。

王冲也看了一眼，那单子上的名字却是"毛秋实"，而客户的名字正是他们熟悉的杜仲平。王冲看了王小虎一眼，王小虎把单子递给他然后对曾仁义说道："这些单据我们暂时要带回去！我们会注意保密，不会把你们的客户资料外泄。"

曾仁义这才说道："那好吧。"

回局里的路上，王冲说道："王队，这事情越来越复杂了，怎么又冒出个赵良来了？"

王小虎问道："这个赵良你安排人查了吗？"

"嗯，已经让户籍科那边去查了，不过弄不好也是个假身份。"

王小虎掏出手机给欧阳双杰打了过去。

欧阳双杰听了之后说道："马上找到那个赵良，他是我们找到那个假毛秋实的关键。"

挂了电话，欧阳双杰有些兴奋，但也有些迷茫，因为这个假毛秋实的出现，欧阳双杰被弄得晕头转向，他不得不对之前自己的判断提出了质疑。甚至他都开始怀疑凶手是不是真的是精神病人了。这其中不合理的地方越来越多了，他想起罗素也曾说过，或许凶手真不是什么精神病人。罗素是在提醒自己，会不会有人模仿了精神病人的手段杀人！

欧阳双杰拿起电话给罗素打了过去。

"罗素，你在哪儿？"欧阳双杰问道。

罗素告诉他自己在报社，欧阳双杰说想和他聊聊。

"说吧，找我到底什么事？"

"你总是有很多稀奇古怪的想法，思维的跳跃性也很强，很喜欢提出假设与置疑。假如你不做记者，做警察应该也不会差。"

罗素望着欧阳双杰，脸上露出了诡异的笑容："欧阳，你这话是不是还有潜台词？假如我不做记者，做警察应该也不会差，去犯罪也一样会很优秀？"

欧阳双杰没有说话。罗素叹了口气：“你不会怀疑这些案子都是我做的吧？”

欧阳双杰确实也存在了试探的心，赵代红所分裂出来的那个“侦探”曾经提起过罗素。他知道自己和罗素走得很近，也知道罗素正在做自己的专访，他告诉自己罗素的脑子也有问题，应该也是个分裂性人格障碍的患者，这些话确实让欧阳双杰感到不安。因为欧阳双杰每次见到罗素的时候都觉得有些看不明白这个人。罗素的综合素质不错，知识丰富，思维敏捷，而且他很好学，见识也很广。欧阳双杰发现自己从一开始就小看了罗素。

“我只是个摇笔杆子的小记者，很多东西我都不懂，为了跟进这个案子，我可是一直在恶补很多相关知识。不然根本跟不上你们的思路与节奏。”

“我希望能够多听听你们这些局外人的意见。”

罗素说道：“好了，到底想说什么，直接一点儿吧。”

欧阳双杰这才说道：“我记得你曾经提过一次，说凶手或许并不是精神病人，你的言下之意是他可能只是在模仿精神病人的手法作案，对吧？”

“破案就像是在做题，应该把各种可能性都设想到。我觉得我的想法也是有存在的可能性的。凶手有可能模仿精神病人作案，然后引导你们走入一个死胡同。我知道现在王队他们在按着正常的侦查手段进行调查，可是我相信他们的收效也不会太大。”

欧阳双杰没有说话，认真地听着。

“案与案之间无关联，不同的人格作案的手段不一样，而每个案件都不可能留下凶手自己的痕迹，甚至习惯。而且我还怀疑，能够如此完美演绎一个患有人格分裂症患者的正常人，应该只有一种身份——对这类病例有所接触和有所研究的心理专家。”

罗素确实每一次都会给欧阳双杰一些惊喜。

“我知道我的看法很幼稚，也很可笑。可是我个人认为存在这样的可能。”

“你说得很有道理，我只是需要慢慢消化一下。你再假设一下他的动机是什么？”

“动机无非有两个：第一，这个心理专家或许本身就心理变态；第二，或许他不服气你这个大神探，想给你出出难题，和你来一场较量！”

欧阳双杰一脸的苦涩：“你不该当记者，该去写小说。”

“还别说，我真有过这样的念头。”

和罗素见过面之后，欧阳双杰轻松不少。他回到办公室站在白板前，想到了一点——如果说几个案子的凶手是同一个人的话，那么这个凶手所分裂出来的人格是矛盾的。"'裁决者'、'法官'、'杀手'。这是一个悖论！"欧阳双杰自言自语地说道。

'裁决者'是以自己的主观判断为依据，对他认为犯"罪"的人进行裁决，可是他所列出的"罪行"几乎都是莫须有的。当然，假如戚伟民的案子也是他做的，那么他第二次作案与第一次就有了本质上的不同，因为他开始关注"罪行"的准确性了。而"杀手"杀人只是要了一个由头，再则就是有人"买凶"，那个叫严小英的女孩就是被"杀手"拿走了五十元，就"帮"她除掉了那个负心人。这么一来，无论是"裁决者"还是"杀手"，他们都同样是罪人，是杀人的凶犯，触犯了法律，那么"法官"会不会对他们也进行制裁呢？

夜色笼罩着林城，而罪恶也总是借着夜色的掩映在阴暗的地方慢慢地滋生。

凌晨一点多钟，欧阳双杰接到了王小虎的电话。说育秀路的一栋大厦发生了一起谋杀案。死者的身上有一个小本，应该和他们正在调查的案子有关。

欧阳双杰很快就赶了过去。

"死者叫欧燕，女性，三十三岁，是被水果刀刺穿心脏而死。刀上除了她自己的指纹还有另一个人的指纹。门锁没有被撬过的痕迹，从刀刺入的角度来看，凶手的身高应该在一米八左右。奇怪的是死者好像并没有反抗与挣扎。要么是熟人，要么是她先被什么药物给迷晕了，具体的有待进一步的尸检。"周小娅说完望向王小虎。

王小虎对欧阳双杰说道："这个欧燕你应该有印象吧？"

"嗯，三年前她的失踪案闹得沸沸扬扬，我当然有印象。"

那你也一定还记得她丈夫是怎么死的吧？"

欧阳双杰说道："欧燕二十六岁那年嫁给了林城出了名的花花公子吴飞，结婚后，经常吵架。吴飞还对她进行家庭暴力，欧燕被打得流了产，从此丧失了生育能力。三年前欧燕突然就失踪了，是吴飞自己报的警。欧燕失踪的那天是他们的结婚纪念日。吴飞说是欧燕约了他在蜀山大酒店一起共进晚餐，商量离婚的事宜。可是吴飞去到酒店之后，欧燕爽约了，再接着欧燕就仿佛从这个世界上彻底消失了一般。吴飞选择了报警。"

欧阳双杰望向王小虎："那个案子好像是薛顺办的吧？"

"是啊，薛顺就是因为这个案子才被调离了刑警队。到林安乡派出所当了副所长……"

吴飞报了警，警方于是介入了调查。当时他们家的小保姆证实两人在家总是吵架，甚至还拳脚相向。不过对于欧燕约吴飞去蜀山酒店的事情小保姆并不知情，说是前一天吴飞就给小保姆放了假。小保姆告诉警方，欧燕应该不可能主动约吴飞的，因为欧燕也早就想和吴飞离婚了。她记得欧燕曾经在吵架的时候对吴飞说过，如果吴飞想离婚，只要把协议拿来，分分钟她都可以签字。可吴飞却不愿意离，吴飞虽然是花花公子，但经商却有着一套，他的"飞宇文化传播公司"在林城很是有名，也是林城唯一一家能够进行影视大制作的公司。

　　据警方当时的调查，如果吴飞真要和欧燕离婚的话，按照婚前的协议，他就得把公司的一半股份分给欧燕，那就几乎是几千万的资产。但警方在询问吴飞的时候吴飞却坚称是欧燕约的她，甚至还说欧燕告诉他已经想通了。好和好散，不会和他争财产，只需要他出几百万足够支撑自己的生活就行了。只是吴飞的话没有证据支撑。

　　吴飞有两个关系很亲密的情妇：一个是他的秘书任小娟，另一个是公司的一个叫申丽的三流明星，艺名丽丽。当警方询问欧燕失踪的那晚吴飞去了什么地方的时候，吴飞告诉警察说那晚他去了丽丽那儿。可警方在询问任小娟的时候任小娟却说当晚吴飞是在她那儿。

　　于是警方怀疑吴飞一定是让这两个女人给他做了伪证，只是没有沟通好，才导致了证供不一。巧的是无论是任小娟的住处还是申丽的住处都没有监控，原本吴飞是为了方便自己自由出入，而让人把监控拆去了，没想到后来却成了他的一个致命伤。

　　半个月后，在距离林城三十多公里的"枫林别墅"，吴飞名下的一栋房产的排污池里发现了一具女尸，尸体全身赤裸，已经被污水浸泡得发胀，面目全非了。

　　因为欧燕之前并没有留下过什么DNA样本，而欧燕也非欧家亲生的，是从小收养的养女，除了进行血型比对以及大致的身高、体重的判断外就无法进一步地确定死者是不是就是欧燕，不料血型对上了，于是欧家的人就说是吴飞杀害了自己的妻子。

　　警方本着认真负责的态度对案件进行了细致的审理，可吴飞提供的证据大都前后矛盾，不足采信，反而把一大堆对他不利的证据相继露了出来，最后警方以故意杀人罪提交了公诉机关。两个月后，吴飞被判处了死刑，立即执行，吴飞不服，提出了上诉，却被驳回了。

这事情到这儿并不算完，就在吴飞被执行死刑后的一个月，欧燕竟然回来了，事情发生了戏剧性的变化。欧燕没死，那么吴飞的故意杀人罪就不成立了，最后主要办案人，原刑警队二队队长薛顺受到了严重的处分，并调离了市里。

　　欧燕根本就不是失踪了，她说她失踪的那天确实是约了吴飞，想和吴飞做个了断。她早就对和吴飞的这段婚姻厌倦了，与其这样拖着倒不如离了痛快，算是给自己一个机会。她主动提出不要吴飞按照婚前协议分给她的一半财产，只要吴飞能够给她八百万再加上他们住的那套房子就可以了。

　　警方问她为什么非得到酒店去谈，而不是在家里。她说因为她是想给这段婚姻划上一个句号，那个酒店就是他们结婚时举办婚礼的酒店。这说法虽然有些牵强，可是也符合时下这些年轻男女的矫情劲儿。

　　那天下午四点四十几分欧燕就从家里出门了，因为那酒店离家有一段距离，她得提前出门，怕路上塞车。

　　欧燕虽然有驾照，可是她却从来都不敢自己开车。为这事情，她的很多好友都笑她，可她不在乎。于是她养成了去哪儿都打车的习惯。

　　林城的出租车是出了名的难打，不过黑车倒不少。那天欧燕没打到出租，就打了一辆黑车，谁知道她的厄运就从上了黑车开始了。

　　她没想到那根本不是黑车，而是人贩子的车，之后她被人贩子卖到了甘南的一个农村，在那边一待就是两个多月。好在她机警，最后从那儿逃了出来，回到了林城。当她回到林城的时候吴飞已经因为杀人罪被处决了。

　　也是吴飞的运气不好，换在平时，就算是杀人案也不会这么快就行刑，偏偏他就赶上了严打，再加上从警方搜集的所有证据看来，这根本就是个板上钉钉的案子。冯开林当时还亲自过问过，也查看了所有的卷宗，虽然吴飞叫冤，可是所有的证据都表明应该就是他杀害了自己的妻子。

　　"这小本子上，欧燕的罪名是'故意杀人'，也就是说三年前吴飞的案子是欧燕一手策划的，她制造了一起冤案，把吴飞给送上了断头台，如果真是这样，这个女人也算是个角色，能够把司法玩弄于股掌之间。"

　　王小虎把小本递给欧阳双杰，欧阳双杰说道："其实当年我曾经找过薛顺的，我劝薛顺别着急结案，不过薛顺立功心切，所以还是把案子移交了检察机关。"

　　王小虎好奇地问道："当时你就看出了问题？"

　　"我只是觉得这个案子存在两个疑点：第一，如果真是吴飞想要除掉自己的妻子，怎么会去为自己找两个时间证人，而且两人各执一词。换作任何人应该都不可能犯这样的低级错误；第二，指向吴飞的证据太充分了，也太全面了。也就是说，就算吴飞自己不认罪，只要把那些证据拿出来，法官就可以直接判他死罪，这正常吗？有时候没有问题本身就是问题。我记得那个案子还被媒体宣传过，说什么警方破案神速什么的。但我在研究案卷的时候却有这样的一种感觉，所有的调查及取证工作仿佛都有一只无形的黑手在暗中操控着。"

"可是警方也去调查过啊，欧燕并没有说谎，她确实是被卖到了甘南的那个山村里，村里人也说了，她是偷偷逃回来的。"

欧阳双杰苦笑道："就没有可能她已经买通了那些人吗？假如她真有本事制造这许多的证据，收买这许多的证人来陷害吴飞，让吴飞受死的话，再多买通一些人又有何不可呢？"

王小虎没有说话，欧阳双杰说的这些确实让他的心里很震惊。

"一定是那个'法官'干的！"王小虎肯定地说道。

欧阳双杰把小本递给了他："这是一个已经过去了三年的案子。欧燕设局除掉了吴飞，欧燕应该动用了一些特殊的力量。"

王小虎明白了："这个'法官'能够查出欧燕布局杀了吴飞，说明他应该是对三年前的这个案子有很深的了解。我现在就去找到当年涉案的那些证人，希望能够把这个案子给弄清楚，然后设法找到那个'法官'。"

欧阳双杰又说道："还有一个细节在三年前被你们忽略了。既然欧燕没死，那么那尸体又是谁的？我估计'故意杀人'应该不是针对欧燕杀害吴飞的，凶手不会为了吴飞而对欧燕进行惩戒，多半是冲着那具女尸来的。"

王冲领着小李找到了当年给吴飞家当小保姆的女孩。她已经嫁了人。

"你们找我到底有什么事？"女人冷冷地问道。

王冲出示了工作证："我们能进屋说吗？"女人想了想把他们请进了屋。

"邵小雨，我们来是想了解一下三年前吴飞的案子。"王冲开门见山，女人正在给二人倒水，听到王冲说这话，她的手抖了一下。

小李看了王冲一眼。

"那件事情警察不是来调查过吗？当时我可是把我知道的一切都说了，现在事情过了三年，你们怎么又找上门来了？"

说完，邵小雨把水递了过来。

王冲接过水，轻轻放在了桌子上："我看过当年的案卷，三年前欧燕失踪的头一天，吴飞放了你的假，他为什么要给你放假？"

邵小雨说道："我是回家给我父亲庆祝生日。吴先生听了我请假的理由之后很爽快地就答应了，而且还给了我五百块钱说是让我给父亲买生日礼物。平日里吴飞是很难相处的一个人，给我钱就更让我诧异了。不过既然他给，我就拿着。后来知道欧姐出事了，我就想，他一定是故意支开我，想要对欧姐不利。可谁知道，我错了，欧姐其实并没有出事。"

"邵小雨说的和三年前的卷宗所记录的几乎没有多少出入，不过有一个细节很耐人寻味，当听到我们是为了三年前的案子去找她的时候，她的手抖了一下，或许她之前对警方有所隐瞒。"回去后王冲说道。

"三年的时间，她竟然能够说得和三年前询问时的没有一点儿出入，这本身就不正常，人的记忆应该会随着时间的推移而有所缺失。"

王冲说道："队长，你的意思是……"

王小虎冷笑一声："她在背书，只有经过强化的记忆才会这样深刻。也就是说，她之前说的这些话是经过演练的，看来三年前她说了谎。"

小李说道："要不我们把她带回来好好审！"

王小虎瞪了他一眼："你凭什么把人家带来？就因为人家的记性好？"

小李吐了下舌头。

正说着，邢娜和凌芸就进来了。

邢娜坐下后说道："我们找到了任小娟。之前她是吴飞的私人秘书。吴飞死后，欧燕接管了公司，她又成了欧燕的私人秘书，这个欧燕还真是大气，她就不忌讳吗？"

王小虎说道："忌讳什么？"

邢娜说道："任小娟曾经是吴飞的私人秘书，而吴飞是出了名的花花公子，任小娟的姿色不错。吴飞会不吃那窝边草吗？欧燕一直都很讨厌吴飞的滥交，任小娟还亲自出庭做证说欧燕失踪当晚吴飞就在她的家里留宿，欧燕就一点儿想法都没有吗？"

王冲说道："或许任小娟有她的过人之处吧？"

邢娜笑了笑："我真不知道任小娟有什么过人之处。总之，这样的女人给我做秘书的话，那绝对是不合格的。"

王冲嘟了下嘴："就你也想配秘书，早着呢！"

王小虎瞪了王冲一眼："好了，别扯远了。"说罢他对邢娜说道，"这个问题你没有问任小娟吗？"

邢娜说她问了，任小娟说欧燕不太熟悉公司的业务，需要一个帮手，所以就把她留在了身边。

"对了，我听他们公司的人说欧燕对任小娟很好，就像两姐妹一样，所以我才说这个欧燕不是一般的人。如果是我，我可不会再让任小娟留在公司了。"

小李说道："她们之间的感情如果真像两姐妹一般的话，那么欧燕的死，任小娟应该很伤心吧！"

凌芸说道："可不是嘛！我们能够感觉到任小娟很难过的样子。"

王小虎点了支烟，皱起了眉头："欧燕和任小娟之间有没有可能……"

"什么有没有可能？"王冲不解地问道。

邢娜说道："我们王队是想说这两个人有没有可能是同性恋。我也有这样的感觉。"

王小虎说道："如果任小娟和欧燕有这层关系，那么任小娟所谓的替吴飞做时间证人的事情根本就是个圈套，正是因为任小娟的出现，申丽的证词才没能够得到采信。"

王冲说道："嗯，申丽应该没有说谎。你们找到申丽了吗？"

邢娜说道："申丽在三年前吴飞死了以后就离开了林城，还退出了娱乐圈。我们查了，她在两年前移民去了加拿大。"

王小虎说道："三年前在吴家别墅的污水处理池里发现的那具女尸是谁？"

王冲摇了摇头："还没查出来，我已经让他们去把三年前吴飞案之前半个月内的失踪案的卷宗全都给调出来。"

王小虎说道："嗯，赶紧查！"

欧阳双杰来到了卫扬帆的诊所。

卫扬帆请他坐下："今天怎么想到到我这儿来了？"

欧阳双杰坐下之后说道："你听说过欧燕吗？"

卫扬帆想了想："当年的吴飞案可是林城的一大谈资。吴飞谋杀自己的妻子，被处死了。可是他死没多久，他的妻子就冒出来了。"

"欧燕也死了！"

卫扬帆愣了一下，欧阳双杰问道："你没看新闻？"

卫扬帆回答道："我还真的很少看新闻。你来找我，不会这个欧燕的死也和那个凶手有关系吧？"

欧阳双杰点了点头："他们之间确实有关系。在欧燕的包里我们发现了这个小本。应该是'法官'干的，给她定的罪名是'故意杀人'。"

"故意杀人？"卫扬帆重复了一句。

欧阳双杰说道："根据我们的推断，当年吴飞的死应该是欧燕下的套。她一手策划了吴飞杀妻的那出戏，把吴飞送上了绞刑架。还记得当年在吴家别墅发现的那具女尸吗？既然要让吴飞故意杀人的罪名成立，就必须有一具尸体，一个死者。"

卫扬帆瞪大了眼睛："如果真是这样，那个女人就太可怕了，布这样一个局借法律的手杀死自己的丈夫。"

欧阳双杰叹了口气："这个世界上最险恶的就是人心！"

卫扬帆问欧阳双杰来找自己是不是需要他做点儿什么。

欧阳双杰说道："我记得上次你给我看的病案里，有一个叫邵小雨的，你还有印象吗？"

卫扬帆想了想说道："嗯。失眠，多梦，她说自己的睡眠很差，就是睡着了也经常做噩梦。我问她是不是有过一些不愉快的经历，她却矢口否认。"

"她在你这儿就诊的时间并不长，不到两个月的时间，是她主动提出终止治疗的吗？"欧阳双杰问道。

卫扬帆叹了口气："是的，我一直企图劝说她把过去的事情说出来，好找出她的病因所在。谁知道我一问到这事她就很是排斥，最后她主动提出终止治疗。"

卫扬帆重新把邵小雨的病历拿了出来。

欧阳双杰接过来看得很仔细："看来这个邵小雨的身上确实藏着不为人知的秘密。"

卫扬帆问道："你们应该已经接触过她了吧？"

欧阳双杰点了点头："她倒是很配合警方的调查。有问必答，只不过答案和三年前一模一样。"

卫扬帆皱起了眉头："完全吻合？"欧阳双杰笑了，看来卫扬帆也看出了问题。

卫扬帆说道："这很不正常，三年的时间过去了，大致的事情能够记住很正常，可是细节一定会有缺失。特别是一些与时间相关的内容，她不可能记的一点儿差错都没有。"

"所以说她这三年来总会强迫自己对她的证供进行强化记忆。因为她心虚，担心这件事情还会被翻出来。"

卫扬帆想了想说道："假设这三年她还在重复着她的失眠与噩梦的话，那么就算她不再来找我，或许会去看其他的心理医生。"

"可是她或许也同样不愿意把心里的秘密说出来。"

卫扬帆苦笑道："如果是这样的话，我确实就帮不了你什么了。"

"从她就诊的时间来看，应该是在吴飞被处死后的半年。那时候欧燕已经回来了。吴飞死后她就离开了吴家。根据我们的调查，离开吴家以后她就没有再做小保姆，之后认识了她现在的丈夫。结婚后，她便做了全职太太。"

"全职太太？"卫扬帆瞪大了眼睛望着欧阳双杰，"一个被服厂工人的老婆竟然能够做全职太太？"

欧阳双杰站了起来，看样子是准备离开了："卫医生，你不做警察真是太可惜了！"

"一个被服厂的工人仅仅靠他的工资就让老婆在家里做全职太太，可能吗？"

欧阳双杰已经走到了门边："我走了，谢谢了，卫医生。"


邢娜和凌芸再次来到了"飞宇文化传播有限公司"。自从欧燕出事以后，公司就是任小娟在打理。至于接下来公司该怎么办，要看欧燕的委托律师那边是不是有欧燕的遗嘱。如果欧燕之前没留下遗嘱的话，只能按照《继承法》的相关规定让她的亲人进行财产的继承了。

任小娟看上去很憔悴，看来欧燕死了以后她为这个公司付出了不少。

"请坐，刘秘书，麻烦来两杯茶。"任小娟的脸上带着微笑，她热情地招呼着邢娜和凌芸。

邢娜和凌芸坐了下来，邢娜说道："任总，不好意思，我们又来打扰你了。"

任小娟笑道："什么打扰不打扰的，配合警方的调查是我们应该做的。我也希望能够早日抓住杀害欧总的凶手。"

说到这儿，任小娟的神情一下子黯淡了下来，她轻轻地叹了口气："欧总是多好的一个人啊。可偏偏就出了这档子事，还恶意中伤她，说她故意杀人！"

　　凌芸问道："据我们所知，你们欧总的死很可能和三年前的吴飞案有关，而且我们还听说吴飞案中，吴飞身边就有人说了谎。"

　　任小娟说道："当年我也是证人之一，我可以负责任地说，我在法庭上说的每一句话都是真的。"

　　"我们并没有说你在法庭上做了假证。我们来找你就是想请你帮着回忆一下，当时吴飞案里谁最有可能说谎？"

　　任小娟摇了摇头："我不知道，我只能够保证自己没说谎。再说了，我不相信有人会说谎，更不相信我们欧总会用这样拙劣的手段谋害自己的丈夫。"

　　"任总，你是吴飞的私人秘书，而且与吴飞之间又有那样的一层关系，后来却又与欧燕相处得很融洽……"

　　凌芸的话没说完，任小娟接过了话茬儿："欧总是个大度的人，她能够原谅我之前做出的对不起她的事情。上次你们来的时候我也说过，欧总是个好人，她不计前嫌。不仅继续用我，还待我亲如姐妹！"

　　"你说你们亲如姐妹，能不能说说亲到什么程度？"邢娜问道。

　　任小娟望着邢娜："那你们觉得亲如姐妹应该是一个什么样的程度？"任小娟已经听明白了邢娜的意思，所以她才会有这样的反问。

　　凌芸说道："任总，根据我们的调查，欧总自从吴飞死后就一直没有再嫁，而你至今也未婚，外界有传闻说你和欧总之间有着超友谊的关系，不知道对于这个问题你怎么看？"

　　任小娟站起来走到她的办公桌前，从桌上拿了一包女士香烟，点了一支，然后轻轻皱着眉头："对于这样的传闻我只能说很无聊。关于这个问题，我已经和公司的法律顾问沟通过了。我们会通过法律途径，追究造谣者的法律责任。欧总已经走了，我们都不希望她被这样的恶意中伤，至于我个人，也有追究的权利。"

　　凌芸还想说什么，邢娜对她使了个眼色，离开了"飞宇"公司。


　　谢欣查到了邵小雨在拒绝卫扬帆的治疗后又找了一个心理医生，虽然没卫扬帆有名气，可在林城业界也算是个人物。心理医生叫刘发祥，在博爱路开了一家心理诊所。

欧阳双杰并不认识他，这个刘发祥是个很低调的人，虽然偶尔也参加一些心理学会的活动，可是却从来不会引人注目。欧阳双杰和谢欣来到了刘发祥的诊所。

刘发祥礼貌地把欧阳双杰和谢欣请到了自己的会客室。听欧阳双杰说明来意之后，他让助手取来了邵小雨的资料："警官，你看看是不是她？"

欧阳双杰接过来看了一眼："就是她。"

刘发祥苦笑道："她到我这儿已经快两年了，我都厌倦了。每一次来她都说自己失眠，常常做噩梦。我寻思着她一定是有过某种痛苦的经历，于是我就试图引导她把那段经历说出来。可她很排斥，甚至根本就不允许我再问。这样我根本就无法找到她的病因。我劝她最好另寻高明的医生，可谁知道她却不答应，她说她来看心理医生只是希望让自己的心情能够平静些，她并不需要我的治疗。所以每次她来只是在沙发上躺上一会儿，听段音乐就离开了，这两年来几乎都是如此，她倒是不在乎钱，每次都给足了诊费的。"

"刘医生，这两年间，难道你和邵小雨之间就没有其他的交流吗？你是个心理医生，你应该是最懂得怎么与人沟通的。你心里既然有疑惑，为什么不想办法弄清楚？"

刘发祥说道："我是个医生，对我自己的病人也有着责任心。可是无论我用什么样的方式试图让她说出隐藏在心里的秘密时，她却很戒备。她就像一只金属的蜗牛，总是躲在自己的那个金属壳里。"

欧阳双杰说道："也就是说，接触了两年，对于这个女人你是一无所知？"

"至少我知道她藏着一个秘密，那个秘密让她寝食不安，她的心里带着愧疚，充满了恐惧。"

欧阳双杰淡淡地笑了笑："如果她再来找你，希望你能够多留心一下，有什么发现就给我打电话。"

欧阳双杰递给他一张自己的名片，刘发祥接过来看了一眼，点了点头："如果有什么发现我一定给你打电话。"

从刘发祥的诊所离开，才上车，谢欣就说道："竟然有这样的医生，为了钱，不作为。"

欧阳双杰歪头望着谢欣："你真以为他什么都不知道吗？"

"啊？"谢欣瞪大了眼睛。

欧阳双杰笑了笑："你就没感觉出来我们要离开的时候他仿佛松了口气。我给他名片，虽然他看了一眼，可却只是瞟了一下。他应该是知道我的，我给他的名片根本不是警局印的，而是我平时用于心理学学术交流时用的，他竟然没有一点儿的好奇，正常吗？"

谢欣点了点头："我明白了，正常情况下，他应该和你攀谈两句，哪怕是说点儿客气话也行，可是他却没有。"

欧阳双杰说道："还有临走的时候他说的最后一句话是什么？"

"如果有什么发现他一定给你打电话。"谢欣回忆了一下回答道。

欧阳双杰说这句话更有敷衍的嫌疑。两年了，他都没能够有什么发现，怎么可能自己一找上他，他就能够有所发现了？他这是想要尽早把欧阳双杰他们打发走。

谢欣很不解："他为什么要说谎呢？"

欧阳双杰说道："说谎的原因有很多种，或许他和邵小雨有什么瓜葛，又或许他有着自己的什么小九九。"

谢欣说道："接下来我们怎么办？刘发祥说谎，可是我们拿他没办法，那样我们还是无法揭开邵小雨身上的秘密。"

"至少我们多了一个调查的方向。让小虎那边派人盯住刘发祥和邵小雨。"

谢欣给王小虎打了电话，顺便又让王小虎查查在邵小雨去找刘发祥看病之前他们是不是早就认识。

等谢欣挂了电话，欧阳双杰才说，他觉得在那之前邵小雨和刘发祥应该没有什么交集，否则邵小雨就不会先去找了卫扬帆，然后再找刘发祥。

谢欣问道："如果是这样的话，那一定是刘发祥发现了邵小雨身上的秘密，他在替邵小雨保守秘密。最初的时候卫扬帆也是这样的，他们都不愿意轻易透露客户的信息。"

"刘发祥与卫扬帆绝对不一样，卫扬帆在业界的口碑一直很好，就是因为他很坚持自己的原则。这一点，刘发祥是肯定比不上的，可是原则归原则，卫扬帆却很是顾大体，识大局，他知道人命官司与病患资料孰轻孰重，所以卫扬帆才会抛却个人的成见协助我们办案，可刘发祥就不一样了。"

"他不会是想要拿这件事情威胁邵小雨吧？可是邵小雨也不是什么有钱的人啊！"

欧阳双杰淡淡地说："单纯一个邵小雨当然是捞不到什么油水的，可是假如邵小雨只是吴飞案中的一个利益环节的话,这条利益链他还是能够榨出些油水的。"

"怪不得你会盯上邵小雨,莫非你早就怀疑她了?"

欧阳双杰摇了摇头:"我是听了卫扬帆的话后才怀疑上她的。失眠,多梦,总是噩梦不断,她这是心里有鬼呢!"

"我明白了,我这就着手去查邵小雨与欧燕、任小娟之间在吴飞案以后是不是还有着往来,然后再查查她们在经济上的纠葛。"

欧阳双杰说道:"如果刘发祥真的知道了她们的事情,他势必就会恐吓、敲诈邵小雨,而邵小雨只是处于这条利益链的末端。刘发祥想要得到他想要的,就一定会逼着邵小雨去找处于这条利益链顶端的欧燕和任小娟,就算刘发祥不逼她,她自己也会去找的,因为以邵小雨的性格,她没有决断的能力。"

谢欣马上就反应过来了:"然后任小娟一定会给出回应,要么满足刘发祥,要么就会设法除掉刘发祥!"

欧阳双杰点头微笑。

"所以让人盯住刘发祥是很必要的,特别是一定要让他们设法保证刘发祥的安全。"欧阳双杰相信在这个非常的时期,任小娟是不太会接受刘发祥的敲诈的,更有可能是让刘发祥永远闭嘴,因为任小娟此刻应该也是处于恐惧之中。

欧燕死了,她一定很担心自己会成为凶手的下一个目标。

对于警察再次登门拜访,邵小雨好像并不感到奇怪。她还是礼貌地把王小虎和邢娜请进了屋,泡上两杯茶,然后静静地坐在那儿。

"不好意思,又来打扰了。"王小虎微笑着说道。

邵小雨摇了摇头:"协助警方办案是我的义务,只是我确实帮不了你们什么。"

邢娜问道:"邵小雨,据我们了解,你丈夫一个月的工资好像不到三千元吧,可是你每个月仅是看心理医生这一件事就需要近四千的消费。你又是个全职太太,我们很好奇,这两年你们是怎么在经济方面撑下来的。"

邵小雨愣了一下:"他的收入确实不高,可是我很少花他的钱,我自己攒得有钱。"

邢娜笑了:"你有钱?你哪来的钱,给吴家做保姆的时候挣的?"

邵小雨的脸色微微一变:"我做保姆是存下了不少钱,全是吴飞给的。"

"他给了你多少钱?"王小虎问道。

"我在吴家干了四年,吴飞这个人虽然不是什么好人,可是倒也蛮大方的,四年间他零零碎碎地给了我很多的钱，大概十几二十万吧。"

王小虎和邢娜没想到邵小雨会把事情全都推到了吴飞的身上。


"王队，邵小雨和任小娟见面了，在一家叫'丝路花语'的美容院里。"凌芸给王小虎打电话，问要不要进去确定一下她们的谈话内容。

王小虎说道："不用了，只要她们见了面就说明欧阳的推测没有错。接下来任小娟应该会有所动作，你和邢娜要把这两个女人盯好。"王小虎的心里也隐隐有些激动，只要任小娟动了，那么就有机会在刘发祥的身上找到突破了。

"明白了。"凌芸挂断了电话。

王小虎离开办公室，在走廊大声叫王冲，王冲应了一声。

"走，我们去见见刘发祥！"王小虎决定先去接触一下刘发祥，虽然欧阳双杰已经去找过他，可是王小虎觉得是时候给他施加一点儿压力了。

刘发祥没想到警察又来了。

"两位警官，找我有什么事吗？"刘发祥把二人迎进了自己的办公室。

刘发祥皱了下眉头，从王小虎的表现来看，这是一个难缠的人，而且很强势。王小虎也在悄悄打量刘发祥，这个很有心机的心理医生看来并不喜欢自己的举动，可是却忍住了，他的心里暗笑，看来他还真是心里有鬼。

"我们是市局刑警队的，我叫王小虎，这是我们的侦查员王冲。"

刘发祥说道："我想你们应该也是为了邵小雨的事情来的吧，你们欧阳队长来找过我，该说的话我都和他说了。"

王小虎点了点头："这事我知道，不过我个人心里总有些疑惑，两年的时间你真是什么都不知道吗？好像有些说不过去啊！"

刘发祥苦笑道："听王警官这话好像怀疑我在说谎？"

王小虎冷笑道："邵小雨之所以会看心理医生是因为她的心里有一个死结。那是三年前的吴飞案，而这个案子或许会牵扯到其他的什么人。如果我是你，我也会装作不知道，因为这些秘密对于我来说或许是一个很好的发财机会。"

刘发祥的脸色骤变，他的嘴唇动了动："王警官，我不明白你是什么意思。"

王小虎笑道："不明白最好，好吧，我也没有别的问题了，王冲，我们走。"

刘发祥愣住了，他们来得快，走得也快，弄得刘发祥心里直发毛。

王小虎走到门边："刘医生，你好好想想吧，我相信我的话说得够透的了。另外，有些钱呢，或许有命挣，但却不知道会不会有命花。"说罢就转身离开。

下午两点多钟，王冲接到小李打来的电话，说是刘发祥离开了诊所。

此时王冲正在肖远山的办公室里，和王小虎一道向肖远山汇报工作呢。

"你紧紧盯着，我马上过来，记住，尽可能别打草惊蛇，另外，就算是被他发现也一定不能跟丢喽！"王冲对小李说道。

挂了电话，王冲把事情向王小虎说了一下就离开了。

肖远山望着王冲的背影，担心地说道："莫非是任小娟她们约的他？"王小虎也不太清楚，说如果是任小娟和邵小雨有什么动静的话，邢娜跟凌芸那边是应该有消息的。

肖远山站了起来，走到了窗边："有些事情任小娟是不用亲自出马的，现在的任小娟已经不再是个小秘书了，在欧燕的亲人还没有合法继承公司之前，可是她说了算。"

王小虎明白肖远山在担心什么，他对肖远山说道："嗯，我亲自带人过去。"

刘发祥开的是一部白色的现代轿车，正驶上外一环的高架桥，开往花果园方向。他时不时地看看后面，隐约感觉到有一部黑色的桑塔纳一路都在跟着他。

刘发祥皱起了眉头。他拿起电话拨打了一个号码："我可能要晚点儿到，有警察跟着我。"挂了电话，他踩了一脚油门，车速一下子提了起来。

那辆黑色桑塔纳里是小李，他也提了速，王冲说过，即使被发现也必须要把刘发祥给盯死。刘发祥见桑塔纳也提了速，明白自己的猜测没错，果然被警察跟踪了。他知道王小虎说的那些话不过是诈他的，但王小虎的话也让他对任小娟有了警觉。

"邢姐，邵小雨去了刘发祥的诊所。"凌芸在电话里对邢娜说道。

邢娜已经和王小虎通过电话，她知道刘发祥早就不在诊所了，王小虎还说很可能是任小娟和邵小雨把他约出去了，可是为什么邵小雨还会往刘发祥的诊所跑呢？

邢娜马上把这件事情告诉了王小虎，王小虎听了也想不出个大概，他问邢娜，任小娟那儿有没有什么动静，邢娜说任小娟还在公司里忙碌着，好像公司今天有处理不完的事情。王小虎让她密切监视，不要放松了警惕。

挂了电话，王小虎揉了揉自己的太阳穴，他有些搞不明白现在的状况了，难道刘发祥并不是邵小雨和任小娟她们叫走的？

至于任小娟那边没有动静也很正常，就算是任小娟想要除掉刘发祥也用不着自己动手。现在的关键是小李那边能够盯住，王冲能带人及时赶到，保证刘发祥的生命安全。

只要刘发祥能够开口，那么吴飞案就能够有一个结果了，而那个有精神问题的凶手也就无法借题发挥了。当然，凡事都有它的两面性，这样一来，想要抓住那个凶手的话就难了。在王小虎看来这又何尝不是一个机会，以吴飞案为诱饵，把那个凶手逮住。

可是他不能这样做，不能用很多人的生命安全来做诱饵。自己是个执法者，维护的是法律的尊严，一切都要依法为之。

王小虎拿起电话给欧阳双杰打了过去，把情况说了一下。

欧阳双杰想了想说道："这件事情有些蹊跷，刘发祥确实也有可能不是任小娟她们约出去的，你别忘记了，还有一个人也很可能会约他。"

王小虎的心里一惊："你是说那个凶手？不应该啊，刘发祥与吴飞案其实根本没有什么牵连，他就算是要找也应该是找任小娟或者邵小雨，怎么可能找到刘发祥，再说了，刘发祥知道吴飞案的事情就连我们也只是一个猜测，他又怎么会知道？"

欧阳双杰说道："让王冲他们盯好了，千万不能让刘发祥出事。"

王冲焦急地摁了几下喇叭，嘴里骂着："姥姥的，这个时候堵车。"虽然他们的车子鸣着警笛，可是前方堵得水泄不通，警车也没有办法。现在是进也进不得，退也退不了。

跟着王冲的是三个年轻警察，其中一个说道："冲哥，要不我们下车抄近路过去，然后再找辆车吧，这车就扔在这儿。"

王冲想了想或许这是最好的办法："阿强，你留下，小吴和小郭，我们走！"

外二环路，刘发祥驾着车子飞驰着，他拼命想要甩开后面的那辆车。小李牢记着王小虎的交代，不能跟丢了，只要再坚持一会儿，王冲他们就能够赶到了。

刘发祥的电话响了："喂，我也没办法啊，警察在后面咬得很紧。嗯，嗯，武岳路口吗？好的，我记住了，大概再有三分钟我就能够到，明白！"

外二环路岔口往西便是武岳路口。武岳路口是个三岔口，从外二环过去，一条道通往省军区，另一条道则是折回市区。

刘发祥就是在这儿出外环路的，直直往省军区方向开去。

小李愣了一下，刘发祥去省军区做什么？他这一发愣，一辆黑色的宝马车就从右边拐了出来，小李没留意到，直直地就撞了上去。

宝马车停了下来，那车主跳下来指着小李就骂："你是怎么开车的？"

小李忙着追赶刘发祥，哪里有空和他理论，掏出了证件："警察办案，你记下我的单位和姓名，事故稍后到局里处理，现在麻烦先让开。"

车主冷笑一声："警察啊，怪不得那么横，我凭什么相信你在办案。我已经给保险公司打了电话，让保险公司来处理。"

眼看刘发祥的车子已经从视线里消失，小李急得直跺脚，有些生气地说道："你赶紧让开，不然我告你阻碍公务！"

"我好怕啊，各位，你们评评理，警察就能够撞了别人的车不管不顾吗？"车主这么一说，小李竟然有些心虚了。他的心里很苦涩，这下自己这任务算是砸了，就算此刻宝马车让开，自己也不可能再追上刘发祥。

他掏出电话给王冲打去："冲哥，我在武岳路这出了点儿状况，目标丢了，往省军区方向去了。"

王冲听了气极："你说你办的什么事啊，出了什么状况？"王冲他们此刻已经找了辆车，往这边赶。

等小李把事情大致说了一遍，王冲说道："把那宝马车主给扣了，我怀疑他是故意的。"

小李有些为难，王冲说道："照我说的做。"

挂了电话，小李上前对宝马车主说道："现在我怀疑你故意妨碍公务，请跟我走一趟。"

交警来了，听小李说了情况之后，有些犹豫："这就是一起交通事故。这个时候你要把人带走肯定是不合适的。这样吧，你先走，剩下的事情交给我吧，稍后我会把他的相关资料传给你们，不过该走的正规程序还是要走的，所以到时候希望你还能够到交警队来一趟。"

小李点了点头，心里郁闷极了。干了几年的警察，还是第一次遇到这样的事情。此刻开着车，小李不知道该往哪儿去了，刘发祥是追不上了，他一时间有些失落感。

王小虎点了支烟，在办公室里来回走动着。明明知道刘发祥的事与任小娟和邵小雨脱不了干系，可是又不可能因为这个而把任小娟和邵小雨给拘起来。他在等着王冲的消息，他多么希望王冲能够把刘发祥追到。

可是半个小时以后他还是失望了，王冲他们也没能够找到刘发祥的踪影。从道路监控录像上看，刘发祥从省军区方向离开后就驶上了261省道，而这条省道上并没有监控，上了省道只需要二十分钟就会有两个岔路口，一边是去往黔西的，一边是往黔北的，其中还有许多通往村镇的乡村公路。

"王队，接下来怎么办？是不是请沿途的这些派出所协查？"

王冲也没了辙。

王小虎说道："算了，别把动静闹大了，你们先回来吧。"动用大量的警力来找刘发祥很容易引起老百姓的恐慌，造成不良的影响。况且王小虎的心里也清楚，对方能够帮着刘发祥摆脱警察的跟踪，一样有办法逃避警方的搜查。

王小虎把烟头摁灭，然后去了欧阳双杰的办公室。

欧阳双杰还在研究着他手里的一份资料，见王小虎的脸色很不好看，他皱起了眉头："是不是刘发祥那边出事了？"王小虎叹了口气，把事情大概说了一遍。

"看来我们还是低估了对方的能力。"

"明明我们已经想到了很可能是那个凶手约的刘发祥，却还是掉以轻心了，从他帮助刘发祥逃脱小李跟踪的手段来看，应该就是那个凶手了。交警队已经查过宝马车的主人了，没查出任何问题。"

欧阳双杰没有说话，他自然是不相信这样的巧合的。

王小虎说道："不过我还是让王冲去把那人带回来，好好问问。不管怎么说，这也太巧了点儿吧？反正我是不信这是普通的交通事故。"

欧阳双杰淡淡地说道："交警队已经认定了我们是事故责任方吗？"

王小虎点了点头："这事确实有些麻烦，我想找冯局协调一下，看看这事咋整！"

"这样吧，等人来了我和他谈谈，一定要把这件事情处理好，不然我们以后的工作会很被动，会影响警队在群众心里的形象。"

第二天一早，王小虎就被冯开林叫到了办公室。

在接到冯开林的电话时王小虎的心里就有一个不好的预感，电话里冯开林的语气有些不悦，这在冯开林来说是少有的。王小虎到了冯开林的办公室，冯开林和肖远山正在沙发上坐着抽烟，两人都沉着脸。

"冯局，肖局！"王小虎叫了一声。

冯开林斜眼看了他一眼，然后指了指茶几上的一张《林城晚报》："今天的报纸看了吗？"王小虎愣了一下，摇了摇头。

"那你就看看吧！"冯开林没有让他坐下，而是让他看报纸。

王小虎拿起报纸看了一眼那标题：特权警察撞名车，以办案为名企图逃脱责任。

王小虎心里顿时明白了，看来是昨天的事情上了报纸。现在他终于明白冯开林和肖远山为什么会有这么大的怒气。

"冯局，肖局，事情是这样的……"王小虎话没说完，冯开林抬手制止："你别说了，这事情你向我们解释没用，就算我们相信你，林城的老百姓信吗？王小虎啊王小虎，你说，你捅了多大的娄子，你知道这件事的影响有多恶劣吗？"

王小虎的脸一阵红一阵白的，肖远山叹了口气："我们一直在努力树立警队的形象，可是我们做十件百件的好事，也赶不上这样一件坏事啊！"王小虎的心里很是苦涩，他知道现在怎么解释都没有用，他看了看那篇报道的记者竟然是罗素！

"这个罗素也真是的，怎么能这么不负责任呢！"王小虎带着怨气。

冯开林说道："是你的人错在先！"

正在这个时候，欧阳双杰推门进来了："冯局，别怪小虎了，这件事情不是他们的错。"

冯开林和肖远山都抬头望向了欧阳双杰。

冯开林说道："欧阳啊，你是刑警队长，出了这样的事情你也有责任。"

欧阳双杰苦笑道："你们还是让小虎把事情的前因后果说一遍好吗？"冯开林和肖远山这才捺着性子听王小虎把经过大致说了一遍。

听完之后，冯开林皱起了眉头："原来是这样，可是我能够接受你们的解释，林城的市民能接受吗？再说了，这些你能向他们说吗？"欧阳双杰知道确实不能说，这一次警方是让对手点中了死穴！

肖远山说道："欧阳啊，你和罗素接触得怎么样？"

欧阳双杰没有说话，他已经看过了报纸，连他都感觉很是诧异，这个时候罗素怎么会突然弄出这样一篇报道。

冯开林说道："欧阳啊，你去找找罗素，看看能不能想办法补救一下。这个罗素也是的，一边在和警方合作专访，另一边又做出这样的事情来，他到底是怎么想的？另外小虎，你得和那个小李说说，让他有心理准备，说不定最后还得处理一下的，我知道这样对他不公平，也很委屈，可是我们也没有办法，出了问题总要解决的。让他以大局为重。"

"报社发表罗素的这篇文章怎么能够不经过我们的同意呢，也太儿戏了吧！"肖远山说道。

欧阳双杰叹了口气："我们拿他也没有办法，记者有他的言论自由。"

冯开林说道："现在说什么都晚了，我一看到报纸就给报社的领导去过电话，他们说该新闻是经过核实的。另外我们不是做了一个警务公开、接受社会与舆论监督的活动吗，这也是他们的权利与义务，还说什么希望我们能够虚心接受，改变特权作风，真正成为人民的公仆！"

肖远山心里也恨死了那个宝马车主，从王小虎说的看来，他完全就是为了阻止小李对刘发祥的跟踪故意来的这一出。


没多久，欧阳双杰就拨通了罗素的电话。

"欧阳队长，早啊！"

欧阳双杰叹息道："罗大记者，我很不好。"

"这一大早的，天气好，心情应该也很好。"

"罗素，咱别绕圈子，那篇报道是怎么一回事？"欧阳双杰直奔主题。

罗素"哦"了一声："是因为那篇报道啊。我承认是我不对，这样的报道我是该和你通个气儿的，不过当时因为社里稿子催得急，我还说一会儿回了办公室就给你打个电话解释一下呢。"

"当时你也在现场吗？"

"没有，我是之后收到的消息，不过现场有好事者录了一段视频，还传到了'林城热线'的网站上了，你们没看到吗？"

听罗素说到这儿，欧阳双杰的头也大了，他忙打开了电脑，果然在"林城热线"网站的论坛里看到了视频。

"你们那个小同志说是执行公务，可是第一没穿警服，第二开的也不是警车，而且只有他一个人，你说老百姓会相信他是在执行公务吗？"

欧阳双杰苦笑道："罗大记者，老百姓不知道你能不知道吗？我们刑警办案大多时候都是便装，为了工作的方便也不可能开警车……"

"欧阳，可是这文章我不写一样有人会写，再说就算我知道刑警办案有一定的特殊性，可是谁能够证明当时他就一定是在办案呢？好了，我也不在电话里和你多说了，一会儿我会到你那儿去，等着！"

挂了电话，欧阳双杰脸上的笑容消失了。昨天刘发祥就失踪了，王小虎的人找了很久都没能够发现他的踪迹。刘发祥到底出了什么事，是死是活他们不能确定。

王小虎查到刘发祥出事之前曾经接过几个电话，是同一号码，可是那是"摊号"，根本无法查出与他联系的人是谁。而最后一次通话便是小李车祸前的五分钟，王小虎的判断与自己一致，那个电话在指引着刘发祥行进的路线。

至于邵小雨和任小娟一直都没有任何的动静。欧阳双杰停止了走动，在沙发上坐了下来，捧起杯子喝了一口水。邵小雨昨天去了刘发祥的诊所，可是侦查员说她离开的时候神情有些失望。在诊所门口她还打过电话，好像对方并没有接听，经王小虎他们的调查，她的电话是打给刘发祥的。

这个细节让欧阳双杰的心里隐隐感觉到刘发祥的事情很可能与邵小雨没有多大关系，那么约走刘发祥的人到底是谁呢？

假如是那个凶手约的刘发祥，那么他的意图是什么。欧阳双杰曾经假设过，那个凶手应该不会找上刘发祥的，因为刘发祥与吴飞案没有任何的直接关系。

证据！

欧阳双杰的眼睛一亮。欧燕的死，凶手只是把矛头指向了"吴飞案"，并没有给出欧燕设计陷害吴飞的真正证据。原本欧阳双杰以为这是凶手有意留给自己的一道谜题，可是现在看来，凶手很可能手里也没有任何的证据！

凶手找上刘发祥，为的就是刘发祥通过邵小雨知道了"吴飞案"的一些细节，可是凶手又是怎么知道的呢？

凶手只是想从刘发祥的手里拿到证据，说不定刘发祥在给邵小雨进行治疗的时候进行了记录，甚至录像录音，凶手想要拿到的一定是这东西。那么凶手很可能也不会和刘发祥面对面，而是以一种别的方式进行交易。刘发祥不会有事，凶手应该不会对刘发祥下手。

欧阳双杰拿起电话："小虎，让你的人别找了。只要守住刘发祥的诊所就行了。"

与王小虎通完电话没多久罗素就来了。

罗素推门进来，欧阳双杰说道："这一路上没少挨大家的冷眼吧。"

"说老实话，我从来没觉得你们警察真正热情过。每次一走进警察局，都有一种很压抑的感觉。"

"你这一次搞得我们很被动。"

罗素说道："欧阳，其实这篇报道原本不是我写的，是另外一组的记者，最后还是我抢了过来的。你想不想看看人家原本的稿子？那犀利可不是我这篇报道能够与之相比的。"说着他从包里取出了一份稿子递给了欧阳双杰，欧阳双杰接过来看了看，罗素说得没错，这篇报道比罗素那篇更犀利。

"网上的那段视频我来的时候已经联系过'林城热线'了，请他们把视频撤了。现在最要紧的是你们警方会做出什么样的反应。"

欧阳双杰知道警方不可能杜绝这段视频的传播，现在想要控制住传播源根本是不可能的事情，想要弥补只能是警方对这件事情的善后处理。只有警方能够拿出一个积极的、正确的态度才能够挽回正面的形象。

罗素靠在了沙发靠背上："案子查得怎么样了？"

欧阳双杰把欧燕的死与警方对"吴飞案"的新论断向罗素说了，罗素听得眼睛发直，欧阳双杰明白他在想什么："罗素，这案子现在还只是警方的推断，你可别又乱来。"

罗素不好意思地笑了笑："瞧你说的，我哪能不知道轻重呢。原来那个小李真是在执行公务啊，这么说来那宝马车的车主很有可能是被人利用了。"

"嗯，我们也怀疑他是有意阻挠我们对刘发祥的跟踪，这才使得刘发祥脱离了警方的视线。"

罗素的神色一正："如此说来那刘发祥的生死堪忧啊。你说会不会是任小娟她们想要了刘发祥的命？刘发祥通过邵小雨发现了吴飞案的真相，想要借此来讹她们的钱。"

"对于她们来说，钱确实不是什么大事，你能够确定刘发祥这次敲诈得手了以后就不再敲诈了吗？"

罗素问道："那警方还不赶紧多派出些人手去找，或许还有机会。"

"事情已经过去了这么长时间了，如果真是要他的命，此刻就算是找到也是一具尸体了。"

"所以你们坐着干等？你们怎么能够置他的性命于不顾？"

"整个林城有多少警察昨晚一夜都没有休息。要不是因为那辆宝马车把小李给拦了下来，刘发祥又怎么会跟丢？"

罗素微微点了点头："看来对方这是一套组合拳啊，帮助刘发祥摆脱警方的跟踪，制造车祸，往警察的身上泼脏水，利用舆论的力量来给你们施压，厉害啊！"

"迟早我一定会抓住他的。"

"我说欧阳，这么一个心思缜密的人真会是精神病吗？"

欧阳双杰苦笑道："这个不好说。"

"我还真的有些期待早些见到这个凶手了，我很好奇，到底他是一个怎样的人？"

市局对小李的处理决定出来了，小李被调出了刑警队，调到外二环的水东路派出所去做片警，并记大过一次。市局承担了宝马车的维修费用，小李负担其中的百分之二十，从工资里分期扣除。


如欧阳双杰猜测——刘发祥在失踪了一天之后又出现了。

王冲拦住了刘发祥："刘医生，请你跟我走一趟吧。"

"王警官，我已经说过无数次了，我知道的都已经和你们说了。对不起，我约了病人。"

"刘医生，还希望你能够配合我们的工作。"王冲沉着脸。

刘发祥咳了两声："希望你们不会占用我太多的时间。"

刘发祥跟着王冲来到了刑警队。

王冲把他领进了羁押室："在这等着。"说完王冲就带上门走了，刘发祥愣了一下，看了看这个他只有在电视里见过的小房间，心里隐隐有些害怕。过了几分钟，门开了，进来的除了王冲还有王小虎。王小虎也没有一点儿好脸色，只是冷冷地看了刘发祥一眼。

"王队，为什么要把我带到这儿来？我只是来协助你们调查的，并不是你们的犯人。"刘发祥不满地说道。

"我问你，前天下午到今天早晨的这段时间你去了哪里？"王小虎发问。

刘发祥说道："我约了朋友到郊区玩儿。"

王冲问道："什么朋友？叫什么？住在哪儿？"

刘发祥双手十指交叉，用力地握着："这是我的私事，我有权利不回答。"

王小虎瞪着眼睛："你必须回答。"

"作为一个公民，我有义务配合你们的调查。可是我对你们的执法态度表示抗议。我没有犯法，你们没有权利像审问犯人一样审问我，我有保护自己隐私的权利。"

王冲走上前去掴了下他的肩膀："坐下！"刘发祥恨恨地望着王冲。

"刘医生，我想你是误会了，我们确实是请你来配合调查，我们也无意刺探你的隐私，而且我们做的这一切都是为了你好。我们接到消息，有人想要对你不利。"王小虎的态度有所转变，语气也婉转多了。

刘发祥皱起了眉头："我想不出来谁会对我不利，我没有伤害过任何人。"

"是吗？我想或许我有必要给你一点儿提示。在为邵小雨治疗的过程中，你是不是发现了什么秘密，而你有没有想要利用这些秘密为自己谋取什么利益？"

刘发祥的脸色微微一变，王小虎的心里却踏实了，从刘发祥的表情来看，他被自己说中了心思。

"没有的事，是谁搬弄是非，胡说八道？是邵小雨说的吗？"刘发祥问道。

王小虎淡淡地说道："是谁说的不重要，重要的是你就没想过吗？有些钱或许有命挣却不一定有命花。"

"你这话是什么意思？"

"刘医生，你是个聪明人，有些话应该不用我说得太透吧？如果我没有猜错，前天下午你应该是去见了某个人，或许根本就没见着人家，而是被人家耍得团团转，对吧？"

刘发祥没有说话，紧紧地咬着嘴唇。

在隔壁房间里，欧阳双杰和邢娜正看着监控，邢娜轻声说道："看来真让你给猜着了。"欧阳双杰没有说话，一双眼睛紧紧地盯在刘发祥的脸上。

王小虎见刘发祥不说话，他继续说道："刘医生，你似乎已经忘记了欧燕是怎么死的了吧？"

"王队，你可别吓我，这些事情和我没有一点儿关系。"

王小虎说道："之前或许没关系，可是现在就难说了。假设前天你是去做某项交易，而交易的东西正好又与'吴飞案'有关，那么如果接下来任小娟和邵小雨步了欧燕的后尘的话，你觉得你真能够脱得了干系吗？"

刘发祥低着头不说话。

王小虎看了看时间："既然你什么都不愿意说，我们也不为难你，不过我的话还希望刘医生能够好好想想，若真是铸成了什么大错的话，后悔可就来不及了。你能够有今时今日的名望与地位不容易啊！"

王小虎的笑声更是让刘发祥的心里发毛，他真不知道警方对于自己的事情到底知道多少。可是他的心里仍旧抱着侥幸："王队，我真不知道你说的是什么意思，如果没有别的事情我就走了。"

王小虎点了点头，王冲打开了门，让他离开了。

刘发祥一走，王小虎就来到了隔壁房间："怎么样？发现什么问题了吗？"

欧阳双杰点了点头："你说的话他是听进去了，此刻的他就是惊弓之鸟。一定要好好盯紧他，千万不能让他出事了。另外，一定要保护好任小娟和邵小雨的安全，对方既然已经通过刘发祥拿到了'吴飞案'的证据，估计他一定会有进一步的行动。"

"你是说凶手很有可能会对任小娟和邵小雨下手？"王小虎问道。

"很有可能和刘发祥接触的人就是杀死欧燕的凶手，他与刘发祥接触为的就是拿到所谓的证据，只有这样他才能够师出有名。也只有这样才符合他一贯的行事作风。当他拿到了证据，那么他一定还会出手，目标应该就是任小娟和邵小雨了。"

"你就那么肯定和他接触的人不是任小娟她们吗？或许任小娟她们为了息事宁人妥协了呢？"邢娜有些怀疑欧阳双杰的推断，欧阳双杰说道："不可能，要是任小娟和邵小雨她们妥协了，愿意接受刘发祥的敲诈，根本不用费那么多的周折，邵小雨有足够的理由与刘发祥正常接触的，犯得着让刘发祥玩失踪，又犯得着挑战警方的公信力吗？"

欧阳双杰来到了"时代广场"，他看了看表，距离约定的时间还有十分钟。他在长椅上坐下，点了支烟，望着广场上来来往往的行人。

"借个火！"一个声音从身后传来，欧阳双杰感觉到有人拍了拍他的肩膀。扭过头去，只见"赵代红"的脸上带着一抹邪笑。

"我还以为你会迟到呢！"欧阳双杰微笑着说道。

"赵代红"在欧阳双杰的身边坐了下来，也点了支烟："我是个时间观念很强的人，从不迟到。"

"找我什么事？"

"赵代红"搂住了欧阳双杰的肩膀："你的案子查得怎么样了？"

"还是没有什么进展。"

"所以你还是怀疑这个案子是我们做的？我知道你的调查方向依旧没有变。""赵代红"一副对欧阳双杰很了解的样子。

欧阳双杰说道："你来是想当说客的？"

"我只是不希望你在我们的身上浪费太多的时间。"

"要让我放弃对你们的怀疑，总得拿出一些让我信服的东西吧。你自诩是大侦探，这么些天过去了，你又查到了些什么？"

"早就知道你会来这么一招，给！"他从口袋里掏出了一个信封，欧阳双杰摸了摸，信封里像是一沓照片。

"好了，我走了，希望这东西对你有些用处。"

望着他的背影，欧阳双杰取出了信封里的照片，只看了第一张，他就呆住了。照片的拍摄地点是一家咖啡厅，而照片里的两个人一个是刘发祥，另一个则是任小娟。两人好像在争执着什么，照片一共有六张，有四张都是咖啡厅里刘发祥和任小娟谈话的场景，另外两张则是在刘发祥的诊所外拍的，是邵小雨上刘发祥的车的情形。

从照片的日期看来，这些照片都是在欧燕出事后的一两天里拍的。那个时候警方根本都还没有把目光瞄上刘发祥，才刚刚开始对邵小雨展开调查。

欧阳双杰回到了局里，直接去了王小虎的办公室。欧阳双杰把那个"侦探"的事情讲了一遍，说道："他的眼光是很敏锐的，确实走到我们的前面去了。"

"我马上让人把刘发祥和任小娟带来，这下他们该说点儿什么出来了吧？"王小虎晃动着手里的照片说。欧阳双杰制止道："就凭这些照片还是不足以说明他们之间到底是怎么一个关系。刘发祥是心理医生，任小娟可以说是他的病人。"

"那就没什么用了吗？"

欧阳双杰笑道："至少它证实了我们之前的推断，刘发祥确实利用了'吴飞案'来向任小娟她们进行敲诈。不过具体的证据我们还得抓紧。我们现在最重要的是抓住那个变态的凶手。"

王小虎点了点头："嗯，任小娟和邵小雨那边我都布置好了。只要那个凶手敢出手，就一定逃不掉。"

云都市警察局刑警大队，李浩强接到了徐刚的电话："头，邓新荣找到了。"

李浩强一下子从椅子上弹了起来："什么？"

"找到了！"

"赶紧把他带回云都！"

"邓新荣是找到了，可那张卡不在他的身上。另外，他好像脑子出了问题，他已经被关进精神病院一段时间了。"徐刚把找到邓新荣的经过大致说了一遍。

"不管这么多，先把他带回来吧，路上小心一点儿。"

很快李浩强就打电话把这件事情告诉了欧阳双杰。

欧阳双杰把自己一个人关在了办公室里，李浩强打来的电话让他出乎意料，他也没有想到邓新荣竟然还活着，这与他的判断有了很大的出入。

那个让公司打款的电话应该是邓新荣打的，邓新荣到底是真疯还是假疯？他的那张卡呢？会不会是他自导自演的一出戏呢？

欧阳双杰决定等徐刚把邓新荣带回云都后亲自跑一趟。

白板上，欧阳双杰写下了两行字：

"邓新荣活着，被关进了精神病院，期间，他打电话回公司要钱，卡并不在他的身上。"

赵代红又来了。

不知道为什么，自从上次那件事情以后，卫扬帆见到赵代红，心里总会有一种莫名的恐惧。他的心里一直在怀疑，那次袭击自己的人就是赵代红。

"咳！"卫扬帆轻轻咳了一声，赵代红看了卫扬帆一眼："怎么了，卫医生，你今天的情绪好像有些不对。"

卫扬帆微笑着说道："可能是感冒的缘故，嗓子有些不舒服，没事。"

赵代红"哦"了一声："卫医生，不知道为什么，最近我总是感觉特别累，一天到晚都犯困，就好像几天都没休息。"

"生活最好有规律些，早睡早起。"

赵代红苦笑道："一般只要不是很必要的应酬我都能推尽量推，每天除了上课，就是在家里看看书。十点左右上床睡觉，早上六点半起床，这习惯我已经坚持了很多年了。要说睡不好应该是失眠、多梦才对，可是我根本就不失眠，倒在床上就睡着了。也没做什么梦，不然我怎么会一点儿都记不得呢？就是每天一睁开眼睛就觉得好累，对了，就连午睡也一样，有时候感觉不睡还精神一些，这越睡就越累。"

卫扬帆很希望早一点儿结束这样的谈话。他有一种感觉，赵代红仿佛并不是来找自己看病的，更像是来试探自己的。卫扬帆说："要不我给你开一点儿安眠药吧。"

赵代红一下子站了起来："我说了，我并不是睡不着，你不知道吗？我现在最怕睡觉了！"

卫扬帆吓了一跳，他说道："别激动，赵教授，有话好好说。"

赵代红这才坐了下来："我也不知道为什么一下子控制不住自己的情绪了。你说，一个人的身体里会不会还有其他的人格，他们是不是一样能够控制住我们的躯壳？"

赵代红的这话更是让卫扬帆震惊，也让他感觉到了恐怖。

"你到底是谁？"卫扬帆的声音有些颤抖。

赵代红冷冷地说道："我是赵代红啊，卫医生，你这是怎么了？"

卫扬帆的额头渗出了汗水："没什么，可能是累了，要不我们今天就到这儿吧。"

赵代红说道："可你还没有回答我的问题呢！"

卫扬帆干咳了几声："怎么可能有这样的事情呢，你想多了吧。"

赵代红摇了摇头："虽然我不怎么懂心理学，可是这一年多来我看了很多关于心理学的书。我知道有一种病，叫人格分裂。"

卫扬帆双手抱在胸前，望着赵代红。

赵代红叹了口气："卫医生，你实话告诉我，我是不是真有人格分裂。"

卫扬帆说道："赵教授，人是不能乱想的，很多问题都是胡思乱想出来的。"

"我没有乱想，你知道吗？当我听我同事方蕾说曾经在街上看到我，和我打招呼，我却像不认识她一样。我以为她是在和我开玩笑，可是她却拍了照片，那确实是我，而那身衣服我也在家里一个很隐秘的地方找到了。可是在我的记忆里，却根本没有那一段！"

卫扬帆一时间竟然不知道该怎么回答他这个问题。

赵代红的目光一下子凌厉起来："卫医生，你是不是早就知道我的精神有问题了。"

卫扬帆知道不可能再瞒着他了："是的，不过我也是知道没多久。我一直在努力想办法，看看能不能制订一套好的治疗方案，只是我没想到你竟然也发现了自己的问题。"

"这件事情你是不是告诉了别人？"赵代红说这话的时候眼里闪过一丝杀意，让卫扬帆打了个冷战。

"没有，我没有告诉任何人。我的职业操守一直很好，所以在业界的口碑也好。另外，你应该配合我的治疗，我相信一定能够治好你的病的。"

赵代红站了起来："你还想骗我，我知道，这病是根本治不了的。精神病到了这个程度，根本就是不可能再治愈的。"说罢，赵代红就往门边走去，到了门口，打开门的时候突然扭过头来又看了卫扬帆一眼，"你真没有告诉别人？"

卫扬帆用力地点了点头，赵代红这才离开了。

卫扬帆站在窗边，眼看着赵代红的车子走远了他才拿起了桌子上的手机，拨打了欧阳双杰的号码："欧阳，出事了，赵代红他已经知道了。"

欧阳双杰愣了一下："他知道了什么？"

"他刚从我这儿离开，他已经怀疑自己有人格分裂症了，而且他看上去好凶，那眼神就好像要杀人一样。"接着卫扬帆把前后经过说了一遍，"欧阳，你说我该怎么办？他不会对我怎么样吧？"

欧阳双杰说道："这样吧，我去和他聊聊。"

"你这样一去找他，他就会怀疑是我说的。"

欧阳双杰说道："你别忘记了，我见过他变身的那个'侦探'，还有，我也懂心理学，我知道该怎么劝他。现在只有把事情说透了才是解决问题最好的办法。"


"咚咚"！敲门的声音把赵代红给吵醒了，他站了起来，打开灯，走到了门边："谁！"

"我，欧阳双杰。"门外是欧阳双杰的声音，赵代红吓了一跳。不过他还是把门打开了一条缝。

他望着欧阳双杰："你来做什么？"欧阳双杰也看到了赵代红的狼狈样，憔悴的脸，他的脸上露出一个微笑："我想和你谈谈。"

"我们之间有什么好谈的？"赵代红不想让欧阳双杰进屋。

欧阳双杰说道："我知道你今天去见过卫医生，我也知道你们都说了些什么。"

"他说过不会告诉任何人的。"赵代红的情绪一下子激动起来，"我要杀了他！"欧阳双杰一下撞开了门，抓住了赵代红的手："赵教授，你最好冷静一点儿，我们好好聊聊行吗？"

赵代红这才稍稍平静了下来，欧阳双杰关上了门，然后在沙发上坐下："你别怪卫医生，就算他不说，我也早就知道了你的事情。"

赵代红瞪大了眼睛："你知道？"

欧阳双杰叹了口气，然后把那天他见到"侦探彪子"的事情说了一遍，赵代红听得眼都忘记眨了，他问欧阳双杰是哪一天，欧阳双杰回忆了一下告诉他，他喃喃道："是了，就是那天。"

接着他抬眼望向欧阳双杰："你是来抓我的？"

欧阳双杰笑了："抓你？为什么要抓你？"

"或许我就是你要找的那个凶手吧。"

欧阳双杰摇了摇头："赵教授，警察抓人是需要证据的，而且你也不一定就是那个凶手。"

赵代红愣了一下："是吗？"

"我虽然没有见过你的其他人格，但至少那个'侦探'我见过，我相信他不会骗我。"

赵代红的眼里闪过一丝光芒，那是一种黑暗中见到光明与希望的光芒："你是说凶手很可能另有其人？"

欧阳双杰用力地点了点头，赵代红这才松了口气："我看过书，我知道我不可能感知到他们的存在，更不可能知道他们都在想什么，做过什么，所以我很害怕。你知道吗？当我从卫医生那得到确切的答案时，我甚至……"

欧阳双杰鼓励他说出来："那一刻你是怎么想的？"

赵代红说道："我想，或许杀了他就不会有人知道我的秘密了，而且我总觉得他在嘲笑我。"

"那你现在还有这样的想法吗？"

"好像我的身体里有两个人，一个善一个恶。他们在不停地争论着，我很纠结，这感觉让我很恐惧！你说那个恶的我是不是分裂出来的？"

欧阳双杰摇了摇头："你的副人格是不会主动与你沟通交流的。那只是你的心魔，是你自己内心的纠结。"

"你是来劝我的？"

欧阳双杰说道："我不想你做傻事，我建议你还是继续接受治疗，这对你只有好处没有坏处。"

"你们会把我的事情说出去吗？"赵代红轻声问道。

"我们不会多事。你必须要从心底打消这种恐惧。这些人格多半都是你臆造出来的，他们存在与否，最终还是你来决定。是你主宰他们的命运。"

"真的吗？"

欧阳双杰轻轻拍了拍他的肩膀："你能够创造他们，同样能够毁灭他们。"

"可是我看过那本书，我真怕到最后我自己都被湮灭了。"

欧阳双杰的眼神中充满了鼓励："所以你必须意志力足够强大。从现在起，你要勇敢地和他们对抗，你不能让他们主导了你！"

赵代红对欧阳双杰充满了感激："谢谢你。"

"不用谢我，其实这件事情除了你自己，别人都帮不了你。"

"对了，我想请教你一个问题。"

欧阳双杰说道："想问什么就问吧。"

赵代红咽了一下口水："你知道我的那些人格都是些什么样的吗？"

欧阳双杰点了下头，从口袋里掏出一张纸："你看看吧。"那正是卫扬帆之前写给欧阳双杰的，不过欧阳双杰也有补充。

"我有可能与他们进行沟通吗？或许他们能够帮到我。"

"我不清楚，不过我个人觉得这很危险。"

"为什么？"赵代红问道。

"人格之间的关系与人与人之间的关系很相似，思想会有入侵，有碰撞。也就是说很可能会出现你的主人格被副人格所征服或者同化的情况。那个时候副人格就很可能替代了你的主人格，占据主导地位。那样，你或许就会变成另外一个人。"

"如果我的意志力足够强大呢，有没有可能主人格将他们全部征服？"他把欧阳双杰给问住了，欧阳双杰不知道应该怎么回答。

"总之，这是一件很危险的事情，我不希望你去尝试。"

"我明白了，我会好好努力的，不会被他们给击垮！"

欧阳双杰这才松了口气，他站了起来："好了，我就准备回去了，你也好好收拾一下，早点儿休息吧。"


半夜两点多钟，欧阳双杰被一阵急促的电话铃声从睡梦中吵醒。他看了一眼号码，竟然是赵代红。欧阳双杰的心里有一种预感，这打电话的人应该不是赵代红本人。

"喂！"欧阳双杰轻声说道。

电话里传来了"大侦探"彪子的声音："欧阳警官，我们能见个面聊聊吗？"

"什么时候？"

"我现在在你家楼下，我们就在车里聊。"

欧阳双杰穿上衣服，蹑手蹑脚地下了楼。"大侦探"彪子正靠在赵代红那辆车旁，一脸坏笑地望着欧阳双杰。

"我今晚不是代表我自己来的。""彪子"给自己点了支烟，轻声说道。

"你是代表你们所有的人来找我的？"

"对，所有的人，包括小哥。不过小哥不知道，但我想他应该也会和我们一样的心思。"

欧阳双杰淡淡地说道："你们代表不了他，你们应该已经知道我今晚去找过他吧？"

"知道！你打断了我们的会议。""彪子"笑道。

"你们找我的目的是什么？抗议？因为我教他如何远离你们，甚至毁灭你们。"欧阳双杰冷笑一声。

"彪子"嘟起嘴："我们没有你想得那么狭隘。再说你觉得真能够毁灭了我们吗？我们来找你是有事相求的。"

"什么事？"欧阳双杰问道。

欧阳双杰一直在倾听着"彪子"说话。"彪子"说他希望欧阳双杰能够把这个案子查个清楚，还赵代红一个清白，"彪子"还说他会以自己的方式协助警方的调查，必要的时候"他们"也可以提供支持。

"我看你们如果能够消停下来才是对他最大的帮助，特别是你，再这么下去，他不疯都得被你玩儿疯。"欧阳双杰重新点了支烟，淡淡地说道。他说的是实话，赵代红再被他们这样折腾，迟早会身心疲惫。

"彪子"叹了口气："欧阳警官，其实我也不愿意这样折腾，可是我对你们警方的能力不敢恭维。我知道你欧阳警官很厉害，但刚才我也说了，你们办案太死板，要等你们查出真相那得猴年马月！"

"可是你应该知道，用不正当手段取得的证据一样是不能够作为呈堂证供的，而这种取证本身也是在犯罪。你这是把他推向深渊。"

"彪子"愣住了，很显然欧阳双杰的话对他有些触动，他半天没有说话。

"这个案子并不是那么简单的，我一直坚信我的判断不会错，凶手有着严重的心理问题。你应该知道自己的存在是怎么一回事。如果我真想草草了事，那么你们的'小哥'就是一个最好的对象。"

"彪子"微微点了点头，欧阳双杰问他："我想这些天你也在频繁活动，你觉得能够锁定目标吗？就算锁定了目标，又能够将他定罪吗？"

"彪子"让欧阳双杰给问哑了，他咬了咬嘴唇。

"根据我国的现行法律，如果凶手真是一个精神病人，那么或许最后他真有可能不会被定罪。你们都是赵教授臆造与派生出来的虚构人格，可是你们每一个个体都是鲜活的，都有着自己的思维与行为的方式。你能肯定自己没有做过，但你能够保证每一个和你一样的个体都没有可能是凶手吗？你们之间或许有沟通、有交流，但一样也有着自己的隐私与秘密。我想知道，假如你在占用小哥身体的时候，其他的人会不会知道？"

"一般来说，我们之间都会把自己的事情告诉彼此。这或许也不是绝对的，就像有时候我也想有我自己的秘密，秘密是不会对别人分享的。我会去好好查一查，假如真有人做出这样的事情，我一定不会饶了他。"

欧阳双杰说道："你们别再搞那么多事就是对他最好的帮助了。"

欧阳双杰下了车，"彪子"发动车子离开了。

欧阳双杰很为赵代红担心，他无法体会赵代红到底过的是一种什么样的生活，或许在这之前赵代红还能够勉强维持正常人的生活。可是现在赵代红已经知道了这一切，那么他还能够淡定吗？


欧阳双杰准备再去一趟卫扬帆的诊所。他得把赵代红的事情和卫扬帆说说。

"小宋，卫医生在吗？"欧阳双杰来到诊所，问前台的小护士。

护士小宋早就已经认识了这个年轻的刑警队长："卫医生一大早就来了，不过一个小时前出去了，好像有什么着急的事。"

"你怎么知道他很着急？"

小宋说道："当时他的神色慌慌张张的，我叫他他也不应一声。他手机都忘记带了。这一个小时里，他的电话就响了十好几次。"

欧阳双杰的心里有一种不祥的预感。

"我能到他的办公室里看看吗？"欧阳双杰问道。

"当然。"

欧阳双杰进了卫扬帆的办公室，一眼就看到了桌子上的手机。一个小时前一共有两个电话打给卫扬帆：一个是他的妻子，电话上面记录的是"老婆"；还有一个呼入号码，也是卫扬帆接过的最后一个电话，显示的来电人姓名竟然是"赵代红"。再往下都是未接电话。

欧阳双杰的心沉了下去，他拨打赵代红的电话。电话响了好几声，终于有人接听了："卫医生吗？"赵代红的声音有些颤抖。

欧阳双杰轻声说道："是我，赵教授，你现在在什么地方？"

"我在转弯塘，卫医生呢？"

"你把确切地地址发给我，我马上过来，至于其他的事情我们见面再说吧。"

赵代红把地址发了过来，欧阳双杰便让最近的派出所派人过去，然后欧阳双杰又打了个电话给局里技术处，让他们帮忙查一下那个陌生的手机号码。

"转弯塘，乌衣路一百六十四号。"这是赵代红发过来的地址，欧阳双杰愣了一下，乌衣路一百六十四号，这地方怎么感觉很熟悉。不过他来不及细想，赶紧离开了诊所上了车，他必要要找到赵代红问个明白。

在欧阳双杰开着车子前往转弯塘的时候就接到了那边派出所的电话，派出所的人说他们找到了赵代红。他的衣服上和脸上有血污，还有他的手里握着一把刀，情绪十分激动，一直在说自己没有杀人。好在现场没有围观的群众，目前警方只是把他围住了，并没有采取任何的行动。

欧阳双杰让派出所的人别伤着赵代红，一切都等他到了再说，又给王小虎打了个电话，让他带着队里的人来接手这个案子。从派出所警察的描述来看，赵代红应该是出事了。他手里带血的刀，还有身上的血迹和他激动着说出的那番话说明他很可能杀了人，可是派出所却没有找到受害者的尸体。

车子到了目的地，欧阳双杰忙下了车。乌衣路一百六十四号，大门上挂着一块牌子：林城市殡仪馆。欧阳双杰咬了咬嘴唇，怪不得自己在看到赵代红发出的这个地址时会觉得熟悉。

院子里停着两辆警车，转弯塘派出所的副所长聂长贵迎了上来："欧阳队长，人在值班室困着呢，只是把他围住了。"

欧阳双杰让聂长贵把他的人都撤了，他想和赵代红单独聊聊。

欧阳双杰看到了赵代红，他的衣服上和半边脸上有着血污，双手紧紧地握住了一把刀，刀上有血渍。

赵代红的身体在颤抖，一双眼睛紧紧地盯着欧阳双杰："我没有杀人！"

欧阳双杰停下了脚步，和他保持了近两米的距离。

"我知道，你没有杀人，不过你先把刀放下行吗？我们好好聊聊。"

"卫医生呢？他在哪里？"

"我不知道，他在接了你的电话以后就离开了诊所。是你约他出来的吗？"

"不是我！"

"那个电话也不是你打的？可明明是你的号码！"

赵代红突然双手抱住了头："是他们！一定是他们！"突然赵代红像是发疯了似的，"到底是谁？出来！"

欧阳双杰才迈出一步，赵代红连忙用刀对着他："别过来！"他手里的刀用力地比画了两下，"我没有杀人！我没有杀人！"

"你冷静一下，别激动，先把刀放下。"赵代红退后了两步，身体贴在墙壁上，慢慢地滑了下去，坐到墙根儿。

欧阳双杰也蹲了下来："赵教授，希望你能够冷静，我们心平气和地谈谈，到底你有没有杀人，我们一定能够弄清楚的。"

赵代红渐渐地平静了下来，他望着欧阳双杰："你会帮我吗？"

欧阳双杰用力地点了点头："其实我一直都在帮你，不是吗？"赵代红的眼泪流了下来。

欧阳双杰轻轻叹了口气，伸出手："刀给我。"

赵代红迟疑了一下，最后还是把刀递到了欧阳双杰的手里，刀柄向外，看来他还很清醒，怕误伤着欧阳双杰。欧阳双杰接过他递来的刀这才松了口气。他试探着上前两步，到了赵代红的身边，从口袋里掏出烟，递给赵代红一支，赵代红看了看他递来的烟，犹豫了一下接了过去放到了嘴上。

抽了两口，欧阳双杰感觉到赵代红的情绪已经渐渐平静了下来，他才轻声问道："这到底是怎么一回事？"

"我也不知道。原本今天上午我是有课的。我记得我起来以后洗漱，又弄了些早餐。吃过之后就出门，在这个时候我接到了一个电话，让我到学校门口去取一个包裹，去了以后……"他说到了学校门口之后就什么都不记得了。醒来的时候人就在这儿。

欧阳双杰大致摸了下情况，直觉告诉他赵代红应该没有撒谎。那么很可能真是"他们"做了这一切。此时欧阳双杰很希望和那个"彪子"见上一面，或许"彪子"知道些什么。

"赵教授，和我一道出去吧，我保证警察不会对你怎么样的。"欧阳双杰轻声说道。

赵代红点了点头："嗯，我听你的。"

欧阳双杰这才拉着赵代红出了值班室，聂长贵他们见欧阳双杰没事都松了口气。

王小虎带着人来了，他看到赵代红这样子，疑惑地看了一眼欧阳双杰："这地方都检查过了吗？"

"派出所的同志仔细搜查了一遍，没有任何发现。"欧阳双杰把大致的情况说了一遍，王小虎知道依这样的情况，就算审问赵代红也不可能问出个所以然。他让人把赵代红带上了车，回去后让周小娅对赵代红身上的血渍做个化验，先确认是不是卫扬帆的。

"现在，当务之急就是赶紧找到卫扬帆，找到那个受害者！"

邢娜问道："那你有什么想法吗？"

"我只知道卫扬帆很可能是被赵代红的那个电话给约出去的。可是约在什么地方就不得而知了，赵代红根本就不知道这件事情。他还是后来看到手机里竟然有与卫扬帆的通话记录才知道。小虎，你们就多辛苦下。"欧阳双杰又向王小虎交代了一些要注意的事项就开着车回了警察局。


卫扬帆失踪之前最后接到的是赵代红的电话，有很大可能是被赵代红约走的，至于是赵代红本人还是他的某一种人格就不得而知了。

欧阳双杰对负责看管羁押室的年轻干警说，如果赵代红要见自己，不管任何时候都必须通知他。他相信出了这样的事情赵代红的那些副人格一定不会置之不理的，特别是那个"大侦探"彪子。

罗素的到来让欧阳双杰并不感到奇怪。

"罗大记者，你这鼻子可真灵啊！"

"欧阳，还没找到卫扬帆吗？"罗素直奔主题。

"没有，不过我总有一种不祥的预感，卫扬帆估计凶多吉少了。"

"赵代红身上的血迹是怎么回事？莫非他真的就是凶手？"

欧阳双杰说目前还不知道，法医倒是把血型给查出来了，确实与卫扬帆的血型一致。不过单单凭着血型还不足以说明那血就是卫扬帆的。警方已经派人与卫扬帆的妻子温岚联系了，希望能够想办法做一个 DNA 比对。

"不管怎么说，卫扬帆这人还是不错的，虽然我和他没多少交集！"

"我可提醒你了，在办的这些个案子里可别乱写。"

罗素笑道："我是那么没有分寸的人吗？我有我的职业操守！"

"你一定有其他什么事吧。"

罗素这才说道："卫扬帆生死不明，而他的患者、知法懂法的法学教授赵代红和这件事有直接的关系，这么说赵代红应该就是一位人格分裂型精神障碍患者吧！那么你对于他所分裂出来的人格有多少了解？"欧阳双杰见他都猜了出来，也就不瞒他了，把自己知道的赵代红分裂出来的人格大致向罗素说了一遍。

"有没有对这些人格做过判断，这些人格是不是带有暴力倾向，有着反社会的破坏性？"

欧阳双杰苦笑了一下："我只见过那个叫彪子的侦探。不过我觉得他是一个自负、正直的人，没有暴力倾向。至于其他的人格，我不能臆断。"

"可惜啊，我真想看看这些副人格到底都是些什么样的？你说有没有这样的机会？"

欧阳双杰说道："照规定，我们是不可能让你接触到嫌犯的。"

罗素一副失望的样子："我真的对人格分裂这个案例很感兴趣的。"

"规矩就是规矩，你就死了这条心吧。"

"要不要我帮着找一下卫扬帆。我的朋友不少，或许能够帮得上忙。"

欧阳双杰当然不会拒绝了："那就有劳了。"罗素没待多久就走了。

王冲冲进了王小虎的办公室，说："刘发祥还真没说谎，那天他和他的几个狐朋狗友在郊外的一栋别墅里打麻将。"

王小虎觉得这里面有蹊跷，单单就小李的那场车祸来说，事情就不可能这么简单。

"时间上吻合吗？"

"大致吻合。"

王小虎瞪大了眼睛："什么叫大致吻合？给你说了多少遍了，这是一件严谨的事情，必须要做到精确。"

"其实之前我已经核查了的，时间上有近半小时的出入。不过刘发祥说堵车，如果是真的，那么这半小时倒是可以说得通。"

"你就没有查实一下当时是不是真的堵车吗？"

王冲苦笑道："咱们林城什么时候不堵啊？"

王小虎在想，这半小时已经足够刘发祥与约他的人接触了。就算真堵车，那人也可以上车与之联络，说完话就离开。只要刘发祥不说，又没有人看到。王冲离开了，王小虎坐在沙发上抽烟。

卫扬帆失踪，赵代红被以嫌疑人的身份带进了局子里，假如赵代红或者他的副人格之一就是那个凶手的话，那么是不是可以认为"吴飞案"涉案的邵小雨和任小娟就解除了危险呢？

王小虎再一次来到了羁押室。赵代红的目光呆滞，嘴里喃喃地说着什么。

王小虎看了一看守羁押室的年轻警察："怎么回事？"

"我也不知道，和他说话他也不理。"

"为什么不报告！"王小虎有些不悦。

年轻警察说道："我以为这很正常，所以就没有报告。"王小虎愣了一下，看来继续审讯是不可能的了，王小虎叹了口气就准备离开。

赵代红却突然开口了，只是说话的语气很怪，声音也变了。若不是亲眼看到，王小虎还真不相信说话的人会是赵代红："等等，我想见欧阳。"

王小虎盯着赵代红，看了半天："你……"

"告诉欧阳，'彪子'想要见他。"赵代红的脸上竟然露出了笑容。

王小虎掏出了手机给欧阳双杰打过去。

欧阳双杰一直在等着"彪子"或者"其他人"的出现，他开着车就往局里赶去。"彪子"出现了，这个时候他找自己一定是有所发现。

欧阳双杰的心里有些激动，他多么希望"彪子"能够带来好消息，能够让自己在一片黑暗之中看到一丝光明。


李浩强来到了云都市人民医院精神科。邓新荣被接回来以后就安置在这儿，他被捆绑在病床上，嘴里还在大声地胡言乱语。

李浩强轻声问身边的徐刚："什么情况？"

"接他回来这一路上闹腾成什么样。要不是把他给绑住了，估计你现在该参加我的追悼会了，那车子都差点儿被他给玩儿翻了！"李浩强没想到邓新荣是真的疯了。

"我们试过问他话，可是他答非所问，说的全是胡话。"

李浩强的心里也很是失望："马上安排做精神鉴定。"

"精神病院已经做过鉴定了，相关的病案我也带了回来。"徐刚说道。

李浩强看了徐刚一眼："谁知道那边提供的这些是不是伪造的！"说罢，李浩强离开了病房。从医院出来，李浩强给欧阳双杰打电话，欧阳双杰正在赶回局里的路上，问道："李队，是不是邓新荣接回云都了，有什么发现吗？"

李浩强把邓新荣的情况大致和欧阳双杰说了一遍，欧阳双杰沉默了一下，然后说道："先做个精神鉴定是很有必要的，那边有没有说是谁把他送进精神病院的？"

"没有人送他去，是他在街上发疯，精神病院接到电话把他接去的。只是那个电话很奇怪，按说精神病院没有家属送去并办理相关的手续他们是不接收的，可是打电话那家伙告诉院方，邓新荣的身上有张卡，卡里有钱，而且之后家属也会陆续把住院的费用按月打到卡里。院方以为打电话的人就是邓新荣的家属，也就没有多问，邓新荣在那儿就这样莫名其妙地住了五个月。"

欧阳双杰淡淡地说道："他们就没想过联系病人的家属吗？"

"院方想过，可是那个打电话的人告诉他们自己就是病人的家属，因为长期在外地，无法照顾。他还告诉院方，邓新荣再没有其他的亲人了。再说院方看到住院费什么的都按月到账，也就不再怀疑了。"

欧阳双杰说这一两天他会抽个空到云都去的。挂了电话，欧阳双杰在想那个自称是邓新荣家属的人会不会就是杀害颜素云的凶手？邓新荣是怎么疯的？他为什么要用这样的法子把邓新荣送进精神病院？还有邓新荣给公司副总打的那个电话，又是怎么一回事？会不会邓新荣在装疯？他是自己躲进了精神病院。看来这一切都得等他的精神鉴定结果出来了才能够慢慢理出头绪。


欧阳双杰来到了羁押室，望着此刻的"彪子"淡淡地说道："你舍得出来了？"

"彪子"笑了："如果我不出来，是不是你就准备把这屎盆子扣在小哥的身上，然后草草把这个案子给结了。"

"你觉得我是这样的人吗？"

"太难说了，这可是你们警方结案的一个大好机会呢。而且你也清楚，这么一来你们破了案。小哥因为有精神问题也不会受到法律的制裁，顶多就送进精神病院，你们自然也就少了良心的责备，至少算不上是草菅人命，这样的结果看起

134

来是皆大欢喜的。"

欧阳双杰正色地说道："其实一直到现在我都不相信赵代红是凶手。"

"彪子"愣住了："怎么说？"

"从以往的几个案子看来，凶手很狡猾。每一个案子他都没有留下一点儿的蛛丝马迹，可这一次为什么他会让我们逮个正着。就算我们逮住的是赵代红，可是作为赵代红的附属，他应该很清楚，赵代红出了事，他一样不会好过的。赵代红无论是受了刑罚还是进了精神病院，他同样会失去自由，这种得不偿失的事情是你也不会做吧？"

"小哥应该是被人算计了，而且对手的时间差掌握得特别好。刚好是小哥知道了自己有精神问题，有人格分裂之后。虽然不知道他用了什么手段，但他却做到了，让小哥自己都说不清自己到底是不是真杀了人。"

欧阳双杰咬了咬嘴唇："他在找替罪羊，或许这将是他的最后一次作案。以后他会收手，只要不再发生类似的命案，那么我们就完全可以把罪名推到赵代红的身上，那么我们很可能真的就只能这样结案了。彪子，那些人你都问过了吗？"

"彪子"点了点头："我能够确定不是他们干的。其实从头到尾，除了我以外，他们都没有真正借用过小哥的身体做任何事情。唯一的一次也是因为卫医生对小哥催眠，老孟才冒出来和卫医生说话的，估计那次把卫医生吓得不轻。"

欧阳双杰说道："听你这么说就算找他们问话也得不到我们想要的答案，那就算了吧。"

王小虎跟着欧阳双杰出了羁押室，他追着欧阳双杰到了办公室："我说欧阳，为什么不审了？"

欧阳双杰说道："假如他真是凶手，那么他们早就已经串供，就算是审又能够审出什么？"

欧阳双杰坐到沙发上，双手揉着自己的太阳穴。他现在就像走进了一个死胡同，明明知道前面没路，却还得挣扎着前行。

"小虎，赵代红精神鉴定的事情交给你去办了，明天一大早我会赶到云都去，不管邓新荣是不是真的疯了，我都要眼见为实。"

# 第八章 难道是他

罗素听说欧阳双杰要去云都，就给他打电话，说是想蹭他的车子一道去云都。

"你去云都做什么？"欧阳双杰在电话里问道。

罗素笑了："你们有你们的纪律，我们也有我们的规矩。我去做什么暂时还不能告诉你。"

欧阳双杰也不再问了，他让罗素明天早上八点到他家住的小区门口等着，准时出发，过时不候。

"欧阳，晚上有时间吗？一起吃个饭。"罗素开口问道。

欧阳双杰此刻也想找个人说说话。

六点差十分，欧阳双杰就到了约定的龙门渔港。罗素已经等在了门口，站在他身边的是一个三十出头的女人。女人穿着看似朴实，可是欧阳双杰相信她的那一身衣服的价值一定不菲。女人长得不算漂亮，但气质却很高贵典雅。双手交叉握在腹部，直直地站立着，脸上带着明艳的笑容。

罗素两步迎上前来："就知道你会提前到。"

欧阳双杰只是淡淡地笑了笑，罗素说："我给你介绍个朋友。"他把欧阳双杰拉到了那女人的跟前，女人微笑着向欧阳双杰点了点头："欧阳先生，你好，我叫沐雨淳。"

欧阳双杰也礼貌地微笑着和她握了握手："你好！"

欧阳双杰的记忆里并没有这一号人物，但听女人的口音又是地道的林城人。

"沐总是我们林城人，不过早年就离开了林城，一直在南方发展。"罗素介绍道，欧阳双杰斜了他一眼，罗素尴尬地笑了笑："今天是沐总请客，说是早就听闻林城有一神探，想要认识一下。"

"果真是闻名不如见面，欧阳先生真是年轻有为啊！"沐雨淳说着做了一个请的动作。

三人上了楼，进了包厢。

"欧阳先生，听说你还是一个心理专家？"服务员倒了茶后，沐雨淳端起茶杯喝了一口，然后轻声问道。

"专家谈不上，不过我倒是心理学专业毕业的。"

沐雨淳点了点头："下午林城市局通报了赵代红的案情，真没想到，还真有这样恐怖的人格分裂。"

"赵代红的案子是个很特殊的个案。一般来说，因为人格分裂型精神障碍所裂变出如此多的人格并不常见，百分之一的概率都不到。"

"我听说到目前为止，都还没能够确定赵代红到底是不是凶手，这万一弄错了，他该怎么面对以后的生活。"

"你和赵代红是什么关系？"欧阳双杰察觉出她脸上的表情，加上这又是一场鸿门宴，他肯定沐雨淳一定和赵代红有千丝万缕的关系。

沐雨淳的脸色阴晴不定，罗素说道："沐总是赵代红的表姐，之前赵代红一家没少得她家的接济，否则赵代红也不会有今天。赵代红整个大学的花销大多是沐总支持的。"

沐雨淳说道："我原本并不姓沐，也不叫沐雨淳，这是后来改的名字。我想你们警方应该对赵代红的社会关系做过调查，那你应该知道赵代红的母亲姓什么吧？"

欧阳双杰还真记得王小虎曾经说过，他的母亲姓苏，得了精神病，他父亲出狱之后一直在家里照顾着。欧阳双杰在脑子里搜寻着她的信息，很快他就猜到了沐雨淳的真实身份："你是苏小雨，赵代红二舅的女儿，十年前嫁到了粤东，就没有再回过林城。"

沐雨淳笑了："看来你们警方的调查还蛮细致的。我就是苏小雨。嫁到粤东就从了夫姓，改了名字。"

"刚才罗素说赵家一直得到了沐总的资助，特别是赵代红大学期间你几乎承担了他的全部费用。可我怎么听说，赵代红父亲平反以后，通过国家赔偿，得到了一大笔赔偿金，完全足够他们一家人的生活。他上大学的时候应该已经不会那么困窘了吧？"

沐雨淳一下子站了起来："可是他父亲何尝在他的身上花过一分钱？他父亲把我姑姑从精神病院接回去以后，根本就没有好好照顾。在代红上大学的那一年，他就借口说我姑姑犯病，重新把她送进了精神病院，自己到处玩乐。表面上倒是一个有情有义的人，背后却是个伪君子！"

"可是我们在调查的过程中，那些街坊、邻居还有学校的老师对你姑父的评价确实很不错，口碑很好。"

"你去问代红，问问他对他那个父亲到底有多憎恨！"沐雨淳说完才发现自己的情绪有些激动，慢慢坐了下来。

欧阳双杰叹了口气，赵代红一直处于这样的一种家庭环境里，他的心理出现这样或那样的问题就太正常了。

"早在之前我们就曾经怀疑过赵代红，而且我们也早就知道他有着人格分裂型的精神障碍，可是我们却一直没有把这件事情向外透露，因为我们也不想这样一个优秀的人才被我们毁了，直到这次，他出了这样的事情我们才不得不这么做。况且，警方虽然在现场抓住了他，可是并没有因此认定他真是凶手，我们之所以把他的病情公布，也是没有办法的办法，假如不这样，沐总想想，后果会是什么？凭着他手握的刀，一身的血迹，我们有理由认为他真的杀了人，更重要的是他自己也是恍惚的，他自己都不能确定他有没有做过。"

听欧阳双杰这么一说，沐雨淳沉默了。她是个精明人，自然不会不明白欧阳双杰说的这个道理。

沉默之后沐雨淳说道："我问过律师了，他说就算真是代红干的，只要能够证明代红作案的时候是丧失意志的，那么他就不会受到刑罚，对吗？"

欧阳双杰点了点头。

"沐总，你这是什么话啊，现在警方也没确定赵代红就是真凶啊，他们不也还在调查中吗？"罗素问道。

欧阳双杰说道："你要相信我们警方，一定会把案子查个水落石出的，假如真的与赵代红无关，警方会还他一个清白。"

沐雨淳轻轻地叹了口气："欧阳先生，我目睹了代红一家的悲剧，如果警察当初在我姑父的案子上能够认真些、细致些，又怎么会发生这样的悲剧呢？"

欧阳双杰没有说话，他的心里充满了疑惑，沐雨淳之前不是对赵代红的父亲很是不满吗？怎么她此刻又换了口径？

欧阳双杰问道："沐总，你约我来一定还有别的原因吧？"

沐雨淳点了点头："我想问问，如果他认罪，是不是警方把他送进精神病院就没事了？"

欧阳双杰还没开口，罗素冷笑一声："沐总，如果他真认罪，那说明他在作案的时候根本就不可能是无意识的。这么一来，他可就成了真正的故意杀人。"罗素说得没错，可是欧阳双杰却总觉得听罗素说出这样的话很是别扭。

沐雨淳愣住了，她还真没有想过这一层，细细一想，罗素说得没错，这案子只能够让警方慢慢地查，还真不能劝赵代红自首，否则的话，改天换地性质就变了。

欧阳双杰决定扯开话题，再继续下去就有悖他的原则了。

"沐总，应该可以开饭了吧？"欧阳双杰微笑着问道，沐雨淳这才发现一直只顾着说话，菜都凉了，她有些不好意思地说道："真是不好意思，欧阳先生，罗记者，要不我们喝两杯吧？"

欧阳双杰摆了摆手："开车呢。"

罗素说道："大不了找个代驾呗！"

欧阳双杰瞪了他一眼："明天我们还得去云都呢，酒就不喝了，容易误事。"

沐雨淳请的这顿饭无论是她这个主人，还是欧阳双杰这个客人，乃至罗素这个陪客都食之无味，兴致索然。

欧阳双杰吃饭的时候一句话都不说，看那样子仿佛很专注。

沐雨淳也没怎么吃，只是细细地品着红酒，一双眼睛时不时地望着欧阳双杰。

罗素倒是像吃得有滋有味，不过看得出他也是有些拘谨，不自然，那滋味估计也是装出来的。直到见欧阳双杰放下了碗筷，沐雨淳才说道："警方已经给代红做了精神鉴定，证明他确实有精神方面的疾病，那么我是不是可以请求让他入院治疗，当然，至于该怎么配合警方调查，我们都会积极配合。"

欧阳双杰说道："你可以请一个律师，走正规渠道提出相关的申请手续。沐总，谢谢你的宴请，明天我还要出差，就先告辞了。"

沐雨淳点了点头，罗素也站了起来："沐总，我也告辞了。"

沐雨淳微微一笑："谢谢你了。"

罗素说道："应该的。"然后上了欧阳双杰的车。

"其实之前我和她并不熟，她和我们总编好像关系不错。总编知道我们的关系，所以就让我陪她约你，我也不好拒绝。"

"以后这样的事情你能不能提前给我打个招呼？"

罗素笑了："我要是事先说明了你会来吗？"

"罗素，赵代红的家事你知道多少？"欧阳双杰轻声问道。

罗素扭头看了他一眼："我哪知道什么。"

欧阳双杰冷笑道："你之前去找卫医生看病是假，想弄他的病人资料找八卦素材是真。你知道卫医生的病人有很多都是林城有头有脸的人物，而赵代红是其中一个，你不可能没有暗中进行过调查。"

"我去找卫扬帆看病是假，当时我也确实是怀了刺探一些名人隐私的用心。可我这点小心思却让卫扬帆给识破了，他根本就不给我这样的机会，而且你应该也知道卫扬帆这个人，根本就是油盐不进的，不管我用什么样的办法，他都不愿意把客户的资料给我。"

欧阳双杰说道："即便是这样，你一样有办法拿到他的客户资料，是吧？"

罗素瞪大了眼睛。

"诊所里除了卫扬帆还有两个护士和他的一个助手，卫扬帆这条路走不通，你一定会从那三个人的身上找突破口。"

"可是没什么用，因为客户的资料由卫扬帆自己保管，他们是拿不到的。"

欧阳双杰点了点头："他们就算拿不到病人的资料，但病人的名单他们还是可以轻易掌握的。有了名单，很多东西你可以自己去查，根本就用不着病历资料。"

"我确实拿到了卫扬帆的病人名单，对于其中的一些人我也暗地里进行了一些调查，原本我觉得这是一个很好的新闻素材。可是后来我还是放弃了这个想法，我知道这样很不道德。所以最后我彻底放弃了这个题材。"

欧阳双杰淡淡地说道："一直以来我都觉得你的新闻报道很有深度，文笔也很犀利。可是后来当我知道你曾经找卫医生想要刺探他人的隐私博取读者的眼球时，我对你的看法有所改变。现在看来，你至少没有我想的那么不堪。"

"过去的事情我也不想解释太多，就说赵代红吧，我确实查过，他家里的情况与沐雨淳说的差不多。也正是因为这样，我才会答应替沐雨淳约你的。另外，赵代红父亲当年含冤入狱我觉得有些蹊跷，不过我一直没找到证据。我觉得他并不一定是被冤枉的，而后来所谓的抓住了真凶，他得已平反更像一个圈套。"

"你凭什么这么说？"

罗素说道："相信警方也调查过赵代红的家世吧，你们一定知道他父亲有个同事叫骆峰。"

"据说他对赵代红的帮助很大，赵代红有一次想不通要投河自尽还是他给救了。"

"这些我也查到了，骆峰四年前死了。据说是病死的，如果你有兴趣的话，可以查查骆峰的死，或许你能够查到些什么。"

"你是不是已经查到了什么？"

罗素耸了耸肩膀："我知道的就这么多，剩下的就看你了。"


把罗素送回了家，欧阳双杰一个人坐在车里。罗素的话让欧阳双杰有些难以消化。按罗素说的，赵代红父亲当年不是什么蒙冤入狱，应该是罪有应得才对，之后不知道是用了什么手段，警方抓住了一个所谓的"真凶"。而赵代红的父亲便无罪释放，还得到了一笔国家赔偿。在赵代红的父亲入狱期间，母亲疯了，赵代红承受不了这个打击，想要轻生，一直关心他的骆老师救了他，然后一直鼓励他、帮助他，还为他父亲的案子奔走，寻找真相。

后来真相确实找到了，真凶也落网了，赵代红的父亲出来了，得到了赔偿。赵代红的父亲把妻子接回了家，辞职专心照顾妻子。在学校老师的眼里，在街坊邻居的口中，赵代红的父亲俨然是一个好丈夫，一个被冤枉的"老实人"。

可偏偏沐雨淳说这一切都是假的，赵代红的父亲根本就是一个伪君子，是他一手毁了这个家。他出狱之后做的这一切都只是做给别人看的。暗地里却拿着那笔钱花天酒地，连自己儿子的学业也不顾。赵代红上大学几乎都是沐雨淳在资助。

还有，在王小虎他们的调查中，赵代红的父亲之所以能够平冤，那个骆老师功不可没，是他一直在不懈地寻找真相。可罗素说骆老师四年前病死了，不过好像骆老师的死并没有那么简单，其中仿佛隐藏着什么内幕。

欧阳双杰脑子里一团糨糊，他觉得有必要去见见赵代红，听听赵代红怎么说。


欧阳双杰在羁押室见到了赵代红。赵代红看上去有些疲倦，应该是没休息好的缘故，当然也不排除"那伙人"让他没能够好好休息。

"知道我今晚见到谁了吗？"

赵代红摇了摇头。

"沐雨淳，也就是苏小雨，你应该不陌生吧。"

赵代红皱起了眉头："她怎么来了？这么说我的事情她已经知道了？"

欧阳双杰点了点头，赵代红叹了口气："已经这样了，来了又有什么用。"

"她很关心你，她来是想看看能不能帮上什么忙。"

"很多事情并不是钱就能够解决的。她是我表姐，对我很好。"

欧阳双杰说道："赵教授，有些事情我不太明白，想问问你。"

"问吧，不过估计以后我都不可能再当什么教授了，你还是叫我的名字吧。"

"我想问一下你有多久没和家里联系了？"欧阳双杰轻声问道。

赵代红的眼睛斜向一边，眉头皱起："三年多，差不多四年吧。"

"四年？"欧阳双杰的身子微微向后靠了靠，这也太巧了吧，四年前骆老师病故，而赵代红从那个时候起就没有再和家里联系，这其中是不是有什么关联啊？

"据我所知，你父亲有个同事叫骆峰，对你很好，曾经给过你很大的帮助，对吧？"欧阳双杰的一双眼睛紧紧地盯着赵代红，看得他好像有些不自然，他夹着香烟的左手扶住额头，咬着嘴唇说："嗯，骆叔叔是个好人，他是我的恩人。"

"骆老师是得什么病死的？"欧阳双杰又问。

"心脏病突发猝死，骆叔叔的心脏一直都不好。"赵代红说这话的时候目光移开了，移向了右边。

欧阳双杰知道他在说谎，欧阳双杰说道："骆老师是四年前死的，而几乎也是从那个时候你就再也没有和家里面联系过。你不和家里联系与骆老师的死有些关系？"

赵代红的脸色微微一变："我不和家里联系是因为我太忙，这两件事情根本就风马牛不相及，怎么会有关系呢？"

"你也别紧张，我只是随便问问。对了，刚才你说你表姐对你很好，具体好在什么地方，能说说吗？"

赵代红的情绪这才缓和了些："我上大学的时候，她几乎承担了大学期间的所有费用。"

"哦？怎么是她承担你的学习费用，你父亲不是拿到了一笔赔偿金吗？"

赵代红愣了一下，他像是在想该怎么回答这个问题。

"我听沐雨淳说，你父亲根本就不管你，甚至也不管你的母亲，后来他又把你的母亲送回了精神病院，一个人玩得很是潇洒，是吗？"

赵代红脸上的表情不停地变化，"你到底想说什么？"

"骆老师的死你是不是知道什么？他真是死于心脏病吗？"

赵代红让他逼得急了，双手抱着头，用力地挠着头发，痛苦地说道："我不知道，我什么都不知道。"

第二天早上七点五十五分，欧阳双杰正准备下楼，就看到了罗素。罗素正靠在他的车边，在罗素的脚边是个双肩包，右肩上还背着一个相机包。

车子很快就出了小区。罗素低头玩着手机游戏，嘴里却轻声问道："昨晚你一定去见了赵代红吧？"

欧阳双杰斜了他一眼。

"昨晚那顿饭，你一下子得到了那么多的信息，自然要去找他问个清楚。"

欧阳双杰沉默不语。

"还没有找到卫扬帆吗？"

欧阳双杰摇了摇头，王小虎派出的人几乎把林城翻了个遍，都没能找到卫扬帆。

"从你的角度看，你觉得凶手会对卫扬帆下手吗？"

"如果凶手真是个人格分裂者，那么除非是对他的所有人格都有所了解，不然我下不了这个结论。"

"卫扬帆和刘发祥有一个共同点，他们都做过邵小雨的心理医生。之前我写小李的那篇报道时你曾经对我说小李在执行任务，你还说刘发祥很可能已经用什么手段知道了邵小雨和任小娟她们的秘密，她们或许是欧燕设计陷害吴飞的帮凶。既然刘发祥能够发现她们的秘密，卫扬帆为什么不能？至少在我看来卫扬帆的能力要比刘发祥要强得多。"

"你是说，其实卫扬帆早就知道了邵小雨的秘密，他对我撒了谎？"欧阳双杰有些不敢相信。

"我总感觉卫扬帆并不像我们看到的那么简单。我曾经买通过他的三个员工，想弄到他的客户病历的副件，可是他们都说那东西是卫扬帆一个人保管的。起初我以为是因为卫扬帆真如外界传言的那样，为客户保守秘密。一直到我自己找上门去，才感觉并非如此！我发现竟然有人开始暗中调查我了。"

"调查你？卫扬帆？"

罗素笑道："当时我就只是发现那段时间好像总有双眼睛在某处盯着我，接着我就收到消息，说有人在暗中查我的过去。老实说，做我们记者这一行的，自然少不得会得罪某些人的，所以在听到这个消息之后我也很紧张。"

"后来呢？"

罗素说道："用你们警察的说法就是反侦查。当我查出调查我的人竟然是卫扬帆以后，我吃了一惊。问他这是为什么，可他矢口否认。直到我拿出了证据，他又换了个说法，说他这样做是怀疑我到诊所就诊的动机不纯。可是我在调查的过程中却发现，他还对自己其他的一些病人也进行过类似的调查。"

"你有什么证据吗？"

罗素说道："他与那个被雇用者接触的照片和被雇用者的部分调查记录算证据吗？"

"那调查记录你是怎么搞到手的？"

罗素耸了耸肩膀："花钱呗！我买到的只是一小部分资料，大概有三四个人的调查结果吧。而这三四个人都能够在卫扬帆的病人名录里找到。"

"被他雇用的人是谁？"

罗素叹了口气："死了！是个小混混，叫贺兵。"

"罗素？你到底还有多少事情瞒着我们？贺兵的案子你该知道也是我们在办吧？"

"要不是卫扬帆出事，我也不知道贺兵会与这些案子有关系。之前我没说，是怕把自己牵扯进去。"

"罗素，我是很认真地问你，希望你能够如实地回答。"

罗素"嗯"了一声说："明白，不过我真的再没有任何隐瞒了，唯一瞒着你们的只有这件事。"

车里的气氛一下子就沉闷了。

欧阳双杰回想着罗素刚才的那一番话，他给王小虎打了个电话，把贺兵的情况又大致说了一遍。王小虎没想到贺兵竟然与卫扬帆扯上了关系，不过现在卫扬帆失踪了，生死不明，贺兵则是被"杀手"给杀死了。

欧阳双杰让王小虎对贺兵是否曾受雇对卫扬帆的病人进行调查的事情进行调查，他相信只要贺兵真的做过就一定会留下蛛丝马迹。

挂了电话，欧阳双杰没有再说什么，罗素也不说话，只是静静地望着前方。

车子到了云都，欧阳双杰才开口问罗素："你去哪儿？"

罗素说道："你去哪儿我去哪儿！"

"你跟着我干什么？"

"跟着你就是我的工作。冯局已经告诉我了，你一直都怀疑云都发生的那起离奇的谋杀案与你正在侦办的案子有关，很可能凶手是同一个人，对吧？"

欧阳双杰没有说什么，直接把车开到了云都市局。


李浩强见欧阳双杰他们到来，便伸出了手："欧阳队长，辛苦了！"欧阳双杰只是笑笑，当罗素从车上下来的时候李浩强愣了一下。

"这是省报的罗记者，罗素，正在给我们局里做专访，听说我要来云都，也就跟着来了。"

午饭安排在云都市经济开发区的一家火锅店。

"小徐，说说邓新荣的情况吧！"待李浩强点了菜，服务员退下去以后，欧阳双杰就说道。

徐刚把情况大致说了一遍，与李浩强告诉欧阳双杰的差不多。

欧阳双杰轻声说道："这么看来，邓新荣有可能是疯了。可是如果他真疯了，那打电话让公司给他打钱又是怎么一回事？"

"这一点我也是百思不得其解，刚子说他调看过医院的监控记录，公司的人在接到邓新荣电话的同一时间，邓新荣正在医院的娱乐室里看电视呢！那段监控初步鉴定过了，不该是假的。"

罗素没有说话，听着欧阳双杰他们的谈话。

欧阳双杰想了想："这么看来那个电话并不是邓新荣本人打的，而是有人冒充邓新荣打了那个电话，那个人或许就是把邓新荣逼疯，又打电话把他送进精神病院的人。"

"公司的人坚称那个电话是邓新荣本人打的。"

"就算有人逼着邓新荣打这个电话，他都不一定能够清楚地表达，他已经疯了，而且还带着一定的暴力倾向，怎么可能配合？另外你问过他们公司的人了吗？他说话的口吻和语气正常不正常？"

"问过了，就像平时一样。"徐刚回答道。

罗素忍不住插话道："其实这也不难啊！如果他们公司的人接到电话听到的

并不是邓新荣本人说话，而是事先录好的音呢？"

"如果是这样就能够说得通了。"

欧阳双杰说道："确实有这样的可能，现在最关键的问题是要搞清楚邓新荣是真疯还是假疯。假疯的话，他本人一定有问题。颜素云的死就算与他无关，他也一定知道些什么。如果是真疯，那么他是怎么疯的？那个送他进精神病院的神秘人又是谁？"

徐刚说道："假如真是杀害颜素云的凶手，那么他为什么不连邓新荣一道杀了，反正杀一个是杀，杀两个也是杀。"

欧阳双杰摇了摇头，这个问题他回答不上来。

李浩强说道："欧阳，你说的这些我们都明白，只是具体该怎么着手？"

"精神鉴定结果出来了吗？"欧阳双杰问道。

"结果出来了，邓新荣有人格障碍，用你们的专业术语说，他患的是分裂型人格障碍。"

欧阳双杰的心里"咯噔"一下，他问徐刚，当初邓新荣所在的那家精神病医院给出的是不是也是同样的判定，徐刚点了点头："是的，一模一样！"

邓新荣竟然患的是人格分裂症，这确实出乎欧阳双杰的预料。望着徐刚递给他的两份鉴定报告，欧阳双杰看得很仔细。欧阳双杰算是心理学的专家，他看完了鉴定报告，报告没有问题，鉴定的方法与手段也没错。

罗素说道："能给我看看吗？"欧阳双杰没有说话，直接把鉴定报告递给了他。

欧阳双杰抽完一支烟，才抬起头望着徐刚："小徐，邓新荣带回来以后有什么人来看过他吗？"

"除了负责对他进行精神鉴定的两个专家外，没有人接近过他。我们的人一直看着呢，不让他与外界接触。再说了，他也没有什么家人，就是公司的人提出过想见他也让我们给推掉了。我们觉得还是尽可能避免与外界的接触为好。"

"那你们有没有发现他有鉴定报告上所写的一些表现？"

徐刚说没有发现，不过或许他们没有留意吧，因为他们对这些症状也不怎么了解，就算是有也不一定能够看得出来。

吃过饭，他们就开车前往邓新荣所在的医院。在李浩强和徐刚的陪伴下，欧阳双杰和罗素一起往邓新荣的病房走去。

邓新荣的一双眼睛目光呆滞，视线落在欧阳双杰的身上。他用手轻轻拨了拨，意思是想让欧阳双杰让开。欧阳双杰侧了侧身，扭头看了看自己的身后，身后就是墙壁，而墙上什么都看不到。

罗素苦笑了一下，冲欧阳双杰摇了摇头。

欧阳双杰对李浩强和徐刚说道："我能不能单独和他说话。"

"当然可以！"

邓新荣坐在病床上，双手和上身紧紧地绑在了一起，一双腿也被皮带固定在病床上。欧阳双杰拉了把椅子坐在了床边。点了支烟，吸了两口，一双眼睛紧紧地盯着邓新荣的脸。

邓新荣此刻的脸上露出了傻笑，嘴里像是在嘟囔着什么。

"颜素云死了，你知道吗？"欧阳双杰轻声说道。

邓新荣的脸上没有一点儿变化，可是欧阳双杰却发现他的眼里流露出一丝悲哀，那种悲哀的神情虽然只是一闪而逝，可是欧阳双杰却捕捉到了。

"她死得很惨，就连死了凶手也没有放过她，把她制成了木乃伊……"接着欧阳双杰像在自言自语一般，把经过一五一十地叙说了一遍。

终于，欧阳双杰发现邓新荣的脸上有了变化，邓新荣开始感觉到难过、痛苦。

欧阳双杰的心里也不舒服，可是没有办法，他必须要让邓新荣开口。此刻他已经能够确定了，邓新荣根本没有什么精神病！

"你难道就不想为你的妻子报仇吗？据我所知，你们夫妻很恩爱，她被人残忍杀害了你就无动于衷吗？"

邓新荣转过头来望着欧阳双杰，他脸上的傻笑已经没有了，那涣散的目光也不再涣散，而是恨恨地望着欧阳双杰。

欧阳双杰叹了口气："我知道你根本没有什么精神病。我很好奇，你怎么想到伪装成一个人格分裂者！"

邓新荣的脸色一变，又换成了傻笑。

欧阳双杰摇了摇头，他知道邓新荣还是不愿意沟通，重新将自己封闭了。可是就算他知道邓新荣没有精神病，却拿他没有一点儿办法，就算他不小心露出什么马脚，他也可以臆造出一个所谓的"人格"来补救。

"咚咚！"响起了敲门的声音，接着就看到一个护士推门进来："该吃药了！"

说着她看了欧阳双杰一眼："都跟你们说了，现在问他什么都白搭，他的脑子有问题。"

欧阳双杰苦笑了一下，站了起来。他这是准备离开了，临走之前他留下了手机号码："如果你想找我，可以打我的电话！"

见欧阳双杰出来，李浩强他们都迎了上来。

李浩强问道："有什么发现吗？"

欧阳双杰摇了摇头："没有，看来他真是病得不轻。"

罗素没有说话，不过他却在观察着欧阳双杰，他觉得欧阳双杰应该没有说实话。

欧阳双杰问罗素："你在云都还有什么事吗？"

罗素摇了摇头，欧阳双杰决定赶回林城。

众人互相寒暄之后，就离开了。车子刚驶出不一会儿，罗素就说话了："欧阳，你是不是有什么事情瞒着我们？"

你什么意思？"

"你和邓新荣谈话不会真的一无所获吧，难道他当真就一句话都没有说吗？"罗素问道。

欧阳双杰把所有的经过都一五一十地告诉罗素。

"这么说你觉得他根本就没有疯？"罗素问道。

欧阳双杰微微点了点头："这只是我个人感觉，也不排除他确实是有人格分裂，而我们面对的或许只是他的另一个人格。"

罗素愣住了："你这话可是说得有些模棱两可啊！"

欧阳双杰耸了耸肩膀："我只是实事求是，在没有确切的证据之前，凡事都有可能！"

"你很严谨！"罗素笑了。

欧阳双杰咳了两声："作为一名警察，严谨是我应有的态度。"

罗素没有再说什么，而是轻轻叹了口气。

欧阳双杰的手机响了，是王小虎打来的。他告诉欧阳双杰，赵代红身上的血迹确实是卫扬帆的。是与卫扬帆的妻子送来的血液样本进行的比对。

"卫扬帆的妻子送来的血液样本？她哪来的血液样本？"欧阳双杰不得不产生疑问。

"上次卫扬帆遇袭，是你去救了他。当时他的头上被砸了一下，流了点儿血，沾在了衬衣领子上。原本他妻子是想把衣服扔了，可是卫扬帆却说衣服还挺新，扔了可惜，那衬衣也就留下了。当她听说警方抓住了赵代红，就跑来询问情况，知道我们不能确定血迹是不是卫扬帆的时，她才想起了衬衣的事情。"

挂了电话后欧阳双杰陷入了沉思，按理说确定了赵代红身上、凶器上的血迹就是卫扬帆的。这对于警方来说无疑是件好事，再加上赵代红确实是一个分裂型人格障碍的精神病患者，只要再想办法挖一下，找出证实赵代红的分裂人格与前几起案子有所关联，那么林城发生的这些棘手的案子也就有个了断了。

可是欧阳双杰却高兴不起来，因为这一切都来得太突然了。而且从头到尾欧阳双杰都不相信这一切是赵代红干的。在与之接触的过程中，欧阳双杰觉得他除了高傲了些，并没有什么问题。而且他还与赵代红分裂出来的人格打过交道，他能看出"彪子"很能干，有着"侦探"所应该具备的素质。他保证过，这些案子肯定不是赵代红干的。

见欧阳双杰沉默不语，罗素轻咳了两声："想什么呢？"

欧阳双杰苦笑道："刚才的电话你也听到了，你有什么想法？"

"我觉得这是件好事，搜罗些证据，只要证明赵代红与之前几起案子有所关联，这一系列牵动林城所有人神经的案件就可以画上一个句号了。警方也有了交代，皆大欢喜。但如果从我个人来看呢，我觉得这太巧了吧？你们刚查到赵代红有分裂型人格障碍，接下来他就出事了。而且他自己对发生的事情一无所知。他又是卫扬帆的病人，卫扬帆失踪前最后接的就是他的电话，就是说，他最有可能约了卫扬帆，然后把卫扬帆杀害了。现在又有了 DNA 检测的证据支撑，这案子基本就坐实了。"

"你说的这些我都知道，说一些有用的。"

罗素说道："那我就来说说这个'巧'字，而且这个'巧'就巧在一个人的身上。"

"卫扬帆！"

罗素点了点头："其实你的心里早就有答案了。首先，是谁让你知道赵代红有人格分裂的病症的？是卫扬帆，接着便是卫扬帆的遇袭，他的遇袭可以说算是埋下了之后他失踪或是遇害的伏笔；再接下来就是卫扬帆的失踪，赵代红被抓，这一切看似很复杂，可是角色却只有两个人。现在我们回过头来看卫扬帆妻子提供的那件衬衣，上面的血渍是在卫扬帆遇袭的时候留下的，就算真舍不得扔，也该清洗一下。从卫扬帆遇袭到现在，该有段时间了吧？卫扬帆失踪，赵代红被抓也有两天了，警方也与卫扬帆的妻子有过接触，她不可能不知道赵代红被抓住的时候身上满是血迹的事情，当时她为什么就没有想到把衬衣拿出来作个比对？”

“或许她也是一时没想起来呢？”欧阳双杰问道。

“这样的可能性不大，如果我是卫扬帆的妻子，当知道自己的丈夫失踪前的最后一个电话是赵代红打的，而赵代红被抓住的时候是那么一个样子，我会第一时间想到卫扬帆是不是遭到了赵代红的毒手。我会想方设法地查实赵代红身上的血迹到底是不是卫扬帆的。在那个时候我就应该想到了那件衬衣，而不是等到两天以后才想起。”

欧阳双杰笑了：“罗素，你不做刑警是警队的损失。”

　　回到林城，罗素在报社下了车，欧阳双杰直接赶去了局里。进了办公室，他给王小虎打了个电话。

　　王小虎很快就来了。

　　"这件事情你和冯局他们说了吗？"

　　王小虎点了点头："和你通过电话以后我就向冯局汇报了，冯局说这事情等你回来了听听你的意见。"

　　欧阳双杰说道："你自己是怎么想的？"

　　"现在证据确凿，卫扬帆一定已经遭到了不测，而赵代红就是凶手。只不过应该是他在无意识的时候。林城最近几起案子的凶手应该也是一个精神病人，有人格分裂的倾向。赵代红完全符合你对这几起案子的凶手的心理画像。我觉得接下来我们应该努力寻找证据，找出赵代红与之前的这个案子的关联！我已经让他们去查了，看看作案的时间上是不是能够有契合。"

　　欧阳双杰轻轻地叹了口气。

　　"你好像不高兴？"王小虎有些纳闷儿。

　　欧阳双杰淡淡地说道："我总觉得背后有一只手，在掌控着这个案子的节奏。你不觉得这件好事来得太蹊跷了吗？先是知道赵代红有人格分裂，接着就是卫扬帆遇袭，再接着就是赵代红给我打电话，然后我们抓住了赵代红。他的手里还拿着凶器，卫扬帆也在同一时间失踪了。这个时候，赵代红自然而然地成为了我们认定的嫌疑人。"

　　王小虎大口地抽着烟，没有说话，直到欧阳双杰说到这儿，他停止了吸烟。

"之前你也去找过卫扬帆的妻子，得知赵代红是最后一个给卫扬帆打电话的人以及警方是在什么情况下拿住赵代红的。她怎么就没想过弄清楚赵代红身上的血迹就是卫扬帆的，而是要等到两天后才想起一件本应该早就洗净的染血的衬衫呢？"欧阳双杰的语速不快，他要留下时间给王小虎消化，"如果他真是前几起案子的凶手，哪怕是他分裂出来的某个人格，你觉得以那些人格的智慧与胆量，会留下这么多的把柄给我们吗？"

"也就是说，这一切是有人一手策划的，而赵代红极有可能是被人冤枉的，想让他做替罪羊！"

"是的，而且对方也一早就摸准了警方的脉，知道警方迫于外界的压力，很想早一点儿让这个案子有个结果！"


和王小虎谈过后，欧阳双杰和谢欣来到了卫扬帆家，温岚打开门请他们进去。

给他们泡好了茶，温岚才坐下。她看上去有些憔悴，一双眼睛也是通红的，像是刚刚哭过。

"老卫怎么就摊上了这么件事情。我当时就说做心理医生有这样的危险，他偏不听我的。"

欧阳双杰轻声说道："温女士，你也别太激动。至少到目前为止我们还没有找到卫医生的……"停顿了一下他才继续说道，"或许还会有奇迹吧！"

"奇迹？事实已经摆在了眼前！"温岚的情绪更加激动。

谢欣说道："至少我们还不能确定卫医生是不是真的死了，所以……"

没等她说完，温岚便说道："赵代红浑身的血，刀上也有血，那都是老卫的血，你们觉得在这样的情形下老卫还有可能活吗？"

欧阳双杰叹了口气："温女士，既然你的情绪这么激动，我想我们是不可能好好说话了，你先休息吧。"

温岚也不挽留，把他们送出了门。

上了车，谢欣说道："看来他们夫妻间的感情还真深啊！"

欧阳双杰冷笑一声："不见得，从我们一进门，她就故意把话题延伸到卫扬帆的死上，然后带入了种种的情绪，她的激动你觉得正常吗？"

"你说她是装的？"

"她根本就不想和我们谈。我们给她一个希望，可是她却一直咬定卫扬帆死了！在活不见人、死不见尸的情况下，她这样的表情很不正常。"

谢欣微微点了点头："嗯，看来这个温岚有问题啊！"

"只有两种可能：第一，卫扬帆出事她是知情的，卫扬帆或许已经死了，而卫扬帆的死与温岚应该不无关系；第二，卫扬帆根本就没有出事，而是出于某种目的躲了起来，让温岚帮他制造了一场诈死。"

车子回到局里，欧阳双杰把自己关在了房间里。他在想假如温岚是想向警方证明卫扬帆已经死亡的事实，那么她的矛头指向就只有一个——赵代红。难道他们与赵代红之间有什么深仇大恨？可林城发生的其他案子又作何解释？也许发生的案子是卫扬帆做的，当知道警方查得紧了，而且又听欧阳双杰做了凶手的心理侧写，刚好又符合他手底下的一个病人，于是他便把赵代红抛了出来。

欧阳双杰用力地揉了揉自己的头发，深深地吸了口气。

电话响了，是罗素打来的。

"罗大记者，又怎么了？"

"有时间吗？"

"有事吗？"

罗素轻声说道："这个消息你应该有兴趣。"

"到底是什么事？"

罗素果然给欧阳双杰带来了猛料："卫扬帆有婚外情，你们知道吗？"

欧阳双杰愣住了，王小虎他们对卫扬帆的调查却没查出婚外情。

"原本我也不相信，我的同事说这是千真万确的事。那个女人叫莫雨霏，你应该听说过她。"

"莫雨霏？"欧阳双杰想了想，"市歌舞剧团的副团长莫雨霏，几年前闹绯闻，她的丈夫朱浩杀了她的情人，被判无期徒刑的那个？"

"就是她，因为当时她目睹了情人被杀，心理上造成了很大的伤害，之后便找到了卫扬帆。后来她和卫扬帆就搞到了一起，这件事情几乎没有任何人知道。"

"可偏偏这件事情你就知道了！"

"我们是记者，而我的那个同事是个娱记。至于他用什么办法，我就不得而知了。"

"我知道了，我会调查的。"欧阳双杰说完就准备挂断电话。

罗素说道："等一下，我陪你一起去吧。"

"去哪儿？"欧阳双杰问道。

罗素说："去会会那个莫雨霏啊！"

"你凑什么热闹？"

罗素说道："跟进你们的案子也是我工作的一部分。凭我的直觉，现在应该是这个案子关键的时候了，我很想亲身经历整个案子的解密过程。"

"那好吧，不过在这之前我想先了解一下莫雨霏的病情，我不想在询问的过程中出什么意外，惹上什么不必要的麻烦。"

罗素兴奋地说道："我们可以先到卫扬帆的诊所里去调出她的病历。"

欧阳双杰会合了罗素就去了卫扬帆的诊所，在卫扬帆出事以后诊所就被公安局给封了。可奇怪的是诊所里的病历资料中却没有莫雨霏的病历，这让欧阳双杰和罗素都很郁闷。

"应该是卫扬帆把她的病历给藏起来了或者毁掉了。"罗素叹了口气，轻声说道。

欧阳双杰没有说话，坐下来点了支烟。

"要不我们直接去找莫雨霏吧！"罗素也坐了下来。

"是卫扬帆把她的病历藏起来了还是另有其人？"

"谁？卫扬帆出事以后警方就直接打了封条了。"

"之前温岚曾经来过一次诊所，说是想要整理卫扬帆的遗物。当时值班的警察没经验，也就没有放在心上。事后我们知道了也没有多想，毕竟她来过了，我们再追究也没有任何的意义。只是我们询问了一下她拿走了些什么，她倒是也报备了一份清单。"

罗素听出了欧阳双杰的言下之意："你怀疑她？"

"她确实值得我怀疑，你也一样。罗素，我看不明白你。我总觉得你接近这个案子有不可告人的目的。"

"我如果心里有什么鬼，能一打听到线索就跑来告诉你吗？我的消息是要比你们警方的灵通些，那也是职业上的一些优势罢了！"

欧阳双杰对罗素说出这样的话也是一个试探，从感情上而言他是不太愿意怀疑罗素的，但他说的又是事实，罗素对案子的关心，以及他总是给欧阳双杰"惊喜"，从这两点欧阳双杰不得不对罗素生疑。

莫雨霏已经是四十出头的女人了，依旧是个美人胚子，身上还有着艺术家的风度。当知道欧阳双杰是警察的时候，莫雨霏原本带着微笑的那张脸阴沉了下来。

"有什么事吗？"莫雨霏也没招呼两人进屋，她望着欧阳双杰与罗素的目光有些不善。

"是这样的，听说你曾经是卫扬帆医生的病人。卫医生失踪了，我们想了解一下卫医生的一些情况。"欧阳双杰说道。

莫雨霏皱起了眉头："我怎么会是卫扬帆的病人呢？"

莫雨霏请他们在沙发上坐下，然后又倒了两杯茶，然后静静地坐在他们的对面，突然她对罗素说道："你是记者，我认得你。"

"我是省报的记者，叫罗素。不过莫女士，你别误会，我不是来找新闻爆料的，我只是在对这个案子进行跟踪采访。"

"我没兴趣知道，我只是想知道谁告诉你我是卫扬帆的病人的？"

"我们在卫医生的诊所里看到了你就诊的病历。"

"你在说谎！"莫雨霏冷冷地说道，目光如利刃一般直直地对着欧阳双杰，"我曾经在卫扬帆那儿看过病，不过他那儿并没有我的病历。你们找上我一定知道我和他之间的关系了吧？"

欧阳双杰点了点头。

"我和他是情人关系。或许在你们的眼里这种关系是不道德的，但我们深爱着对方！"

"可是我们却听说卫扬帆与温岚的感情也很好，而且温岚一直都在默默地支持着他的事业。"

莫雨霏冷笑一声："温岚？那个女人……"

"难道我说得不对吗？"

莫雨霏淡淡地说道："鞋子合不合脚，只有脚知道。"

"照你这么说，卫扬帆和温岚的感情是有问题的？"

莫雨霏望向罗素反问道："你是记者，莫非你就没听说过温岚的事情？他们名为夫妻，其实这么些年来他们根本就没有夫妻之实。"

罗素追问道："什么意思？"

"是扬帆告诉我的，我怀疑温岚她……"她的话只说了一半，但欧阳双杰和罗素都想到了一起。

欧阳双杰说道："你不会怀疑她的性取向有问题吧？她可是和卫扬帆有了一

个孩子的。"

"你们确定那孩子是她生的吗？"

欧阳双杰淡淡地说道："莫女士，你说这话可是要负责任的。"

"如果你们怀疑我说的是假话，你们可以让温岚和那孩子做个亲子鉴定，用科学说话。"

莫雨霏都把话说到这份儿上了，欧阳双杰也不好再说什么，这件事情他是一定要查个水落石出的。

"温岚有一个很要好的朋友，可惜前不久死了，她们的关系不寻常。"

欧阳双杰和罗素都异口同声地问道："谁？"

"欧燕，想必她的名字二位应该不陌生吧？"莫雨霏微笑着说道。

"欧燕？！"欧阳双杰在心里不断默念这个名字。

"我知道的都告诉你们了。我想知道扬帆是不是真的出事了？"莫雨霏的眼睛直直地望着欧阳双杰，从她的眼神里欧阳双杰看出了关切。

"只能说到目前为止我们警方还不能肯定卫医生是不是真的出事了。"

莫雨霏说道："听说警方抓住了一个嫌疑犯？"

"他现在还不能算是嫌疑犯，只是他的身上有些疑点。"

"我希望警方能够尽快找到扬帆。"

"这是我们警方的职责所在，我们会尽力的。不过莫女士，冒昧地问一句，卫医生出事至今已经有几天了，你为什么不主动与警方联系，把你知道的事情告诉警方。"

莫雨霏沉默了一会儿，说道："我不想再成为别人的谈资。之前的事情，在扬帆的帮助下才走出了阴影，所以还希望你们能够理解。"

从莫雨霏家离开，他们就开车回警察局了。


王冲兴冲冲地跑进王小虎的办公室："王队！找到了！"

王小虎正在看着手里的卷宗，抬头道："找到什么了？"

"赵良，我们找到那个赵良了。还真有这个人。"

王小虎的眼睛一亮，赵良就是那个顶了毛秋实的名，替他送快递的人。找到了赵良，那么就很有可能找到那个"毛秋实"了！

"人呢？带回来了吗？"

"人已经带回来了，在羁押室呢。"

王小虎和王冲进了羁押室，赵良正坐在中间的那把椅子上，一脸茫然。见王小虎他们进来，他站了起来："警官，我什么都没有做！"

王小虎和王冲坐了下来，他没有急着开口，眼睛紧紧地盯住赵良的脸。看得出赵良在自己的逼视之下还是有些紧张。

"姓名？年龄？职业？"王冲冷冷地问道。

"赵良，二十五岁，无业。"

"家庭住址？"

赵良回答道："息风县大吕镇槐花巷 16 号。"

"知道为什么把你带到这儿来吗？"王冲问道。

赵良摇了摇头："不知道，警官，到底是怎么回事啊？"

"你认识一个叫毛秋实的人吗？"

赵良说他并不认识什么毛秋实，王冲的虎目一瞪："你撒谎！"因为王冲的声音突然大了些，赵良吓了一跳，他苦着脸："我真不认识。"

王冲手里拿着快递公司的单子走到了赵良的面前："你刚才说你无业，那么这个怎么解释？上面可是你签的字。"

赵良愣了一下，不过马上他便说："曾经替别人送过快递，只是后来那人就不让我送了。"

"让你送快递的人你总该认识吧？他是怎么找上你的？你又是怎么答应替他送快递的？"王小虎站了起来，给赵良倒了杯水。

"我也不认识他，记得应该是七八个月前吧，我接到一个电话，是一个陌生人打来的……"赵良此刻平静了许多。

他说大约在七八个月前，接到一个陌生人的电话，让他帮着送快递。刚开始他还以为是有人恶作剧，接到这个电话的时候他就没有放在心上。可是对方却说知道他初到林城，正急着找事做。

赵良当时确实很需要一份工作，因为他身上带的钱几乎快用完了。他有些动心了，就按照对方指示到了一个地点，说是在那儿停了一辆福通快递的摩托车。只要他按着单子把车上的货送完，再把车子开到那儿停下，每送一件货他能够拿到五元钱的劳务费。每天上午一趟，下午一趟，逢周日他还可以休息。对方的要求是他送完货以后必须把车子停回到指定的位置。对方还有一个要求就是每次完

157

成上午的活把车停到指定位置之后，必须给对方发一条短信，然后离开那儿，一小时以后再来取车。这一小时内，他不能接近那地方，否则双方的约定就作废。

赵良也不笨，他从对方的要求里听得出来，对方是不想和自己照了面。可劳务费比其他快递公司给的要高出许多。抱着半信半疑的态度，赵良开始了与对方的第一次合作。早上他送出了三十多件货，下午他再拿车的时候真看到了袋子里的一百多块劳务费，这也让他看到了对方的诚意。那天下午他又跑了一趟，还是三十多件。第二天一大早，同样拿到了一百多块钱。

"你就没有好奇心，就不想看看对方到底是什么人？"王冲问道。

赵良说道："我当然也很好奇，可是对方一再在电话里说，一旦我起了心思，那么我们之间的协议就自动终止。要知道我一个月可以拿到六七千块钱呢，谁会和钱过不去？"

王小虎说道："可你有没有想过，为什么会有这样的好事？"

"我没想过，不过我想这并不违法吧，警官，你们能不能告诉我，到底出了什么事？我还得在这里待多久？"

赵良提供的那个电话号码王冲很快就查到了，是个地摊号，根本就不可能从这个号码找出那个神秘人。而那个号码在庄大柱和杜仲平的案子发生之后就彻底地停用了。号码停用之后，赵良便"失业"了。

王小虎让王冲把赵良给放了，他觉得一切都是那个神秘雇主弄出来的。


此时欧阳双杰又和谢欣赶到了温岚家里，温岚端上了茶水："欧阳警官，你们今天来是不是老卫的案子有眉目了？"

欧阳双杰摇了摇头："温女士，我们今天来就是想告诉你，卫医生的案子很复杂，我们可能需要些时间。"

温岚的脸色一变："欧阳警官，赵代红的身上可是沾满了我们家老卫的鲜血，还有他手里那把刀已经很能够说明问题了。我知道，一直以来你就对赵代红多有袒护，我家老卫和我提及过，你们很看重赵代红。可是你们考虑过我的感受吗？"

"温女士，到目前为止，我们也在努力地想从他的身上找到突破，可是对于发生过什么，他确实一无所知。如果我们就这样定他的罪就太草率了。"

"那你告诉我，还需要我等多久？作为一个受害者的家属，我迫切需要知道事实的真相。"

谢欣冷冷地说道：“温女士，你就这么坚信卫医生已经死了？”

“照你这么说，老卫应该还活着，那你告诉我，他的人在哪儿？！”

温岚几近歇斯底里，欧阳双杰叹了口气，然后轻声问道：“温女士，你认识莫雨霏吗？”

温岚“啊”了一声，眼里闪过一丝惊恐，不过马上就消失了。

“莫雨霏？我听说过这个女人，应该是几年前勾引男人，她老公一气之下杀了她的情夫的那个吧？”温岚说完又补上一句，“不过我只是听说过她的事情，至于她本人我不认识。”

欧阳双杰轻咳了两声：“我听说莫雨霏曾经也是卫医生的病人，这个情况你知道吗？”

“我确实不清楚，老卫的工作我是不会过问的，他在家里很少提起工作上的事情。”温岚仿佛是猜到了什么，“你问我这些，不会是想告诉我她和老卫之间有什么吧？”

欧阳双杰淡淡地说道：“我听说温女士与卫医生之间的感情好像并不像外界传闻得那么好？”

温岚瞪大了眼睛：“胡说，我和老卫的感情怎么会不好呢？欧阳警官，你与老卫没少接触，你听到他说过半句我的坏话吗？”

谢欣岔开了话题：“温女士，你和欧燕的关系如何？”

“欧燕？我不认识。”

见温岚否认，谢欣又说道：“你再好好想想，‘飞宇文化传播有限公司’的董事长欧燕女士。”温岚还是摇头说自己不认识欧燕。

欧阳双杰说道：“温女士，今天来我们还有一个请求。”

“说吧。”

欧阳双杰说道：“我们希望能够采集一下你的血液样本。”

温岚很警惕：“为什么？”

“你别误会，我们是出于你的安全考虑。另外，你提供的那件带着卫医生血渍的衬衫作为重要的证物，我们也要例行与你的血液进行比对，以保障证物的真实性。这只是我们的例行手续，还希望你能够谅解。”

温岚有些怀疑，她说道：“是不是只要证明那血渍不是我伪造的就能够定赵代红的罪了？”

欧阳双杰敷衍地"嗯"了一声。

"那好吧，什么时候采样？"温岚问道。

欧阳双杰说最好她能够跟着他们去局里一趟，他会安排法医直接采集的。温岚跟着欧阳双杰他们去了局里，很快就在法医科留下了血液样本。

送走了温岚，欧阳双杰对谢欣说道："你马上与学校联系一下吧，赶紧拿到他们儿子的血液样本，做一个DNA比对。我想知道莫雨霏说的到底是不是真的。如果真如莫雨霏说的那样，那么我们就能够从他们的儿子身上找到突破，相信到时候温岚一定会说点儿什么的。"


云都市警察局。

李浩强的手机响了。

"什么？邓新荣想见欧阳双杰？我这就联系。"李浩强的脸上露出一丝喜色。

欧阳双杰正等待着温岚母子的亲子鉴定结果，却接到了云都市警察局刑警队长李浩强打来的电话。

"好的，我迟一些就过来。"欧阳双杰的语气很平淡，他之所以没有马上赶往云都，是因为谢欣已经去拿温岚母子的亲子鉴定结果了。至于说邓新荣想见自己确实是欧阳双杰意料之中的事情。那次见到邓新荣的时候欧阳双杰就有怀疑。且不说邓新荣是不是真的人格分裂，至少在与自己相见的时候邓新荣应该是正常的，可他还在装，这其中一定有什么原因。这也是为什么临走的时候他会告诉邓新荣自己的电话号码的缘故。

正思考着，谢欣便敲门进来了。他抬头望向谢欣："结果出来了？"

谢欣点了点头："嗯，温岚和那孩子之间并不是真正的母子关系，不过我们又把孩子的DNA与在赵代红身上留下的血迹，也就是我们初步认定的可能属于卫扬帆的血迹进行了比对，卫扬帆与那孩子确实是父子关系。"

欧阳双杰没有说话，这个结果让他有些吃不透了，看来这其中的情况很复杂，谢欣轻声问道："要不要再去会会温岚？"

欧阳双杰点了点头，现在温岚应该说实话了吧？

欧阳双杰和谢欣再一次来到了卫家，温岚像以往一样，并不热情地把他们请进屋。

"温女士，我们今天来是有一件很重要的事情想和你核实一下，希望你能够

160

如实地回答。"欧阳双杰的表情很严肃。

温岚紧紧地盯着欧阳双杰的脸："如果知道的话我不会隐瞒的。"

"温女士，卫斯理是你和卫医生的亲生子吗？"

温岚的身子一震："你什么意思？"

"温女士，现在你只需要回答是或者不是。"

温岚的嘴唇微微颤抖："是的。"她的声音很小，明显底气有些不足。

欧阳双杰把鉴定报告递了过去："你看看吧。"

温岚拿起了报告，只看了一眼瞬间就明白是怎么回事了，她一下子从沙发上弹了起来："你们凭什么这么做？谁给你们的这个权力？你们这样做是侵犯公民的隐私！这件事情我一定会追究！"

"温女士，请控制一下你的情绪。"谢欣沉着脸说道。

温岚冷哼一声，坐了下来。

欧阳双杰说道："这件事情我们是请示过市局领导的，因为卫医生的案子，我们不得不这么做。"

温岚很生气，一句话都不说，目光移向别处。

"温女士，我们的出发点也是为了查清卫医生遇害的真相。我想你也希望早日抓到杀害卫医生的凶手吧？"

温岚脸上的表情变幻不定，终于长长地出了口气："好吧，既然这件事情捅破了，我也就没有什么隐瞒的了。不过我有个条件。我希望这件事情别让卫斯理知道，孩子是无辜的。这么多年来，他一直对我也很尊重。而我是把他当成自己的亲生儿子看待的。"

"放心吧，我们一定会替你们保密的，不会因为这件事情影响到你们今后的生活。"

温岚叹了口气，才慢慢地把卫斯理的身世缓缓地道出，她告诉欧阳双杰，她是个苦命的女人，天生就有生育的缺陷。和卫扬帆在一起以后，两人很相爱，但正因为自己的生育缺陷，她一度拒绝了卫扬帆的求婚。当她把理由告诉卫扬帆的时候，卫扬帆当场表示不管怎么样，都要娶温岚为妻。卫扬帆说他不在乎温岚是不是能够生育。

卫扬帆有海外留学的背景，算得上是"海归"，他说国外现在有很多夫妻都只结婚不要孩子，在国外这样的"丁克"一族还不少呢。正是卫扬帆这样的态度打动了温岚，最终卫扬帆和温岚便走到了一起。

可是现实与理想根本就不是那么一回事。在老一辈人的思想里，娶妻生子，传宗接代可是根深蒂固的。卫扬帆不介意温岚不会生育，并不等于卫家的人也不介意。结婚两年后，卫扬帆的父母见媳妇儿的肚子没有一点儿的起色，于是就用尽手段逼着卫扬帆和温岚要孩子。他们并不知道温岚的情况。

最后实在躲不过了，卫扬帆只能把这件事情向父母和盘托出，他希望能够取得老人的谅解，别再逼着自己和温岚生孩子了。因为温岚根本就不可能怀上孩子的。当知道了实情，卫家的人就不乐意了，卫家可是一脉单传。

卫老爷子的意思是既然温岚不能替卫家生个一男半女，那么就只能让她和卫扬帆离婚，卫老爷子说这要是在古代，温岚就犯了七出之条，不孝有三，无后为大。

那个时候卫扬帆确实承受了不小的压力，可是就算是那样，卫扬帆并没有打算抛弃自己。"就在我们结婚的第三个年头，老卫的父母又给他施加了很大的压力，说是无论如何卫家也不能断了香火绝了后。不过这一次他们也做出了让步，我和老卫可以不离婚，但老卫得想办法生个孩子，必须是儿子！其实我也明白了老人的意思，我不会生育，那么他们不介意老卫在外面找一个女人替卫家传宗接代。"

作为一个女人来说，温岚不可能不介意自己的男人在外面和其他的女人有这样的关系，可偏偏她却不能提出一点儿异议，谁让自己不能生孩子呢？她最后只得接受了卫家人的建议，没想到的是卫扬帆却极力反对，为此卫扬帆没少和自己的家人争执，甚至吵得不可开交。

后来婆婆悄悄地来找了温岚，让温岚好好做卫扬帆的思想工作，温岚哪里肯答应，婆婆于是便苦口婆心地劝了很久，差点儿就给温岚跪下了。这一来温岚就心软了。不得不说，这对于温岚来说确实是一件虐心的事，劝自己的丈夫去和别的女人发生关系，还要让那个女人给自己的丈夫生孩子，无论是从道义还是从感情来说，对温岚都是一种折磨。可她怎么劝卫扬帆都不答应，还说如果卫家再这样逼她，那么卫扬帆一定会和卫家断绝关系，带上她远走高飞。

最后卫扬帆的婆婆想出了一个办法，让温岚往卫扬帆的食物里下药，让卫扬帆失去意识，并且那药还有着催情的成分，然后再让他们早就物色好的一个女人代替温岚，等生米煮成了熟饭，到时候就算是卫扬帆知道了也说不出什么来。

那个女人卫家自然不会亏待她，卫家人早就和她谈拢了，如果能够替卫家生下一男半女，卫家就给她二十万。至于抚养的事情就不劳那女人费心了。

"我也知道这样对不起扬帆，可是没有办法。我想如果真能够有一个属于我们的孩子也是件好事，你们想一想，有哪个女人不想成为母亲呢？"

就这样，在温岚的配合下，一家人对卫扬帆做了几次手脚之后，那女人果然就怀上了。就在那个女人怀孕的同时，温岚也在婆婆的"教导"下装出了怀孕的样子，甚至婆婆还假装领着媳妇儿去医院检查，弄了一份医院的假的检查报告迷惑卫扬帆。

这让卫扬帆欣喜若狂，一场家庭风波之后，温岚竟然怀上了自己的孩子。卫扬帆很在意这个孩子。但假的就是假的，温岚假怀孕的事情时间一长铁定就会穿帮，趁着还没显怀，婆婆就提出把温岚接到老家，说老家的乡下是天然氧吧，让孕妇接受大自然。

卫扬帆虽然有些不舍，但他又怎么拗得过老人呢？再加上那个时候他的诊所刚刚开张，事业才起步，所以他只好答应了。这期间他也好几次想要去看妻子的，可是每一次打电话过去，妻子都是劝他以事业为重，别耽误了工作。要知道从黔州到老家坐火车就得整整一天的时间。

卫扬帆真要回去一趟光是在家里待的时间就得一周多，见妻子这么说，再加上诊所的生意渐渐有了起色，最后他还是放弃了。甚至在妻子"分娩"的时候他也没能够在跟前，一直到儿子满月了，温岚才在婆婆的陪同下带着孩子回到林城，回到卫扬帆的身旁。

这一切做得天衣无缝，除了卫家的人还有那个代孕女人，谁都不知道这个秘密。但有一点却是事实，卫扬帆确实是孩子的父亲。

温岚终于把孩子的事情交代清楚了，不过她很不解地问道："欧阳警官，我很好奇，这件事情几乎没有人知道，你们又是怎么知道的呢？"她还真把欧阳双杰给问住了，欧阳双杰不知道应该怎么回答。同时他的心里也在想，莫雨霏又是怎么知道的呢？

从温岚家离开，谢欣说道："温岚还真是不容易，真没想到她在卫家吃了这么多的苦头。"

"你想过没有，她说的这些都是真的吗？"

"你怀疑她在说谎？她到底哪里说了谎？"

欧阳双杰说道："卫扬帆是一个很精明的人，这么大的事情他真的一点儿都不知情吗？"

"这是一个天大的谎言,可是谎言就是谎言,他们或许能够瞒住卫扬帆一时,可是绝对不可能一直让卫扬帆蒙在鼓里。还有就是温岚说她被带到卫扬帆的老家去,卫扬帆几次想去看她都被阻止了,甚至一直到她所谓的分娩时卫扬帆都没有去看过她一次,这也不合情理。"

谢欣想了想,卫斯理的生日是阴历的正月初二,正是春节!

这个时候卫扬帆应该是有足够的时间陪在自己的妻子身边的。妻子生产,作为深爱着妻子的丈夫怎么可能不在妻子的身边呢?


李浩强早早就带着徐刚等在了云都市局的门口。大家寒暄了一下,李浩强便把欧阳双杰请到了自己的办公室。

坐下后,李浩强有些不好意思地说道:"欧阳队长,这次麻烦你特意跑一趟,真是过意不去。"

欧阳双杰摆了摆手:"这次我的时间很紧。我直接去一趟医院,见见邓新荣。"

李浩强看了看表:"也好。"

欧阳双杰和李浩强走进了病房,欧阳双杰示意李浩强将病房的门关上。

邓新荣的双手双脚是被紧紧地绑着的,李浩强说道:"前天他可是把主治医生吓坏了,他把人家紧紧地抱住,张嘴就咬。"此刻的邓新荣静静地坐在病床上,眼睛望着欧阳双杰,表情很淡漠。

欧阳双杰在病床边坐下,也望着邓新荣,轻声说道:"你想见我?"邓新荣微微点了点头,然后他的目光突然望向了李浩强,沉着脸,"出去!"

"欧阳队长,我就先回避一下,你们聊。"李浩强主动提出自己回避一下,欧阳双杰点头答应了。

李浩强出去了,欧阳双杰才望着邓新荣冷冷地说道:"现在你可以说了吧,你为什么要故意把云都市局的警察撵走?"

邓新荣那张木然的脸上露出了微笑,只是那样子很呆、很傻。

欧阳双杰沉着脸,他的脸上带着怒意:"邓新荣,你如果不想谈就不要浪费我的时间。"欧阳双杰伸手轻轻地拍了拍邓新荣的肩膀,"这儿只有我们两个人,你就不用再装了,你找我到底有什么事情。"

邓新荣还是那个样子,对欧阳双杰不理不睬的,他的嘴里却嘟嘟地自言自语道:"女人,好多女人!"接着他的脸上出现了怪异的笑容。

再之后，无论欧阳双杰对他说什么，他都是这个样子，嘴里只是重复着同一句话，那就是："女人，好多女人！"欧阳双杰悻悻地离开了病房，之前他对这次与邓新荣的见面抱着很大的希望，他以为邓新荣一定是有什么话对自己说，可是现在看来根本不是这样。

从病房出来，李浩强就围了上来："欧阳队长，他怎么说？"

欧阳双杰苦笑了一下："他傻傻地说了一句，'女人，好多女人'。"

"这又是怎么回事？"

欧阳双杰耸了耸肩膀。

李浩强说道："看来邓新荣脑子真的有问题。又害你白跑了一趟。"

"李队，我们还有事，就不在云都逗留了。"欧阳双杰和李浩强打了招呼就和谢欣开着车离开了。

"女人，好多女人！"邓新荣的话一直不停地在欧阳双杰的耳边萦绕。这句话到底是什么意思，莫不是在暗示着什么？女人！欧阳双杰突然瞪大了眼睛，可是这样的思路只是一闪而过，就像眼前突然飘过什么，自己却无法抓住。

欧阳双杰在自己的心里想着梳理着所有案子中出现过的女人。他把云都市的案子也算到了一起。因为话是从邓新荣的口中说出来的，而云都案的受害者颜素云便是女人，还是邓新荣的妻子。接下来便是林城青石小镇的崔寡妇和柳依云。庄大柱案里牵扯到的被他杀害的陈桦，还有杜仲平案里的那个坐台小姐，还有欧燕。"欧燕案"还扯出了一个陈年旧案——"吴飞案"，"吴飞案"后来证明是一例冤案，可说是冤案，其中就有一具无名女尸。从吴飞和欧燕案引申，又带出了任小娟、邵小雨两个女人。最后便是赵代红和卫扬帆的案子，卫扬帆的妻子温岚、情人莫雨霏不也全都是女人吗？

这么看来，这所有的案子所牵连的女人就有十好几个。在这之前，欧阳双杰也曾经感觉到这些案子有些不同寻常，只是那时候他并没有想太多。

欧阳双杰在车里告诉谢欣他的想法，让她查一下这其中的关联。

"好的，我去查。"谢欣说罢，又望向欧阳双杰，"卫医生一直没有找到，可是从亲子鉴定来看，赵代红身上的血迹应该就是卫扬帆的，估计他已经凶多吉少了，而这样一来，对于赵代红来说又多了一项不利的证据。"

欧阳双杰的目光很坚定，说道："我不相信是赵代红做的，他只不过是被人利用，当了替罪羊。"

谢欣说道："你就那么肯定吗？"

"这些案子看似没有任何的关联，但必然有着某种联系，只是我们还没有找到连接它们的那条纽带而已。"

李浩强又一次来到邓新荣的病房。邓新荣已经躺下了，只是两只眼睛紧紧地盯着天花板。

李浩强坐到床沿，望着邓新荣轻声说道："邓新荣，颜素云的死到底是怎么一回事？"

邓新荣的眼睛转了过来，目光很冰冷，还带着一抹杀意。李浩强吓了一跳，不过马上那抹杀意就消失了，邓新荣的语气很冰冷："你是李队吧，老邓他睡着了，不过你的问题我可以替他回答，对于颜素云的死，他确实是什么都不知道。"

李浩强又是一惊，虽然眼前的人还是邓新荣没错，可是他说话的语气，还有声音却与之前大不相同。李浩强下意识地问道："你是谁？"

"我是谁并不重要，重要的是邓新荣帮不了你们。至于颜素云的死，只能够靠你们自己去查，所以你就算天天往这儿跑也没用。"邓新荣说完，就把眼睛闭上了。

李浩强突然感觉到后背发凉，他想起欧阳双杰曾经向他提及的人格分裂症的表现。于是很快把这件事情告诉了欧阳双杰。

当欧阳双杰听李浩强说了情况以后，他也有些不确定邓新荣是否真的有人格分裂。欧阳双杰陷入了思考，他觉得邓新荣应该是装的，可是他为什么要装到底呢？这让欧阳双杰百思不得其解。

对于邓新荣的所作所为欧阳双杰还是想不明白，颜素云的死，邓新荣其后的经历，按说这些都是颜素云案的关键。可偏偏邓新荣"疯"了，而且还拿到了精神病的鉴定。虽然欧阳双杰知道邓新荣的病是装的，但却不可否认，他装得挺像那么回事。

王小虎闯进了欧阳双杰的办公室。

"欧阳，我们找到卫扬帆的尸体了。"王小虎的神情有些激动。

欧阳双杰从椅子上站了起来："哦？"这是他没想到的。

"你猜尸体被藏在什么地方？"

欧阳双杰摇了摇头。

"市屠宰场的备用冷库！"王小虎告诉欧阳双杰，市屠宰场的备用冷库一般不怎么用。随着市场经济的发展，物资供应不再那么紧张，不会再有那么多的冻肉卖，备用冷库就无人问津了。

冷库并没有坏，所谓的维护是每个月让设备运行三五天，保证它能够在需要使用时正常运转。前天，负责维护的人员去备用冷库的时候，发现设备竟然是开着的。一定是后来有人重新开启了设备。

当他进了冷库之后被眼前的一幕给吓坏了，因为他看到空荡荡的冷库中间挂着一块"冻肉"，只是这块冻肉不是猪，而是人！他身上已经结了一层薄薄的白霜，地上的血水也已经凝固了。他在回过神儿来之后立马打电话报了警。

"你也去了现场吗？"欧阳双杰轻声问王小虎，王小虎点了点头，他说他是在接到王冲的电话之后就立即赶过去的。

"尸体是不是卫扬帆的？"

"应该就是他！"王小虎犹豫了一下轻声说道。

欧阳双杰皱起了眉头："应该？你不是亲自去了现场的吗？莫非尸体被人动了手脚？"

"尸体的脸让人划得稀巴烂，五官根本就看不清了。因为觉得尸体除了五官外大致的形体与卫扬帆差不多，于是我就让小周赶紧把尸体弄了回来，进行尸检。从血型上分析，确实与我们掌握的卫扬帆的血型是一样的，然后我让小周做了进一步的 DNA 比对，最终的结果就是卫扬帆，与赵代红身上以及他拿着的凶器上的血迹完全吻合。"

欧阳双杰问他在现场还有没有别的发现，王小虎先是摇了摇头，接着说道："在尸体下方已经凝结的血迹里我们发现了一根头发，那头发不是死者的，我已经安排小周拿去与赵代红的 DNA 进行比对，结果还没有出来。"

欧阳双杰轻轻"嗯"了一声。

"欧阳，如果那头发真是赵代红的，那么卫扬帆的案子就真的可以结案了。"

看来对方是出招了，一旦头发认定是赵代红的，那么几乎可以推定杀害卫扬帆，并把尸体藏到这儿来的人就是赵代红。

"我觉得这一切并不那么简单，是有人故意安排好的。"欧阳双杰淡淡地说。

就在警方发现了卫扬帆尸体的当天下午，温岚来到了警察局。作为卫扬帆的家属，警方是要通知她来认尸的，很快她就确认了死者就是卫扬帆，之后便在警察局里号哭起来，要求警方严惩凶手。

冯开林亲自把她请到了自己的办公室，给她倒了杯水，递到她的手中："喝点水吧。"

温岚停止了哭泣："冯局长，我要求惩办杀死我丈夫的凶手，我知道人你们已经抓住了的。"

"你放心，我们不会放过杀害卫医生的凶手，一定会给你和卫医生一个交代。不过我们警察办案是要讲证据的，有自己的一套规矩和流程，必须依照法律法规来办，再耐心地等等吧。"

"冯局，所有人都知道赵代红就是杀害老卫的凶手，而且他身上的血、手里的凶器难道还不能说明问题吗？我早听说办案的欧阳警官一直都在维护那个姓赵的，之前他就和老卫说过这个问题，老卫也是听了他的话，才会送了命，对于欧阳警官对赵代红的偏袒，我是要追究的。"

"你看这样行不行？我亲自督促他们，尽快做好相关的工作，将案子移交公诉机关。不过这是需要些时间的，希望你能够谅解。"

温岚问道："不知道冯局长所说的时间是多久？"

冯开林没想到温岚会如此咄咄逼人，竟然要自己给出一个具体的时限。

冯开林摇了摇头："这不好说，手续不齐备，检察院也不会受理的。"

温岚冷哼一声："你不会是想要忽悠我吧？我希望你能够给我一准信，到底要多久？五天，十天，还是一个月？"

冯开林咳了两声："差不多要半个月吧。"

"好，冯局长，我相信你不会骗一个受害者的家属的。我就等上半个月，如果半个月以后警方不能够给我一个满意的说法，我一定会请媒体曝光！"

说完温岚就站了起来："那我就不打扰冯局长工作了。老卫的遗体我什么时候可以领回去？我想让他早一点儿入土为安。"

冯开林说到时候警方会第一时间通知她的。

温岚走了以后，冯开林把欧阳双杰叫进了自己的办公室。


刘发祥有些坐立不安了。他在办公室里焦急地等待着，目光不时望向办公桌上的电话。来回地走动，想要平复自己紧张的心情。

终于，电话响了，他冲到了办公桌前，拿起手机，摁下接听："你们怎么能够出尔反尔？！"他大声叫喊着，但马上又警惕地看了看那原本就紧闭着的办公室的门，他控制了一下自己的情绪，"你们把东西还给我，我保证不会把你们的事情说出去的。"他在哀求着对方，对方不为所动，最后他愤怒地把电话扔到了地上。

刘发祥坐到了沙发上，喘着粗气，他从包里又掏出一个手机，找出了一个号码，看了半天，迟迟没有摁下拨号键。这是欧阳双杰的电话号码，是当初欧阳双杰找他的时候给他留的，只是他从来都没有打过。

"唉！"刘发祥轻叹了一声，又把电话给放下了。短暂的犹豫过后，他放弃了打给欧阳双杰的念头，他还想做最后的努力。就在这个时候，办公桌上的座机响了起来，他走过去拿起了听筒。

一个女人悦耳的声音传来："你的手机怎么关机了？"

"砸了！"刘发祥没好气地说道。

"看来你是真的生气了。只要你按着我们说的做，你的事情我们自然会替你保密。"

"我可不希望你们一直用这件事情威胁我。"

"可是你已经做了。你已经蹚进了这滩浑水中，你觉得自己还能够置身事外吗？再有，你私下倒卖管制药品的事情要是让警方知道了，你会有什么结果？"

"说吧，你们到底要我怎么样？"

"我想让你再帮我们一个忙，诱导赵代红认罪！"

"这怎么可能？！赵代红现在已经被警方给抓住了。而我和他原本就没有一点儿的交集。连见他的机会我都没有。"

"你应该是有办法的，不一定要亲自见到他吧？"

"啊？不见面？那怎么弄？"刘发祥有些疑惑了。

女人说道："到时候我们的人会有机会去见他，你只要教那个人该怎么做才能够让赵代红认罪就行了，至于其他的你就不用再管了。"

刘发祥有些犹豫，在他看来这件事情还是有风险的，一个不小心，自己就会被搭进去。

女人没听到刘发祥说话，她轻声问道："怎么样？考虑清楚了吗？"

刘发祥不满地说道："你能够容许我考虑吗？"

"这件事情你必须做。事情一完，东西给你，我们就两清了。"

"希望你们这次能够说话算数。"

一个年轻警察领着一个二十七八的女人来到了王小虎的办公室，他对女人说道："楚律师，这位是我们的王队。"

女人的名字叫楚虹，是林城市金剑律师事务所的执业律师。她的名气在林城司法界很大，出道五六年的时间就打赢了很多官司。据说她是一个事业型的女人，虽然她的男性追求者不少，可是却没有一个能够入了眼的。

王小虎忙请楚虹坐下："楚律师到我们市局来有什么事吗？"

"我受司法援助中心的委托，担任赵代红的辩护律师，我要求见见我的当事人。"

她是林城市法律援助中心指派来的，在开始庭审之前赵代红是有资格找律师的，如果他自己不提出来，那么也可能根据相关规定由司法部门指派一个律师为赵代红辩护。

王小虎让人给楚虹出具了相关的手续，然后告诉楚虹，现在赵代红暂时被关在林城市第二看守所，她可以凭着这些手续去见赵代红。

送走了楚虹，王小虎想了想，觉得还是应该把这件事情告诉欧阳双杰。

"既然是这样，那就让他们见见吧。或许她真能够帮到赵代红，不过你和看守所那边必须打好招呼，务必要保证赵代红的人身安全。"

"这一点儿你就放心吧，我已经和他们那边说过了，赵代红住的是单间，不让他和其他的犯人有什么接触。"

"别弄出什么畏罪自杀来，我们的工作就被动了。"

欧阳双杰的担忧并不是没有道理的，在楚虹去见过赵代红之后，大约不到两个小时的时间。赵代红就提出要求见欧阳双杰。

欧阳双杰和王小虎是一起去的看守所，在这儿他们看到了很憔悴的赵代红。赵代红在看守所里并没有受什么苦，他的憔悴是他的精神紧张造成的。

欧阳双杰望着赵代红："你一直没有休息？"

赵代红的语气很是平淡，不带一点儿感情："一闭上眼睛就是一身鲜血，是你能睡得好吗？"

"你想起来那鲜血是从哪里来的了吗？"

赵代红点了点头。

"人是我杀的。"赵代红的眼睛望着前方不远处的地上，眼神直勾勾的。原本没有表情的那张脸上慢慢出现了丰富的表情。

赵代红说完，欧阳双杰呆住了："你知道自己在说什么吗？"

"我当然知道，我杀了人，我杀了卫扬帆，我用刀杀了他。我捅了他好几刀，一刀、两刀、三刀、四刀……"

卫扬帆的尸检结果上写着，他的致命伤是刀伤。胸部、腹部一共捅了十一刀，赵代红也是说到第十一刀的时候停了下来，傻笑地说道："那血溅了我一身，还顺着刀流淌。"

欧阳双杰的心沉了下去，莫非自己之前的判断真的全都错了吗？

王小虎见欧阳双杰半天没有说话，他咳了两声："赵代红，你知道你这么说的后果吗？"

"我知道，杀人偿命！我该死！我杀了人。"

王小虎望向欧阳双杰，他也不知道接下来该怎么办了。

欧阳双杰扭头对王小虎很小声地说道："让监控停下来。"

王小虎先是一愣，不过他马上就明白了欧阳双杰的意思，他们对赵代红的审讯过程，在另一个屋子里是有监控摄像的。很显然，欧阳双杰并不想让赵代红认罪的事情被记录下来，他犹豫了一下，这样做是很冒险的，一旦事情被捅了出去，不只是欧阳双杰，就是自己也没有好果子吃。

王小虎把刚才的监控记录给抹掉了。

欧阳双杰正抱着手，抽着烟，一双眼睛紧紧地盯在赵代红的脸上："赵教授，既然你说卫扬帆是你杀的，那你告诉我们你为什么要杀他？"

赵代红皱起了眉头，大概过了半分钟，说道："他知我有精神病，他要毁了我的前程。"

"那你能想起你杀他的全部过程吗？你是怎么约他的？又是怎么杀他的？杀了以后你把他的尸体又弄到什么地方去了？"

赵代红呆呆地摇了摇头："我不知道！我只记得我杀了他，一刀一刀地捅着他，那血溅了我一身。"

"可是你的脸上却没有血。"欧阳双杰轻声说道。

王小虎也点了下头，他清楚地记得逮住赵代红的时候他的脸上确实没有血迹，血迹在他的衣服上，还有手里拿着的那把带血的刀。

赵代红不说话了，静静地坐在那儿。欧阳双杰叫来了警察把赵代红带回去。

"欧阳，你这葫芦里到底卖的什么药啊？"

"你就看不出这是人家在替我们找证据，证实卫扬帆的死就是赵代红所为。赵代红所谓的认罪就是在背书，对于杀人的手段和过程他却根本表述不出来。"

"有人故意逼他这么说的？"

"可是赵代红被我们控制住以后，他根本就没有机会和外界的人接触，所以说，让他这么做的人应该是一个可能接近他的人。"

"那个叫楚虹的律师！是因为她见过了赵代红，赵代红才突然提出找我们的。"

王小虎把他们见面的过程说了一遍。欧阳双杰没有说话，他也在思考着王小虎说的每一个细节。

欧阳双杰想了想说道："你和我一道去见个人，我想再和她聊聊。"

莫雨霏开门的时候见是欧阳双杰，反应很平静："我知道你一定还会来的，进来吧！"欧阳双杰和王小虎进了屋，莫雨霏就请他们先坐，自己去换件衣服。

很快卧室门打开了，莫雨霏换了一身黑色职业套装，头发也是经过精心梳理的。这样子看起来就很正式了，她没有急着坐下，而是先给客人泡茶。

欧阳双杰开口了："莫女士一会儿出去？"

"温岚约我谈谈。"

莫雨霏的坦诚让欧阳双杰和王小虎一愣。他们知道莫雨霏是卫扬帆的情人。

她们见面至少该在卫扬帆还活着的时候，可是现在卫扬帆都已经死了，再谈还有意义吗？

"看来你们还不知道吧，扬帆之前在我这儿存了一笔钱。他说是对我的一点儿心意，毕竟我们在一起这些年。他既不能给我什么名分也不能常常陪我，所以他才想给我一些补偿。只是不知道这件事情怎么就让温岚知道了，她就是想把这笔钱拿回去。她已经说了，如果我不把这钱给她，她会走法律程序。"

"那你准备怎么办呢？"

莫雨霏冷笑道："她想要这笔钱给她就是。我和老卫在一起并不是图他的钱。你们也知道，我原本就是一个很有争议的女人了，这一次我不想再成为人家的笑柄谈资。"

对于莫雨霏的说法，欧阳双杰很认同，他点了点头，换了个话题："莫女士，之前你告诉我们卫斯理不是卫扬帆和温岚所生，你能够告诉我这件事情你是怎么知道的吗？"

"我和卫扬帆在一起也有些年头了，他家里的事情从来就没有对我有过隐瞒。结婚之后两人一直没有孩子，突然就有了，在还没显怀的时候温岚便被弄到了乡下去，说什么乡下的空气好。作为丈夫的老卫，从被告知妻子怀孕到孩子生下来，他根本没有见过妻子。老卫不是不想去见她，是他们一家人有意制造阻碍！"

"我想我算了解卫医生这个人的，他是一个心很细的人。这些细节你能够想到，我想他应该也是能够想明白的。"

"不瞒你们说，我虽然猜到了这一点儿，可是我却没有把事实告诉他，因为我觉得这些都不重要。我知道我和他是不可能走到一起的。"

"为什么你要把这件事情告诉警察？特别是卫医生已经死了，你再提这些的目的又是什么？"

莫雨霏说道："我也是一时嘴快，当时说过以后我就后悔了。那时欧阳队长一直在提老卫和温岚的感情有多深，我心里不是个滋味，就说了出来。我只是想告诉你们，很多事情并不像表面上看到的那样。"莫雨霏说到这儿看了看表，"不好意思，我看该出发了。"

欧阳双杰和王小虎站了起来，欧阳双杰轻声说道："你不会和她吵起来吧？"

莫雨霏笑了："怎么会呢？她不就是想要钱吗？我给她就是了。老卫都死了，我和她再争什么有意义呢？"

欧阳双杰和王小虎离开了莫雨霏家，就直接往局里去。

路上王小虎问欧阳双杰："你觉得这个莫雨霏说的都是真的吗？"

欧阳双杰苦笑了一下，摇了摇头。

金剑律师事务所。王小虎来到了前台，他的身后跟着的是队里的小宋。

前台的文员站了起来："请问你们找谁？"

王小虎掏出了证件："我们是市局刑警队的，请问楚虹楚律师在吗？"

那文员听说两人是警察，忙说道："请稍等，我问一下。"她拿起桌上的内线电话，拨了个短号，接着便听她说道："楚律师，有两个警察找你，说是市局刑警队的。"在她听完电话"嗯"了一声之后，放下了电话，礼貌地对王小虎和小宋说道："二位，请跟我来。"

楚虹正坐在办公桌前看着一份文件，她抬头望向门口，放下手中的文件站了起来，脸上露出了微笑："原来是王队。我知道你们的工作很忙，有什么事情就请直说吧。"

王小虎问道："楚律师今天去见过赵代红了？"

楚虹一脸的茫然："是啊，怎么了？这件事情你们是知道的。还是王队亲自让人给我办理的相关手续。"

"嗯，这事我知道，不过不知道你们都说了些什么。"

楚虹的脸色微微一变："王队，我和我的当事人说什么用不着告诉你们吧。他是我的当事人，我所做的一切都严格遵守了法律法规，你们抓人是为了给他定罪，而我的工作是在法律允许的范围内。"

王小虎哑口无言，小宋说道："楚律师，你误会了，我们不是那个意思，只是……"

小宋的话还没说完，楚虹说道："如果你们要说的事情与我的当事人有关，那么我觉得我们没有什么好谈的。这不符合程序，很容易让我们都犯错误。如果二位没有别的事情的话，那我就不留二位了。"

"楚律师，有件事情你是不是知道了？"王小虎说到这儿顿了顿，眼睛望向楚虹，"赵代红认罪了！"

楚虹瞪大了眼睛："怎么回事？是不是你们警方对他采取了什么不正当的手段！"她坐不住了，一下子从沙发上站了起来，"我要见我的当事人，如果让我知道是警方逼迫我的当事人的话，我一定会追究到底！"

王小虎没想到楚虹的反应如此激烈，觉得她不像在演戏。

"楚律师，你别激动，这件事情就连我们也觉得很意外，至于你说警方对他用了什么手段，我可以很负责任地告诉你，这是不可能发生的事情。"

和楚虹的见面有些不欢而散，楚虹去了看守所，王小虎和小宋则回了局里。

王小虎来到欧阳双杰的办公室，把见楚虹的情况大抵说了一遍。

欧阳双杰站在办公室的窗边，心里想的是赵代红突然认罪的事情。他坚信，赵代红认罪一定是被人做了什么手脚，受到了什么人的蛊惑，而最有可能的就是楚虹。

桌子上有楚虹的资料。楚虹是一个很有能力的律师，平时为人很低调。

欧阳双杰不由得想到了一个人，陈华的表哥陈林。陈林也是个律师，不知道他是不是熟悉这个楚虹。他找到了陈林的电话，打了过去。

陈林很快就接了电话："喂，哪位？"

"你好，陈律师，我是欧阳双杰，我们见过。"

陈林马上笑道："是欧阳队长啊，你好，怎么想到给我打电话啊？"

"是这样的，不知道你认不认识楚虹？金剑律师事务所的楚律师。"

陈林回答道："还算熟悉吧，曾经有一个案子我们合作过。她是不是出了什么事啊？"

"那倒没有，只是想了解一下。"

陈林口中的楚虹与许霖所打听到的几乎是一致的，看得出陈林对于楚虹也很是看重。这让欧阳双杰隐隐有些失望。

"当听你说你要了解楚虹的时候，我还以为你已经发现了什么呢？"

"你指的是？"

陈林笑了笑："你如果有兴趣，可以去看看以往楚虹办过的一些案子，我想你仔细研究一下，或许会有收获。"

欧阳双杰让许霖找来了之前楚虹曾经接手过的案子，很快他便发现了端倪。

楚虹竟然是"吴飞案"以及莫雨霏丈夫杀人案的辩护律师。这个发现让欧阳双杰有些兴奋。如果真是楚虹的缘故，那么她的动机是什么？她又是以什么样的手段达到目的的呢？

一大早，欧阳双杰和谢欣就去了飞宇文化传播有限公司。他觉得应该先从那两个案子其他的涉案人着手，问一下当时楚虹在案子里的作用，让警方对楚虹有进一步的了解。

对于警察上门，任小娟并不觉得惊奇，因为就算警察不找她，她也三天两头地往警察局去电话，了解欧燕案的进展情况。

"两位请坐！"请欧阳双杰和谢欣坐下，任小娟让秘书泡了茶。

任小娟先开口了："两位警官，我们欧总的案子有结果了吗？"

欧阳双杰说道："欧总的案子警方还在调查之中。"

"我也听说了一些传闻，不知道两位今天来有什么需要我们配合的？"

"任总，当年的'吴飞案'你也算亲历者之一了。我想对于楚虹这个人你应该有印象吧？"

任小娟在听到楚虹的名字时愣了一下："楚虹？当时她是吴总的辩护律师，只是当时那个案子有太多不利的证据指向吴总，最后楚律师还是没能够把吴总救下来。假如吴总的案子能够拖到欧总回来，他也不会被处以死刑了。"说到这儿任小娟抬起头望着欧阳双杰，"说起来这多半都是警方的责任，如果不是警方急于求成，怎么可能出现这样的冤案。"

欧阳双杰说道："任总批评得是。我们警察办案有时候也会有些急躁，但吴飞案的卷宗我看过。以当时的证据而言，那个案子的处理并不算错，只是后来的情况发生了一个大转折。"

见欧阳双杰的态度诚恳，任小娟笑了笑："你们看我，怎么就发起了牢骚来，对了，你们刚才问的是楚虹吧？"

欧阳双杰和谢欣都点了点头。

任小娟回忆道："那时候我是吴总的助理兼秘书。吴总出了事，还是我第一时间联系的楚律师。我听人说楚律师在打这方面的官司很有经验。我把具体的情况大致说了一遍，她很感兴趣，说这个案子很有挑战性。不过她也说了，让我们别抱太大的希望。毕竟客观的证据就摆在那儿，也只能够是死马当活马医了。"

欧阳双杰插话问："是不是你也不相信吴飞会杀害自己的妻子欧燕？"

任小娟点了点头："我当然不相信，吴总虽然爱玩儿，可是他的本性还是好的，人也善良。"

谢欣眯缝着眼睛："可是当时你给警方的口供也对吴飞不利啊！"

任小娟的脸色微微一变，不过马上就恢复如初："我不相信吴总会杀人，但我给警方的口供却是客观的，我只是将自己看到的、听到的说了出来而已。"

欧阳双杰请任小娟继续，任小娟这才又往下说："楚虹接手吴飞的案子，确实做了不少的工作；她进行了细致地调查。当时楚虹就把案子的关键落在了如何能够证明那具女尸就是欧燕这个点上。"

欧阳双杰心里暗暗赞许，吴飞案的关键确实就是那具女尸的身份，如果那尸体不是欧燕，那么用于指控吴飞的所有证据就没有了力度。楚虹一直把调查的重心放在查明死者的身份上，可是最终还是无果。加上所有的不利证据都指向了吴飞。没多久，这个案子就审定终结了。吴飞直到临刑的时候都一直说自己是冤枉的。

任小娟说到这儿叹了口气："显然这样的结果也不是楚虹愿意看到的，所以在吴总的案子审结之后她打电话给我，只说了三个字，'对不起'。我知道她也是尽力了，她是个很有责任心的好律师。平时给人的感觉傲气了些。吴总那件事情以后，我们就再没有什么联系了。"

欧阳双杰和谢欣又坐了一会儿就离开了，他们接着去见了莫雨霏。

莫雨霏对这个楚虹却没有多少的印象，她说楚虹当时是通过法律援助成为她丈夫的辩护律师的。不过那时她因为目睹了血腥的一幕，整个人已经吓出了病来，所以后来的事情她也不是很清楚。等她病情稳定了一些，丈夫的案子也结束了。过去的一切对于她来说就是一场噩梦。从那以后她直接请了律师，解除了与丈夫的婚姻关系，一面接受着心理治疗，一面慢慢去适应新的生活。

欧阳双杰还去了法律援助中心，她在援助中心做的是一份义务工作。援助中心的负责人对楚虹的评价很高，说她是一个负责任、有良知的律师。

这样一来，在欧阳双杰掌握的情况之中，这个楚虹就成了一个几近完美的女人，无论是她的个人生活还是她的工作，都找不出任何的问题。这看似很正常，可是欧阳双杰却觉得越是这样，越说明楚虹一定是在掩饰着什么。他一定要揭开楚虹身上的那一层神秘的面纱。

"女人，好多女人！"坐在办公室的沙发上，欧阳双杰的脑海中又出现了邓新荣的样子，耳边响起邓新荣说过的这句话。

案子走到现在，欧阳双杰也发现自己一直都在和女人打交道。原本这些女人之间看似是没有什么关系的，可是楚虹的出现却把她们全都联系到了一起。想到这儿，欧阳双杰的眼睛一亮，他找到了联系这些女人的纽带，可是有一点他却还是不明白。这些女人与邓新荣，抑或颜素云之间又有什么关系呢？

邓新荣上次把自己叫到云都去，就说了那么一句话。他为什么不把他知道的事情全都告诉自己？莫非他是故意给自己一点儿提示，看看自己是不是能够查出些什么端倪。他是不信任警方的能力吗？

欧阳双杰在白板上写下楚虹的名字，然后打了一个大大的问号。

从目前已经掌握的情况来看，作案的凶手应该是一个男人，这一点是不用质疑的。可是偏偏这些案子又与很多女人扯上了关系。

凶手真的是精神病吗？或许真如罗素提醒的那样，很有可能有人利用精神病的手段进行有预谋的谋杀！欧阳双杰在内心分析着凶手杀人的动机以及他的心态。虽然之前他也对凶手进行过心理画像，但那时候手里掌握的情况并不多。

他还有一种被人牵着鼻子走的感觉，这样的感觉让他觉得很不舒服。想到了罗素，欧阳双杰才发觉，这个罗大记者已经有三天没有和自己联系了。

看看已经是中午了，到了吃饭的时间，欧阳双杰给罗素打了个电话。不知道为什么，这个案子只要走到死胡同的时候他就会想到罗素。他很想和罗素好好聊聊。

半小时后，欧阳双杰驱车来到了约定的地点。罗素早就已经到了，坐在大厅里朝着欧阳双杰招了招手。

两人在寒暄一会儿之后，欧阳双杰就直奔主题："你认识楚虹吗？"

"楚虹？"罗素瞪了下眼睛，不过欧阳双杰从他的神情看来，他应该是知道楚虹的。

罗素轻声问欧阳双杰："你打听楚虹干吗？不会是她出了什么事了吧？"

"你和她有什么关系？"

"没有关系，早就没有关系了。"罗素看似平静地说。

"你和她不会有过那么一段吧？"

罗素没有说话，欧阳双杰心里就有底了，看来自己没猜错。

罗素很认真地问道："是不是楚虹出什么事了？"

欧阳双杰想了想："是这样的，我发现这些案子多多少少好像与楚虹都有些关联。"说到这儿，欧阳双杰抬眼望向罗素，"其实你早就知道，对吧？"

"楚虹是个好女人，她太骄傲。和她在一起我根本就找不到做一个男人的感觉。一个男人和一个女人在一起，就希望能够是那个女人的港湾，给予那个女人关爱与呵护，可偏偏这些好像都不是楚虹需要的。"

欧阳双杰微微地点了点头。

"至于你说她与几个案子有关系，我真不知道。我和她在一起是好多年前的事情了。那时候我还是报社的实习记者。分手后，我知道她做了律师，可是我却没有过多地去关注她的事情。"

罗素说完，便问欧阳双杰楚虹与这些案子之间有什么关系，欧阳双杰大抵和他说了一下。

罗素听了陷入了沉思，说道："这样看来，这个楚虹还真是几起案子的纽带，不过以我对她的了解，她是一个很尽责的律师。骨子里很正义，要说她会做违背法律的事情我不相信！"

"吴飞案与莫雨霏丈夫杀人的案子当时轰动林城。你应该知道的，可你竟然不知道这两个案子的辩护律师？"

"你不相信我？"

欧阳双杰淡淡地说道："我只是觉得这不符合人之常情。如果你是一个普通人也就算了，可你是个记者。"

罗素叹了口气："虽然我也是负责社会版的，可是我更多关注的是一些有深度的社会新闻。不管是吴飞案还是莫雨霏丈夫的杀人案，当时在我的眼里都是花边新闻。如果不是因为莫雨霏后来涉及了'卫扬帆案'，我也不会关心她的。"

欧阳双杰没有再说楚虹的事情，而是一边吃饭一边和罗素聊了一些其他的事情。

"我听说后来你又去了一趟云都，说是邓新荣主动提出的要见你，他说了些什么？"罗素问道。

"他只说了一句话，他说，'女人，好多女人'。"欧阳双杰靠到椅背上，点了支烟。

"把你大老远地叫去就说了这么一句不着边际的话？"

欧阳双杰摇了摇头："我想他说这些应该是有他的意义的，他给我出了一道哑谜。"

"那你解开了吗？"罗素问道。

欧阳双杰苦笑："我把案子捋了捋，到目前为止，涉及这个案子的女人确实不少，之前我以为她们之间并没有太多的联系，可是因为楚虹的出现，我竟然把她们全都联系到了一起。另外还有一件事情我也很怀疑，她以赵代红辩护律师的身份去见过一次赵代红，也就在当天，赵代红就主动认罪了。"

罗素瞪大了眼睛："她是辩护律师，应该是为自己的当事人开脱的。你们一定是弄错了吧？"

欧阳双杰白了罗素一眼："她会承认吗？"

罗素说他可以试着去找楚虹问问。

欧阳双杰没有反对，有些话，以警方的身份是不好说的，可是罗素就不一样了。吃完饭，两人便分开了。

从罗素的口中，他对楚虹又多了一些了解。罗素说楚虹是一个很正直的人，这一点儿欧阳双杰相信。可是若说楚虹还能够像入行时那样依旧相信法律，欧阳双杰却很怀疑。

在吃饭的时候欧阳双杰就已经想过。"吴飞案"的一切都是遵从了法律，从立案侦查到取证，一直到最后的定罪量刑与执行。可是事实证明，法律也有出错的时候。现在看来，"吴飞案"根本就是一个冤案。

楚虹在"吴飞案"上输得很冤，以她的个性，她的心里一定充满了自责。因为此案，欧阳双杰相信楚虹对法律的笃信一定会发生动摇。一直坚定的信念一旦发生动摇就会是一件很可怕的事情。如果真是这样，她就会失去公正，在法律上强加上自己的意志，从而让她自己成为一个裁决者的角色。

欧阳双杰回到了家中便钻进了自己的房间。他给自己泡了杯茶，拿了一沓资料坐到了阳台上的那把旧躺椅上，慢慢地翻阅着。

这个时候，手机响了，欧阳双杰放下手上的资料，从躺椅上起来，走进房间在床头柜上刚拿起手机，那铃声就停了。是一个陌生的座机号码。

欧阳双杰拨打了过去，可是对方一直占线。他拨了近五分钟，一直在占线中，隔了一个小时再打过去，还是那样。

欧阳双杰的心里隐隐感觉有些不对劲，他打给了王小虎，让他查一下这个号码到底是哪里的。几分钟后王小虎的电话打了过来，他告诉欧阳双杰，这是从金阳新区那边打来的，是公路边的公用电话。他告诉了欧阳双杰电话的具体位置。

欧阳双杰决定亲自去一趟看看，王小虎正好也没什么事，就说他也一起去。

"我说欧阳，你是不是紧张过度了？"

欧阳双杰看了他一眼："你说，这个年头还有几个人会用公用电话打电话？电话铃响没几声就断了，再打过去一直是占线，估计是电话没有挂回去。"

"我明白了，是有人故意挂断了正在通话中的电话，然后没把听筒挂上，你是怀疑给你打电话的人很可能是出事了？"

欧阳双杰这才点了点头。

车子来到了金阳新区，他们很快就找到了那个公用电话亭。

果然如欧阳双杰所想的那样，电话的听筒是垂着的，没有挂到座子上，电话亭里也没有人。这条路相对来说有些偏僻，白天没有几个行人，晚上就更没有什么人了，只是偶尔有车辆驶过。

欧阳双杰走出电话亭，看了看四周："那儿有道路监控，我们去一趟交警队，把它调出来看看到底是怎么回事。"

两人来到了交警队的道路监控中心，调出了那个时段的监控录像。

因为是晚上，画面有些模糊。在画面中，先是看到一个人摇摇晃晃地从公路对面跑过来，看样子那人应该是受了伤。只是因为距离太远，也看不清那人的样子。从他的动作来看好像很惊慌，他总是回头看自己的身后。然后他就进了电话亭，因为电话亭已经出了摄像头的监控区域，再接着就什么都看不到了。到了电话亭就是监控盲区。

欧阳双杰让人把那段画面回放了好几遍，他站在那儿一直没说话，看得很认真，突然他冒出了一句："是卫扬帆！"

"卫扬帆？怎么可能？"王小虎很震惊，他也低下了头死死地盯住了显示器。

欧阳双杰咬了咬嘴唇："小李，你把他进电话亭前抬头向上的那个画面定格放大一下！"

画面还是很模糊，可是还真能够依稀看出那人的五官轮廓，与卫扬帆有几分相似。

"他不是已经死了吗？"

欧阳双杰一直没有说话，正在低头沉思。

终于欧阳双杰说话了："小李，把这段视频给我一个拷贝。"拿到了拷贝，欧阳双杰和王小虎就离开了交警队的道路监控中心。

上车后王小虎问道："欧阳，这到底是怎么一回事？"

"阴谋！这彻头彻尾就是一个阴谋！卫扬帆没有死，他还活着。温岚一定对我们隐瞒了什么！"欧阳双杰轻声说道。

欧阳双杰在心里已经肯定了这个人就是卫扬帆，也只有他才会想到第一时间给自己打电话："他一定是被人控制住了。然后找了机会逃了出来，他被关的地方应该就在那一片。而且他选择的这个有监控的地方是因为离他被困的地方最近！"

王小虎说道："我马上打电话联系附近的派出所进行搜查！"

欧阳双杰说道："让他们找个借口，别打草惊蛇。"

欧阳双杰并不寄希望在金阳这边能够找到卫扬帆，抓走卫扬帆的人应该已经知道卫扬帆是想联系自己了。想要找到卫扬帆，就必须从温岚的身上入手。她那么着急让赵代红被定罪，还向自己编造了卫斯理的谎言，就充分说明了卫扬帆的事情她是知情的，还可能参与其中。

欧阳双杰的脑子里又浮现了另外一个女人——莫雨霏。

如果说温岚在说谎，那么在卫斯理这件事情上莫雨霏也一样说了谎，至少她从侧面证明了卫斯理就是卫扬帆的亲生儿子。欧阳双杰决定去找莫雨霏，相比之下，莫雨霏要比温岚好应付一些。

"小虎，去趟莫雨霏家！"欧阳双杰对王小虎说道。

莫雨霏是在门铃响了好几声才开的门，她穿着一件红色的睡裙，一副慵懒的样子。看到门口站着的欧阳双杰和王小虎，她就皱起了眉头："这大晚上的跑到我这儿干吗？"

王小虎说道："有几个问题想要问问你，问完我们就走。"

"对不起，我困了，有什么问题明天再说吧。"莫雨霏打了个哈欠，并没有想要让他们进屋的意思。

"一个小时前，我接到了卫扬帆打来的电话！"

莫雨霏的身子一震，她脸上的表情有了变化："欧阳警官，这大晚上的，能不开这样的玩笑吗？"

"电话是从金阳打来的，观湖路的一个公用电话亭。"

莫雨霏"啊"了一声，欧阳双杰淡淡地说道："莫女士，你是希望在这里和我们谈呢，还是跟我们去警察局再慢慢谈？"

莫雨霏听了欧阳双杰的话，眉毛一挑："你什么意思？我根本就不知道你在说什么。"说罢，她便关上了门。

王小虎原本想拦住她的，不过欧阳双杰拉住了他："我们走吧。"

王小虎愣了一下："啊？走？就这么走了？"

欧阳双杰苦笑了一下："凭我们手上这根本就看不清楚的录像怎么能带走她？"

从莫雨霏刚才的表情中欧阳双杰就已经得到了答案。在卫扬帆的事情上，温岚和莫雨霏乃至楚虹都有很大的嫌疑。温岚和莫雨霏一直在误导着警方相信卫扬帆死了，还精心编造了一个关于卫斯理身世的谎言。利用所谓卫扬帆的亲生儿子来证明赵代红身上的血迹是卫扬帆的，而那个死者就是卫扬帆，再接着就是楚虹与赵代红见面后赵代红竟然认罪了。

这是一个阴谋。

王小虎坐在欧阳双杰的对面，低头抽烟。已经是凌晨两点，派出所那边的消息早就传了过来,他们把观湖路附近都筛了一遍,却还是没有发现任何的可疑信息。

"欧阳，接下来我们该怎么办？明明知道卫扬帆没有死，我们总不能什么都不做吧？"王小虎终于忍不住开口问道。

"你有没有发觉卫扬帆的这个案子似曾相识？"

王小虎一愣："啊？"

欧阳双杰说道："'吴飞案'和'卫扬帆案'何其相似，赵代红就好比吴飞，莫名其妙就成了杀人凶手。'吴飞案'中的欧燕就如同卫扬帆,两个人其实都没有死。可是这两个案子里都出现了一个死者，而很多的证据都会从旁佐证死者就是他们。这样一来，无论是吴飞还是赵代红，他们杀人的罪名就几乎是成立的。"

"你是说，这两个案子很可能是出自同一个人之手？"王小虎问道。

"只是如果说'吴飞案'很可能是欧燕自己设计的，可是欧燕已经死了，这一点就有些说不过去了。会不会一直以来我都走入了一个误区，我把这所有的案子都混在了一起。以为都是那个精神病患者作的案,现在看来这个思路是有问题的。

这应该是两个案子，这两个案子可以合并。而之前的几起谋杀案则是另一个案子，凶手我还是觉得是个精神病人！"

王小虎想了想说道："而且它们之间应该是有关联的。"

"绝对有关联，而它们之间联系的纽带就是卫扬帆。"

"为什么？"王小虎有些不解。

欧阳双杰说道："卫扬帆知道的应该远远不只他对我们说过的那些。对方这么处心积虑地弄出'卫扬帆案'，其目的就是为了针对赵代红。因为赵代红符合我们对之前几个案子凶手的假设。设计这个阴谋的人肯定知道真正的凶手是谁，他们这么做的目的就是为了保护那个凶手。不幸的是卫扬帆成了他们的牺牲品。"

欧阳双杰认为"吴飞案"参与者应该是与欧燕有关系的任小娟和邵小雨，而'卫扬帆案'参与者有温岚和莫雨霏，与两个案子都有着紧密关联的便是楚虹了！

欧阳双杰又想到一个人——刘发祥。刘发祥与邵小雨是有关系的，上次武岳路口发生的事情也不是偶然。刘发祥虽然也交代了他的行踪，可是欧阳双杰并不会认为事情真的那么简单。


欧阳双杰发现刘发祥见到自己的时候，眼里有一丝惊恐。

"刘医生，又来打扰了！"欧阳双杰微笑着礼貌地说道。

刘发祥露出了笑容："配合警方的调查是公民应尽的义务。"

"刘医生，我还是为邵小雨的事情来的。"欧阳双杰直接说明了来意。

刘发祥苦着脸道："邵小雨的事情我已经和你们说了很多遍了，该说的已经都说了，我想我真的帮不了你们什么。"

"你认识一个叫楚虹的律师吗？"

刘发祥摇了摇头，"不认识。"他的眼神里闪过一些慌张的神色。

"当年的'吴飞案'，楚虹就是吴飞的辩护律师，邵小雨没有和你提起过吗？"

"邵小雨没有和我提过什么'吴飞案'，这一点前两次你们来问我的时候，我也说得清清楚楚。"

"两个月内，你的银行存款有三笔进账，两笔五十万，一笔一百万。就在一周前，你提出了移民的申请，能解释一下为什么吗？"

刘发祥的嘴动了动，说道："那些钱是这两年我给一家公司做心理辅导人家支付的报酬。至于说移民，作为一个公民，我想我应该有这样的自由吧？"

"你所说的那家公司应该就是飞宇文化传播公司吧。之前的老总吴飞，后来是欧燕，而现在是任小娟。我不知道他们为什么会支付给你这两百万。不过我却知道你根本就没给这家公司做过心理辅导。"说罢，欧阳双杰的面色一寒，"刘发祥，这笔钱到底是怎么回事？"

刘发祥吓了一跳："这个，我说欧阳警官，人家愿意送钱给我警察也管不着吧？"

"看来你是不想说实话了，那就只能请你跟我们走一趟了。"

刘发祥叫道："我不去！你们没有权力抓我！"

欧阳双杰笑了笑："你不是说配合警方调查是你应尽的义务吗？我们不是抓你，只是请你回去协助调查，毕竟有些话在这儿不方便说！"

王小虎带着王冲来到了飞宇文化传播有限公司。有了那两百万的由头，欧阳双杰觉得现在可以与任小娟进行正面的接触了，必要的时候也可以把她带回来问话。

任小娟听王小虎提起那两百万的事情，她先是愣了愣，马上就露出了微笑："这事情我也不清楚，这是欧总留下的应付款项，我们只是按合同支付给刘医生罢了。"刘发祥竟然与飞宇公司签订了一份为期两年的心理辅导合同，为飞宇公司的签约演员进行心理疏导。至于为什么是两百万，因为飞宇旗下还是有几名三线演员的，再加上其他的小演员与公司员工，公司也近百号人，两年两百万的费用虽说贵了一点儿，却也还合理。而这份合同的确是欧燕与刘发祥签的。

王小虎仔细看了看这份合同，没有问题。

"可是据我们所知刘发祥根本就没有真正为贵公司的艺人和员工进行过什么心理上的疏导。"王小虎把合同递还给任小娟。

"你们是如何知道的我不清楚，但有一点儿我敢肯定，这样的心理疏导是一定有的。要知道我们公司有很多艺人，他们有什么心理问题需要解决，我们也会做到严格的保密，这是为了维护他们的正面形象。所以这种事情就算是公司的很多高层都不是十分的清楚。"

任小娟又说道："这件事情应该是我们欧总亲自在负责的，这份合同也是在欧燕出事以后，刘医生打电话要求我们依合同付款了我才知道有这么一回事。在最后这两个月，刘医生还为我们的十几个员工进行了心理疏导。"说着她又拿出一沓资料，就是刘发祥对公司员工的心理评估报告。

欧阳双杰正在羁押室里，刘发祥来到刑警队以后还真把那两百万的来路给交代清楚了。他说的与任小娟那边的说法是一致的。

"警官，不知道你们还要扣留我多久，如果可以，我希望找个律师。"

听到刘发祥想找律师，欧阳双杰一声冷笑："就算你请了律师也得按照我们的司法程序来。"

听了欧阳双杰的话，刘发祥说道："警官，我没有犯法，你们无权限制我的人身自由。"

欧阳双杰离开羁押室。没有多久，王小虎他们也回来了。

"没想到会是这样的一个结果。"王小虎坐下来就长长地叹了口气。

"他们远比我们想象得要狡猾得多。问题的关键是欧燕死了，他们把一切都推到了欧燕的身上，死无对证。"

"欧阳，你想过一个问题吗？"

欧阳双杰愣了一下："什么问题？"

"赵代红为什么会认罪？赵代红一直都没有认罪，可偏偏楚虹一出现就认罪了。你认为她真有本事说服赵代红吗？"

"你是说楚虹很可能是采取了其他的什么手段？"

"楚虹会不会是运用了某些心理学的手段，而我们也已经发现了楚虹与所有的案子都有关联，那么她与刘发祥应该也是相识的。假如说她还没有办法能够让赵代红认罪的话，有了刘发祥这个心理医生的帮助，或者这就算不上什么难事了。"

欧阳双杰没有说话，王小虎的话让他有了一些震动，细细想这还真是不无可能的事情。


"楚律师！"一个声音在楚虹办公室的门口响起，楚虹的身子一震。

来的人是罗素。

楚虹转过身来，望着罗素："你恐怕不是想来看我吧？"她走到沙发边也坐了下来，"我想应该是受人之托，对吗？"

罗素点了点头："我恰好因为要给市局写一篇人物专访，局里就推荐了欧阳队长。经报社领导和市局领导同意，允许我跟着了解他们是如何办案的，又正好碰到林城接连发生了大案，所以……"

"今天你到我这儿来就是受了欧阳双杰所托，他一定也向你了解过我吧？"

罗素没有否认："其实我也很好奇，我很想知道你是用什么法子使赵代红轻易就认罪了？"

楚虹的脸色微微一变："罗素，你说这话要负责任，我是赵代红的辩护律师，怎么可能会诱导他认罪呢？"

"我听欧阳说卫扬帆好像并没有死，而警方已经下大力气在找他了。"说罢罗素就头也不回地离开了。

他根本就没有再去看楚虹一眼，而楚虹的目光凝聚在了罗素的背影上，直到他彻底在自己的视线里消失。楚虹这才叹了口气靠到了沙发上，尽量地放松自己，长长地出了口气。

罗素从楚虹那儿出来就开着车去了市局。欧阳双杰问罗素是不是去见过楚虹了。罗素便把见楚虹的事情大致说了一遍："我告诉她了，警方知道卫扬帆还活着。"

欧阳双杰点了下头："就算你不告诉她，她也会知道。之前我就把这事情透露给了莫雨霏。如果她们真是一伙的，莫雨霏应该早就把这事情告诉她了。"

"对不起，我也没能够从她那儿打听到些什么，她对我很戒备。"罗素耸了耸肩膀。

欧阳双杰笑道："好了，你不必自责，我和她也有过接触，她是一个聪明人，我们想要从她身上找突破的话不容易。"

罗素认为最好是能够找到卫扬帆，只要能够找到这个案子的男主角，那么一切都不攻自破了。

"我们已经投入了大量的人力去搜索，根本就是大海捞针。"欧阳双杰把警方的难处说了出来，罗素想了想："这样吧，我也有些人脉，帮着你们打听一下吧。"

欧阳双杰表示了感谢。

罗素又说道："如果我是对方的话，或许我会把卫扬帆的死给做实。留着他就是一枚定时炸弹。"欧阳双杰愣了一下，罗素已经走了。

罗素为什么要说出这段话？自己之前的想法是错的？对方留下卫扬帆并不是想要利用他做什么，而是根本就不想杀他。

欧阳双杰摇了摇头。难道电话和视频都是假的？是有人故意做戏想要混淆警方的判断？

自从赵代红被抓以后，那个凶手就再也没有露头了，也没有新的案子发生。

看来对方真要让赵代红做替罪羊。

会议室里已经烟雾腾腾，冯开林、肖远山坐在首座，在他们的左右分别是欧阳双杰和王小虎，两个局长闷声抽着烟。

王小虎看了欧阳双杰一眼："欧阳，还是你来说吧。"

欧阳双杰点了点头，他轻轻地敲了下桌子："大家静一静！"欧阳双杰清了清嗓子，"刚才我也听了一些同志希望我们早些结案，其实冯局、肖局以及我和王队的想法也是希望案子能够早了结。毕竟这个案子已经耗费了我们大把的时间和精力，而且我们还承受着很多的压力，特别是社会舆论的压力。我们抓住了赵代红，从我们所掌握的证据来看，赵代红确实有很大的嫌疑。如果这个时候结案，自然是站得住脚的。"

"但是……"他的目光从每一个人的脸上扫过，"这个案子并不是这么简单的。"接着欧阳双杰毫无保留地把他认为的疑点一一说了出来。听完欧阳双杰的发言，大家都沉默了。

肖远山在欧阳双杰说完后身子微微前倾："刚才大家也听到了，欧阳队长说了，这个案子还有很多的疑点，既然有疑点那我们当然不能结案。大家应该还记得几年前的'吴飞案'吧。在座的至少有一半以上的人对那个案子是有深刻的印象的。当时我们也是认为证据确凿，可是最后呢……"

冯开林点了点头："是啊，现在看来，卫扬帆的案子和'吴飞案'极其相似，在我看来根本就是一个翻版。今天召集大家开这个会的目的只有一个，统一思想，统一认识。这个案子不能结，不但不能结，还必须继续查下去，一定要查个水落石出！我们要讨论的并不是该不该结案的问题，而是怎么把侦破工作有效推进的问题，请大家集思广益。"


会后欧阳双杰又去了一趟云都，他准备和邓新荣好好谈谈。

李浩强就等在医院的门口，还是他和徐刚。

"他的情况怎么样？"下了车欧阳双杰在和李浩强客套了几句后就问道。李浩强摇了摇头，表示邓新荣还是老样子，疯疯傻傻的。

欧阳双杰推开了病房的门，走了进去，李浩强和徐刚跟在他的身后。听到动静，邓新荣下意识地扭过头来，脸上还是傻笑着。

"我想我们是时候好好谈谈了，邓先生！"欧阳双杰的脸上带着微笑。

邓新荣看了看他，又看了看他身后的李浩强和徐刚，不过这一次他并没有像上一次一样，而是说道："你找到答案了？"此刻他脸上的傻笑没有了。这让李浩强和徐刚的心里都是一惊。

"我想我已经快找到答案了，不过……"欧阳双杰没有说完，邓新荣又说道："你还没有找到答案，就不该来找我。"

"这些天外面发生的事情你恐怕还不知道吧。"

邓新荣摇了摇头："我什么都知道，只是我无力阻止。"

突然邓新荣就倒在了床上像是晕过去一般，欧阳双杰的心里一惊，站了起来，李浩强和徐刚也想要围过来，但邓新荣马上又坐了起来："他说得没错，他确实是阻止不了，因为一句承诺！"他的声音变了，连那眼神也让人感觉陌生。

李浩强一惊："是他！欧阳队长，上次你走了之后这样的事情也发生过一次。"

欧阳双杰轻轻点了点头，他已经明白是怎么一回事了，这种情况他曾经在赵代红的身上看到过。云都市对邓新荣做出的精神鉴定并没有错，这个人真有人格分裂。

"你是谁？"欧阳双杰轻轻问道。

"我是谁并不重要，你只要知道我不是邓新荣就对了，不过他的事情我却很清楚，上一次也是我说服他给你提示的。"

"你竟然能够和他沟通？"

邓新荣露出了一抹得意的笑："很奇怪吗？原本我就是被他创造出来的一个听众，他的什么事情都会告诉我，不会有一点儿的隐瞒。但我并不满足做一个听众，相比之下，我比他更有脑子。所以我就告诉他，想要平安过这一关的话，他必须听我的！"

"听你这么说，他也面临危险？"

邓新荣点了点头，然后眼睛在房间里瞟了一圈："假如不是因为有危险，谁愿意待在这个鬼地方？"

"原来装疯卖傻是你的主意。"

邓新荣笑而不语。

"你确实很聪明，我想如果不是你故意让他露出破绽，警方也不会这么容易找到他。"

"虽然被警方找到会真正失去自由，但却能够得到警方的保护！"

欧阳双杰微微颔首。

"随着欧燕的死，估计你们林城警方已经查到'吴飞案'了。这就是为什么我被关在医院里也猜到林城都发生了什么事。卫扬帆是不是已经死了？而你们也抓住了杀害卫扬帆的凶手？那个凶手被抓住以后是不是林城再也没有发生任何的案子？"

"你说的全对。"

倒是李浩强和徐刚听得有如云里雾里，邓新荣瞟了李浩强一眼："李队，其实这个案子和云都根本就没有一点儿关系，这也是为什么一直我都不愿意和你们啰唆的原因。"

李浩强尴尬地笑了笑。

"还是先说说邓先生遇到的麻烦吧。"欧阳双杰轻声说道。

邓新荣轻轻叹了一口气。事情还得从颜素云到云都之后说起。

原本邓新荣和颜素云都是在林城的，只是颜素云喜欢过一种恬静、平淡的生活，对于林城的喧嚣她不习惯。颜素云觉得最宜居的地方就是云都，气候条件很好，素有天然氧吧之称。所以颜素云就提出到云都居住。起初邓新荣是有些不大赞成的，作为一个生意人而言，自然是城市越大，发展的前景就越好。可是邓新荣是很爱颜素云的，既然颜素云的态度坚决，他便不再说什么，先是在云都置了房产，接着就让颜素云先去了云都。他因为林城的生意一时半会儿还无法结束，他让颜素云给他一年时间，结束林城的生意就会去云都。

直到大半年前，也就是颜素云出事前的一个月，出现了一件怪事。

当时邓新荣在林城忙着他的生意，突然就接到一个电话，说颜素云在云都做了对不起他的事情，有了新欢。那是一个匿名电话，声音是经过变声的。第一次邓新荣并没有把它放在心上，他觉得一定是谁搞的恶作剧。对于自己的妻子他还是很信任的，他们俩的感情很深，怎么可能因为一个电话而改变。但第二天那个电话又来了，这一次邓新荣就在电话里骂了对方几句，而对方也没有说什么就挂掉了。

接下来的几天，这个电话再也没有打来，只不过颜素云那边竟然也不像从前那样，每天给自己打电话了，先是两天打一次，再后来就四五天才打一次。而自己打给她，有时候是没人接电话，就是接了电话也会以这样或那样的借口，着急着就把电话给挂了。

这样的情况持续了两周，邓新荣就觉得有些不正常了，再联想到之前的那个匿名电话，他不得不对颜素云产生了怀疑。一天晚上，他连夜从省城赶往云都，他回到云都的家里，妻子不在。那时候已经是晚上十一点多钟了，打电话也没有人接。他在屋里坐立不安，心里很是难过，同时也充满了愤怒。

　　一直到十二点一刻，他听到了刹车的声音。走到窗边，透过窗户他看到颜素云从一辆黑色的轿车上下来，还微笑着和开车的人挥手再见，黑色轿车就离开了，只是他没能够看清楚那开车的人的样子。

　　当颜素云开了灯，见到站在自己面前的邓新荣时，她一脸的错愕。那一晚两人吵得很厉害。以前两人之间是没有什么秘密的，可是这一次任凭自己怎么逼问，颜素云都不给他任何解释。两人在极不理智的情况下提出了离婚，邓新荣只记得当晚他开着车离开了云都。

　　"后来呢？"李浩强问道。

　　邓新荣说道："后来我就再也没有跟她打过电话。原本我以为她冷静下来会主动打电话向我道歉。毕竟这么多年的感情不是想舍弃就能够舍弃的。可我等了整整一个星期她都没有打过来。"

　　一个星期后，邓新荣再也忍不住了，他就把电话打了过去，不过不是颜素云接的，而是一个陌生的女人。女人告诉邓新荣，颜素云出去散心了，短时间内不会回来，手机是请她代为保管的。邓新荣问那女人颜素云去了哪儿，女人说具体的她也不清楚。

　　"以后你就再没有回云都？"欧阳双杰问道，因为从时间上推算，估计邓新荣在这次通话的时候颜素云很可能就已经遇害了。

　　"嗯，刚开始觉得这件事情原本就不是我的错。之后又听说她去散心，我回去也没什么意义，可是后来我才发现这件事情好像不太对劲儿，想回去看看时却回不去了。"

　　"回不去了？"徐刚愣了一下。

　　欧阳双杰说道："因为他自己的麻烦来了。"

　　邓新荣叹了口气："当时我确实没有看清楚送她回来那人的样子，不过却总觉得哪里不对。后来我想了很久才想起来哪里不对。你到过我家，你应该知道，在别墅的门口就有一个路灯，那晚我从窗户望去，虽然看不到那人的整张脸，却看到了那人的嘴和下巴，而那嘴抹着很艳的口红！"

李浩强插话道："也就是说，送颜素云回家的是个女人！"

邓新荣"嗯"了一声："如果真是个女人的话，为什么素云不解释呢？再细想那晚我们虽然吵得很凶，可是我还是能够感受得出她是在乎我的。"

"她或许是被人威胁，为了你的安全，所以她选择了沉默。不希望你卷进这件事情中去。"欧阳双杰说道。

邓新荣说他后来确实是这么想的，又拨打了颜素云的那个手机，却关机了。

这个时候邓新荣开始有些紧张了，他决心去一趟云都。可就在他准备出发的时候，再一次接到了那个陌生的电话。那个陌生人告诉他，如果想知道妻子去了哪儿的话就马上赶到镇安县，那人在镇安县的"石头城"等他。

镇安县距离林城并不远，那儿有着闻名世界的大瀑布。邓新荣接到这个电话的时候并没有多想，既然对方约自己，他是一定要去见上一面的。

邓新荣如约到了"石头城"，在里面转了半天也没有找到打电话给他的那个人，他再打电话给对方，却是关机的。他觉得自己被愚弄了，可就在他回到停车场准备离开镇安的时候人便晕了过去，没了知觉。

醒来的时候他被关在一间屋子里，他大声叫喊，却看到了一个女人走了进来，那个女人戴着一个面具，那面具只露出女人的一双眼睛和一张嘴。邓新荣的手脚是被缚住的，动弹不了。他大声质问女人为什么要把自己给绑起来，女人没有回答他，只是说如果他能够答应自己的条件，就会放了他。

女人的要求很奇怪，让他别再管颜素云的事情，而且不许再回云都，就当颜素云从他的生命中彻底消失。邓新荣自然是答应了下来，不然他也不知道自己还有没有可能活着离开，他想只要有机会回到林城，一定可以想办法把事情查个水落石出。

在得到了邓新荣的保证之后，对方真把邓新荣放了。邓新荣回到了林城就想要打电话报警，为了保护颜素云，他找人暗中调查。可是当他才有一点儿动静的时候对方就打电话过来了，对方说别违背了当时的承诺，否则对方就会对他不客气。

"我不敢激怒他们，否则他们很可能会对素云不利。"邓新荣一脸的无奈，"我只能把自己的调查弄得更加隐蔽，可是无论我再怎么隐蔽也逃不过对方的眼睛。我开始怀疑身边的人，对谁都提防着，弄得我自己都有些神经质了。"

邓新荣最后还是准备回一趟云都，颜素云是在云都出的事情，他觉得问题一定就是出在云都。就在他准备动身往云都去的时候发现自己被人跟踪了。这让他感到不安，他意识到了危险。那是一种他从没有过的感觉，他开始怀疑颜素云是不是出事了。那天晚上，邓新荣开着自己的车出了林城准备上高速，他决心一定要去云都。

那个陌生的号码又打来了，再一次对他进行警告，让他别乱来。还扬言说如果他非要去的话，很可能就会在高速公路上发生车祸。这一次彻底把邓新荣激怒了。他把车停在了高速公路入口处，把对方臭骂了一顿。

而就在这个时候，一条短信传来，是另一个陌生的号码——"速回林城，我会告知你一切！"

邓新荣心里一惊，莫非是知情人？邓新荣想了想，还是掉转车头回了林城，他相信这个"知情人"一定还会联系自己。

欧阳双杰叹了口气："我隐隐猜到那个发短信的人是谁！"

邓新荣愣了一下，然后轻声问道："你知道？"

"具体是谁我不好说，但我知道这个人一定就是我一直在找的那个凶手。"

邓新荣继续说："我回了林城，直接就回到了我的住处，然后焦急地等待着，等待那个发短信的人再发来信息。"

一直到第二天上午十点多钟，邓新荣在沙发上打起了瞌睡时，短信终于来了，只有三个字：看邮箱。

邓新荣打过去，电话还是关机的。无奈他只能够跑到书房，打开电脑，进入了邮箱。邮箱里是一封匿名邮件，邮件里是一则旧新闻，是关于"吴飞案"的新闻。附件里还有几张照片，那照片竟然是颜素云与"吴飞案"的女主角欧燕的合影，颜素云与欧燕的样子很是亲密。

欧阳双杰终于忍不住插话了："颜素云与欧燕是什么关系？"

"她们曾经是高中的同学，关系一直都不错。不过后来也不知道为了什么事情，两个人闹翻了。素云要求搬到云都生活，虽然她只是说喜欢云都的气候，但我想应该还是与她和欧燕之间的矛盾有些关系。素云这个人很内向，脾气也有些怪。她宁愿一个人生闷气也不愿意把心里的事情说出来。"

经邓新荣这么一说，云都与林城的几个案子真正的关联起来了。

邓新荣看了邮件，第一反应就是感觉这个案子与欧燕有关系。"吴飞案"他是知道的，他甚至也想过，"吴飞案"不可能是一个巧合，吴飞的死应该是欧燕精心设计的。他开始怀疑，莫非自己的妻子也牵进了"吴飞案"里了吗？

邓新荣给欧燕打电话，把颜素云出事的事情告诉了欧燕。欧燕一口咬定不关她的事情。她让邓新荣别轻举妄动，对方既然已经说了不许乱来，不管是为颜素云还是为自己考虑，都先把对方稳住。等她那边暗中调查，有结果会及时知会邓新荣的。

就这样又过了几天，这几天里邓新荣根本就没有心情到公司去，也不敢有任何动作，只能待在家里等，一边是等欧燕那边的消息，另一边他也想看看那个神秘人还会不会有什么消息传来。

可是他什么都没有等到。欧燕那边他催过，但欧燕只是一个劲儿地安慰他，让他再耐心地等等。而那个神秘人就像是消失了一样。

第六天，神秘人的短信来了，还是让他看邮箱，只不过这一次邮箱里的旧新闻不再是"吴飞案"了。

欧阳双杰说道："如果我猜得没错，应该是莫雨霏丈夫的杀人案吧？"

邓新荣用力地点了点头："没错，不过这一次只是一则新闻，没有照片。"

邓新荣开始仔细研究起这两个案子，这两个案子的起因都是因为女人。这是邓新荣认为两个案子唯一有关联的地方，除此以外他不知道这两个案子还有什么交集。他更想不明白，莫雨霏丈夫的案子与颜素云到底有什么联系。

他打电话问了欧燕，欧燕也说根本就不认识什么莫雨霏，但颜素云是不是认识她就不知道了。

颜素云的身上到底藏着些什么样的秘密？又过了半个月，邓新荣实在是有些等不了了，他最后一次给欧燕去了电话，问欧燕那边到底行不行，要是不行他会自己调查，大不了花点儿钱请人跟着自己，保护自己，他还不相信没有王法了。

欧燕见劝不住邓新荣也就不再管他了，只是说有什么需要尽管开口，她能够帮忙是一定会帮的。不过邓新荣哪里还会相信欧燕，在他看来颜素云出事九成九与这个欧燕有关，欧燕说派人去查应该也是在敷衍自己，弄不好颜素云出事欧燕还是始作俑者。

就在邓新荣要有所行动的时候那短信就来了，这一次短信的内容是约他到邻省见面，要求只能是他一个人。邓新荣犹豫再三，还是决定去会会这个神秘人。

神秘人把邓新荣约到了邻省的某个市里，可是他自己却迟迟未到，这让邓新荣的心里很郁闷。他在想这会不会是有人故意要骗自己离开黔州呢？可是他的心里也很是好奇，他最终还是决定等那个人两天。

两天的时间很快就过去了，第三天他又整整等了一个白天，他想如果今天那人再不联系他，他就回林城。他已经打定了主意，回去以后就报警。

也就是在第三天的晚上，他躺在酒店的床上辗转反侧的时候手机响了，神秘人说他已经到了，不过现在还不是两人见面的时机，邓新荣在接到这个电话的时候就有了一种被愚弄的感觉。

但神秘人接下来的话让他打消了这个念头。因为神秘人虽然不和他相见，却在电话里和他说了一些事情，首先就是关于他的妻子颜素云的事。

神秘人告诉邓新荣，颜素云应该已经遭遇了不测，而颜素云出事与"吴飞案"有关系。邓新荣很不解，他自认对颜素云还是很了解的，颜素云不是一个多事的人，怎么就会和"吴飞案"扯上关系呢？神秘人说颜素云不仅与"吴飞案"有关系，而且还有可能是主谋。

"我觉得不可能，素云向来都很善良，怎么可能做出这样的事情？再说策划一个这样的案件，那得有多么深的心机与城府，这些都是素云不具备的。"

邓新荣问神秘人到底是什么人，为什么会知道这些。神秘人说他只是一个有良知的人。他还告诉邓新荣，这个案子其实是与一个叫"花非花"的女权组织有关系。这个组织全是由女人组成的，颜素云也是其中一员。而这个组织的宗旨便是维护组织成员的利益。无论组织中哪一个人需要帮助，其他人的帮助都是不遗余力的。

"神秘人还是没有告诉你他的身份，而你们一直都没有见过面，对吧？"欧阳双杰问道。

邓新荣点了点头："我们一直都没有见过面。但他让我放心，一定会帮我把案子查个水落石出的。至于素云，他说他去查过，素云确实已经死了，而且死得很惨。"

李浩强冷笑道："你就这么相信他的话，你没想过去亲自核实一下吗？"

"信不信由你，我没有撒谎。"说着他抬眼望向了欧阳双杰，"他说如果我一定要知道他是谁，那么他可以告诉我，他叫小叶老师。"

李浩强"啊"了一声："小叶老师？"

徐刚也望向邓新荣，欧阳双杰知道他们为什么有这样的反应，小区的那两个保安说过曾经以为这个小叶老师就是小区的业主。

欧阳双杰向邓新荣解释了一下，邓新荣一脸的狐疑："你是说这个小叶老师经常到我的家里去吗？这又是怎么一回事？"

欧阳双杰说道："这个问题先放在一边，你继续吧。再后来呢？"

邓新荣告诉欧阳双杰，这个小叶老师让他就待在邻省。至少在事情没有搞清楚之前，否则很可能会有生命危险。因为对方好像在找什么东西，应该是颜素云给藏起来了，这也是为什么那些人不让邓新荣去云都的原因。

邓新荣确实不是很相信神秘人的话，通完电话后。他就悄悄地回了黔州，可他回到黔州的第二天，就又发现了有人在跟踪自己。于是他就报警了，当时接警的是城基路派出所，派出所的人并没有发现有谁跟踪邓新荣，反倒是把邓新荣说了一通，认为邓新荣的脑子有问题。

邓新荣当时有些犹豫，到底要不要把颜素云的事情告诉警察。可是神秘人在电话里一再交代，这件事情一旦警方介入邓新荣就不能找到事实的真相，甚至还有可能被当成谋杀妻子的疑凶给抓起来，因为在现场留下了很多不利于邓新荣的证据！

自称小叶老师的神秘人建议邓新荣藏起来，躲到精神病院去。邓新荣有钱，这点儿小事是可以搞得定的。


从医院出来，欧阳双杰没有在云都逗留，紧接着就回了林城。他听了邓新荣的叙述，需要时间好好消化。但他一直都觉得赵代红很可能是另一个突破口。

赵代红看上去很木讷，欧阳双杰望着他："这些天还好吗？"

赵代红抬起头来望着欧阳双杰："我已经认罪了，你们还想我怎么样？"

欧阳双杰皱着眉头："我不明白你为什么要认罪，你曾经和我说过，你不会杀人的。"

赵代红站了起来："人是我杀的，我亲手杀了卫扬帆。因为他知道了我的秘密，他想毁了我。"

"就算你想杀他灭口，办法多的是。作为一个法学专家，你不会愚蠢到用这样的手段。还有一件事情或许应该让你知道，卫扬帆没死！"

"卫扬帆没死？！"

欧阳双杰点了点头："死的人不是卫扬帆。你真看到死的人就是卫扬帆吗？"

"我不知道！"赵代红用力地摇了摇头，然后双手插到头发里，一脸的痛苦样子。

"是不是有人逼你这么做的？"欧阳双杰的眼睛紧紧盯在赵代红的脸上。赵代红听了欧阳双杰的问话，他茫然地抬起头来："没有人逼我，我只是觉得我应该认罪。"

欧阳双杰也看不明白了，赵代红为什么会变成这个样子，难道真是有人偷偷对他用了什么药物吗？又或者是楚虹见赵代红的时候对他说了什么，把他刺激到了？

赵代红坐回到自己的床上，整个人蜷靠到了墙角，双手抱住膝盖，半张脸也埋了进去，只露出一双眼睛看着欧阳双杰："卫扬帆真的没有死？"

欧阳双杰"嗯"了一声，他隐隐感觉到卫扬帆死或没有死，是解开赵代红心结的症结所在。

赵代红的脸色很难看："他没有死，那死的是谁？我记得我亲手捅死他的，那张脸就是他！"

欧阳双杰没有说话，就站在那儿静静地望着眼前这个可怜的男人。欧阳双杰多么希望赵代红的那些人格能够冒出来，告诉自己一些什么。可是他等了很久却还是失望地离开了。他已经打定了主意，等明天天一亮他就安排对赵代红进行一次检查，他想看看赵代红是不是真用过什么抵制神经系统的药物。

楚虹刚走到停车场，就看到自己的车边站了一个人，正一脸微笑地望着她。

楚虹沉下了脸："你来做什么？"

罗素从身后拿出一束玫瑰："来看看你，有时间一起吃个午饭？"

"对不起，我还有事。"

罗素咳了两声："去看守所见赵代红？"

楚虹皱了下眉头，斜了罗素一眼："是欧阳双杰让你来监视我的？"

"你现在是赵代红的辩护律师，对于赵代红的认罪你是怎么看的？"

楚虹淡淡地说道："你不是也怀疑赵代红的认罪是我搞的鬼吧？"

"天地良心，我可不是警方的卧底。赵代红一直都没有承认自己杀了人，偏偏你一出现他就认罪了，换作是谁都会觉得蹊跷不是？"

"其实就连我也觉得纳闷儿，原本他不认罪这官司还有得玩儿。可是他突然就认罪，搞得我也很被动。我还认为是警方对他进行逼供或是诱供了。"

罗素看了看楚虹，楚虹的样子倒也不像说谎。

"知道他认罪了你不马上去问个明白？"罗素这话就带着一些质问的成分。

楚虹说道："他都已经认罪了，早去和晚去有区别吗？警方现在还没有足够的证据证明赵代红就是杀害卫扬帆的凶手，所以我相信暂时还不会定他的罪。"

　　"可是就目前警方掌握的情况来看，对赵代红很不利。"

　　"我听说卫扬帆没有死？"

　　"什么？"罗素的惊讶并不是装出来的，他确实不知道这件事情。这两天他一直没有和欧阳双杰联系过。

　　"你不知道的事情啊？"

　　"你听谁说的？"

　　楚虹说道："这个你就不用管了。"

　　"停车！"罗素叫道，楚虹靠边把车停了下来，罗素下了车。罗素拦了辆出租车就离开了。大概等了近半个小时，罗素坐着出租车就找到欧阳双杰。欧阳双杰和谢欣准备去青石镇调查崔寡妇的事。罗素把自己去见楚虹的事情说了一遍。

　　"你是说楚虹中午去看守所了？"欧阳双杰轻声问道。

　　罗素点了点头："听她说卫扬帆还没死，我就赶紧跑来找你了。这么重要的事情你为什么不告诉我啊？"

　　欧阳双杰苦笑了一下："不是不告诉你，是还没来得及联系你。"

　　"现在到你说了吧，卫扬帆没死到底是怎么一回事？"

　　欧阳双杰也不瞒他，把大晚上接到电话一直到在监控里看到卫扬帆的事情大致说了一遍，他还把去云都见邓新荣的事情也说了出来，

　　"卫扬帆如果真的没有死的话，那么这件事情就太有意思了。"半天罗素才冒出这么一句话。

　　欧阳双杰"哦"了一声："怎么说？"

　　"假如卫扬帆没事，那'赵代红案'就会成为'吴飞案'的翻版。究竟是谁想置赵代红于死地呢？卫扬帆的妻子算一个，另外还有楚虹。不过我不明白楚虹为什么要这么做？我还是不太相信楚虹会诱使赵代红认罪。还有卫扬帆到底有没有参与对赵代红的陷害？他是真的被人控制住了还是根本合伙演戏。卫扬帆他们为什么一心要置赵代红于死地，甚至还模仿了'吴飞'案。"

　　"照你这么说，卫扬帆很可能就是那个凶手？"欧阳双杰轻声问道。

　　罗素耸了耸肩膀："我可没有这么说，凶手或许是卫扬帆，又或许是与他们利益相关的其他人。当然，首先你还是要拿出让人信服的证据，证明卫扬帆真的

活着。不过……"

"不过什么？"欧阳双杰问道。

罗素说他很担心，如果卫扬帆与他们不是一伙的，那么经过那晚的事情卫扬帆的处境就会很危险，说不定那些人会为了做实赵代红的罪名，真把卫扬帆给杀了。

欧阳双杰说道："这一点你不用太担心，如果他们真想杀卫扬帆，又何必费气费力地搞这么多事，找个替身呢？"

"这么看来卫扬帆的嫌疑还真是不小啊！"罗素苦笑着说道。

"可惜我们找不到卫扬帆，目前我们警方被这几个案子给整得精疲力竭。这次赵代红认罪，很多人都在说，这是一个大好的机会，刚好能够把手上的这些案子了结了。"

"什么？结案？"罗素叫了一声，"可你明明知道赵代红是被冤枉的！"

"我们冯局说了，如果一周之内再不能把这个案子给查清楚，或许用赵代红来结案是最好的结果。这个案子让我感觉无能为力。对手不是一个思维正常的人，但他却很聪明，每一个案子做得滴水不漏。而我们都不可能真正把自己摆到他的角度上去思考问题。"

"我明白，因为我们不是疯子。所以我们根本不知道疯子想的到底是什么。"


看守所里，楚虹正坐在赵代红的对面，她阴沉着脸，望着赵代红："你就不想给我一个解释吗？你为什么要认罪？我是你的辩护律师，可是现在连我都被警察怀疑，他们认为是我诱导你认的罪，你这是在害我！"

赵代红叹了口气，嘴里竟然冒出了一句："对不起！"

楚虹愣住了，没想到赵代红会说出"对不起"这三个字。

楚虹坐直了身子："你说什么？"

赵代红抬起了头："对不起！"

楚虹幽幽地叹了口气："你不是对不起我，你是对不起你自己。你是法学博士，就算能够证明你有精神病，你应该很清楚，你患的是分裂型人格障碍。从理论上说，你是处于意识清醒的状态，你一样是要承担相应的法律责任的。我再次慎重地问你一句，人真是你杀的吗？"

赵代红没有说话，他的眼睛盯着自己的一双手，两只手在轻轻揉搓着。

楚虹有些着急了："你倒是说话啊！"

赵代红慢慢抬起头来，还是那三个字："对不起。"

楚虹咳了一声："有件事情我该要告诉你，卫扬帆没有死，他还活着！就算你认罪了，只要警察能够及时找到卫扬帆，你又无法解释死的那个人是谁，怎么死的，你的谋杀罪名一样不会成立。我不知道你为什么要认罪，我也不知道你是不是想要维护什么人，但有一点儿我知道，你的如意算盘很可能会因为卫扬帆还活着而落空。"

楚虹说完就站了起来，准备结束这次的谈话。

"等等！"赵代红叫住了她，楚虹停下了脚步，转身望向赵代红："你想明白了，有话要告诉我对吧？"

赵代红轻声说道："卫扬帆真的还活着？"

"欧阳双杰说的。"

"我想请你帮个忙。"

"你说吧。"

"想办法让我和温岚见一面，行吗？"

楚虹的心里一惊，她想不到赵代红会想要见卫扬帆的妻子："能告诉我你为什么要见她吗？"

赵代红咬了咬嘴唇："你如果帮我把她找来，你可以在一旁听我们说话。"

"我尽量试试，要知道你现在的处境很糟糕，就算警方同意让你们见面那也还得看温岚是不是愿意见你。"

赵代红冷笑道："她是肯定会见我的。"

从看守所出来，楚虹就给罗素打了个电话。

"没别的事，就是想和你吃顿晚饭。"楚虹淡淡地说道。

罗素又反问了一句："真的？"

"不过我还想请你帮我约一个人。"

"你是想让我帮你约欧阳双杰？"楚虹没有否认，"以你和他的关系，我想由你约他应该没有什么难度吧？"

"当然没有什么难度，怎么现在想到约他了？是为了赵代红的事吧？"

楚虹说是重要的事，就挂了电话。

听到楚虹要请自己吃饭，欧阳双杰感到惊讶，罗素说和楚虹今天去见赵代红有关系。欧阳双杰自然不会拒绝，他也想趁着这个机会和楚虹好好聊聊。一直以来欧阳双杰都觉得楚虹的身上有太多的秘密。

晚上六点半钟，在胜利路的"龙大哥辣子鸡"，欧阳双杰见到了早就已经在那儿的罗素和楚虹。和欧阳双杰一道的是邢娜，因为想着楚虹是女人，女人与女人有些话题聊起来也要方便些。

寒暄过后，众人便坐了下来。

楚虹先说道："欧阳队长，今天请你来确实是有事相求。"

"哦？什么事？"

"赵代红想见到温岚。"

欧阳双杰点了点头："我可以答应你，不过我希望知道他们谈话的全部内容。"

"你是想让我把他们的谈话录下来……"

欧阳双杰笑道："如果你能够答应，那么这件事情我们警方也没有什么问题。"

"你们应该有你们自己的手段，犯得着借我的手来做这件事吗？"

欧阳双杰正色道："我们是警察，一些技术手段虽然可以用，但也是有限制的。"

"好，我答应你，到时候我会帮你们录下他们的谈话。"

欧阳双杰微笑着点了下头："那好，你去找温岚谈谈吧，把时间定下来以后你就给我打电话，我来安排。"

之后大家各自离开了。

楚虹当晚就去见了温岚，她向温岚说了赵代红想见她的事。正如赵代红说的那样，温岚只是迟疑了一下便答应了。温岚甚至都不问赵代红为什么想要见自己。

楚虹在温岚这儿得到了准信，她便把消息告诉了欧阳双杰，具体的安排是欧阳双杰的事情。所有的人都在期待赵代红与温岚的相见，或许他们的这次见面能够解开很多的谜团。

但谁都不曾想到，就在当天晚上，赵代红从看守所逃跑了！欧阳双杰是半夜一点多接到王小虎打来的电话才知道的，此时距离赵代红逃出看守所已经过去大半个小时了。

看守所对他的看管很严，竟然还是让他给逃了。王小虎说肖远山已经到了看守所，正在大发雷霆。看守所负责值班的人都说根本就不知道赵代红是怎么逃脱的，今晚看守所的监控系统临时出了故障，就在维修人员紧急维护的时候，赵代红就不见了。

欧阳双杰赶到看守所的时候已经快三点了，王小虎告诉他，看守所的几个值班人员带着负责值守的一个武警小队已经在附近展开了搜查，局里也加派了人手，协助抓捕。

"据现场来看，赵代红应该是打开号子的锁离开的，现场的痕迹并不零乱，可以排除他是被人劫走的可能性。如果没有人接应，他是不可能这么轻易离开的。"

欧阳双杰点了点头，一定要把看守所的内鬼给揪出来，只是欧阳双杰却觉得赵代红应该不是自己心甘情愿地离开的。赵代红让楚虹联系温岚，想和温岚谈谈，而温岚也答应了他，这个时候赵代红没有理由要从看守所逃走，况且他根本不具备越狱的能力。

当然，如果是他的副人格干出这样的事就不好说了。欧阳双杰倒是不敢肯定赵代红的副人格里会不会有这样一个具备越狱实力的角色。假如真是那样，这个"人"还真是能够添乱。

还有，王小虎也说了，赵代红的逃跑一定是有人接应的。这个人对看守所很熟悉，这不得不让欧阳双杰又想到了关于赵代红认罪的事儿，当时他就猜测过有没有可能是看守所的人做的手脚，只是后来王小虎说他都调查过了，应该不存在这样的可能性，也正是如此，后来欧阳双杰才把目光完全放在了楚虹的身上。


"头，马所长来了。"王冲来到了休息室的门口轻轻敲了下门。

王小虎向着王冲点了下头："请他进来吧。"

王小虎告诉欧阳双杰，一出事马所长就赶了过来，先是安排人去搜捕赵代红，接着又说亲自去查一下今晚的监控。

马所长是个高高瘦瘦的中年男子，戴着一副银丝边眼镜，那身警服并不合身。

肖远山就坐在欧阳双杰的身旁，赵代红的"越狱"让警方很被动。肖远山比欧阳双杰先到看守所，为了这事他发了一通脾气。

昨晚负责这个监区的值班管教一共是三个人。在赵代红逃跑的时候，其中一个在协助维修人员修复监控，另外两人起先是在宿舍里睡觉，直到闹钟响了。两人中的一个才起来去巡监，另一个继续在这间休息室里睡觉。一直到巡监的那个气喘吁吁地在对讲机里呼叫，那人才惊醒，知道赵代红"越狱"了。

这三个干警都有嫌疑，包括那个协助维修的人，他在期间去上过几次厕所，而且时间都不短。他解释说自己有便秘，每次上厕所都会蹲得久一些。这样一来，这三人就成了看守所里最有嫌疑的人了。

马所长走进来，脸上虽然带着微笑，但更多的是忐忑与无奈。

马所长轻声打了招呼，就在床沿坐了下来。他把搜捕赵代红的事情以及他做出的内部调查的结果详细地说了一遍。而他觉得最有嫌疑的就是去巡视监区的那个警察，因为有看守说那个警察在发现赵代红逃跑前的二十分钟曾经去看过赵代红，还找个借口把看守给支走了。

"人我已经控制起来了，肖局，你看是不是交给你们审审？"马所长小声地问道。

肖远山皱起了眉头："你有证据证明是他帮助赵代红逃跑的吗？"

马所长愣了一下，接着他摇了摇头："没有。"

"你就那么肯定是他干的？要我看，当班的几个人都有嫌疑，甚至包括那几个看守。内部调查是必要的，例行问话也是必要的。你要注意你的措辞，千万别激起了同志们的负面情绪。"

马所长忙说道："我明白！"

肖远山这才望向欧阳双杰："怎么样，你亲自参与一下吗？"欧阳双杰摇了摇头："我就不参与了，我还有其他的事情。"


一大早楚虹就来到了欧阳双杰的办公室里，她的脸色很难看，看着很吓人。

"怎么会发生这样的事情？"楚虹的脾气很大，她一双眼睛紧紧地盯住欧阳双杰，"是不是你搞的鬼？"

欧阳双杰苦笑了一下："我们为什么要这么做？这么做对于我们来说又有什么好处。"

"为什么早不出事晚不出事，偏偏赵代红准备说什么的时候出事了。"楚虹问道。

"我们已经在全力寻找赵代红的下落。"

"赵代红的越狱与看守所的人脱不了干系。"

欧阳双杰说道："看守所那边我们已经在着手进行内部调查，相信很快就会有结果的。"

楚虹在欧阳双杰的办公室里没有待多久就走了。她离开警察局没多久，温岚就来了。她直接去了冯开林的办公室，两个年轻警察都没把她拦住，她怒气冲冲，大有兴师问罪的架势。

欧阳双杰是接到了冯开林的电话赶到冯开林办公室去的，还在门口他就听到了温岚的声音。温岚指责冯开林，说是警方故意放了赵代红，她一直要求警方严惩杀害卫扬帆的凶手，警方却一推再推，现在连人都不见了。

"温岚同志，说话是要负责任的。赵代红的事情是个意外，我们警方已经出动了大量警力在全市范围进行搜捕！至于说他是不是真的有罪，不是我们警察说了算，我们在收集到足够的证据之后，会将案子移交公诉机关。他是不是有罪，该受到什么样的惩罚那是需要法院裁定的，你和我都不是法官！"

欧阳双杰走到温岚的面前微笑着说道："温老师，消消气。"

温岚叹了口气："欧阳，你和老卫也算是朋友吧。老卫发生这样的事情，你该抓住凶手法办，为老卫报仇啊！"

"温老师，我能够理解你的心情，你这样闹也不是个办法，况且我们也不希望发生这样的事情。昨天楚律师也和您说过了，赵代红想见您。这件事情我们也答应了的，刚才楚律师才从我这儿离开，她说赵代红的事情会不会与他想见你有关系？"

欧阳双杰这话就有些耐人寻味了，他是在试探温岚。温岚听了欧阳双杰这话先是愣了一下，然后望着欧阳双杰轻声问道："欧阳警官，你的意思是赵代红的事情是我干的？昨晚我一直都没有离开过住处，我那儿是有监控的。"

欧阳双杰只是笑，并不说话。

冯开林没有说话，一直在一旁抽着烟。在欧阳双杰的劝说下，温岚终于离开了，不过她扔下了一句话，如果警方不能给她一个满意的交代的话，这件事情就没完。


许霖来到了欧阳双杰的办公室。

"怎么样？让你查的事情你查清楚了？"

许霖点了点头："查到了，三个看守里还真有人与卫扬帆有关系。就是那个叫费由治的，他的妻子曾经是卫扬帆的病人。大概五年前，他的妻子也不知道患的是什么病，总是幻视，幻听。在卫扬帆那儿治了近一年的时间，最后她还是自杀了。"

欧阳双杰接过了许霖递过来的资料，一面看着，一面继续听许霖说。

"费由治的妻子自杀了，不过他却和卫扬帆成了朋友。"

"这个费由治就是那个在赵代红出事时去巡视监区的那个？"

许霖"嗯"了一声："是的，所以他的嫌疑最大，不过他与赵代红却并没有什么交集。"

"你继续查，查费由治的妻子到底得的是什么病，是为什么自杀的？"

许霖愣了一下："啊？"

"费由治和他的妻子感情怎么样？为什么治疗了一年没见好，反而自杀了？这些你都给我弄清楚，记住，这个情况很重要！"

许霖终于听明白了欧阳双杰的意思："你是怀疑这和费由治妻子的死有关联，很可能是费由治捣的鬼，而卫扬帆也参与了这件事情？"

"就算他没有参与也应该是知情的。如果我的猜测没有错的话，赵代红的所谓'越狱'是费由治所为。卫扬帆或许真的没死。他们不希望赵代红说什么不利于他们的话。"

电话响了，是一个陌生的号码。

欧阳双杰接起电话，电话里传来一个熟悉的声音："欧阳警官，我们能见个面聊聊吗？"

欧阳双杰像是触电一样，一下子从沙发上弹了起来："彪子？你在哪儿？"电话里便是赵代红副人格中最活跃的一个——"大侦探"彪子。

"怎么，你想带人来抓我吗？"

欧阳双杰说道："赵代红越狱是不是你干的？"

"确实是我的意思，要救小哥只能先让我获得自由，这样才有可能做我该做的事情。"

欧阳双杰劝说道："可你想过没有，你这样会把他给害惨了！"

"我就眼睁睁看着他坐以待毙吗？就是唯一的机会，我当然不会错过。你到底是见还是不见？"

欧阳双杰还能说什么？自然答应见他了。赵代红的"越狱"其实并不是赵代红的本意，促成这一切的是彪子，是彪子主导了赵代红的意志。

欧阳双杰在楼梯口碰到了谢欣，就顺便带上她。

　　林城市白云区小梗镇相对来说比较偏僻，因为不是在交通干道上，所以在整个白云区也显得比较落后。

　　欧阳双杰的车子到了小梗镇，打听了一下便找到了镇卫生院。在镇卫生院的一间病房里，欧阳双杰和谢欣看到了化名为"马彪"的赵代红。

　　两人刚进病房，彪子便冲着欧阳双杰笑了笑："你来得倒是很快。"彪子看上去很轻松，一点儿都不紧张。

　　"说吧，到底是怎么回事？"欧阳双杰冷冷地望着"彪子"问道。

　　"彪子"的脸上还是带着微笑："欧阳警官，其实你的心里也清楚，小哥是被冤枉的。我之所以这么做是不想让小哥坐以待毙，成了别人的替罪羊。"

　　"赵代红刚提出要和温岚见面就出了这样的事情，你让我怎么相信你的话？"欧阳双杰沉声问道。

　　"彪子"的神情有些尴尬："你认为我这么做是想要阻止他见温岚吗？之前我还真不知道他要见温岚，实不相瞒，最近我们哥几个都断片了很久。大家就像是睡着了一样，明明知道小哥现在的处境很危险，可是我们想帮他却没有机会露头，所以好容易碰对了时机，我不得不把它抓住！"

　　"你说的意思是这段时间你们都没有出现过？你个人这样还是你们全部都是这样？"欧阳双杰说的个人和全部人指的是"彪子"和赵代红衍生出来的其他人格。

　　"彪子"回答道："所有的人。我们觉得这很不正常。'老孟'和'潘老四'觉得小哥一定是被人做了什么手脚。我们一合计，只要逮到机会，我就设法要帮小哥脱离对方的控制。其实给你打这个电话也是迫不得已的，除了你，我还真没

206

有值得相信的人。"

"你约我来不会只是想解释一下为什么从看守所逃出来的吧？"

"彪子"这才问道："知道我是怎么出来的吗？"

欧阳双杰轻哼一声："有人把你送出来的，那个叫费由治的狱警。"

"就是他，只可惜当时他并不知道他面对的已经不是小哥。你是不知道，要不是我机警，我或许就再也见不到你了。你以为他是好心要救我吗？他是故意给我制造逃跑的机会，如果不是我警惕，先把他给控制住了，那么很有可能我就会因为越狱而被乱枪打死。他就是想借机杀了小哥。"

"那个费由治就真有把握能够说服赵代红逃跑吗？"

"彪子"点了点头："你说得没错，别看他人很聪明，可是很多时候都不会变通。他既然投案认罪了，姓费的想诓他逃跑就不是件容易的事情。不过他们能哄着小哥认罪，再哄他越狱应该不是什么难事吧？"

谢欣问道："你说你从看守所逃出来是因为你制住了费由治？"

"这一点你们可以找他核实，还是他教我如何躲避看守所里的那些监控探头，没有他我也不会走得这么轻松。""彪子"笑道。

欧阳双杰问道："他告诉你是谁让他这么做的吗？"

"没有，我问了他，甚至还拿他的枪抵住了他的脑袋，可是他什么都没有说。"

谢欣说道："枪？这么说你是夺了他的枪，逼着他帮你离开的？那枪呢？"

"我脱离了险境以后就把姓费的给打晕了，枪我放回了他的身上，我可不会傻到拿走那玩意儿。一旦我手里有枪，那我就成悍匪了。"

"赵代红为什么想要见温岚？"欧阳双杰问。

"彪子"神色一正："我想小哥一定是想起了什么，最大的可能就是他被卫扬帆和温岚夫妇算计了。所以他才会提出来要见温岚，想当面对质一下！"

谢欣淡淡地说道："那以后呢？你又有什么打算？现在的赵代红可是犯罪嫌疑人。你想过没有，你这样做已经让赵代红陷入了绝境。"

"彪子"听了也面露惭愧之色："我知道自己这么做有些不妥，可是我也没有办法。我是这样想的，你们给我一点儿时间，我会尽力查出点什么来。"

欧阳双杰摆了摆手："你必须跟我们走，我会把你安置在一个妥当的地方。尽可能不让更多的人知道你在我们的手中。"

"彪子"皱起了眉头，他在想着欧阳双杰的提议。

"说老实话，我真想自己来查清楚这个案子。""彪子"有些不甘心，这个自诩的大侦探还没有发挥他的用武之地呢。

欧阳双杰摇了摇头："你已经没有选择了，照我说的这样是最好的办法。你一直都在配合警方的办案！"

"彪子"只得叹息道："你不会又把我给扔进看守所吧？"

"放心吧，不会再把你们送到看守所。站在我的立场，我是不可能放任你走的。"

"好吧，其实给你打了这个电话我就知道会有这样的结果。只是比我想象的要差些。如果不是为了小哥的安全考虑，我是不会这么快和你联系的。"

欧阳双杰说道："等等，我先打个电话，安排一下。"

大约十分钟以后欧阳双杰重新来到房间里："走吧，已经安排好了。"

上了车，"彪子"问道："能不能透个底，你把我安排在什么地方啊？"

欧阳双杰说道："安全屋，我们会有人二十四小时保护你的。"

"你会去见那个费由治吧？"欧阳双杰没有回答，"彪子"又说道，"说实话，我真想和你一起去，给他两个耳光！"

欧阳双杰拍了拍他的肩膀："放心吧，一切都会水落石出的。"

接着欧阳双杰又交代了王冲几句就和谢欣回到了警局。


"费由治的前妻死于自杀，自杀前就有严重的精神病，曾是卫扬帆的病人。前妻自杀后，费由治不但没有怪罪卫扬帆，反而和卫扬帆成了朋友。两年前他再婚，现在的妻子是曾经的情人。他的前妻也是在知道他有情人以后才性情大变的。"

许霖说了自己调查的结果。

肖远山冷笑道："也就是说他前妻的死很可能不是自杀。"

欧阳双杰用力地点了点头："甚至还有一种可能，他的妻子根本就是'被'精神病！"

肖远山拍了一下桌子："畜生，败类！马上把他给抓起来。"

"不可，现在还不能动他。"欧阳双杰拦住了肖远山，"到目前为止，我们手里的证据只能证明他前妻死于自杀，至于赵代红化身出来的那个'彪子'对他的指控也只是在猜测。"

"那你说怎么办？"

"我能不能和他好好单独谈谈。"

费由治他们三个接受内部调查的人被分别控制在三个办公室。

很快，欧阳双杰就在一间办公室里见到了费由治，费由治四十五六岁的样子，已经谢了顶，眼睛很有神儿，带着狡黠。

"费警官，你好，我是市局刑警队的欧阳双杰。"欧阳双杰微笑着在费由治的面前坐下。

费由治冷笑一声："市局刑警队的？什么时候我们看守所的事情轮到你们市局刑警队做主了？"

"费警官，我来见你是经过局领导和你们所长同意的，而且我对你的询问也属于内部调查的一部分，所以你最好还是配合一下。"

"你问吧，我不能保证每一个问题我都能够回答得上来。"

欧阳双杰点了下头："我们先说说你的前妻吧。"

费由治的脸色微微一变："我前妻？我前妻和这件事情有什么关系吗？"

"有没有关系先别急着说，就当是拉家常吧。"

费由治有些赌气地说道："那你想说什么？"

"据我所知，你的前妻没有精神病的家族史，她真正受到刺激是因为你在外面有了情人，也就是你现在的妻子。为了这件事情，你们吵闹了很长一段时间，接着她就得了精神病。你把她送到了卫扬帆的诊所接受治疗。"

欧阳双杰一面说，一面望着费由治，费由治的神情有些紧张，但他还是强作镇定："你前妻的病历资料上说，她最主要的病因是幻视、幻听，有被害妄想。以你前妻的经历应该不会导致这样的一个结果，也就是说她不该一下子就病得那么严重的，除非……"

费由治随口问道："除非什么？"

欧阳双杰淡淡地说道："除非是她错服了一些精神类的药物，致使她的神经系统发生了紊乱，才可能有幻视和幻听。"

"欧阳队长，你不会是想说我害死了我的前妻吧？说话要有根据，别信口开河！"

费由治说这话也很没有底气，至少他的语气里缺少了一种发自内心的愤怒。

欧阳双杰的心里已经有了数，他冷冷地说道："好吧，你就当我是信口开河，你也可以把我说的当个故事听。"欧阳双杰说道，"卫扬帆是一个很厉害的心理医生，他不会看不出你前妻到底是怎么一回事。以他的本事就算不能让你妻子的病情痊愈也能够有办法让她有所好转，可为什么你妻子却自杀了？我想这与卫扬帆有莫大的关系。由他来诱导你前妻自杀效果就更好了，你还能够置身事外！"

费由治的脸色有些苍白，欧阳双杰继续说道："你前妻的死，就把你和卫扬帆绑到了一起，你们就到了一条船上。他教你用特殊的手段让赵代红认罪，诱使赵代红越狱，然后名正言顺地除掉赵代红。至此，林城这些案子就有了一个了结，这便是你要为卫扬帆做的事情。

"当初卫扬帆选择赵代红做替死鬼，是冲着赵代红有人格分裂这一点。也正是这一点，赵代红却来了一个华丽的转身，他的副人格突然出现进行自救。你非但没有控制住局面，还让赵代红给控制住了，赵代红的成功逃脱使得你们的计划落空了。"

费由治没有辩解，只是木然地望着欧阳双杰。

欧阳双杰叹了口气："你一定在想，这一切都只是我的推测，我根本就没有任何的证据证实这一切。所以，只要你不承认，我就不可能拿你们怎么着！"

听欧阳双杰说到这儿，费由治的脸色也有所缓和，他直了身子："确实是一个很精彩的故事。欧阳队长，你还有什么要说的吗？"

欧阳双杰摇了摇头："没有了，该说的我都已经说完。你也是警察，希望你能够想明白一个道理——坦白从宽，抗拒从严。在你们看守所很多地方都有着这样一句话，我想你应该比那些关进来的人更能够体会这句话的含义。"

询问结束后欧阳双杰来到肖远山临时所在的办公室，肖远山和谢欣都很是好奇，谢欣问道："怎么样，他说了些什么？"欧阳双杰摇了摇头："什么都没说。"

"你们想过没有，如果卫扬帆是最终的 BOSS，那么死的那个人是谁。还有，若卫扬帆是那个凶手，他原本已经诈死躲了起来，没必要给我打那个电话，假装自己被人绑架或是追杀，这样一来，他妻子温岚所做的一切不就白费了吗？这个案子里还有一个关键的人物，云都案里颜素云的丈夫邓新荣曾经提及一个人——叫小林老师的年轻男子。这个男子在暗中也帮了邓新荣很大的忙。这个小林老师思维缜密，对整个案子也很了解，而且还没有恶意。他卷入其中又有什么样的目的？"

"现在看来找到那个小林老师是当务之急。你说这个小林老师到底是一个什么样的人？他既然自诩是正义的化身，为什么他会去接触邓新荣却不帮助我们警方呢？"

谢欣的话让欧阳双杰若有所思，不一会儿，欧阳双杰才回过神儿来："还记得我曾经假设过凶手可能是个精神病患者，他可能从事的某种职业？"

"你曾经提起过，凶手应该是一个与社会有着广泛接触、信息来源渠道也很多的人。"

欧阳双杰微笑着点了点头："我想我应该知道小林老师是谁了。"

肖远山和谢欣同时都惊诧地问道："谁啊？"

"现在还不能说，我得先想办法证实一下。"

欧阳双杰说走就走。

欧阳双杰的车开得很快，大约一个小时之后他就到了省报的门口。车停在路边，他给罗素打了个电话。

"怎么想到打电话给我啊？"

欧阳双杰淡淡地说道："你在报社吗？"

"嗯，怎么了？"

欧阳双杰说道："我就在报社门口，车停在路边的。"

十分钟后，他就看到罗素从报社走出来，径直来到他的车边。拉开车门坐到了副驾驶的位置上。

欧阳双杰开门见山："罗大记者，我想你应该还有另外一个身份吧。我是不是也可以叫你小林老师呢？"

罗素脸上的笑容没有消失，不过他的眼睛里却射出一道光芒："你是怎么知道的？"

"果真是你！"欧阳双杰深吸了一口气。

罗素说道："我知道迟早你都会猜到的，你现在心里一定在怀疑我和这些案子有什么关系吧？"

欧阳双杰说道："你要是我会怎么想？"

"因为我的一个疏忽，我也被陷在其中。在我没有办法把自己洗清之前，我只能先瞒着你，不过我一直都在尽力，希望能够帮到你们。"罗素的态度很是诚恳。

"现在你可以说说你的故事了吧？"欧阳双杰问道。

"你是怎么猜到是我的？"

欧阳双杰叹了口气："之前我去云都你也跟着去。按说你不该对云都的案子这么热心的。只是当时我没有多想，直到后来我又去云都，邓新荣提到了一个神秘人物，就是那个小林老师的时候我就隐隐觉得不对劲。不久前，我同事的一句话提醒了我。她说这个小林老师为什么会对这些案子这么清楚。他既然自诩是正义的化身，为什么他会去接触邓新荣却不帮助我们警方呢？"

"你准备把我给逮进去吗？"

"如果你真的犯了事儿，我会的，虽然我也不想这样。"

"我今年二十八岁，我是四年前进报社的。我的家在农村，在偏远的山区，以我的家庭条件是没有机会读书上大学的。不过我的运气好，遇到了好心人。从我初中开始一直在默默地捐助我，直到后来我毕业。"

欧阳双杰轻声问道："那个捐助你的人是邓新荣？"

罗素摇头否认："是他的妻子颜素云。这件事情邓新荣并不知道。颜大姐做好事没有留名，我还是后来才查到的。当我想报恩的时候她却出事了。我以前不叫罗素，叫罗进财。名字很土，进了报社我才把那名字给改了，不过你可以去查，我绝对没有说谎。"

"颜素云到底是怎么死的？是谁把她的尸体弄成那样的？"欧阳双杰问得很直接。

罗素说道："颜大姐的死与欧燕有关系。如果我没猜错的话，杀她的人应该就是卫扬帆，而把她的尸体保存下来的人是邓新荣。他对颜大姐的感情确实很深。要不是这样我也不会帮他，让他别承认回过云都也是我的主意。因为我也没有把握是否真的能够抓住杀害颜姐的凶手，所以我必须要保护好邓新荣。"

"卫扬帆为什么要杀颜素云？你是说林城的那些案子也都是卫扬帆做的吗？"

"我确实是这么认为的。你应该还记得吧，我曾经去找过卫扬帆，冒充了几天他的病人。"

"你到卫扬帆那儿不是为了打探一些名人隐私的吗？"

"你看看我以往的那些文章，有哪一篇是写八卦的。这话一定是卫扬帆说的吧？"

欧阳双杰没说话，算是默认了。罗素之所以去卫扬帆的诊所看病，其实就是想接触一下卫扬帆，因为他一直怀疑卫扬帆就是凶手。而卫扬帆虽然是个心理医生，但他自己却保不准有精神问题。"所谓医不自医，一个心理医生如果有精神问题，那后果是很可怕的。"

罗素的话欧阳双杰算是听明白了，他没有马上开口，而是陷入了沉思，他在回忆着与卫扬帆接触的点点滴滴。

　　"欧阳，假如卫扬帆也有人格分裂障碍呢？而这个秘密又不小心让在他那儿就诊的赵代红知道了，卫扬帆为了保住自己，就只能对赵代红下手。赵代红自然不是卫扬帆的对手。"

　　罗素说到这儿就闭上了嘴，不再说一个字。

　　"证据，我需要的是证据！"

　　"我要有证据早就交给你了。在这一点上我很佩服卫扬帆，能够把很多事情做得滴水不漏，不留下一点儿蛛丝马迹，也难为他了。"

　　欧阳双杰冷笑道："你化身那个小林老师不会也是人格分裂吧？"

　　"天地良心，我可没有人格分裂，我只是伪造了一个身份而已。我经常去云都颜大姐家，也是受了邓新荣的托付，保存好颜大姐的尸体。等有了合适的时机再行安葬。那车也是他让我开的，因为那车保安认识。"

　　"为什么你要阻止邓新荣报警？"欧阳双杰又抛出一个问题。

　　罗素说道："如果他报警，你们警察能够保证他的安全吗？"

　　见欧阳双杰脸上有些尴尬，罗素又说道："你们不可能二十四小时陪着邓新荣。他也不敢报警，至少在没有抓住真正的凶手之前，邓新荣对颜大姐的尸体进行了特殊的处理。偏偏我们无法拿出证据证明颜大姐的死与我们无关。"罗素叹了口气。

　　"他为什么非得对颜素云的尸体进行处理？"

　　罗素说道："一来是他们夫妻的感情太深，他舍不得将颜大姐下葬；二来他有心结，他说一定要让颜大姐亲眼看到凶手被绳之以法。他的手段说是从电视里学来的。不过……"

　　罗素说到这儿抬起头望向欧阳双杰，欧阳双杰问道："不过什么？"

　　罗素沉默了一下说道："不过我却发现，邓新荣好像也有人格分裂的倾向，而处理木乃伊的这个技术我觉得应该是他的某个人格的绝活。"

　　罗素说到这儿，欧阳双杰确实想起了某次见到邓新荣的时候他的异常表现，还有云都警方曾经给他做的精神鉴定。

　　欧阳双杰苦笑了一下："赵代红、卫扬帆和邓新荣，三个人都有人格分裂障碍！"

　　"这不完全是巧合，这其中有一个卫扬帆存在，你觉得是巧合吗？在我看来，应该是你们警方惊动了他，确切地说是你欧阳队长提醒了卫扬帆，当你找上卫扬帆，想要梳理他病人中患有分裂型人格障碍的患者，并告诉他林城案的凶手可能是一个精神病人的时候，他便开始把主意打到了这类人的身上。"

"那他的目标也只是赵代红。邓新荣又怎么说？还有，颜素云到底是怎么死的？邓新荣处理了尸体，不就把现场的痕迹给破坏了吗？"

"破坏了现场我承认，但警方会查出颜大姐的死因，这一点我还是很相信警方的能力。"

欧阳双杰淡淡地说道："罗素，我想你和邓新荣应该到局里把事情说一遍，走个程序。"

罗素脸上的笑容消失了："这样一来我们想不受到他们的关注都不行了。我倒是觉得，暂时维持现状对我们大家都有好处。而我和邓新荣依旧能够在暗中秘密调查。你也知道，我们的调查与你们警方不一样，而且也比你们有优势，因为我们的调查不会受到太多条条框框的限制。"

欧阳双杰没有说话，他心里也在衡量着罗素的话。

不管怎么说，对于罗素今天表现出来的态度他还是很满意的，至少在自己开口询问的时候罗素就没有隐瞒自己，可以说是知无不言，言无不尽。

欧阳双杰点了点头，罗素便下了车。


欧阳双杰回到警局，把他和罗素的见面过程给肖远山说了一遍。

肖远山惊呆了，他想不到罗素便是"小林先生"。

"你就这样答应他了？"

欧阳双杰叹息道："我相信罗素。有时候我们不能做的事情，他能做。而且他的脑子很好用，他知道如何保护自己。"

肖远山长长地叹了口气："或许你说的是对的，你得让他知道，底线终归是不能触碰的，越过去就是雷区，很可能会粉身碎骨。"

欧阳双杰点了点头，在这件事上有肖远山的支持就好办得多了。

肖远山问接下来欧阳双杰有什么想法，欧阳双杰说准备再找温岚谈谈，或许该和温岚聊一些实质性的问题了。

"你有把握吗？"肖远山问道。

欧阳双杰耸了耸肩膀："没有，不过试试总不会错。"

肖远山想了想："视频上真的是卫扬帆吗？"

"虽然模糊，但我还是大致能够确定。所以我得听听温岚怎么说。适当的时候我会把那段视频拿给她看。"

"如果卫扬帆真是诸多案件的真凶，那么他在有了赵代红这个替死鬼之后，躲起来才是最明智的。为什么要给你打那个电话，还要在摄像头面前留下这么一段呢？还有那几个抓他的人又是什么人？他到底是躲起来了还是被人控制起来了？"

欧阳双杰回答道："之前我也觉得他或许是被人控制的。但和罗素谈过以后，我觉得卫扬帆应该躲了起来。"

"那电话和视频又是怎么一回事？"

"因为我之前忽略了一个最重要的问题。罗素提出卫扬帆很可能有人格分裂。他给我打那个电话，还有那段视频，很可能是他的另一个人格在作祟。那些人原本就不是控制他的，而是在暗中保护他的。"

肖远山听完用力地点了点头："嗯，这么一说就能说得通了。"


第二天，欧阳双杰带着谢欣去见温岚。温岚有些错愕，她看了看表，这才早上九点，而且今天又是周末。

"进来吧。"温岚恢复了常态，平静地请欧阳双杰和谢欣进了屋。

温岚淡淡地说道："你们一大早来，有什么事吗？"

"嗯，我们想再向你确定一下，那个死者真是卫医生吗？"

"难道我还会弄错吗？老卫那带血的衬衫和卫斯理的DNA报告是假的吗？"

谢欣轻声说道："温老师，你别激动，我们只是想再次核实一下。"

"核实？这都核实了多少遍了？赵代红跑了你们不去抓。我真搞不懂你们警方到底在干什么！"

欧阳双杰叹了口气："温老师，我这儿有段视频，你先看看吧。"欧阳双杰取出自己带来的笔记本电脑，便将那段视频给放了出来。

温岚在看这段视频的时候，欧阳双杰的双眼一直紧紧地盯在她的脸上。视频不长，但在短短的时间内温岚的脸色几度变化。

"温老师，要不要再放一遍给你看？"视频放完之后，欧阳双杰问道。

温岚抬起了头："不用了，我知道你想说视频里的那个人可能是老卫。不可否认，看上去真有些像，但像并不代表就是。况且你的这段视频很模糊。"

"确实不能说明什么问题。原本我以为这段视频能够让你感觉到一丝希望的，看来你是打心眼儿里认定卫医生已经死了。"

"难道那些证据都证明不了吗？你拿出这看不清的视频，就想推翻那些铁证？我看你们是想替赵代红脱罪吧。现在看来赵代红所谓的越狱应该是你们玩儿的小把戏。"温岚的脸色变得很难看。

欧阳双杰淡淡一笑："温老师，如果一个心理医生他自己原本就有精神问题，你觉得这是不是一件很有讽刺意味的事情？"

温岚一下子站了起来："欧阳警官，我觉得我们已经无法正常的沟通了，一会儿我还有事要出门，不送了。"

欧阳双杰也站了起来，礼貌地向温岚告辞，谢欣跟着欧阳双杰离开了温岚的家，温岚倒还是把他们送到了门口，不过她却撂下了一句话："关于老卫的案子，我希望你能够早日给个结论，否则我会向你们的上级部门投诉。"

接着欧阳双杰和谢欣就听到了温岚重重地关门的声音。

温岚在窗口看着欧阳双杰和谢欣上车离开，她拿起手机打了一个号码。

"刚才那个欧阳来找我，他手上有一段视频，对我们很不利，还好那段视频看上去不清楚,你那边可不能再出什么乱子了……"温岚对着电话说了很久才挂掉。

许霖把邓新荣接回来了，云都"颜素云案"也正式与林城的几个案子并了案。欧阳双杰第一时间赶到了市局招待所，见到了邓新荣。

邓新荣看上去比之前几次见面时要精神多了，他看到欧阳双杰时脸上露出了笑容："欧阳警官，谢谢你！"

欧阳双杰只是微微一笑，然后拉过许霖，低声耳语了一番，许霖就走了。

"看上去你的气色不错。"

邓新荣说云都警方对他宽松了许多，在医院里给了他相当大的自由度。

欧阳双杰突然问道："你们在云都的住处，那个保安曾经向警方提起小林老师是一个古董鉴定家，还亲耳听到有人打电话请他做古董鉴定。那应该是你和小林老师唱的双簧吧？"

邓新荣没有否认："嗯，罗素是个好人，如果没有他，或许我也被他们给害死了。"

"在云都你有一点没有告诉我，颜素云到底是怎么死的？为什么死的？"欧阳双杰望着邓新荣，等待着他的答案。

邓新荣半天才说道："素云的死和法医鉴定的一样。至于凶手为什么会杀她我也说不上来。我只知道是与欧燕有关系，罗素说很可能素云牵到了'吴飞案'中。假如是这样，为什么她最后又和欧燕闹翻了？"

"或许她是知道了不应该知道的，比如'吴飞案'的真相。"

邓新荣瞪大了眼睛："罗素也是这么说的。后来欧燕死了以后罗素又来找过我。一开始他竟然怀疑是我向欧燕下的手。"


一辆红色的尼桑在大西门市西商业街的地下停车场停好。从车上下来一个女人。在女人上电梯后，许霖才从车上下来，走到了电梯口。

"老师，莫雨霏上了电梯，我要不要跟上去？"许霖问道。欧阳双杰让他继续跟着，看看莫雨霏究竟去做什么。

许霖像一个普通的顾客一样，看似漫无目的地转悠着。不过他的目光一直在四下里搜寻莫雨霏。

"先生，新款夹克，刚到的货。"在路过一间小铺面的时候，店员热情地招呼着，许霖微笑着摇了摇头："随便看看。"说着他加快脚步向前又走了十几米，然后他看到了莫雨霏的背影。

莫雨霏走得并不快，那样子像在逛商场。只是她逛得有些心不在焉，不时地看看表，目光又在商场里寻找，许霖觉得她更像是在找人。

终于，莫雨霏加快了步伐，许霖看到在莫雨霏前面不远的地方出现了一个女人。莫雨霏上前挽住了那个女人，那个女人许霖一眼就认出来了，正是卫扬帆的妻子温岚！

一个是妻子，一个是情人，她们竟然相处得那么融洽。他暗自打电话把自己看到的一幕告诉了欧阳双杰，欧阳双杰只是让他继续盯着，有什么发现及时报告。

两个女人会合了以后在国贸商城逛了大约四十分钟，又把隔壁的几个商场也逛了，这样就又逛掉了两个多小时。

终于两个女人在街边的一个咖啡吧坐了下来，许霖没有跟着进去，而是在距离不远的一个书报亭里假装翻看着书报杂志。

大约十分钟后，许霖看到温岚与莫雨霏离开了咖啡厅，上了路边停好的 SUV 上。许霖马上在街边拦下一辆出租："跟上前面那辆灰色的斯柯达！"

出租车在"灵山小筑"别墅区门口停了下来。那辆"斯柯达"已经开了进去，可是出租车是进不去的。许霖只好下了车，付了车钱，走到了小区的门口。

两个保安拦住了他，外人是不能入内的。

许霖掏出了证件："我是警察，正在执行公务。"

两个保安确认了之后忙小心地递还给许霖，让他进去了。那辆斯柯达却不知道开到哪儿去了。

许霖问保安，小区的监控室在什么地方，保安告诉他在小区西面的物业管理公司的中心控制室。

许霖找到了物业公司，看到那辆车开到十号别墅前停下来的。那两个女人进了十号别墅之后车就开走了，从监控记录来看，那辆车是从小区后大门离开的。

"老师，我问过了，那栋别墅的业主叫欧天鹏，欧燕的堂哥。"

欧阳双杰听许霖这么说，轻声重复了一句："欧天鹏？他是做什么的，你查过了吗？"

"欧天鹏是个混混，一直都是在道上瞎混。'吴飞案'后，欧天鹏就进了吴飞的文化公司。"

两个女人大约半个多小时后就出来了。

按说这两个女人的关系应该是水火不容的，她们是在卫扬帆"死"之前就认识的？又或者是因为卫扬帆的"死"而把她们联系到一起的。

欧阳双杰已经抽了好几支烟了，烟灰缸里也堆了一小撮烟头。他走到了白板面前，在白板上的空白处写下了欧天鹏的名字，接着他又在欧天鹏的名字后面写下了两个字：别墅。

许霖说到欧天鹏的时候提到过，欧天鹏一直在道上混。这让欧阳双杰又想到了另外一件事情，那就是那段视频里的那些人看上去确实有些混混的味道，莫非……

欧阳双杰的眼睛一亮，他想到了一种可能，卫扬帆很可能就藏在欧天鹏的别墅里，而两个女人去欧天鹏家是去看卫扬帆！

想到这儿，欧阳双杰又打了个电话给王小虎，很快王小虎就来到了他的办公室。当他听了欧阳双杰的想法，点了点头："但是如果我们贸然找上门去，却找不到卫扬帆，那麻烦就大了。"

欧阳双杰当然明白王小虎的意思，他抱着茶杯思考着。

过了大概五分钟，欧阳双杰抬起头望着王小虎："欧天鹏现在和道上的人有染，查查他是不是沾毒品。如果有，请禁毒大队协助我们一下。我们就可以名正言顺地进欧天鹏家了。"

王小虎马上就和禁毒大队那边联系，很快就有了回馈，说这个欧天鹏有吸毒史。

欧阳双杰提醒他，尽量把这事情做得自然些，别让欧天鹏看出了痕迹。

"放心吧，我有分寸。"王小虎说完便离开了。

王小虎离开后，留给欧阳双杰的就是等待，漫长的等待。

经王小虎的沟通，禁毒大队那边同意协助。负责这件事情的是禁毒大队的一个中队长，叫乔鑫。他正带着几个缉毒警察开着车去欧天鹏家。

乔鑫的手里拿着几张照片，都是卫扬帆的一张近照。他把照片分发给他的几个下属："你们看清楚这个人，到了别墅就仔细搜查，一旦见到这个人就把他扣起来。"

车子在欧天鹏家门口停了下来，年轻警察上前敲了敲门。

"谁啊？"一个中年妇女的声音传了出来，门开了。

中年女人看到门口站着四五个身着警服的人，脸色微微一变，张着嘴不知道说些什么，顿了半天才轻声问道："你们找谁？"

乔鑫掏出证件："我们是缉毒禁毒大队的，这是我们的证件。欧天鹏在吗？"

中年女人点了点头："在，你等一会儿。"说着便准备关门，年轻警察抵住了门："门就不用关了，既然他在，我们自己进去，不用你去通报了。"

说着几人便径直走了进去，中年女人原本是想要阻拦的，伸出手去，最后却不敢拦。

客厅里传来了一个男人的声音："张姐，请他们进来吧。"

客厅的沙发上坐着一个穿着赫红色唐装的微胖男子，大约四十来岁，戴着一副眼镜，左手里拿着一串佛珠，右手握着一把紫砂小茶壶，神情很是镇定。

直到乔鑫几人走到了沙发边，那男人才站了起来，面带微笑："几位警官，刚才的话我都听到了。我就是欧天鹏，我想其中一定有什么误会吧，来，请坐，上茶。"

"坐就不必了，我们接到举报，你涉嫌藏毒吸毒。所以我们会对你的住所进行搜查，还希望你予以配合。"乔鑫阴沉着脸。

欧天鹏皱起了眉头："搜查？请问你们有搜查令吗？"

乔鑫脸上的神情微微一变，他轻咳了一声："由于情况紧急，我们没有立刻申请搜查令，不过如果欧总觉得有必要的话，我马上让我的同事办理。"

"这倒是不必，既然是你们的工作，作为一个好公民我当然没有理由不配合，别整得跟抄家似的，不然大家的面子上都不好过。"

说罢，欧天鹏又坐了下来，一面品着他的茶，一面数着他的佛珠："张姐，让他们搜吧，你做你的事去，不用管他们。"

　　欧天鹏的淡定让乔鑫的心里很没底，他感觉自己这一趟很可能就会扑空了，不过既然都来了，总是要仔细搜一下的。

　　乔鑫说道："那欧总，我们就得罪了。"乔鑫把五个人分成了两组，自己带了两个人在一楼搜查，让另外两人一组搜查二楼和三楼。半个小时过去了，两组人重新碰头，但对视了一眼之后，又都摇了摇头。

　　乔鑫问张姐："你们这儿有地下室吗？"

　　坐在沙发上的欧天鹏发话了："我有一个小酒窖，存了些葡萄酒，可惜年份都不是很好。如果乔警官有兴趣，我领你们去看看吧。"

　　乔鑫几人跟着欧天鹏转到了厨房后面，那儿有一道小门。

　　"看吧，这些就是我的藏酒了。国外的不多，毕竟我不是什么大富豪，喝红酒只是爱好。"

　　这个酒窖并不大，不到三十个平方米，中间是酒架子，那酒架子周围摆了三张桌子，每张桌子还配着几把椅子。看着倒是有几分酒吧的意味，只是在墙根有一壁书柜，对开门的老式书柜，书柜里装满了书。这些书看起来都是新崭崭的，有的精装书甚至连塑料包装纸都没有拆开。

　　见乔鑫对着那书架上的书发呆的时候，欧天鹏有些不好意思地说道："你们应该也知道，我没有多少文化，我能够有今天全是仰仗了我的堂妹欧燕。她老是让我多看书，即便不能真正从中增长多少知识，能够陶冶一下情操也是好的。"

　　整个搜查过程不到一个小时就结束了，乔鑫他们没能够在欧家查出什么，这让他有些气馁，特别是欧天鹏送他们出门的时候那脸上的笑在乔鑫看来很嘲讽。

　　乔鑫回到局里，他没有着急回禁毒大队，而是按着事先说好的，他去了欧阳双杰的办公室。

　　王小虎早就已经等在那儿了，接下来他便把去欧家搜查的情况细细地说了一遍。

　　当听乔鑫提到地下酒窖的那个老旧书柜的时候，欧阳双杰沉思道："老书柜？一柜子新书？"乔鑫不明白欧阳双杰说的什么，他只是微微点了下头。

　　"附庸风雅是为了充门面的，既然是面子工程他为什么不做在明处，而是把这样一个书柜放在酒窖里？以欧天鹏的身家，一个好一点儿的书柜他并不是买不起，为什么要摆上那样一个旧书柜？"

乔鑫轻声问道："欧阳队长，你不会是怀疑那书柜有什么问题吧？我们可是仔细地翻了不止一次，如果有什么问题我们应该能够查出来。"

"不是你的问题。"

"小虎，你说说看，这个欧天鹏是不是早就已经有了准备才这么有恃无恐？他今天这么好说话、这么配合我觉得有些不合常理。"

"那个书柜的背后是不是藏着些什么不为人知的事？"

"书柜的背后？你是说那书柜后面很可能有什么暗道，而乔鑫他们去看到的一切都只是浮于表面？"

"我确实是这么想的，只是乔鑫他们刚搜了一遍，我们再出马有些说不过去。如果不及时再去搜一遍的话，很可能卫扬帆就会转移了，那样的话到手的线索就断掉了。"

"小虎，你马上申请搜查令，我们必须马上对欧天鹏的家里进行彻底的搜查。"欧阳双杰对王小虎说道。

王小虎犹豫了一下，点了点头："好，既然你都说到了这份儿上，我就豁出去了，我这就去弄搜查令。"

这一次来欧家的不是缉毒警察，而是刑警。领头的便是欧阳双杰，跟着他的几个人有王小虎、谢欣、小宋。

小宋摁了门铃，开门的是张姐。

欧阳双杰这帮子人穿的是便装，张姐问他们找谁，谢欣掏出了证件："我们是市局刑警队的，找欧天鹏。"

"你们是警察？"张姐有些狐疑。

王小虎开口问道："欧天鹏在吗？"

"张姐，这没你什么事了，你去忙吧。"欧天鹏从屋里走出来。

"欧天鹏，这是我们的搜查令，还希望你能够配合我们的搜查。"

欧天鹏笑了："还真有搜查令啊，那你们就请便吧。"

"欧总，能带我参观一下你的酒窖吗？"欧阳双杰可没有性子和他多说几句。

"这边请。"欧天鹏在前面带起路来。

一面走，他一面问道："警官，能不能告诉我到底是出了什么事了？一个早上就来了你们两拨警察，一会儿是禁毒大队的，一会儿又是刑警的。"

欧阳双杰没有说什么，在他看来欧天鹏那可是揣着明白装糊涂，欧天鹏怎么可能不知道警察为什么会找他。

来到了酒窖，欧阳双杰他们一眼就看到了那个书柜，还是安静地站在那个墙脚处，欧阳双杰走到了书柜边，伸手在书柜上摸索着。

王小虎留心着欧天鹏，他发现欧天鹏的脸色有些难看，王小虎深吸了口气，看来欧阳双杰的判断没错，王小虎的心里也不由得有些激动起来，他期待着这扇暗门一打开就能够看到卫扬帆了。

欧阳双杰找了半天也没有找到机关在哪儿，他甚至产生了一种直接把这书柜给揪开的冲动，王小虎说道："要不就直接把它抬开吧。"

"这是古董，这可是明清时期的东西，我是花了六十多万弄来的，可别给我搞坏了。"欧天鹏忙说道。

欧阳双杰停止了忙活，他望向欧天鹏："欧总，几十万的古董就扔在这酒窖里？"

欧天鹏说道："这不是想喝酒的时候能够看看书，消遣一下吗？"

欧阳双杰冷笑道："欧总还真会享受，不过我还真没有看过有谁会在酒窖里这样喝酒，摆上几张桌子、一个书柜，还真把酒窖当酒吧了？"

欧天鹏咳了两声："欧阳警官，这是我家，我自家的东西我喜欢放哪儿、怎么放那是我的事。"

"我也不过是说说，欧总，你犯不着生气。小虎，你让人把书柜抬开。"

欧天鹏拦住了他们："你们到底想干什么？"

王小虎把欧天鹏拉到了一边："你就把心放在肚子里吧，不会损坏了你的老古董的。真要坏了，我们会照价赔偿的。"

欧天鹏紧紧地咬住自己的嘴唇，只能眼看着欧阳双杰、王小虎和小宋去移动书柜，谢欣也在一旁帮忙，只是那书柜就像是生了根似的，四个人都没能挪动它。

欧阳双杰他们停止了动作，欧阳双杰望着欧天鹏："欧总，这怎么回事啊？"

欧天鹏的脸色十分难看，听欧阳双杰这么问他，他苦笑了一下："这个书柜是挪不开的。其实他并不是什么书柜，而是我藏保险箱的地方。"他走上前来，打开了书柜下前部分的带了两扇对开门的柜子。

这个书柜分为上下两部分，上半部分是三层摆放书籍的架子，而下半部分是对开门的柜子。只见欧天鹏把那些书籍都取了出来，又揪开了底部的垫板。欧天鹏在书柜的内壁里摸索了一下，然后摁下了一个机关，那保险箱就自己升了起来，保险箱的大小果然就与书柜下部差不多一样大，升上来以后就几乎把书柜给抵满了。

欧天鹏咳了两声，尴尬地说道："你们也知道，现在的小偷很猖獗，虽然我不是很富有，但这些年的打拼也攒下了些家业，俗话说得好，不怕贼偷就怕贼惦记，所以我才请人给我设计了这样一个保险箱。不过警官，我这些东西都是合法所得。"

书柜的秘密已经揭开了，那么欧阳双杰的推测也就随之被否定了。这让欧阳双杰的心里有些沮丧。

欧阳双杰望向欧天鹏："你和温岚认识？"

"当然认识，她和燕子是好朋友，而我和燕子是兄妹，一起相处的时间不少，我和温岚认识也不足为奇吧？"

"那莫雨霏呢？"

"莫雨霏？"欧天鹏愣了一下。

"有印象，她在林城可算是名人，别看她到了这个年纪，那小模样还是那么的俊。偏偏这人脑子有问题。"

"那天温岚和莫雨霏来你家，找你有什么事？"既然这草也打了，蛇也惊了，那还不如直接把问题挑明，欧阳双杰倒要看看欧天鹏会说些什么。

欧天鹏叹了口气："她们俩是为了卫扬帆来的。我也没想到她们怎么就走到一起去了？"

"为了卫扬帆？"王小虎可不想他又开始扯闲篇。

欧天鹏点了点头："杀害卫扬帆的那个赵代红不是越狱了吗？温岚说警方是靠不住的。她是知道我的底细的，也知道我和道上的人有些关系。所以她俩就跑来找我，希望我能够找到这个赵代红，然后交给警方。可是我拒绝了她们，我早就已经不混道上了，好容易转了正行，谁愿意再走回头路啊！"

"几位警官，这下面空气不好，咱们上去坐下来泡上茶慢慢聊吧！"欧天鹏热情地说道。

"既然想问的我们已经问清楚了就不打扰了，小虎，我们回吧。"欧阳双杰转身的时候撞到了一张椅子，他皱了下眉头，绕开了。

离开的时候欧天鹏一脸笑容地把他们送出门。

回去的路上，欧阳双杰一声不吭，阴沉着脸。

王小虎安慰道："胜败乃兵家常事，欧阳，你也别太往心里去了，或许真如欧天鹏说的那样呢，温岚她们已经急了，想要早早结案必须找到赵代红，而欧天鹏道上有关系，自然是最好的求助对象，这也说得通。"

谢欣说道："是啊，欧阳，别沮丧，相信我们一定能够找到卫扬帆的。"

欧阳双杰只是苦笑了一下，并不答话。

开着车的小宋看了一眼后视镜："地下酒窖里为什么还摆了几张桌子，难不成他真会领着人在酒窖里品酒？看着挺别扭的。"

小宋一句无心的话让欧阳双杰的眼睛一亮。

"停车！"欧阳双杰叫了一声，小宋忙靠边把车停了下来，一头雾水地望向欧阳双杰。

王小虎问道："怎么了欧阳？"

欧阳双杰打开车窗，点了一支烟，然后轻声说道："小宋说得没错，那个地下酒窖里弄了三张桌子确实有些不伦不类，我想就连欧天鹏自己也不可能会在那儿品酒，根本就没有什么环境！"

"掉头，回欧家！"这一次他的脸上露出一种自信与刚毅。

谢欣说道："欧阳，你到底想到什么了？"

欧阳双杰这才说道："书柜、桌子、椅子，这些本都不该出现在地下酒窖里的。要说欧天鹏是个没有品位的人，可是他的别墅的装饰布局也不是那么糟糕，如果书柜是个大保险箱，为了掩人耳目摆在酒窖倒也罢了，那些桌椅呢？"

"显然那儿并不是招呼客人的地方，就算是欧天鹏自己有这个喜好，在酒窖里品酒，也用不着摆三张桌子吧，酒窖原本就不大，摆上以后就显得拥挤不堪了，所以我在打转身的时候就碰到了椅子。"

王小虎三人听欧阳双杰说到这儿，王小虎说道："你是说文章很可能在那些桌椅底下？"

"书柜放在那儿绝对不是偶然，也不是像欧天鹏说的，把保险箱放在酒窖更为隐蔽。其实他要不根本不是隐蔽，而是故意为之。用一个破绽去遮掩其他的破绽，而我说的其他的破绽，便是那些桌椅！"

欧阳双杰他们去而复返，让欧天鹏的心里一紧，特别是他看到欧阳双杰的脸上竟然带着自信的笑容时，他的心里更没有底了。

"几位警官，你们怎么又回来了？"

欧阳双杰淡淡地说道："看你这样子好像不太欢迎我们啊！"

欧天鹏这才发现自己失态了："瞧我这小家子气，请进！刚才茶也没来得及喝上一口。"

几人进了屋，欧阳双杰拒绝了欧天鹏坐下来喝茶的邀请，他提出想再去欧天鹏的酒窖看看，欧天鹏的脸一下子就白了。

"不行吗？"王小虎说道。

欧天鹏苦笑道："只要你们想看，随时都欢迎。"说着就领着四人再一次去了进行地下酒窖，只是看得出来他这次的表现并不如刚才的镇定从容，他的心里也很清楚，欧阳双杰他们的去而复返一定是来者不善。

欧阳双杰分别对几张桌椅底下的地面进行检查，果然在对靠近左边墙脚的那张桌子进行检查的小宋叫了一声："你们来看看吧。"

欧阳双杰和王小虎忙走了过去，那地下是装了瓷砖的，一米见方的瓷砖，小宋指着的角落这一块的瓷砖，乍一看上去与别的瓷砖没有什么差别，但仔细一看，那砖沿的钩缝与别的有些区别，都是水泥浆钩缝加了防水胶的，只是这一块四沿的防水胶要稀薄些。小宋用手轻轻叩了叩，有回音，看来是空心的。

王小虎走到了欧天鹏身边："这是怎么一回事？"

欧天鹏紧紧地咬着嘴唇，半天才说道："这是一条秘道。"

欧阳双杰冷冷地说道："打开它！"欧天鹏走到了书柜旁，打开下面的柜子。然后伸手摸了一下，拿出了一个像吸盘的东西，压到了那瓷砖上，然后双手用力一拔，那整块砖就被提了起来，一个向下的铁楼梯就出现了。

"下去吧！"欧阳双杰这话是对欧天鹏说的，欧天鹏叹了口气，便走在了前面。

底下是一个二十多平方米的地下室，亮着灯，还能够听到换气扇的声音。地下室布置得就像酒店的房间一样，并不潮湿，墙壁和地上都贴了瓷砖，透气性也不错。有一床、衣柜、桌子、椅子、沙发、电视和饮水机。一应生活用品俱全，另外在角落上还有一个卫生间。

不过这些都不足以让欧阳双杰感到惊讶，真正让他们激动的是看到正木然地站在那儿的那个人。

"卫扬帆！"王小虎瞪大了眼睛，虽然王小虎早就听欧阳双杰做过推断，心理也有些准备了，可真正见到卫扬帆的时候他还是很吃惊。

欧阳双杰慢慢地走到了卫扬帆的面前，脸上露出胜利者的微笑："卫医生，我们又见面了。只是我没有想到的是，竟然是在这么深的'地底下'相见。"

此刻的卫扬帆面如白纸，或许是在这"地底下"待的时间长了的缘故，他脸上的表情很复杂，他没想到自己藏在这儿竟然还是被找到了。

　　卫扬帆和欧天鹏被一道带回了警察局。在羁押室，欧阳双杰和王小虎正面对着卫扬帆。

　　"老卫，你难道就没有什么想说的吗？"欧阳双杰轻声问道。

　　"我有什么好说的，我什么都不知道。"

　　欧阳双杰叹息道："我一直以为你是一个正直的人。有自己的为人处世原则和职业道德。"

　　卫扬帆没有说话，一副死猪不怕滚水烫的样子。

　　"你是什么时候发现自己有人格分裂的倾向的？"欧阳双杰问道。

　　卫扬帆的身子一震，抬眼望着欧阳双杰："你是怎么知道的？"他的目光很冰冷，还带着浓浓的怨恨。

　　"我怎么知道的不重要，重要的是你为什么要设计陷害赵代红，枉他那么信任你。"

　　卫扬帆叹了口气："我也有我的苦衷！"

　　"你到底有什么苦衷？说来听听。"

　　卫扬帆摇了摇头："我不能说，欧阳，你别逼我了。你要给赵代红脱罪，我可以答应你，我甚至不否认林城的那些案子都是我做的，至于其他的，你就别问了。只要我认罪了，那么这案子也就结了？"

　　卫扬帆的态度让欧阳双杰有些犹豫了，如果事实证明卫扬帆是真凶，那么警方确实可以结案了，对于卫扬帆来说也不冤，可是欧阳双杰要是不把所有的细节搞清楚，他也不会甘心。

"这么说林城的这些案子都是你干的？"王小虎开口了。

卫扬帆点了点头："不只是林城的案子，就连云都的颜素云也是我杀的。所有的案子都是我一个人做的。我有人格分裂，那些案子都是我创造出来的那些人格做出来的，只是我却是知情的。我的病例与其他人的不同，因为在所有的人格中，我的本体才是主宰者！"

"老卫，你说的是真的？"

卫扬帆苦笑了一下："真的，从学术上来说这样的可能性不是太大。可是却是存在的。"

欧阳双杰点了点头。卫扬帆一下子便担起了全部的案子，这让欧阳双杰有些惊讶。在欧阳双杰看来，就算卫扬帆真是凶手，是他的副人格在作祟，而他对这一切也都是知情的。但是卫扬帆竟然没有任何为自己辩解开脱的意思。因为副人格在作祟，那么作为人格主体的卫扬帆来说，他就是被冤枉的。因为这一切的案子都不是他个人的意志。作为一个心理医生他不会不清楚这一点，他应该会多多少少表示一下自己的委屈与不满。

"小虎，你先出去一下，我想和他单独谈谈！"王小虎转身离开。

"现在只有我们两个人，你可以和我说实话了吧？"

卫扬帆点了点头："案子都是我做的。"

欧阳双杰却摆了摆手："老卫，我不相信你会做出这样的事情来。你的主体人格能够占主导地位，那么副人格的行为应该会多少受到主人格的影响，以我对你的了解，你不该会做出这样的事情来。"

卫扬帆低下了头，紧紧地咬着自己的嘴唇。

欧阳双杰叹了口气："老卫，不管怎么说，我们也算得上是朋友。我现在就以一个朋友的身份和你谈谈心。我们先不谈你的案子，我们先来谈谈'吴飞案'。"

欧阳双杰把吴飞案简单地说了一遍，然后说道："这次你们陷害赵代红的手法与'吴飞案'如出一辙。我很想知道，这到底是谁的主意？"

卫扬帆的嘴巴动了动，却没有给出一个答案，欧阳双杰说道："如果我猜得没错的话，应该是你的妻子温岚的意思吧？"

"你为什么这么说？"

"我们曾经对欧燕进行过调查。欧燕有过两个很要好的朋友，一个是'云都案'里的受害者颜素云，另一个就是你的妻子温岚。只是不知道为什么，在'吴飞案'

以后，颜素云也好，温岚也好，与欧燕的关系一下子降到了冰点。颜素云去了云都，与欧燕断绝了来往。虽然温岚还是留在林城，可是也与欧燕不再往来。"

卫扬帆没有说话，但他也没有否认。

"在知道颜素云与欧燕的关系之后我曾经想过，颜素云为什么要这样？她和欧燕之间到底发生了什么事，导致两个朋友出现这样的隔阂。"

卫扬帆轻声问道："想出答案了吗？"

"我想，答案无非有两种：一种是当时'吴飞案'，她们没有配合欧燕，参与陷害吴飞，而且作为知情者，她们过不了自己良心的这一关，同时也看清了欧燕这个人，所以她们就采取了一种敬而远之的态度；还有一种可能，她们也参与了'吴飞案'，只不过是她们没有走到明面上。既没有公开支持欧燕，也没有替欧燕做什么证明，而是做了一些其他见不得人的事情。"

"那你觉得像是哪一种呢？"

"在我看来，第二种可能性更大。"虽说欧阳双杰说的是可能性，但他却说得很肯定，斩钉截铁。卫扬帆又追问了一句为什么，欧阳双杰说如果她们真是敬而远之，那么颜素云的死就有些说不过去了。颜素云已经躲到了云都，开始过着她自己全新的生活，断然不会再对欧燕产生什么威胁。况且如果欧燕真要灭口的话，为什么要等到现在。

卫扬帆说道："有些事情并不像你想的那么简单。"

"卫医生，你到底惧怕什么？"

谢欣和邢娜来到了温岚家，温岚刚从学校回来。看到谢欣与邢娜她的脸色有些不自然。

谢欣和邢娜在客厅里坐下，她照旧去泡茶。泡好了茶以后，温岚才在两个女警察面前坐了下来，镇定从容地问道："两位，到我这儿来有何贵干？"

"我们今天来有一件事情想要告诉你一下，卫扬帆没有死，还活着。现在正在市局接受调查。"

温岚听了后像是触电了一般："老卫竟然还活着？他有没有说什么？现在在什么地方？"

"卫扬帆什么都不肯说，我想他或许在维护什么人？"谢欣的眼睛紧紧地盯在温岚的脸上。温岚的脸上没有应有的喜悦，相反，她的神情很复杂，连她脸上的笑都是强挤出来的。

温岚沉默了一会儿才抬头，提出想单独见见卫扬帆。

邢娜说道："那不成，现在卫扬帆已经承认自己是杀人的凶手。如果他说的属实的话，那么卫扬帆在判决之前你可能见不着。"

温岚幽幽地叹了口气，转身回房间换了一件衣服。谢欣是前来带温岚回去审问的。

刑警队的羁押室里，欧阳双杰变成了听众，卫扬帆在回忆叙述着。

无论是温岚还是颜素云，她们都没有掺和"吴飞案"。当时欧燕把自己设计吴飞的计划告诉了她们，两人听了都感到害怕。她们没想到自己的好朋友竟然会是这样歹毒的人，用这样的法子去陷害自己的丈夫。她们知道吴飞与欧燕的感情一直都不好，欧燕对吴飞有着怨气。

但有一点，吴飞并没有对欧燕怎么样，只是吴飞贪玩儿，有时候会玩儿得有些出格。可他对于欧燕还是满关心的。吃的、穿的、用的，吴飞并不吝啬。吴飞没有家庭责任感，他把这一切归结于欧燕没有给他生个一儿半女。可不管怎么说，在温岚和颜素云看来，吴飞都罪不至死。

当初她们苦口婆心地劝欧燕打消这个念头，不过欧燕却是铁了心一般。欧燕让她俩帮着自己实施这个计划，两人都拒绝了。这让欧燕耿耿于怀，还放下狠话，不帮她的话，那朋友做不成，只能做敌人。

温岚回去以后和卫扬帆说了，他也支持自己的妻子，毕竟这是人命关天的事情。

欧阳双杰轻声问道："后来呢？欧燕就没有对她们进行报复？"

"没有，应该是'吴飞案'过后的一个月左右吧，欧燕约温岚和颜素云见面，当时温岚很紧张、很害怕，她问我该不该去见欧燕。我觉得还是见见的好，'吴飞案'都已经发生了，和欧燕的关系能缓和就缓和。总比天天提心吊胆地提防着她好吧？不过温岚还是没有底，那次的见面我也去了。"

那次卫扬帆陪着温岚去见欧燕，见面是在一家酒楼，他们还看到了颜素云。

欧燕像没事人一样，她先就之前向温岚与颜素云道歉，然后说她很希望大家能够继续做朋友。在饭桌上，欧燕很热情，像是对待多年不见的好友。

欧阳双杰又问道："欧燕也是你杀的？"

卫扬帆说算是吧。其实他脑子里却没有太多的印象。那一段时间卫扬帆已经发现自己有精神问题。他自己就是心理医生，他知道就算是再好的医生想要治好自己的心病也不是一件容易的事情。

"你为什么要杀害颜素云？"

卫扬帆苦笑道："其实杀欧燕也好，杀颜素云也好。其目的只有一个，我想把温岚给摘出来，包括我自己啊！"

"我明白了，只有她们都死了，才不会有人看出'赵代红案'与'吴飞案'何其相像。可是'吴飞案'还有几个知情者。据我所知，像欧燕公司的任小娟和他们家的保姆邵小雨，你为什么不连他们也一块杀了？这样的案例外行人看不出来，可是我们刑警看穿这一点并不难。"

卫扬帆叹息道："你说得没错。可是任小娟和邵小雨与温岚和颜素云又不一样。她们答应帮助欧燕，从欧燕那儿得到的好处也不少。现在吴飞死了，按照欧燕之前的承诺，任小娟和邵小雨一定是狠狠地在她的手上敲了一笔。"

"任小娟和邵小雨帮助欧燕谋害吴飞，从欧燕那儿得到了一大笔钱，这事情你又是怎么知道的呢？"

卫扬帆愣了一下："这个……"接着他抬眼望向欧阳双杰："我是猜的，但有一点我可以肯定，她们确实是参与了'吴飞案'。再之后，邵小雨连保姆的工作都辞了，还做了全职太太。如果她嫁的是个有钱人也还好说，偏偏是一个工人，一个工人能够有那么多钱来养她吗？别的不说，她后来每个月来我这儿的诊费都不是一笔小数目。"

卫扬帆说任小娟是欧燕后来最信任的人。公司的事情大多都是任小娟在打理。任小娟是公司里除了欧燕以外职位最高的人，公司的实权其实都掌握在任小娟的手中。欧燕一死，欧燕的家人不懂得公司的经营。所以欧家的人也很倚仗任小娟。卫扬帆说他怀疑公司的部分资金已经让任小娟给转移了。

欧阳双杰不再说欧燕的问题了，作为一个开场白，从吴飞案和卫扬帆聊起，他还是多多少少有些收获的。接着欧阳双杰话锋一转，转到卫斯理的身上。他对卫斯理的身世很感兴趣，卫斯理是卫扬帆的儿子，可是竟然和那个死去的人有着亲子关系。那么卫斯理根本不可能是卫扬帆的儿子。

听欧阳双杰提及卫斯理，卫扬帆的脸一阵青一阵白："我也是最近才知道卫斯理不是我的儿子。"卫扬帆说这话的时候有些沮丧，他叹了口气，"他是温岚和那个野男人生的。"

欧阳双杰皱起了眉头："可是据我们的调查，卫斯理与温岚并没有血缘关系啊！"

"啊？"卫扬帆瞪大了眼睛，显然这个答案有些出乎他的意料，"不会吧？莫非温岚说的都是真的，她并没有骗我？"

"温岚是怎么说的？"欧阳双杰问道。卫扬帆把孩子的事情大致说了一遍，他说的与温岚说的大致一样。也是因为当年没能够怀上孩子，最后到老家找了代孕，只是结局与温岚告诉欧阳双杰的有些出入。

那代孕女人也没能够怀上卫扬帆的孩子，最后只能找了别的男人把孩子怀上了。因为卫家提出的报酬太诱人了。谁知道事隔这么多年，那代孕竟然与那个男人又搅和到了一起。他们的日子都很窘迫，一次那代孕的女人不小心把这件事情说了出来，那个男人就动起了心思。他先是找到了卫扬帆的父母，这样一来卫扬帆的父母便慌了神儿。这样的事情可是违法的，而且卫斯理在卫家已经长了这么大，卫家可是一直当他是亲骨肉。这突如其来的打击可把二老吓坏了，不知道如何应对，于是他们就打电话给了温岚。

温岚在那个男人还没有出现之前，把这件事情告诉了卫扬帆。卫扬帆听了以后犹如晴天霹雳，他怎么也不会想到叫了自己这么多年爸爸的孩子竟然不是自己的亲骨肉。

卫扬帆根本就不知道代孕的事情，当温岚告诉他事情的真相时，他就怀疑温岚在说谎。他怎么看都像是温岚在外面做了对不起自己的事情。

可他很爱温岚，也害怕失去卫斯理，于是他乞求温岚别把真相告诉卫斯理。至于那个上门勒索的男人，卫扬帆的意思是花几个钱打发他走，可是温岚却说这样的人只要你惯着他一次，那就会有第二次，第三次。想要一劳永逸的话，只有一个办法——除掉他！

一直到现在，卫扬帆还怀疑卫斯理是温岚和那个男人生的孩子。当温岚提出杀掉那个男人的时候，卫扬帆的心里一惊，他觉得温岚的心也太狠了？不管怎么说，那男人都是卫斯理的父亲。卫扬帆说其实他的内心很纠结，甚至他比谁都想那个男人死！他没有主动提出来，只是说拿点儿钱出来息事宁人。

欧阳双杰说道："或许她是想用这样的方式来证明自己的清白吧。"

卫扬帆叹了口气："有这种可能吧。"

"你一直说你对温岚的感情很深，可你知道吗？你说出这件事情会对她有什么样的影响？"

卫扬帆苦笑了一下："我若不说，你们就查不到了吗？你们已经查到了卫斯理的身世，揭开它是不需要太多的时间的。欧阳，现在只有我们俩。我有个不情之请。"

"你说！"

"我希望卫斯理永远都不会知道自己的身世。孩子是无辜的，他已经习惯了现在的生活，而且此刻正是他学习的关键时刻，我不想他……"

欧阳双杰打断了他的话："老卫，你觉得这件事情可能对他没有什么影响吗？你杀人，温岚可能也牵扯其中，这些瞒得住孩子吗？其实我知道你想的是什么，你是不希望孩子知道你杀了他的亲生父亲，你希望卫斯理一直以为你就是他的父亲，你口口声声说你爱你的妻子，但骨子里你更在乎你的儿子，哪怕知道他不是你亲生的！"

卫扬帆的脸色微微一变，他望着欧阳双杰："我在乎，我们大家都知道这是个谎言，可谁都不愿意谎言被戳穿。"

"即便我答应了你，可是纸能够包得住火吗？那个男人是被你们杀了，可是还有那个女人呢？你们杀了她的男人，又占有了她的孩子，她不会像那男人一样再找上门来吗？"

卫扬帆哈哈大笑。

欧阳双杰皱起了眉头："你笑什么？"

"那个女人已经死了，她比她男人还要早死。"

"这个女人是不是'吴飞案'里泥潭里的那具女尸？"

卫扬帆咬了咬嘴唇："三年前那女人就找过我们，不过让我们给打发走了。原本以为这件事情就这么完了，没想到欧燕知道了。她找到了那个女人，给了她一笔钱，再后来她就把这女人给杀了，制造了'吴飞案'。其实当时她所谓的找温岚帮忙也就是个幌子。她知道那个女人一死，我们也脱不了干系。只是这件事情一直到那个男人出现以后她才告诉我们。"

"这个男人也沉得住气，事隔三年了才找上你们。"欧阳双杰还是觉得这一点儿有些说不过去。

卫扬帆沉默了一下："刚才我说了谎，其实这三年来这男人找过我们好几次。前几次我们都是给他钱。这两次他一开口就是几万块，再这样下去那就是无底洞了。

之前都是温岚负责给他钱的，后来她扛不住了。家里出现大笔开销，她自然也不敢再瞒，把事情告诉了我。她感觉我并不相信她的话，所以后来她才提出杀了那个男人、一劳永逸的建议。反正我也不是没有杀过人，自然就答应了！"

"你根本就没有精神分裂！你杀欧燕也只是为了掩盖这个事实！但你害怕欧燕的死警方很快就会查到你。所以你干脆假装精神分裂，制造了那几起案子。你之所以这么做，是因为你知道精神病人在发病的时候杀人是不会受到法律的制裁的。"

卫扬帆惊恐地抬起头来："不是你说的这样。我确实有人格分裂，那些案子也都是他们干的！"

"你应该还有帮手，那个冒名的快递员，那是个年轻人！"欧阳双杰说道。

卫扬帆用力地摇头："我没有帮手，我就是一个人。"

欧阳双杰突然瞪大了眼睛："你坦白告诉我，为什么要杀害颜素云？如果说林城案是你为了掩盖谋杀欧燕的罪行而做的前奏的话。那么颜素云呢？她死于半年前，那个时候你还不知道那男人找上门来的事情。卫扬帆，你到底哪句是真话哪句是假话？"

卫扬帆一脸的苦涩，他的脑子里也是一团糨糊："我也不知道，老实说，虽然我知道杀人的事情是我的副人格干的，但也只是知道个大概。并不完全知道其中的细节，所以你的很多问题我真不知道应该如何回答。"

欧阳双杰发现自己看不懂卫扬帆，至少他无法一眼分辨卫扬帆到底哪些话是真哪些话是假。


"罗素吗？你在哪儿？"回到自己的办公室，欧阳双杰给罗素打了电话。

罗素说他正在赶到市局的路上，卫扬帆的事情他已经听说了。

"这样，你不用来局里了，我们在外面找个地方坐坐吧，我正好有些话要和你说。"

两人来到一家茶社。

"听说你们抓到卫扬帆了？"

欧阳双杰点了点头："嗯，不过……"他把与卫扬帆谈话的内容大致说了一遍，然后又说出了自己的疑惑。

罗素说道："你认为这个案子还有隐情？"

"不然我的那些个疑点又怎么解释。"

罗素苦笑道："你有没有问卫扬帆关于那段视频和求助电话的事情？"

欧阳双杰说他倒是问过了，可是卫扬帆却说没有这回事。这也是让欧阳双杰郁闷的地方，他一直都坚信那段视频里的人就是卫扬帆，没想到卫扬帆当面就给否定了。

卫扬帆还说，如果真是他的话他不会不承认的，杀人重罪他都认了，还怕小小的一段视频吗？

"你就那么肯定卫扬帆没有人格分裂吗？"

欧阳双杰说至少他在接触卫扬帆的过程中是感觉不到的。

欧阳双杰望向罗素："你现在可以告诉我想置邓新荣于死地的人到底是谁了吧？"

罗素这才娓娓道来："如果我猜得没错，威胁邓新荣的人不只是一个。或许是一个组织，一个人既要监视又要威胁，还要搜集很多的信息，这不太现实。"

"什么样的组织呢？"

罗素的嘴唇轻轻一动："你还记得邓新荣对你说过的那句话吗？他说'女人，好多女人'。"

"你是说那些女人很可能结成了一个什么组织？"

罗素没有说话，只是埋头喝着咖啡。

欧阳双杰放下杯子："罗素，你是不是查到了什么？"

"这个案子里，欧燕、颜素云、温岚、莫雨霏、任小娟、邵小雨以及后来出现的那个楚虹，她们都是女人。我想你应该已经理过一遍了。那么我们是不是可以设想一下，她们结成了一个同盟或者组织。当然，出于什么目的我就不知道了。"

欧阳双杰一双眼睛瞪住罗素："罗素，你老实告诉我，你到底都知道些什么？还有，颜素云到底是怎么死的？你别忘记了，你可也是嫌疑人，当初你是怎么答应我的？还向我隐瞒了什么？"

听欧阳双杰这么一说，罗素的脸色一变，有些惊慌。

"这事儿还得从我第一次见颜大姐说起，那应该是一年前的事情了……"

大约一年前，罗素查到了一直在暗中默默资助自己读书的颜素云。对于自己的大恩人，罗素自然想要当面感谢。而且那个时候罗素已经小有成就，是省报的名记者了，他觉得也该是自己感恩的时候了。特别是他的身世经历让他比别人更能够明白这一点。

颜素云的性子很淡，对于帮助罗素这件事情她说她并没有放在心上。甚至她都差点儿把这件事情给忘记了。不过罗素找上门来她还是很高兴地接待了罗素，只是罗素所说的报恩她并没有接受，只是接受了罗素口头上的谢意。

　　罗素也知道，自己确实不能给予颜素云什么。她有一个爱自己的丈夫，丈夫也有自己的公司，有产业。罗素也是个爽快的人，他并没有再纠结于这件事情，他听了颜素云的建议，把这份爱心接力下去，去资助那些更需要帮助的孩子。

　　在那之后，罗素与颜素云以及邓新荣建立了良好的关系，也常常通通电话。直到半年多以前，罗素去探望颜素云的时候发现颜素云的情绪有些不对。他还以为颜素云是生病了，就提出陪她到医院看看。颜素云却说自己没事。

　　罗素给邓新荣打了电话，把颜素云的情况告诉邓新荣。他希望邓新荣多抽时间陪陪颜素云。邓新荣说他前些日子就发觉颜素云不对劲儿，只是说不上来哪里不对劲儿。刚好他的公司正在谈一个大项目，他说等项目谈完一定抽时间陪陪颜素云。

　　出于对颜素云的关心，罗素那段日子经常往云都跑，这一跑他还真发现了问题。也就是颜素云出事的半个月前吧，罗素又去了颜素云家，他发现颜素云的家里有客人，他也没有着急进去，就在虚掩着的门边站住。他听到里面争吵的声音，两个女人在争吵。其中一个是颜素云，而另一个女人他不认识。她们吵了大概二十多钟，那女人就气冲冲地离开了。还撂了一句狠话，说是颜素云如果再不听招呼，到时候可别怪她们心狠。

　　罗素进屋的时候，颜素云正在哭泣。她没想到罗素这个时候会来，见到罗素，颜素云吃了一惊。她问罗素是不是早就来了，有没有听到什么。

　　说老实话，罗素刚才听了半天也没听出个大概。罗素多问她几句，她甚至发了火，她说自己的事情不要罗素管，而且罗素也管不了。罗素的心里隐隐有些不安，什么事情让颜素云这么害怕。可是无论罗素怎么逼问，颜素云都不回答。

　　罗素不得已只有给邓新荣打了电话，邓新荣听了就问罗素那女人长什么样子，罗素向邓新荣描述了一遍。邓新荣这才告诉罗素，那个女人叫任小娟，是欧燕公司的人。不过邓新荣也如颜素云说的那样，叫罗素别再管这事儿。

　　欧燕这个人罗素是知道的，那可是林城的名人，别的不说，单单"吴飞案"就足以让她扬名了。

　　"吴飞案"在林城没有几个人不知道的，明眼人一看都知道吴飞是给坑了，是欧燕设计害死了他。可是偏偏警方没有找到证据证明这件案子是欧燕干的。

罗素也听邓新荣提起过，欧燕与颜素云曾经是很要好的朋友。在罗素看来，欧燕虽然现在与颜素云的关系淡，但那份感情应该还是存在的。他怎么也不会想到欧燕竟然真会对颜素云出手。

那之后，罗素就开始搜集关于欧燕以及"吴飞案"的信息。罗素利用手里的关系网展开进一步的调查，关于颜素云的事情他却没有查到。颜素云应该与"吴飞案"是没有什么干系的，这让罗素松了口气。罗素劝颜素云以后别和欧燕再来往了，可是他的劝诫却让颜素云骂了一通，责怪他多事。还很生气地说如果他再管自己的事情，那么别怪自己和他翻脸，这让罗素很为难。

大概就在颜素云出事的当天，罗素接到了颜素云的电话。颜素云在电话里先是对罗素进行了一番鼓励，希望他能够坚持把爱心传递下去。然后又对罗素说，如果有一天自己不在了，请罗素一定要帮忙照顾好邓新荣。特别是保护好他，别让他受到伤害。

挂了电话之后，罗素就和邓新荣说了这件事情。邓新荣说他正在赶往云都的路上，他说他也接到了颜素云的电话，正是因为这样他才往云都赶。邓新荣赶到云都的时候大概是晚上七点多钟。才进云都市区他便接到了一个电话，是个女人打来的。她警告邓新荣，颜素云在她们的手上，如果邓新荣不听从她们的话，那么她们就会对颜素云下手。邓新荣起初并没有把她的话放在心上，直到电话那边出现了颜素云的叫声！

叫声很凄惨，可是邓新荣却听出了确实是颜素云的声音。邓新荣犹豫了，最后为了妻子的安全，他选择了妥协。

邓新荣给罗素打了电话，罗素的意思也是让他先离开云都。然后他们再从长计议。他赶回到林城的时候马上就和罗素碰了头。罗素提出报警，可是邓新荣却说一旦警方介入的话，那么对方很可能会不顾颜素云的安危做出报复性的举动。邓新荣说他还是希望能够回一趟云都，到家里去看看。

罗素说的邓新荣也和欧阳双杰说起过，只是当时邓新荣说的时候有意隐去了罗素的部分。所以欧阳双杰总是觉得有的地方有些突兀，就好像是缺失了什么。

那天晚上罗素和邓新荣大半夜的又偷偷跑了一趟云都。这一次邓新荣是躲在车里的，而罗素也伪装了一下，变成了"小林老师"，这个角色也是后来罗素出现在云都时惯用的角色。他们到了云都才发现颜素云已经死了，这让邓新荣万分悲伤。

颜素云是被杀害在自己的家里的。腹部中了好几刀，当时的床单上满是鲜血。

罗素想打电话报警，可是邓新荣却不答应。如果报警，当时他就应该报了，而不是等到现在。而且邓新荣的心里已经猜到杀死颜素云的是什么人了。他说他要用自己的方式来报复。他要把颜素云的尸体好好保存起来，他要让颜素云亲眼看到凶手被送上绞刑架。

"你答应他了？"欧阳双杰冷冷地望着罗素。

罗素苦笑了一下："如果你是我，你会不答应吗？我知道你想说，在你的心里法永远是第一位。可是那只是你的看法，你不能强求所有人都和你一样。"

"也不是所有的罪犯都会受到法律的制裁，法律是有局限性的。它太死板，事事讲求证据，这就使得一些犯罪分子能够逍遥法外！"罗素这话让欧阳双杰一下子哑然了。

接下来罗素的话更让欧阳双杰无言以对："如果卫扬帆没被挖出来，那么赵代红会不会成为第二个吴飞。"

欧阳双杰叹了口气："后来呢？你到底查到了什么？"

"我查到了那些女人。在颜大姐死了没多久，他便去找欧燕，只是欧燕并不承认这件事情是她干的。欧燕说她不会因为颜素云当初没有帮自己而记恨她。"

欧阳双杰点了点头："卫扬帆后来承认颜素云是他杀的。"

"不，卫扬帆在说谎，杀死颜素云的人并不是他。而是那几个女人！包括欧燕。卫扬帆是在替自己的妻子温岚顶罪，又或者他就是被人操纵的一个傀儡。"

欧阳双杰不解地问道："怎么说？"

罗素说道："卫扬帆这个人别的不好说，对于自己的妻子却真的很不错的，他爱自己的妻子，愿意为她做任何的事情。另外，之前我曾和你说过，我发现卫扬帆也有人格分裂的倾向，不过后来我又仔细调查了一下，或许他所谓的问题应该是在被服用了某种药物的基础上！"

"你说这话得有根据，卫扬帆本身就是心理医生，真有人对他下药他应该不会不知道。"

罗素点了点头："如果下药的人是他亲近的人呢？你知道我指的是温岚，连儿子的事情温岚都敢瞒他，你觉得温岚有什么不敢对他做的。"

"证据呢？"欧阳双杰追问道。

罗素摇了摇头："如果我有证据，早就告诉你了。现在卫扬帆就在你们的手上，你可以好好观察一下。卫扬帆如果真有人格分裂，早晚他都会表现出来的，就如赵代红一般。老实说，这段时间我没少想这个问题，卫扬帆或许并不是人格分裂，而是有人希望他人格分裂。温岚作为卫扬帆的妻子，她有可能在卫扬帆的影响下对心理学也有着一定的了解！"

欧阳双杰没有说话，他明白罗素的意思，温岚给卫扬帆下药，然后运用如催眠等手段，让卫扬帆产生了错觉，觉得自己真是患了分裂型人格障碍。

"欧阳，你问过卫扬帆没有，那个视频和求救电话是怎么回事？"

欧阳双杰苦笑了一下："他不承认有这么一回事。"

"这就对了，那一幕或许是那些人故意做的，而卫扬帆只是一个道具，你也很肯定那段视频上的人就是卫扬帆，他却矢口否认，他应该是在被人控制住思想后这么做的。"

"对方根本就没有想要置卫扬帆于死地。"

"也许是温岚在其中起了作用。"

欧阳双杰岔开了话题："卫扬帆和温岚的事情先放一下。你一直在暗中保护和帮助邓新荣，你所查到的就这些？你说这几个女人可能结成了什么同盟或是组织，那么她们究竟想要做什么？"

罗素说他不清楚。

欧阳双杰的心里很是苦涩，原本他以为罗素可以为他提供更多的线索，现在看来，罗素知道的也不是太多，而且有些罗素也只是猜的，无凭无据。

欧阳双杰说道："先聊到这儿吧，我还有要紧的事情。再聚。"


欧阳双杰接了赵代红，准备把他送回学校。

赵代红摇了摇头："我不能再回学校去了。"虽然赵代红的罪名已经洗清了，可是赵代红的精神病却已经不胫而走。

"那你想去哪儿？"欧阳双杰轻声问道。

赵代红回答道："我在伯牙路有一套小一居，是两年前按揭的。我想暂时先住在那儿，等哪天我再去学校把工作辞了。至于下一步去哪儿再说吧。"

欧阳双杰回到自己的办公室，泡了一大杯浓茶，然后就坐在沙发上发呆。

很快王小虎就敲门进来，说道："温岚提出要见卫扬帆，另外她说警方没权力扣留自己，她要回家。"

"看来她还真是一个难缠的女人，这样吧，我去会会她！"

王小虎陪着欧阳双杰一起来到了暂时扣留温岚的办公室。

"欧阳队长，我是被你们请来协助调查的。我尽了一个公民应尽的义务，可是你们却把我扣在这儿。我犯了什么法，你们有什么权力这么做？还有，既然你们已经找到了老卫，作为妻子，我有权见我的丈夫！"

"温老师，我想你暂时还不能离开警察局。"欧阳双杰淡淡地说道。

温岚一下子站了起来："为什么？"

"因为卫扬帆已经承认了杀人，而且其中两个案子还与你有关。"欧阳双杰咳了一声，"卫斯理的亲生父母的死，想必你很清楚吧？他亲口说那都是你的主意！"

温岚的身子不由地颤动了一下："什么？老卫怎么会这么说？"

"有一点你可能还不够了解老卫。他很孝顺，家庭观念很强。同样，他也爱自己的父母和那个没有血缘关系的孩子！"

温岚愣了一下："孩子？"

欧阳双杰点了点头："是的，不管那孩子是不是他亲生的，都叫了他这么多年了，而他在孩子的身上也倾注了无数的爱与心血。"

温岚的脸上露出一丝苦笑："这么说，他是为了孩子？难道他就希望卫斯理有一个杀人犯的父亲吗？这还不够，还要有一个杀人犯的母亲。"

王小虎冷冷地说道："卫扬帆至少知道自己这样做能够让卫斯理减少一些痛苦。你们杀害了卫斯理的亲生父母，而现在你们也将离他而去，你考虑过一个孩子知道了这件事会是什么感受吗？"

温岚没有说话，紧紧地咬住了嘴唇。

欧阳双杰叹了口气："是不是你把卫扬帆引入这条不归路的？"

温岚低下了头。

"卫扬帆是心理医生，医者父母心，应该是有大爱的人。可是现在却沦为了杀人的囚犯。"

温岚抬起头来："我想见老卫！"

"好，你可以见他，不过我们得在场。"

欧阳双杰对王小虎示意了一下，王小虎站起来向外面走去，没多久他便带着卫扬帆来了。

见卫扬帆进来，温岚一双眼睛紧紧地盯着卫扬帆，表情很平静。可是卫扬帆却很激动："小岚，你，你没事吧？"

温岚摇了摇头："我没事，他们对我很好。"卫扬帆想去握温岚的手，温岚却躲开了。

温岚开口说道："老卫，为什么？你答应过，有些事情你永远都不会说出来的。"

卫扬帆有些尴尬地低下头："为了斯理，我必须得这么做。你真以为这些事情人不知鬼不觉吗？若要人不知，除非己莫为。我们做错了事，就得付出代价。"

温岚用力地摇着头："我所做的这一切都是为了你，为了这个家！"

卫扬帆笑了，那笑里竟然多了一抹嘲讽的意味："是吗？你真是为了这个家吗？你们几个女人合在一起鼓捣的那些事情又是怎么一回事？我们结婚后的第三年，你曾经做过的事，一直瞒着我！"

温岚面如死灰："你竟然知道那件事？"

"那年你怀孕了，可是你却不告诉我们，自己偷偷去把孩子打了。也是那次手术，导致你后来再也无法怀孕，最后才会发生了卫斯理的事情，这悲剧不正是你一手造成的吗？"

卫扬帆说的这些就像一个重磅炸弹，就连欧阳双杰和王小虎都被弄蒙了，一头的雾水。

"你是什么时候知道的？"温岚问道。

卫扬帆苦笑道："你说梦话，我听着就觉得奇怪。你知道，我是心理医生，又精于催眠，所以当时我就忍不住……"

温岚瞪大了眼睛："你竟然对我催眠？"

卫扬帆叹了口气："你又何尝没有对我动手脚呢？你知道我喜欢喝茶，特别是毛尖茶，那茶原本就有白色的绒毛茶粉，你便将药物碾成了粉，掺入了我的茶叶里。我们夫妻这么多年，你对于精神类疾病与药物耳濡目染，也算得上半个精神病医生了，一些精神类的药物你也有渠道弄到。只是你吃不准到底哪一种的药效好，能够让我长期服用后产生幻觉，所以你便经常换着尝试。"

"你竟然都知道？"温岚这回是真吓坏了，她望着卫扬帆就像望着一个魔鬼。

卫扬帆无奈地摇了摇头："小岚，原本这些我都想烂在肚子里的，只要你不提出见我，或许我永远都不会提及这些事情。我太了解你，你想脱了干系，我提了之后你一定会和我撇清关系，甚至还会揭露卫斯理的身世。我不能让你这么做。我对你的感情都是真的，没有伤害你的意思。"

"所以一开始你就在演戏，就连卫斯理的事情你也是一早就知道了。"

　　卫扬帆微微点了点头："是的，只是想到你这样做也是一片好意。我就没有揭穿这个谎言。"

　　温岚面白如纸："你太可怕了，这么多年了，我根本就不了解你。"

　　"因为我爱你，所以我容忍了你对我所做的一切。其实很多事情是你自己想复杂了。我喜欢天伦之乐的感觉，所以我会选择暂时忘记你对我的算计，我想你做这些事情一定有你自己的理由。"

　　温岚很沮丧："老卫，你真的爱我吗？"

　　卫扬帆上前握住了她的双手："我说过了，我一直都爱着你。"

　　温岚的脸上露出恨意："既然是这样，你为什么不能为了我去死！"

　　"我按着你的意思认罪了，这个时候我就已经决定了为了你去死。我也确实有罪，我杀了卫斯理的亲生父母。我做好了赎罪的准备，坦然接受法律的制裁。我还准备把那些涉及你的案子也扛下来，可我万万没有想到你的心里只有你自己！"

　　两人陷入长时间的沉默。欧阳双杰冲王小虎点了点头，王小虎拉着卫扬帆离开了。

　　温岚开始后悔了，她不该见卫扬帆的。一直以来她都觉得卫扬帆是她能够控制住的，她想利用与卫扬帆的见面替自己开脱。可是这次的见面不仅没能帮到她，还让她一下子跌入了深渊。

　　卫扬帆停下了脚步，扭过头来对着温岚："忘记告诉你了，你换掉的茶，我一口都没有沾过。我只是在假装出你希望看到的样子罢了。小岚，凡事别做得太绝，人在做，天在看！"卫扬帆说完便大步地离开了。

　　欧阳双杰望着已经瘫坐在沙发上的温岚："现在我们可以好好谈谈了吧？"

　　"你给我滚出去！"温岚彻底地发了狂。

　　一男一女两个警察走了进来，欧阳双杰对两人说道："把她带到羁押室去。"

　　说完欧阳双杰先离开了，他急着要去见卫扬帆，刚才这夫妻俩的对话太震撼了，他还真没想到，两口子之间竟然也玩儿起了"无间道"。

　　见到欧阳双杰进来，卫扬帆苦笑了一下。

　　"老卫，你到底有多少事情瞒着我们？你说的那些话哪些是真的？"

　　"真的假的对于我来说都不重要。"

王小虎说道："可是对于我们来说就很重要。希望你能够把一切都告诉我们，为了你自己，也是为了法律的尊严。"

"如果我猜得没错，其实你根本一个人都没有杀，对吧？"

卫扬帆愣了一下，一双眼睛紧紧地盯住了欧阳双杰。

卫扬帆思考了半天才点头道："我没有杀人，可是对于这一切我全都知情。虽然我没有亲自动手，可是有区别吗？我不杀伯仁，伯仁却因我而死，杀与不杀何异？"

"有些事情还是一是一，二是二的好。你对温岚有感情，可是她对你呢？"

卫扬帆沉思很久才开口。

卫扬帆和温岚大学时就认识了，一路走来留下了很多温馨而美好的回忆。只是后来温岚变了。卫扬帆对于温岚的变化很心痛，但他却没有因为温岚的变化而改变对温岚的那份感情。他觉得温岚一定是被别人蛊惑而走了弯路。他相信能够把她给拉回来。

温岚瞒着他悄悄堕胎的事情曾经一度让卫扬帆很低迷。他很想当面质问温岚，可他知道温岚的脾气，看似温和，骨子里却很倔强。

每个人都有自己的执念，有的人为权，有的人为钱，有的人为情。这样的执念支配着每个人的一生，温岚便是卫扬帆的执念。哪怕温岚让他遍体鳞伤，甚至为了温岚沦为阶下囚，可是他却没有一句怨言。如果不是为了卫斯理，他根本就不会把温岚给牵出来。其实就算是现在他牵出了温岚，可是他却把所有的罪都自己扛了。

"一直到现在我都相信小岚不是坏人，我想她做这一切应该都是不得已的，她一定有着自己的苦衷。我希望可以的话，你可以放过她。她的罪过我愿意替她赎。"卫扬帆说得很诚恳。

"你把问题想得太简单了，法律不是儿戏。该你负责的，你逃不掉；不该你承担的，也绝不会强加在你的头上。至于温岚的事情，你说了不算，我说了也不算。真正能够帮到她的人是她自己，她只有老实把一切都告诉我们，我们才可能给她争取到宽大的政策。"

卫扬帆又陷入了沉默。欧阳双杰望着卫扬帆，心里也有些不是滋味："我的话你好好想想吧，如果觉得有什么话想要告诉我你就叫看守，我等着你。"

说罢欧阳双杰和王小虎就离开了。

楚虹来到了羁押室。她在卫扬帆的面前坐了下来，看了一眼王小虎，王小虎

242

也在椅子上坐下。

楚虹望着卫扬帆："卫医生，我叫楚虹，金桥律师事务所的执业律师。受卫大康先生的委托，从现在起，我正式接手你的案子。我需要知道案子的大概经过，还希望你能够告诉我，越详细越好。"

卫扬帆摇了摇头："对不起，我不需要律师。"

楚虹眉头微微一皱，有些不悦："我是受了你父亲的委托来处理你的案子，如果你对我个人有什么置疑，那么你可以提出来，我们事务所会重新安排律师跟进。"

"楚律师，我实在不需要什么律师。至于我父亲的委托，到时候我会亲自和我父亲说。"

楚虹还想说什么，卫扬帆望向王小虎："王队，麻烦你替我送客，另外我有事情想和欧阳谈谈。"楚虹收起了她的笔记本和钢笔，站起来就向外面走去。

王小虎打电话给欧阳双杰，说卫扬帆想明白了要见他。

欧阳双杰很快就到了。

"你找我？"欧阳双杰轻声问道。

卫扬帆点了点头："嗯，我想单独和小岚谈谈，是单独。时间不会太长，就半小时。"

欧阳双杰苦笑着说道："你们现在是什么情况你心里很清楚。"

卫扬帆说道："我当然清楚，不过我可以答应你一件事情，和她谈过之后，我会把自己知道的一切都告诉你。我甚至可以告诉你那个凶手到底是谁。"

欧阳双杰在心底衡量着这件事情可能出现的后果，要么就是卫扬帆与温岚串供，要么就是卫扬帆确实是想说服温岚去承担自己应该承担的责任，包括法律的制裁。如果是第二种，那欧阳双杰倒是乐见其成，可如果是第一种呢？

"你是担心我会耍什么花招吗？"卫扬帆冷笑一声。

"你是个聪明人，知道应该做什么。我这就安排你们见面。"欧阳双杰吩咐王小虎去把温岚带到这儿来，然后切断监控。

不一会儿，王小虎就把温岚给带来了。

"那你们就好好聊聊吧！"欧阳双杰说完就领着王小虎出去了，随手带上了门。

大概二十几分钟后，欧阳双杰听到从里面敲门的声音。王小虎打开门，温岚阴沉着脸走了出来，王小虎忙把她送回去，欧阳双杰进了屋。

"谈得怎么样？"欧阳双杰望着卫扬帆轻声问道。

卫扬帆苦笑了一下："她的脾气很倔，我的话很可能她一时半会儿接受不了。我希望你能够给她一点儿时间。"

"你劝她自首？"

"这是她唯一的出路。如果她不自首，就算我把所有的罪责全都扛下来也没有任何意义！"卫扬帆望着欧阳双杰，目光中充满了恳切。

"我可以给她一点儿时间，但不能太久，最迟明天晚饭之前。"

卫扬帆知道欧阳双杰这已经是最大的让步了，他说道："嗯，我明白。"

"卫医生，你是不是该对我们说一点儿什么了？"王小虎进来问道。

卫扬帆慢慢说道："其实我没有杀人，我是无辜的。"

卫扬帆陷入了回忆中，他提到了三年前的"吴飞案"。

"其实'吴飞案'的源头还在我们身上。三年前的一天，卫斯理的亲生母亲突然找上门来，那天我没在家，是温岚接待的她。她找上门自然是来讹钱的。当初我的父母和温岚从她那儿抱走孩子的时候，已经给了她一笔不少的钱。后来她和那个男人，也就是卫斯理的亲生父亲搅到了一起，这是谁都没有想到的。两人一合计，就想出了一条生财之道。利用卫斯理的身世再敲一笔。"

男人为了不暴露自己，就让女人一个人去卫扬帆家，而他则躲到了暗处。倘若他们不是狮子大开口的话，或许温岚也就答应破点儿财了结这件事情。可是那女人一开口就要二十万。

温岚并不知道，其实卫扬帆早就知道卫斯理不是自己亲生儿子的事，所以她也不敢把这件事情告诉卫扬帆。可是如果不经过卫扬帆，一下子拿出二十万来也是不可能的事情。情急之下，温岚就找到了欧燕，欧燕虽然只是吴飞的老婆，当时并不管公司的事情，但吴飞在钱上对她倒是非常大方。

欧燕听温岚一下子要借那么多钱，自然也关心地问了下情况。因为是好姐妹，所以温岚并没有对欧燕怎么隐瞒，直接把事情的大概告诉了欧燕。欧燕知道前因后果后便说，像这样的人是贪得无厌的。假如这次满足了他们，那么他们就还会想着下一次。欧燕这么一说把温岚吓得有些不知所措了。

欧燕说这件事情她会替温岚摆平的，只不过不能让任何人知道。温岚当时心里很感激。她问欧燕该做些什么，欧燕说她什么都不必做，只要把那女人的联系方法告诉欧燕，剩下的事情就由欧燕来处理。

温岚照着做了，果然之后的两天那女人也没有再来找她。温岚那一颗悬着的心放了下来。大概是温岚见过欧燕后的第五天吧，他和温岚就听到了一个消息——吴飞杀了他的妻子欧燕！

欧燕死了，这个消息对于温岚来说可是一个不小的打击。她不知道欧燕是不是真把那个女人的事情给搞定了。在这样的精神压力下，她对于欧燕的死显得没那么难过，她甚至没有察觉到同为欧燕好友的颜素云有些异常。因为那具尸体被毁了容，又因为污水的浸泡而变得无法辨认。于是警方就让欧燕的亲人和生前的好友帮着认尸。可这一认尸却让温岚大吃一惊。因为她在那尸体的左耳后看到一个痦子，那痦子如苍蝇大小，就连形状也有些像苍蝇。温岚知道之前颜素云已经去认过尸，还证实了死者是欧燕。可是温岚却知道这尸体不是温岚，而是曾经去找过自己的那个女人。

虽然温岚想不明白这到底是怎么回事，可是她却知道她不能说实话的。这个女人与自己有关系，还牵扯到了卫斯理的身世，自己无论如何也不能让这件事情给捅了出来。

出于这个心思，温岚也如颜素云一样，向警方证明了这女尸就是欧燕。而偏偏这个女人的血型与欧燕的也是一样。这样一来，警方也就大致做出了判定，毕竟警方也没有找到欧燕留下的能够用作 DNA 鉴定的有效证据。

"等等！"欧阳双杰突然出声打断了卫扬帆。

卫扬帆愣了一下，欧阳双杰轻声说道："有一件事情先解释一下，温岚当初为什么要堕胎？既然她也希望有一个孩子，她应该不会做出这样的事情来才对。"

卫扬帆点了点头，说道："这个问题才是所有问题的根源。其实小岚之所以要去堕胎，是因为她在查出怀孕的时候发现那孩子有问题，产检的时候说那孩子可能畸形。她没有告诉我，怕我难过。她后来又去了两家大医院检查仍旧是这个结果，最后她不得不做出了这样的选择。"

卫扬帆抬起头望向欧阳双杰和王小虎："在她知道自己再也不能生育之后，又找到我的父亲母亲，导演了这场借腹生子的闹剧。谁知道我也没能争气，最后事情还弄成了这样。"

接着卫扬帆又回到了刚才的叙述。因为亲友的证实，那具女尸就真被认定是欧燕了。再接下来的事情就简单了许多，加上当时办案的人员结案心切，"吴飞案"

就这样板上钉钉了。吴飞被判死刑，最后处死，这个结果让温岚的心里很不好受。

虽然温岚对吴飞也没有什么好印象，可是她却觉得吴飞的死，自己也是凶手之一，若不是自己隐瞒了事实的真相，做了伪证。假如自己当初能够站出来对那女尸提出质疑，那么吴飞也就不会死了。良心的煎熬让温岚很沮丧，她大约已经猜到欧燕没有死，这一切应该都是欧燕干的。欧燕利用自己，目的就是将吴飞置于死地！

温岚感到害怕，她想到了颜素云，她是个善良的女人，怎么会掺和到这件事里来？她不相信颜素云就真的不知道那尸体不是欧燕！

欧阳双杰插话道："颜素云参与了认尸？"在对颜素云的调查中并没有提到过这个问题，邓新荣也没有说过这件事。

卫扬帆点了点头："是小岚告诉我的。"

王小虎望向欧阳双杰："这么说来颜素云离开林城也是因为良心的折磨？"

"有这样的可能，只是邓新荣说她并没有答应欧燕介入'吴飞案'。"

"或许邓新荣在说谎。"王小虎说道。

欧阳双杰示意卫扬帆继续，卫扬帆这才又往下说。

"吴飞案"之后没多久欧燕就出现了，警方为这件事情受到了来自多方面的压力。警方怀疑这是欧燕做的局，可是欧燕把这局做得天衣无缝。回来后还像是个受害者一般，主动向警方发难，要求给个说法。

在欧燕还没回来之前温岚去找过颜素云，她问颜素云为什么要做伪证。可颜素云却说她确实看着女尸就是欧燕。她倒是反过来问温岚，既然温岚已经看出了问题，为什么不说出来。这让温岚很恼火。她自然不会告诉颜素云真实的原因，但两个女人也因此而翻了脸。

欧燕回来一段时间后，"吴飞案"也渐渐平息了。但温岚却每天都在受着良心的煎熬，只是她还是没有把所有的一切向卫扬帆坦白。可他是个心理医生，善于对人的心理揣摩。想要知道温岚到底藏了什么秘密，卫扬帆自然有他的手段。

当卫扬帆知道了温岚瞒着自己做的事情之后，他的心里也很恐慌。卫扬帆很想找机会和温岚好好谈谈这个事情，可是每次他想谈的时候就会发现自己竟然不知道从哪里谈起。一旦他说出来，温岚一定会生气。用催眠这样的手段对待自己的妻子，不管他的出发点是什么，都是不应该的。

卫扬帆想到了一个法子，自己暗中调查。他倒要看看，欧燕到底都做了些什么？

"欧燕的出现，'吴飞案'峰回路转。警方在翻案的同时，把目光汇聚到了那具女尸的身上。这让小岚着实惊慌，那些日子她根本就睡不着，精神总是很恍惚。"

温岚去找欧燕，她质问欧燕为什么要利用自己。可是欧燕却不以为然，欧燕说她帮着温岚除去了一个后患，而且还将那女人的尸体废物利用，随带除掉了吴飞这个负心汉，拿下了吴飞的公司。为了让温岚顺气，她提出给温岚补偿，出手就是五十万。

温岚知道这是给自己的封口费，欧燕却说其实就是不给这钱谅她也不敢去乱说的，还威胁她，如果温岚真想把这事捅了出去，到时候欧燕一定会拉着温岚，让温岚给自己垫背。毕竟那女人是冲着温岚和卫扬帆来的，要说欧燕杀了那女人真与温岚没有一点儿关系任谁都不会相信。

温岚当时就让欧燕给镇住了，她拿了欧燕的钱，也就不再提这件事情了。欧燕可是向她做了保证，只要她自己不乱说，谁也不会怀疑到她的身上，那样大家都能够相安无事。

"老卫，后来你搞清楚没有，为什么颜素云要说谎？"

卫扬帆点了下头，颜素云其实早就知道了欧燕的计划，是欧燕逼着她承认那具尸体就是欧燕的。当时正值邓新荣的公司出现了危机，欧燕暗中出手帮助，而颜素云认尸就是欧燕提出的唯一条件。

颜素云与邓新荣之间的感情也很深，她不能眼睁睁地看着自己丈夫的公司倒闭，那是丈夫毕生的心血。颜素云怎么能够让邓新荣的心血付诸东流？

也是因此，善良的颜素云背负了良心的枷锁，她觉得吴飞的死与她脱不了干系，所以提出离开林城。对于这件事情邓新荣也是知情的，他答应了颜素云，先把颜素云安置在了云都。

自从警察局认尸之后，颜素云就与欧燕和温岚断了联系，就连温岚也与欧燕疏远了。接下来的这两年多倒也相安无事。

温岚放松了下来，在她看来这件事情已经结束了。只是卫扬帆知道事情还没有完。在前段时间，林城发生了几起谋杀案，卫扬帆起先并没有十分的关注。一直到欧阳双杰找到他，他才开始留心这几起案子。他并没有把这些案子与过去的事情联系起来，他之所以感兴趣也是从心理学的角度。从学术的角度，这样的案子有着很强的代表性，而且卫扬帆知道自己手上有病人符合欧阳双杰的心理画像——赵代红。

卫扬帆一开始对于欧阳双杰还是很配合的，他将自己的想法也告诉了欧阳双杰，这才有欧阳双杰对赵代红的调查与接触。一直到卫扬帆知道颜素云竟然死了，他的心里开始有些不安了，颜素云的死不正常。在卫扬帆看来这种不正常并不是她死后被制成了木乃伊，而是他隐隐感觉到颜素云的死很可能是"吴飞案"的延续。

"然后你又开始忙碌起来，对颜素云的案子进行调查？"欧阳双杰轻声问道。

"我也没有办法，事情既然发生了，我就得去弄清楚这到底是怎么一回事。"

卫扬帆有个学生在云都，叫章显，刚好他就是颜素云的心理医生。

卫扬帆从章显那里得知颜素云从林城离开之前就已经患上了抑郁症，所以在云都她每周都会抽时间去看心理医生，只是章显一直都没找到她的病因。

"她的病根儿就是吴飞的死。"

卫扬帆点了点头："以我对她的了解，她很可能会找欧燕。然后告诉欧燕她要自首，她要把自己知道的事情说出来，这才使得她遭到了杀身之祸。"

王小虎问道："有证据吗？"

"没有，不过我查过，她死之前曾经与欧燕有过一次接触。至于她们说了些什么我也不能肯定。从我听说的颜素云大致的死亡时间来判断应该就在那次接触过后的两天。"

"现在欧燕也死了，想要查清楚就太困难了。"

欧阳双杰没有说话，示意卫扬帆继续。

颜素云的死也刺激到了温岚，在知道消息后的那几天她都很烦躁。最后她去找过欧燕，回来的时候她整个人轻松了许多。不过就在温岚见过欧燕之后没多久，欧燕就死了！这个结果连卫扬帆都没有想到。欧燕的死对温岚没有造成太大的影响，只是她也觉得奇怪，不知道到底是谁杀了欧燕。

卫扬帆把欧燕的事情联系到了林城另外几个案子的身上，他觉得应该是那个有精神病的凶手查到了"吴飞案"的真相，在进行黑暗裁决。

"老卫，你和莫雨霏之间是什么关系？"欧阳双杰问道。

卫扬帆愣了一下："莫雨霏？她是我的病人，我和她之间就是医患关系。"

"不见得吧，我们听说你和莫雨霏之间的关系不简单呢？"

"我说的是实话，信不信由你。"

"温岚与莫雨霏之间认识吗？关系怎么样？"欧阳双杰继续问道。

卫扬帆想了想："她们认识不认识我不知道。你们问这些做什么，到底什么意思？"

王小虎才把在莫雨霏家见过温岚的事情说了，欧阳双杰也说两个女人竟然都对莫雨霏与卫扬帆有染的事情并无反驳，甚至还从侧面给予了证实。

　　"莫非莫雨霏也是她们一伙的？我怎么不知道？"卫扬帆在自言自语。

　　"她们？那些女人？"欧阳双杰问道。

　　卫扬帆"嗯"了一声："这些女人都是曾经被牵扯进'吴飞案'的，她们结成了一个同盟。就是为了如何自保，不让'吴飞案'再给她们带来任何的伤害。只是她们的手段有些过激。"

　　欧阳双杰问道："你的失踪，嫁祸给赵代红，这一切又是怎么一回事？"

　　"我不是失踪，是温岚用药把我弄晕了，又让人把我关了起来。我试图逃出来，可是却没能成功。"

　　欧阳双杰点了点头，那段视频现在终于有一个合理的解释了。

　　卫扬帆说这一切都源于那个男人的出现，也就是卫斯理的亲生父亲。女人的死，那个男人并不知道，但他却知道女人来找卫家的。所以男人就暗中调查，最后竟然查出那个女人是怎么死的了。他趁卫扬帆不在家的时候联系了温岚，他比那个女人精明些，戒备心理也很强。他威胁温岚，要想事情不败露就必须给他两百万。

　　此刻温岚便怀疑欧燕的死就是这个男人干的。她忙找到了几个女人合计，这几个女人就是任小娟、邵小雨和莫雨霏。合计之后，她们就去找欧天鹏。"吴飞案"动手杀了那女人的人就是欧天鹏。

　　当欧天鹏知道那男人竟然狮子大开口，张口就是两百万的时候他也怒了，但此刻的欧天鹏再也不是三年前的小混混。可让他出这两百万他也做不到，而且男人现在找的可是卫家。

　　温岚一听大家都不愿意出头她也急了，她说既然大家都想置身事外，那她也就顾不得这许多了，大不了她就去投案自首，相比欧天鹏和欧燕兄妹，她那点儿事根本就不算事。

　　温岚这一闹，所有的人都慌了神儿，任小娟和欧天鹏之间有着不清不楚的关系。他俩一合计就决定给温岚两百万，让温岚去处理这件事情。

　　"我没想到她会去模仿'吴飞案'，还把主意打到了我的病人身上。也怪我，因为配合你们警方办案，在家里无意中透露出了赵代红的事情，她便放在了心上，竟然真把那男人杀了。还做实了那个男人就是我的假象嫁祸赵代红。"

　　欧阳双杰说道："事先你一点儿都不知情？"

"不知情，我是后来听欧天鹏说的。他还说等这案子结了，就通过他的渠道把我送到国外去，稍后温岚也会跟着去。当时我就在想，他说的案子是什么案子，我套他的话，才知道赵代红被当了替罪羊。"

卫扬帆说他知道的大概就是这么多了，王小虎问道："那我问你，费由治的老婆是怎么死的？"

卫扬帆皱起了眉头："费由治？"

王小虎把赵代红从看守所逃跑的事情说了一遍，又把费由治的供词也说了出来。

"他妻子确实是我的病人，只是她怎么死的我确实不清楚。他为什么会在帮着她们做出这样的事情我就不知道了。"

欧阳双杰说道："你之前不是说林城案的凶手你知道是谁吗？"

"应该就是赵代红，虽然他被小岚当了替死鬼。但我觉得这些案子很可能就是他做的，因为他很符合你做的心理画像。"

"应该？那么说你也是在猜？"王小虎瞪大了眼睛。

卫扬帆嘟了下嘴："不然我真想不起还有谁了。"


结束了卫扬帆的审讯，欧阳双杰和王小虎离开了羁押室。

欧阳双杰的心里很是激动，不管怎么说，至少"吴飞案"与"卫扬帆案"已经有了结果了。只是他没想到卫扬帆最后竟然会把温岚给彻底地出卖了，这和之前卫扬帆对温岚的维护有些相悖了，欧阳双杰觉得其中有什么不对劲儿的，可一下子又说不上来。

"小虎，卫扬帆说的这些你赶紧去落实一下。"欧阳双杰对王小虎说道。

欧阳双杰直接回了自己的办公室。关上门，欧阳双杰坐在沙发上，端着茶杯出神儿。

卫扬帆确实抖了很多的干货，案子可以说有了突破性的进展。但欧阳双杰并不满意，因为他总是觉得林城发生的那几起案子并不是孤立的。而且卫扬帆最后又把矛头指向了赵代红，这也让欧阳双杰感到意外。

卫扬帆在叙述的时候一直都很冷静，说得有理有据，怎么在最后说出怀疑赵代红时就那么武断呢？

欧阳双杰放下茶杯，站起来走到了窗边。此时他想到了另一种可能性，卫扬帆是知道真正的凶手是谁的。他最后把温岚给卖了，就是为了给"卫扬帆案"一个好的结果，一个交代！

丢卒保车！只是他要保的人是谁呢？那个人竟然能够让他放弃了他最爱的妻子。答案只有一个——他自己！

欧阳双杰并不是凭空得出的这个答案。从卫扬帆一开始的表现来看，他对温岚是有感情的。可是事到最后他却把温岚杀了那个男人的事情给说了出来。特别是之前卫扬帆主动认了罪，这前前后后的变化怎么差距会这么大？

王小虎进来了。

"欧阳，你看卫扬帆的案子是不是可以向冯局他们汇报了？"王小虎有些小激动，不管怎么说，也算是破获了一件大案。

欧阳双杰摆了摆手："不着急，或许再等等会有更大的收获。"接着他把自己的怀疑说了一遍。

王小虎觉得很有道理："也就是说很可能卫扬帆真的有人格分裂。"

"不，他没有人格分裂，可是他完全可以让人觉得凶手是一个有人格分裂的精神病人。好好查查卫扬帆与'吴飞案'的关系。"

王小虎说道："好吧，我马上去去查，我亲自去查。"

欧阳双杰说道："那最好，就像罗素那样，如果不是他自己说，我也不会知道他竟然与颜素云之间会有关系。"提到罗素，欧阳双杰的脑子里闪过一丝光亮，他想到了什么。

提到罗素，欧阳双杰想到了很多。

罗素是在林城的案子发生之后出现的，说是给局里做专访，可是他的注意力几乎都在案子上。在欧阳双杰最早提出凶手可能是一个精神病患者的时候，他马上就想到了《十二个比利》那本小说，这是巧合吗？

再后来，罗素总是有意无意地给予一些提示，而罗素的提示又偏偏都很有用。最让欧阳双杰感到震撼的是罗素竟然卷入了案中，他竟是颜素云援助的贫困学生，还是"云都案"中的"小林老师"。

欧阳双杰说道："我们或许被卫扬帆和邓新荣给误导了，他们提及那些女人，把我们的目光有意识地吸引到'吴飞案'上去，使我们忽略了案子里的男人。其实我们一直都被人牵着鼻子走，这一切都是他们期望的结果！林城案的源头是半年前颜素云的死，卫扬帆有一点没有说谎，颜素云的死应该与欧燕有关系。颜素云因为三年前为了邓新荣的公司能够渡过难关，做了伪证，从而导致'吴飞案'。

吴飞被处死之后，颜素云的良心不安，终于她无法忍受便向欧燕说她想要自首，欧燕就对她起了杀心。欧燕杀害了颜素云，邓新荣多少都应该知道些什么，这让欧燕紧张，所以之后欧燕也会防着邓新荣。她几次三番阻止邓新荣回云都去，就是不希望邓新荣知道自己的妻子出事了。"

王小虎说道："如果是这样，欧燕应该把颜素云的尸体藏起来，那么就算是邓新荣回到云都，只要没见到颜素云的尸体，那么他就不会怀疑颜素云死了。"

"问题就是出在这儿。罗素也好，邓新荣也好，都说是邓新荣把颜素云的尸体制成了干尸，可邓新荣为什么要这么做？邓新荣说过，把颜素云制成干尸，一来是希望能够把她永远留在身边，二来是要让她亲眼看到杀害她的人的下场。"

但欧阳双杰却觉得这两点根本就站不住脚。制造干尸的过程是相当复杂的，而从颜素云的干尸来看，制作手段十分的专业。欧阳双杰不相信一个对这方面没有过接触的人凭着电视上的科教节目就能做得到。其次，邓新荣之前所说的他也是个受害者，他一直都处于被威胁状态。如果真如他说的，要让颜素云看到坏人的下场，那么他应该积极主动地出击，或是选择报警。可偏偏邓新荣什么都没有做，只是一味地逃避。

邓新荣提及过，让他逃避与躲藏的不是别人，而是罗素。

"看来这个罗素我们还得再好好查查！"听到这儿王小虎说道。

欧阳双杰摇了摇头："你别着急，我还没有说完呢！"

"我们刚才说到一点，欧燕杀了颜素云，接下来的目标便是邓新荣。她要控制邓新荣，让邓新荣不敢报警，所以让邓新荣觉得颜素云并没有死。只有这样，邓新荣才会乖乖听话。她不会想不到这一点，所以她不会把颜素云的尸体直接扔在颜素云家的，一定是其中出了什么状况，打乱了她的计划。"

"你说的状况指的是什么？"王小虎又问道。

欧阳双杰轻声说道："罗素！欧燕一定不会想到，其中会冒出一个罗素来。罗素自己也说过，颜素云在出事的当天，给罗素打过一个电话。罗素马上就又打给了邓新荣，让邓新荣赶去看看颜素云。这是罗素亲口告诉我的，不过我觉得罗素隐瞒了什么。他应该先于邓新荣赶去了云都，他的出现让欧燕乱了阵脚，根本就来不及处理颜素云的尸体。"

"你是说，是罗素处理了颜素云的尸体？"王小虎瞪大了眼睛。

欧阳双杰淡淡地说道："对于这个资助他的女人，很可能在还没有见面之前他就已经产生了一种情愫，这份感情很怪异，也很扭曲。真正想要留住颜素云的人不是邓新荣，而是罗素。他能够有今天，全都是因为颜素云无偿地资助。他感恩，甚至很可能对颜素云生出感情，特别是在他见过颜素云之后。当然，他对颜素云的这种感情并没有让他对邓新荣产生任何的不满，因为他能够感觉得出来，邓新荣是深爱着颜素云的，这也是为什么他会暗中帮助邓新荣躲避欧燕黑手的原因。"

"我好奇的是罗素怎么和欧燕周旋的，他能够截住颜素云的尸体，让欧燕少了控制邓新荣的手段，还能够把颜素云的尸体藏在颜素云的家里？"

欧阳双杰说道："我也很想知道他是怎么办到的？现在我们需要的是证据，没有证据就算是把他带回来也不能把他怎么样。"欧阳双杰有些无奈，像罗素这样的人，想要抓住他的把柄还真不是一件容易的事情。

王小虎说道："那我们该怎么办？"

"想要找到证据，我们还得在卫扬帆身上下功夫。卫扬帆应该是在维护什么人。他们维护的绝对不是赵代红，虽然他的重新出现证实了赵代红没有杀他，所谓的'卫扬帆案'也是子虚乌有，可是末了的时候他还是提出了凶手很可能是赵代红的假设。"

"也就是说，他更希望在赵代红被定罪之前，警方不会再想着找这个死囚犯的。可他没想到我们会这么快介入并且找到了他。"

欧阳双杰说道："他自己说过他被欧天鹏给困住，逃了出来，还给我打了电话。"

王小虎点头道："只要他藏好了，拖上一段时间，他们的愿望就会实现。"

"所以我刚才说了，我们只看到那几个女人，却没有发现背后这几个男人也团结到了一起。如果说女人们制造了'吴飞案'以及后来的'卫扬帆案'，那么这几个男人就制造了轰动林城疑似精神病人的谋杀案。这个案子中的几个元素他们都具备了：第一，需要一定的心理学知识，特别是对人格分裂的了解与认识，这是卫扬帆的强项。再加上他的手里有赵代红的案例，就更能够摸得透彻；其次，需要一个很精确的策划，该怎么做，谁去做，如何逃避警方的追查，这就需要极强的反侦查意识。罗素是个知识全面的人，这件事情由他来做是最合适不过的。最后是杀人，杀人的事情是需要勇气和胆量的，卫扬帆应该没有这样的胆量，但邓新荣却有，就算是为了给他的妻子报仇他也会鼓起勇气去杀人。"

王小虎说道："罗素与邓新荣参与杀人我还能够理解，可是卫扬帆为什么要这么做呢？要知道，他这样做很可能最后要对付的还有自己的妻子，他不是一直都很爱自己的这个妻子的吗？"

欧阳双杰冷笑一声："他爱自己的妻子我不否认。不过我还知道一点，他更爱的是他自己。他被我们扣了这么久，他提出过见温岚，甚至还提过想见见他的父母亲，但是却没有提过要见自己的儿子！见温岚也好，见他父母也好，估计就是为了给自己的脱罪做点儿什么，那个儿子在他的心里远没有我们想得重要。妻子若是犯了罪，与他无关。可是一旦孩子的身世败露，他就颜面扫地。他自信自己还能够出去，他还想继续当他的卫医生。"

罗素接到欧阳双杰的电话后并不感觉惊讶，还没等欧阳双杰说话他便先说道："欧阳，我现在手里还有些事没做完，下午三点我们在上岛咖啡见，怎么样？"

下午三点，欧阳双杰准时到了上岛咖啡，罗素已经等在那儿了。

罗素的脸上带着一抹微笑，很客气地请欧阳双杰坐下。

欧阳双杰轻声说道："每一次和你在一起，无论是吃饭也好，喝咖啡也好，你都会事先替我给点好。罗素，你平时都是喜欢替别人做主的吗？"

罗素望着欧阳双杰，说道："有时候有的人有选择症，他们不知道自己该如何选择，左也不是，右也不是，总需要别人替他拿主意。"

"大多数人都没有你说的那种选择症，他们心里很清楚自己应该选择什么，只是他们更清楚，很多事情不是该做就要做的，还要看能不能做。就拿邓新荣来说，他很爱自己的妻子，颜素云的死对他的打击很大，他也很想为颜素云报仇，可是他知他不能这么做，因为他的心里有忌惮——国法！"欧阳双杰的一双眼睛紧紧地盯着罗素，"原本他是可以选择报警的，把一切都交给警察来解决，可是他遇到了你，你是一个聪明的人。你知道如何说服他，说服他按着你的想法去做一些事情，你替他做了选择，让他迷失了原本正确的方向。"

"哦？是吗？"罗素的脸上仍旧保持着那笑容，欧阳双杰继续说道："你利用了欧燕对邓新荣的威胁，你应该还对邓新荣说不能把希望寄予警察，因为'吴飞案'就是前车之鉴，吴飞的死就是因为警察造成的。"

听欧阳双杰说到这儿，罗素脸上的微笑不见了。他端起咖啡，喝了一口，欧阳双杰看得出他在努力平复自己的心情。

"不得不说，你是个很可怕的对手，但好在我们并不是敌人。"笑容重新浮现在罗素的脸上，"你说的都不是事实，也不可能是事实！"

欧阳双杰冷笑一声，他明白罗素的意思，自己的猜测在没有证据的支持下，永远都只是猜测。

欧阳双杰叹了口气："罗素，你是聪明人，可是今天你却让我很失望。"

罗素一声叹息："你觉得这就是你想要的结果吗？"

欧阳双杰的脸色很是严肃："我没有想过要什么结果。我是警察，我的职责就是还原案件的真相，将犯罪分子绳之以法！"

"法理不外乎人情。"罗素针锋相对地说道。

欧阳双杰却不这么认为："情在法外，它不应该成为倾斜法律天平的砝码。"

罗素的脸色变得有些难看："欧阳队长，如果你有证据，那么你可以按法律程序办，该怎么办是你的事情。"

"罗素，我今天来其实是想劝你，有的事情别太执着，该放下的时候就放下吧。欠的总是要还上的。"

罗素轻哼一声："真不知道你在说什么，莫名其妙！"说着他站起来就离开了，走出几步，他转身对欧阳双杰说道，"账我已经结了，这是我最后一次请你。"

平心而论，这件事情的起因在欧燕，如果没有欧燕种的因，就不会有今天的果。可是欧燕已经死了，但很多因她而起的事情却仍旧在延续着。

欧阳双杰离开了咖啡厅，上了车。

与罗素的见面，让欧阳双杰的心情变得很糟糕，虽然罗素一直在掩饰，可是欧阳双杰知道罗素在"林城案"里一定起到了关键的作用。对于罗素，欧阳双杰有一种无力感。罗素太聪明，做事也很有手段，自信甚至自负。接下来两人会有一场对决，这将是整个林城案的尾声。

想到这儿，欧阳双杰忍不住叹了口气。

欧阳双杰叫上了谢欣，他要去趟医院，再见见邓新荣。既然不可避免地要和罗素交锋，那么邓新荣一定是最好的切入点。

"欧阳，你说罗素搞这么多的事情就只是为了给颜素云报仇吗？"谢欣倒是喜欢思考，她这个问题也问得有水平。

欧阳双杰一面开车，一面看了谢欣一眼："这就是罗素的高明之处，他想要全身而退，那么就必须找一个替罪羊。但他又怕自己的良心不安，因为他也不希望那个替罪羊因他而死，所以……"

"所以他就选择了一个特殊的人群作为目标——精神病人！"谢欣马上就跟

上了欧阳双杰的思路，"按照刑法，精神病人犯罪时如果处于发病期间，那么是不用负法律责任的。"

"只有这样，他才会少受一些良心的责备。"

邓新荣看起来气色不错，比起之前几次在云都见到他的时候好了很多。邓新荣显然也没想到欧阳双杰会来，神情有些诧异。

"看来你恢复得很不错。"欧阳双杰微笑着说。

邓新荣叹了口气："就是在这儿待着憋得慌，欧阳队长，你们抓到凶手了吗？我什么时候才能够出去？"

欧阳双杰淡淡地说道："其实早在欧燕死了之后你就知道自己的危险已经解除了，你的危险来自欧燕。"

邓新荣"啊"了一声，脸上带着震惊。

"邓新荣，从头到尾你都在和我们说假话，你知道后果吗？"

"我不明白你的意思，我确实是有什么说什么的，我也希望能够早日抓到杀害素云的凶手。"

"我问你，颜素云的尸体到底是不是你处理的？"

邓新荣点了点头："是的！"

"是谁教你装成精神病人的？"邓新荣没有说话，神色有些紧张。

"是不是罗素？"欧阳双杰不依不饶地问道。

邓新荣的头摇得像拨浪鼓一般，欧阳双杰冷笑一声："你不承认也没有关系，可你躲在精神病院里，知道罗素都在外面做了些什么吗？你应该听说了林城发生的这些案子吧？死了好几个人，当然，这些人大多都该死，可是他们应该接受的是法律的制裁！林城案的源头在哪儿？是你的妻子颜素云。罗素因为感恩而复仇，为了洗脱自己的罪责，又制造了林城的几个大案。最后扔出一个替死鬼，这些你不会一点儿都不知道吧？"

邓新荣原本红润的脸变得惨白，豆大的汗珠流了下来，紧紧咬住嘴唇，好像在挣扎一般。

谢欣发现不太对劲儿，她问道："欧阳，他怎么了？"欧阳双杰摇了摇头。

"那些人都该死！"

突然，邓新荣冒出这样的一句话来。

欧阳双杰和谢欣都吓了一跳，他们望着面前的邓新荣，还是同一张脸，可是脸上的表情却有很大的差别，此刻的他看起来要恐怖得多。

欧阳双杰轻声问道："你是谁？"

此时欧阳双杰已经明白了，邓新荣原来并不是装精神病，而是原本就有精神病。

"我知道你是警察，我什么都不会告诉你！"

谢欣说道："你很怕警察？"

"我为什么要怕警察？""邓新荣"冷笑一声。

欧阳双杰用眼神示意谢欣别再说话，然后对"邓新荣"说："你主动出来见我，一定是想和我说点儿什么吧？"

"邓新荣"说道："我就是想告诉你，别为难罗素，也别再把目光放在他的身上，因为他根本就与这些案子无关！"

欧阳双杰没想到这个"邓新荣"会为罗素说话："就凭你的一面之词？你既然知道我们是警察，就应该知道警察办案要讲证据的。"

"你们警察凡事都要讲证据，哪里有那么多的证据等你去拿？做错了事情就该受到惩罚！就因为你们，才让凶手逍遥法外？"

"你就是那个裁决者？林城的案子都是你做的？"

"我是杀了人，不过那些都是该死的人！"

"还有我！杀人我也有份儿。"就在"邓新荣"刚说完头一句，接着就像换了个人一样又冒出一句来。

欧阳双杰问道："你又是谁？"

"哦？刚才和你说话那人叫雷子，我叫小春。杀人的事情我也有份，只不过我比他强，他只是凭着道听途说就下了手。而我懂法守法，我很注重证据！趁我现在心情好，有什么你就问吧，或许我会给你一个答案。"

一个小时以后，欧阳双杰和谢欣从医院出来了。

第十三章 最后真相

　　林城市警察局刑警大队的会议室里，除了冯开林、肖远山两个局领导和欧阳双杰、王小虎、谢欣、许霖、邢娜等一众专案组成员之外，还有三个人也在场，这三人分别是罗素、卫扬帆和邓新荣。

　　罗素从进来就一直低着头，没有和任何人说一句话，包括两个局长与欧阳双杰。卫扬帆的脸色很难看，他的一双眼睛望着天花板，双手抱在胸前。倒是邓新荣，脸上带着傻笑，仿佛又回到欧阳双杰第一次见到他的时候。

　　冯开林看了看会议室里的众人，咳了一声："欧阳，人都到得差不多了，可以开始了吧？"冯开林这么一说，大家的眼睛都望向了欧阳双杰，就连罗素也抬起了头向欧阳双杰看去。

　　欧阳双杰站了起来，环视了一圈："今天把大家召集起来，主要是对林城发生的几起大案的侦破工作做一个总结。大家都知道，这个案子，我们局里顶了很大的压力，因为案情的复杂，我们全体专案组人员可以说是没日没夜地连续奋战，进展一直不尽如人意。但有一点可以肯定，再狡猾的罪犯，最终都逃不过恢恢法网。"

　　欧阳双杰说到这儿顿了一下："在说林城案之前，我不得不先提一下三年前震惊林城的'吴飞案'。因为'吴飞案'是'林城案'的根源，'吴飞案'里的那具无名女尸以及它的始作俑者欧燕便是为'林城案'埋下的伏笔。"

　　欧阳双杰的目光移到了卫扬帆的身上："卫医生，你应该是最清楚那具女尸的由来吧？"卫扬帆无力地点了点头。

　　欧阳双杰继续说道："说到那具女尸，我又不得不说一下我们卫医生的一段家事。"卫扬帆听着欧阳双杰把卫斯理的来历以及其中的故事娓娓道来。

"三年前欧燕利用威胁卫家的那个女人做了替死鬼，陷害吴飞。可由于当时办案人员的疏忽，竟然让欧燕得逞了。当时因为各自的目的，颜素云、温岚、任小娟和邵小雨等人都做了伪证，她们明明知道那具女尸不是欧燕，却异口同声地坚称死者就是欧燕。她们的证词就是压倒骆驼的那根稻草，吴飞的死与她们有着莫大的干系。'吴飞案'后，颜素云备受良心的煎熬，使得她的心理背负了沉重的压力。半年前她终于扛不住了，想要把真相说出来。可她又顾及欧燕的情分，于是她就把自己的想法告诉了欧燕。谁知道欧燕起了杀心，将颜素云给杀了。欧燕杀颜素云有两个目的：一是为了灭口；二是为了给其他人一个警告。欧燕这么做却给她自己也带来了杀身之祸，她算到了颜素云与邓新荣的感情，甚至还算到了邓新荣可能也知道了'吴飞案'的大概。她怕邓新荣会报警，于是她就想假装绑架了颜素云来暂时控制住邓新荣！争取时间，把邓新荣也杀了。"

　　肖远山说道："这个欧燕确实心机很深，竟然把身边所有的人都算计了。"

　　"智者千虑，必有一失。欧燕确实精于算计，可是她千算万算却算不到会半路杀出个程咬金来。便是我们的罗素，罗大记者。他原名罗进财，是贫困山区的学生，因为家里穷，初中差点儿辍学。后来是颜素云暗中在资助着他，一直到他大学毕业。大学毕业以后，罗素进了省报，经过他自己的努力仅仅三年时间就成了名记。这三年他一直在设法寻找那个不知名的资助者，很快就找到了他的资助人颜素云！

　　"罗素是一个懂得感恩的人。找到恩人之后，他想要报答，可是却被颜素云拒绝了。颜素云说如果他真的懂得感恩，那就应该感恩于社会，她希望罗素能够把这份爱心传递下去。罗素照着办了，同时他与颜素云与邓新荣夫妇建立了一种不是亲情又胜似亲情的感情。不承想，与恩人相认不久，罗素接到了颜素云的电话，颜素云告诉他自己遇到了麻烦，可能会有危险。"

　　欧阳双杰说到这儿看了罗素一眼，又看了看邓新荣："我们查过颜素云当时的通话记录，颜素云先是给邓新荣打了电话，相隔不到两分钟，又给罗素打了一个。在这之后，罗素与邓新荣，你们又通话近七分钟。我们还查过，二位的电话号码几乎是同时更换的，时间也正是半年前。"

　　欧阳双杰说，二人通过电话以后就准备分头赶往云都。因为对于二人来说，颜素云都是他们生命中影响深远的人。对于罗素而言，可以说心里未来妻子的样子也应该是像颜素云这样的女人，这也是为什么罗素后来会和楚虹分手的原因。这一点欧阳双杰是在楚虹那儿得到的答案。

罗素的智商很高，情商一样也很高，他的自制力很强。所以他一直压制着自己的这种感情，待颜素云也是如同自己的亲姐姐一样，甚至对邓新荣也是恭敬有加。不过作为一个深爱自己妻子的男人来说，邓新荣当然会感觉到罗素的那种情感，只是罗素发乎情，止乎礼，让邓新荣的心里舒服了许多，再加上邓新荣对自己的妻子很了解，他相信自己的妻子。当罗素与邓新荣准备赶去云都的时候，邓新荣就接到了恐吓电话，说如果他执意要赶到云都去，颜素云很可能会受到伤害。他没有办法，只能听从对方的要求，回了林城。但他却把这件事情电话告知了罗素，罗素让邓新荣自己先找个安全的地方藏起来，至于云都的事情他能够应付。

这就是为什么欧阳双杰说欧燕千算万算没有算到半路会杀出个程咬金的原因。因为她并不知道罗素的存在，而正是罗素的出现，把欧燕的计划全都给打乱了。

欧阳双杰咳了两声，清了清嗓子才又继续往下说。

罗素赶到了云都，不过却晚了，那个时候颜素云已然遇害。只不过凶手却还没有来得及带走颜素云的尸体便被罗素撞上了。

欧阳双杰顿了顿："不行，我觉得还是你来说吧。我说的话有些事情我觉得说不通。就比如你若真和凶手撞上，他们为什么会放过你？"

罗素淡淡地说道："我到素云姐家的时候大门是关着的。我就用力地敲门，开始没有听到什么动静，我就想要把门撞开。就在这个时候我听到屋里有响动，我又大声叫了两声，我还高声说屋里是不是发生了什么事情，让屋里的人等等，我这就去叫保安！然后我就找了个地方躲了起来，不一会儿就看到两男一女从那屋子里出来，上了停在小区转角不远的一辆没有牌照的车子走了。"

"你看清了那两男一女是什么人了？"

"那女人是欧燕，另外那两个男人……"

欧阳双杰抢先说道："那两个男人一个是杜仲平，另一个是戚伟民。"

欧阳双杰这话让在座的人都感到震惊。

"原来你早就知道杜仲平和戚伟民的死根本就不是随机的，而是蓄意的谋杀！"

"我也是才想到的，还多亏邓新荣的提醒。如果邓新荣那天没有再我和谢欣面前表现出人格分裂，假装两个副人格和我们对话的话，我也不会联想到这两个人的身上。"

欧阳双杰把那天见了邓新荣的事情说了一遍，然后才说道："起先我也差点儿让邓新荣给骗了，以为他真有人格分裂。我在回去的路上一直在回味邓新荣的那两个副人格。他们哪儿都做到位了，可是我却觉得总有什么不对劲儿。后来我想到了，是眼神。他们三个都拥有了共同的眼神，于是我马上就想明白了，邓新荣根本就没有什么人格分裂。既然他没有人格分裂，那么'林城案'的那些受害者应该不存在随机遇害，在杀害这些人的时候还费尽心思替他们收罗证据。"

颜素云的死对邓新荣和罗素来说都是一个巨大的打击。

罗素是亲眼看到欧燕三人离开颜素云家的，这三人必然是凶手无疑。如果不是罗素的突然出现，欧燕一定会带走颜素云的尸体，只有这样才能够威胁邓新荣就范，并寻找机会除掉邓新荣。在罗素把他们惊走之后，欧燕得知邓新荣并没有到云都来，也没见颜素云家外面有什么异常。她认为可能是小区的物管找业主有什么事情，于是就准备让人再次去案发现场。

"可是后来欧燕还是没有把颜素云的尸体带走。"王小虎听罗素说到这儿插话道。

"因为我给她打了一个电话。我在电话里说我知道她在云都干的事情。她听了先是有些震惊，她问我是谁，到底想干什么。我没有回答，接着她说不知道我在说什么，再后来直接挂断了电话。我知道，她既然敢到云都向素云姐下手，就一定有了妥善的计划，就像'吴飞案'那样。"

"你打这个电话的目的就是让他们不敢再动颜素云的尸体吗？"

罗素点了下头："既然她那么自信我拿不出杀害素云姐的证据，他们还会为了素云姐的尸体冒险吗？他们可不希望把证据再送上门来。"

欧阳双杰笑了："这应该算是你与欧燕的第一次交锋吧？这场斗智你确实赢了，你抓住了她不敢再冒险的心理。既然你都已经知道谁是凶手，还看到了凶手的样子，为什么不报警？为什么要将颜素云的尸体处理成木乃伊一样？"

罗素一脸的冷峻："尸体是我处置的，素云姐是枉死的，所以我要留下她，让她亲眼看到害死她的人都会遭到报应。"

欧阳双杰望向邓新荣："你没有什么想要说的吗？"

邓新荣咬着牙："其实素云的尸体是我让他这么做的。我想先把素云的尸体留着，等我替她报了仇，再给她下葬。"

罗素这才说道："邓哥，你别什么都往自己身上揽。"

邓新荣笑了笑，笑容有些苦涩："小罗，你替我们做得已经够多的了。这原本就不关你的事，你就别再掺和了。"

罗素说道："素云姐死了，我和邓大哥决心替她报仇。邓大哥很冲动，就想去找欧燕硬拼，我没答应。欧燕喜欢玩脑筋，我们就陪她好好玩玩儿。仇要报，但也不能把我们自己给牵扯进去。"

这半年来，罗素一直都没有想出一个好的办法，反倒是邓新荣让欧燕的人撵得东躲西藏，之前欧燕还有些顾忌。可后来她见颜素云死了邓新荣都不敢报警，就觉得邓新荣软弱可欺。殊不知，罗素和邓新荣就是在等，等一个契机。

邓新荣这半年的失踪只是给欧燕一个假象，让他们感觉自己一直在逃避欧燕。等一切都准备妥当了，他们的报复才真正开始。

杀杜仲平，杀戚伟民，杀欧燕……

"你们杀了人，还伪造出是'精神病人'杀人的假象。这一手玩得实在高明，只是我不知道除了杜仲平、戚伟民和欧燕之外，其他人的死是你们有意的呢？还是随机的？"欧阳双杰问道。

罗素的目光转向了卫扬帆，卫扬帆下意识地侧过脸去。欧阳双杰看出了名堂。卫扬帆为什么要帮罗素，甚至连温岚都出卖了，一定是有什么把柄被罗素抓住了。

欧阳双杰轻笑道："卫医生，你难道就不想说点儿什么吗？"

卫扬帆的脸色很是难看，他看了罗素一眼，罗素淡淡地说道："都到了这个时候，你觉得还能够蒙混过关吗？"

卫扬帆苦笑道："罗素，你当时是怎么答应我的？为什么一定要把我扯上呢？"

罗素的脸上没有任何表情，说道："我是说过，只要你帮了我们，我一定不会把你的事情说出来的。是警察把你挖出来的，和我没有半毛钱的关系。"

欧阳双杰叹了口气："老卫，你总在提醒你多爱自己的妻子，可是最后你却把她给卖了。如果你坚持维护她，甚至把一切罪责都扛下来的话，我还真会认为你是无辜的。你说你之所以把温岚的事情说出来是为了卫斯理，这个你名义上的儿子。可是据我所知，你对这个儿子并不是真正的上心。你在人前是个严父，只有在温岚的面前你才会多少带着一些温情，这一点儿温岚或许感觉不到，但卫斯理却能够清楚地感觉出来。"

"你去找过他了？"

欧阳双杰点了点头，不过他并没有向卫斯理提及他的身世。卫斯理到现在还以为卫扬帆就是自己的亲生父亲。

卫扬帆低下了头，欧阳双杰又说道："其实我为卫斯理感到悲哀。因为在你的心里，你的妻儿父母都比不上你自己！"

卫扬帆没有吭声，他感觉就像被人在大庭广众之下扒光了衣服，除了屈辱，剩下的就是愤怒。"欧阳，你没有体会过金钱、权力和地位带给一个人的愉悦。你也没有体会因为家庭问题而把自己的生活弄得一团糟的感觉吧？要不是她我的生活也不会变成现在这个样子。我恨她，我恨不得她去死，可是我还得装作和她很恩爱的样子。就因为我是个名人，就因为在别人的眼里我是一个好男人，我的那些客户也是冲着这一点来的。我就不明白了，人活着为什么这么累呢？"

"你为什么那么恨温岚，就因为她不能给你生孩子，还是她瞒着你带回了卫斯理？"

卫扬帆说道："她为什么会堕胎？因为那个孩子根本就不是我的！"

罗素冷笑道："其实那孩子确实是他和温岚的，只是他自己不相信。因为之前他们一直怀不上孩子，去医院做了检查，医生说是他有问题，不具备生育能力。所以在知道温岚怀孕后，卫扬帆并不是感到开心和喜悦，相反，他的心里满是怀疑与猜忌。他怀疑温岚在外面有了男人，怀疑那孩子不知道是温岚和谁的野种，他逼着温岚去堕胎，温岚不愿意，他就对温岚拳脚相加，最后动了胎气。送到医院，命保住了，孩子没了。"

罗素说到这儿，卫扬帆的脸色由潮红变得铁青，渐渐惨白，他一下子站了起来："你胡说！你和那个贱人一伙的，你就是那个野男人，我要杀了你！"

见卫扬帆的情绪突然失控了，罗素就闭上了嘴。他的脸上带着一丝让人捉摸不透的笑容。卫扬帆的眼睛死死地盯住罗素，眼里好像要喷出火来。罗素的脸上没有任何的表情，只是望着桌子上那"请勿吸烟"的牌子发呆。

肖远山咳了一声："小虎，你先带卫扬帆出去一下。"王小虎把卫扬帆带走了。

"罗素，你是怎么知道得这么清楚？"

罗素淡淡地说道："我是一名记者，自然有我的信息渠道。"

欧阳双杰开口了："你为什么要激怒他？"

罗素笑了："我只不过就你刚才提的问题给出了一个答案罢了。你不是说我们为了脱罪，利用分裂型人格障碍的精神病人的手法杀人吗？你错了，这个精神病人是存在的。而且林城案有一部分是他干的。找赵代红做替死鬼的人也不是我们，而是他自己。林城著名的心理医生，自己却是个精神病患者，而且还是个杀人犯。"

罗素告诉大家，"林城案"中，青石镇的案子和所谓的"杀手案"都是卫扬帆做的，只是卫扬帆的运气不好，他在青石镇作案之前就被在青石镇游玩的罗素给盯上了。起初他很好奇卫扬帆怎么会出现在青石镇。接着又看到卫扬帆去弄猪笼。正是好奇心驱使他跟踪卫扬帆，发现了卫扬帆杀人的秘密。

原本罗素是准备报警的，对于他来说这也是一个绝好的新闻素材。一个优秀的心理医生如何沦为杀人犯，他想一定能够吸引眼球。可是这想法只是一闪而过，另一个想法冒出来了。这是一个大好机会，借着这个机会替颜素云报仇。

于是罗素就暗中调查，一个大胆的设想就慢慢成熟了——精神病患者杀人！

说到替颜素云报仇，其实罗素早就已经开始准备了。快递公司的那个冒名快递员就是他的杰作。只是他做得很巧妙，一直在幕后，辗转雇用了好几个人，把杜仲平的情况摸得清清楚楚，还有那个戚伟民。

一直苦于没有找到报仇的办法的罗素偶然间发现因为心理扭曲在青石镇作案的卫扬帆。这就生出了想法，抓住了卫扬帆的把柄，是不是能够利用卫扬帆来做点儿什么？

之前罗素就让邓新荣装疯躲进了精神病院，还为邓新荣做了精神鉴定，人格分裂的精神鉴定。当时单纯保护邓新荣的无心之举还起了这么大作用。罗素和邓新荣可以杀人报仇了。至于手法，可以模仿卫扬帆的，毕竟卫扬帆是真正的精神病人。

不过罗素对卫扬帆的杀人缘由很不屑，把它"升华"了，他网罗了被害者的犯罪证据，证明被害者真的该死。只是他很小心地绕开了"颜素云案"。他还怕警方可能会通过"欧燕案"想到些什么，所以他还精心挑选了一个陪杀的，就是红边门案里的那个屠夫庄大柱。

这样一来，卫扬帆在作案，罗素和邓新荣也搭着卫扬帆这趟车在作案，一时间，林城就突然变得不平静了。

也是阴差阳错，省报在这个时候又安排了罗素对市局做专访，而欧阳双杰这个"神探"不可避免地被局领导推到了前台。

第一次接触之后他改变了自己的看法。他发现欧阳双杰是一个睿智的人，而且对心理学很精通，他甚至有一种莫名的恐惧，自己的复仇计划恐怕不会那么顺利。于是罗素借着专访为由，有意接近欧阳双杰。并有意或无意地向欧阳双杰透露出一些信息与自己的想法。他是在故意误导欧阳双杰，同时也是想把欧阳双杰的目光引到卫扬帆的身上。

后来卫扬帆也逐渐意识到了事情的严重性，他隐隐感觉到林城又发生的案子并不是那么简单。他也在暗中展开调查，直到欧燕的死，卫扬帆才联系到了"吴飞案"，刚好云都那边传出了"颜素云案"的风声，卫扬帆顿时明白是怎么一回事了。只是卫扬帆却找不到邓新荣，在他看来这一切都是邓新荣干的。

罗素去调查卫扬帆时他全不知情，在与罗素接触以后发现罗素并没有什么心理问题。鉴于罗素的记者身份，卫扬帆还真以为罗素是去套取他的客户资料，搜集新闻素材的，就将罗素给撵走了。随着案情的深入发展，他才觉得罗素的出现与这些案子有很大联系。再后来他打听到罗素竟然和欧阳双杰有密切的关系，他才真正对罗素上了心。于是他主动联系了罗素，在他看来是自己拿到了罗素的把柄，他要掌握主动权，设法让罗素为自己所用。

虽然卫扬帆无论是年龄还是阅历都看似强过罗素，但就智商与心机而言他与罗素根本就没法比。从一开始主动权就被罗素牢牢抓住。当罗素点破他杀人的事情，卫扬帆便害怕了，他也意识到是罗素在模仿自己作案。他不敢再打罗素的主意。他们达成一致，无论在任何情况下，都不能把对方牵扯进来。

卫扬帆舍不下自己现在拥有的一切，这才又衍生出了陷害赵代红的一出戏来。在这一点上，卫扬帆、罗素两个人可以说是一拍即合。

温岚对卫扬帆是一片真心，她并没有因为卫扬帆的做法与他反目。相反，她理解卫扬帆，她觉得他们走到今天这个样子也不全是卫扬帆的错。特别是后来她不能生育了更让她有愧疚感。

知道卫扬帆做的事，温岚吓坏了。卫扬帆起先还怕温岚不帮自己，他还把欧燕的死，甚至颜素云的死也揽到了自己的身上，这样一来温岚就很感动。温岚知道"吴飞案"迟早会水落石出，那时候一定也会牵连到自己。虽然卫扬帆想一了百了，但是温岚并不认可他的手段和方法，更想不到卫扬帆会为自己去杀人。

困境中的温岚灵机一动，找上了那些涉及"吴飞案"的女人，一旦"吴飞案"真相大白，她们也脱不了干系。所以她们被迫出手帮助卫扬帆脱罪，包括欧天鹏。

接下来是卫扬帆的计划，他想仿照"吴飞案"，从自己的病人里挑选出了一个真正患了分裂型人格障碍的患者——赵代红。他借着为赵代红诊治的机会，利用催眠、引导等手段让赵代红心理恍惚，分不清现实与虚幻，甚至相信了自己真杀了人。接着就出现了"卫扬帆案"。至于说那段视频也确实是卫扬帆本人，只是那是他计划之外的，因为那晚他真犯了病。

罗素说到这儿，邓新荣叹了口气："罗素，你还年轻，还有大好的前途，而我已经老了，再说你素云姐已经走了，我一个人留下来有什么意思。"

"我之所以这么做是因为我不想下半辈子都活在内疚与自责里。你顶了罪，你觉得我还能安心踏实地活下去吗？"

一大早，整个城市就开始了喧嚣，街上行人匆匆，为着生计开始了一天的劳碌奔波。欧阳双杰今天没到局里去，他来到了省二医。

省二医还有一个名称——"黔州省精神病医院"。欧阳双杰来到了三楼的一个病房门口，轻轻敲门，然后推门走了进去。

赵代红正坐在窗子底下的椅子上看着今天的《林城早报》，见欧阳双杰进来他放下了报纸，脸上露出了一个微笑。

"我听医生说你康复得不错，这两天就可以出院了？"

赵代红点了点头："周医生说我随时可以出院，不过出院以后还得继续服药防止病情反复。"

欧阳双杰坐了下来，赵代红说道："欧阳，谢谢你！"

"我只是做了我该做的事情。"

"如果不是你，我真的很可能就稀里糊涂地成了杀人犯。"

"你还是决定离开黔州吗？"

赵代红的脸上露出无奈："现在黔州省认识我的人都知道我有精神病。你觉得我适合继续留在黔州吗？我不想总让别人用异样的目光看我。所以我觉得还是离开的好。换一个环境，或许能够让我忘记这个可怕的噩梦。"

欧阳双杰拍了拍他的肩膀："一切都过去了，相信会好起来的。"

赵代红也用力地点了点头。

这时欧阳双杰的电话响了，他掏出来看了一眼，是楚虹打来的。楚虹怎么想到给自己打电话？一定是因为罗素。

他接听电话，楚虹还是那冷冰冰的语气："欧阳警察，方便见个面吗？"

欧阳双杰说道："有什么事吗？"

"我想去看罗素。"楚虹轻声说道。

欧阳双杰想了想："好的，你在哪儿？我现在过去接你。"

告别了赵代红，欧阳双杰就在喷水池接上了楚虹，带着楚虹去看守所。在欧阳双杰的陪伴下，楚虹见到了罗素。罗素明显消瘦了不少，脸色也有些蜡黄。

罗素进来，看到欧阳双杰与楚虹，淡然地笑了笑，说道："一定是她求你带她来的吧？"欧阳双杰没有说话。

楚虹冰冷的脸上露出了一丝激动："你还好吗？"

罗素点了点头："嗯，我很好，吃得下，睡得着。到了这儿之后总算能够睡踏实，睡安稳了。"

楚虹叹了口气："素云姐和邓哥原本是受害者，只要报警，警察一定能够查明案情，让凶手受到法律的制裁。现在倒好，不只是你，就是邓哥也沦为了阶下囚。"罗素没有说话，低下了头。

欧阳双杰说道："罗素，其实你应该相信法律，相信我们警察。"

罗素抬眼望向欧阳双杰："如果早一些认识你或许我就不会这么做了。"

"你总觉得自己比任何人都强，所以你看不起别人。不仅仅是警察，甚至包括你的同行或是其他的人。'吴飞案'确实是警方的失误，可是这只是个例。我可以很负责任地告诉你，就算警察队伍里没有我，案子一样可以破。"

罗素闭上了眼睛，他的脸上露出痛苦的神情。楚虹轻声说道："罗素，我来找你就是希望你能够让我当你的辩护律师。"

"不用了，我犯下的罪行，我自己会承担的。如果可以，你们就帮帮邓哥吧。如果不是我坚持与教唆，他不会落到今天。欧阳，卫扬帆怎么样了？"

欧阳双杰叹了口气："在精神病院里，听说他这次发病很严重，他的主治医生说估计很难好了。"

罗素也轻声叹息："他也够可怜的，害怕失去拥有的一切。现在他所拥有的还有什么？"

从看守所出来，楚虹一句话都没有说，欧阳双杰说道："去哪儿？"

楚虹说回事务所。

车上楚虹一直沉默，欧阳双杰说道："罗素的案子你真打算接手吗？"

楚虹点了点头："希望能够给他争取到一个改过自新的机会。"

"你还爱着他？"欧阳双杰突然来了一句，楚虹愣了一下，"看得出来，你其实很在乎他。"

楚虹凄然而笑："如果他还能活着，不管他判多少年，我都会等他出来。所以我会尽自己的全力！"

欧阳双杰没有再说什么，目光望向前方，他也希望罗素能够有一个自新的机会，毕竟，这个人曾经是他的朋友……

图书在版编目（CIP）数据

连环罪. 3，人格裂变 / 墨绿青苔著. -- 北京 ：群
言出版社，2016.9
ISBN 978-7-5193-0207-8

Ⅰ．①连… Ⅱ．①墨… Ⅲ．①长篇小说－中国－当代
Ⅳ．①I247.5

中国版本图书馆CIP数据核字(2016)第225086号

责任编辑：盛利君
封面设计：郑金将

出版发行：群言出版社
社　　址：北京市东城区东厂胡同北巷1号(100006)
网　　址：www.qypublish.com
自营网店：https://qycbs.tmall.com（天猫旗舰店）
　　　　　http://qycbs.shop.kongfz.com（孔夫子旧书网）
　　　　　http://www.qypublish.com（群言出版社官网）
电子信箱：qunyancbs@126.com
联系电话：010-65267783　65263836
经　　销：全国新华书店
法律顾问：北京天驰君泰律师事务所

印　　刷：北京慧美印刷有限公司
版　　次：2016年12月第1版　2016年12月第1次印刷
开　　本：787mm×1092mm　　　1/16
印　　张：17
字　　数：209千字
书　　号：ISBN 978-7-5193-0207-8
定　　价：39.80元